中國古代小說文體史 下

譚帆 等 著

中國古代小說文體研究書系

譚帆 主編

歷史篇

第六編　清代小説文體

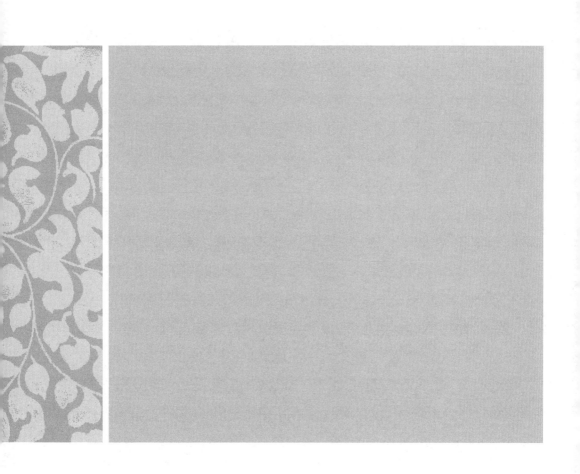

概　述

　　中國小説文體發展至清代，總體上呈現出筆記體、傳奇體、話木體與章回體共同繁榮的局面，各種文體類型的小説層出不窮。如若進一步細分和比較，那麼筆記體小説與章回體小説的發展顯然更加出色，不僅作品數量更多，藝術成就更高，分別留下了《聊齋志異》《閱微草堂筆記》和《紅樓夢》《儒林外史》等不朽的經典之作；還表現在文體形態的演進臻於極致，代表了這兩種小説文體的最高水準。

　　清代是筆記體小説發展的黄金時代，大量的文人學者紛紛創作筆記體小説，一時間蔚然成風，名家名作不絶如縷。金埴《不下帶編》曾總結康熙朝的筆記體小説創作，臚列《書影》《閩小紀》《説鈴》《三岡識餘》《艮齋雜説》《居易録》《池北偶談》《分甘餘話》《古夫于亭雜録》《暑窗臆説》《説鈴》（吴震方）《堅瓠集》《拾籜餘閒》《今世説》等筆記體小説數十種，云："凡此皆彰彰在人耳目者也。"① 沈璋《聽雨軒筆記總序》憶及乾隆朝的筆記體小説創作盛況，云："國初名家咸尚説部，舉其書可以汗牛，數其目不勝屈指，措辭命意雖各不同，要皆集目前所見聞而識之，以之傳舊紀軼耳。"② 伴隨繁盛的小説創作而來的，是清人明晰的小説文體觀念。清人將筆記體小説定義爲一種紀録見聞雜感的隨筆劄記，這種觀念承襲了《漢志》以來的傳

---

　　① （清）金埴撰：《不下帶編》，北京：中華書局 1982 年版，第 80 頁。此書作於雍正十年後（應爲雍正年間作品無疑）。

　　② （清）清涼道人編：《聽雨軒筆記》，《筆記小説大觀》第 25 册，揚州：廣陵書社 1983 年版，第 311 頁。

統，但有比前人更加明確的文體意識。乾隆九年（1744），蔡寅斗《書隱叢說叙》云：“考前史藝文志，凡分類之劄記，概名曰說部，其稱名也小矣，惟其稱名小，故有事於此者，類出之遊戲以爲無聊遣興之資，非鑿空駕虛、喜新好怪即勦襲陳說、摭拾無稽，若稗販若傳奇，而卒無一言之當於道。嗟乎！以有用之心思，費無用之筆劄，何其可已而不已也。”[1]蔡寅斗對歷代正史“藝文志”中“劄記”類文獻的說明，儘管充滿鄙夷之色，視之爲“君子不爲”的“小道”，但的確點明了筆記體小說的文體屬性和文類地位。至清末民初，“筆記體小說”概念的前稱“劄記體小說”已出現在報刊欄目中，儼然成爲一個小說文體概念。1902 年，梁啓超在《中國唯一之文學報〈新小說〉》一文中提出，《新小說》擬開闢小說專欄 15 種，包括“劄記體小說”與“傳奇體小說”。嗣後一衆報刊，如《競立社小說月報》《小說新報》《大共和畫報》等，大多設立“劄記小說”專欄。何謂“劄記體小說”？梁啓超如是說：“劄記體小說，如《聊齋》《閱微草堂》之類，隨意雜録。”[2]“隨意雜録”四個字，確乎道出了筆記體小說隨筆記録見聞感受的創作模式。這一點紀昀在《閱微草堂筆記》中早已多次提及，如《灤陽消夏録》序云“書長無事，追録見聞”，《姑妄聽之》序云“惟時拈紙墨，追録舊聞”。[3]至民國初期，“劄記小說”已正式成爲小說文體之專稱。1915 年《小說大觀》爲《殘夢齋隨筆》所作廣告云：“劄記小說《殘夢齋隨筆》，此亦武林蔣景緘遺著，於諸小說外又換一副筆墨。蔣君多聞强識，以古證今，以今考古，有所心得輒筆諸書，而於歷代文獻、勝朝佚聞尤爛熟如數家珍，典雅名貴，不讓蒲、紀二氏之專美於前也。”[4]直到 20 世紀 30 年代，青木正兒所著之《中國文學

<hr>

① （清）袁棟纂：《書隱叢說》，《四庫全書存目叢書》子部第 116 册，齊魯書社 1995 年版，第 399 頁。

② 梁啓超：《中國唯一之文學報〈新小說〉》，《新民叢報》第 14 號，橫濱新民叢報社，1902 年。

③ （清）紀昀著：《閱微草堂筆記》，上海：上海古籍出版社 1980 年版，第 1、359 頁。

④ 《新刊紹介：劄記小說〈殘夢齋隨筆〉》，《小說大觀》，1915 年第 2 期，第 4 頁。

概説》仍然使用 "劄記體小説" 而與 "傳奇體小説" 對舉。

　　明末清初 "四大奇書" 文人評改本的産生，標誌著章回小説文體的成熟與定型。這四部藝術水準超拔的小説將章回小説文體的形式美感發展到了一個嶄新的高度，在其後二百多年時間裏，無論是内在的叙事模式還是外在的文體形態，後出者基本上遵循它們確立的文體軌範。直到清末民初以來，小説觀念發生了極大改變，創作與傳播方式有了明顯不同，域外小説也大量譯介進來，這給章回小説文體的發展帶來很大衝擊，雖然某些局部的文體形態特徵依然得以保存，但傳統章回小説富有中國特色的古典形式美感已逐漸消失。

　　文學發展有其自身規律，與社會環境的變化並不同步。明清易代並没有帶動章回小説文體立即 "革故鼎新"，至少在清代前期順治至雍正的近百年時間裏，章回小説文體的發展大體上保持平穩狀態，延續了晚明以來的發展勢頭。經過清前期的積纍，乾隆至光緒後期出現了章回小説發展史上自明嘉靖至萬曆年間以後的第二個黄金時期，不但作品數量衆多，各種流派異彩紛呈，而且産生了《紅樓夢》與《儒林外史》兩部巨著。《紅樓夢》既代表中國古代小説藝術的最高峰，同時也是章回小説文體發展演變的集大成者，它吸收了以往小説創作的優良傳統，又在許多方面作出了可貴的創新。《儒林外史》對章回小説發展的意義主要表現在三個方面，一是開闢了 "指摘時弊" "尤在士林" 的題材領域；二是樹立了 "戚而能諧，婉而多諷" 的文體風格；三是獨創了 "雖云長篇，頗同短制" 的結構體制。《紅樓夢》引發了繼 "四大奇書" 之後的又一個續作、仿作高潮，而《儒林外史》則啓發了晚清 "譴責小説" 一派的産生。同治十二年（1873）至光緒元年（1875），《瀛寰瑣記》月刊分二十六期連載了英國作家愛德華·布威·立頓（Edward Bulwer Lytton，1803—1873）的長篇小説《夜與晨》的上半部，中譯本采用章回體格式，從内在的叙事模式到外在的文體形態都對原著做了相當大的改動，以期與中國傳統的章回小説文體取得同化的效果。①這是第一次以章回體形式翻譯並以連載方式刊行外國小説，據説當時讀者反應平平，但這次嘗試的意義還是不容忽視。其一，儘管中譯本試圖用章回體格式去同化域外小説，但與此同時，域外小説固有的敘事模式與文體形態也迫使中譯本在某些方面做出相應的調整，翻譯事實上成了中外不同小説文體之間的相互征服與相互妥協，其結果必將對作者與讀者産生潛移默化的影響，使之接受並模仿這種不同於傳統章回小説的創作模式，反過來影響傳統章回小説文體的發展。其二，傳統章回小説從來都是以整體面貌示人（即便是少數在創作階段即以抄本形式流傳的小説，其流傳部分也基本上包括了故事的主體），報刊連載的方式開創了一種新的傳播方式，這與章回小説分章分回的敘述體制有機緣巧合的一面，但因傳播環境與讀者需要不同而産生的差異更爲明顯，這些因素將迫使章回小説文體作出相應的改變。隨著域外小説的介入與報刊連載的風行，傳統章回小説的文體形態也發生了顯著變化，這個時間節點大致以光緒二十三年（1897）《本館附印説部緣起》與光緒二十四年（1898）《譯印政治小説序》的先後發表爲標記。從此，中國小説進入了“新小説”創作時代，雖然大部分小説還保留了章回體的某些形態特徵，但已是形式僅存而精彩遠遜了。

　　相形之下，傳奇體小説與話本體小説的發展要遜色得多。傳奇體小説固然有蒲松齡《聊齋志異》（《聊齋志異》一書兼筆記與傳奇二體，真正體現其藝術水準的是傳奇體）獨步一時，但後來者難以爲繼。和邦額《夜譚隨錄》、沈起鳳《諧鐸》、長白浩歌子《螢窗異草》等小説模仿《聊齋志異》以傳奇法志怪的筆法，但僅得皮毛，而遺其精髓。至民國初期，傳奇體小説雖然仍有創作，但已日漸式微，近乎解體。話本體小説自明末馮夢龍“三言”與凌

---

　　① 參〔美〕韓南著，徐俠譯：《中國近代小説的興起》“論第一部漢譯小説”，上海：上海教育出版社 2004 年版，第 102—130 頁。

濛初“二拍”之後，再也看不到能與之相頡頑的佳構。儘管李漁《無聲戲》與《十二樓》、艾衲居士《豆棚閑話》、古吳浪墨子《西湖佳話》等均屬上乘，但人工斧鑿之迹太濃，缺乏話本體小説最爲本質的“説話”氣息，這預示著話本體小説的發展走向了末路。

第一章
清代章回小說的文體流變

結合小說創作的具體情況，我們將清代章回小說文體流變的過程分爲三個階段。在各個不同時期，我們將重點分析對文體發展具有重要意義的創作現象和小說作品，通過以點帶面的方式展示清代章回小說文體的流變歷程。

第一節　章回小說文體的延續

康熙二年（1663），汪象旭評改本《西遊證道書》刊行；康熙十八年，毛倫、毛宗崗評改本《三國志演義》刊行；加上崇禎年間已經刊行的《金聖歎批評第五才子書施耐庵水滸傳》與《新刻繡像批評金瓶梅》，至此，"四大奇書"的文人評改本全部產生。順治至雍正年間的章回小說創作基本上延續了晚明以來的發展勢頭，沒有產生特別突出的小說作品，它們大多在"四大奇書"的陰影之下：或接續"四大奇書"的故事，狗尾續貂；或因襲"四大奇書"的模式，依樣畫瓢。若硬要從中找出一絲亮色，也只有從《金瓶梅》開創的世情小說類型中分化出來的才子佳人小說差強人意了。

歷史演義在明代的發展已登峰造極，除南北朝外各朝史實敷演殆盡，後來者缺少自由發揮的獨創空間，要麽亦步亦趨，在前人作品的基礎上稍加點染，再做文章；要麽另闢蹊徑，尋求變通。順康年間的時事小說《樵史通俗演義》叙述明末天啓、崇禎、弘光三朝歷史，作者自序稱"取《頌天臚筆》《酌中志略》《寇營紀略》《甲申紀事》等書……以成野史"。[1] 書中廣泛徵引詔書、奏章、檄文、函牘等歷史文獻，具有重要的文獻價值，《明季北略》《平寇志》《小覷紀年》均從小説取材，孔尚任《桃花扇》卷末附本末一篇，注明所徵引諸書中也有該書。康熙四十三年（1704）刊本《臺灣外紀》，據《明紀》《明史紀事本末》和有關傳聞敷演成書，主要叙述鄭成功祖孫四代抗擊清兵、開發臺灣的事迹，自明天啓元年（1621）起，至康熙二十二年（1683）止，前後計六十三年。雍正年間成書的《精訂綱鑑廿一史通俗衍義》（又題《廿一史通俗衍義》）主要以司馬光《資治通鑑》和朱熹《通鑑綱目》爲依據，並參照二十一史敷演而成，作者自序云："取《通鑑綱目》及二十一史而折衷之，歷代之統緒而序次之，歷代之興亡而聯續之，歷代之仁暴忠佞貞淫條分縷析而紀實之。芟其繁，輯其簡，增綱以詳，裁目以略。事事悉依正史，言言若出新聞，始終條貫，爲史學另開生面。"[2] 小説從盤古開天闢地始，至明末清初結束，幾乎囊括了整部中國古代史。《精訂綱鑑廿一史通俗衍義》是清代爲數不多的嚴格按照"按鑑演義"的編創方式創作的歷史演義，内容相對純正，體例也較爲規範，但由於"悉遵綱鑑，半是綱鑑舊文"（《凡例》），[3] 故故事情節的鋪叙乏善可陳，文學性不強。上述幾部歷史演義走的是"按鑑演義"的傳統路數，作者遵循"羽翼信使而不違"的信條，故史料價值普遍較高；又因拘泥於史實而拙於鋪叙，故其文學性較弱，可讀性不強。與此同時，清代歷史演義的創作還出現了另一種風格，小説取材於歷史事實却又隨意增飾，作者對小説趣味性的追求遠遠超出了故事真實性的考慮，故此類小説題材雜糅，真假摻半，是歷史演義的變體。康熙十二年

---

[1]　（明）江左樵子編輯：《樵史通俗演義》，《古本小説集成》，上海：上海古籍出版社1994年版，第3—4頁。

[2]　（清）吕撫輯：《廿一史通俗衍義》，《古本小説集成》，上海：上海古籍出版社1994年版，序第12—13頁。

[3]　同上，《凡例》，第1頁。

（1673）永慶堂余鬱生刊本《梁武帝西來演義》，雖然標榜"據史立言""引
經作傳"（《識語》），"按鑑編年，匯成演義"（《序》），實際上卻是利用歷史
題材宣揚佛法與因果報應。小說叙梁武帝蕭衍一生事迹，情節遠離事實，多
荒誕不經之言，言其"不出因果報應"（《識語》）卻是事實。小說謂梁武帝
蕭衍、皇后郗徽乃是上天菖蒲、水仙兩種皈依佛祖的有德名花，蒲羅尊者轉
生爲蕭衍，水大明王轉生爲郗氏女。後因梁主、郗后迷失本性，惡生好殺，
如來遣阿修羅、昆迦那下凡點化。郗后作惡多端，最終被罰作蟒蛇之身；梁
武帝勤於佛事，三次捨身，最終"端坐而逝"，身亡歸西，了却生前身後事，
這與神魔小說的套路非常接近。康熙十九年（1680）成書的《後三國石珠演
義》，卷首序稱"是集專從《通鑑》中三國時受魏稱帝之際，演成一峡"，[1]
似乎走的是歷史演義"按鑑"敷演的傳統路數，實際並非如此。小說以西晉
群雄紛爭、戰亂頻仍的局面爲背景，叙述起於晉武帝司馬炎太康年間、訖
於晉湣帝司馬業建興末年的三十多年間史事，然以虛構人物石珠、劉弘祖
貫徹始終，故稱"石珠演義"。在鋪寫時雜以野史傳聞、奇術左道，雖增志
趣，却荒誕不經。尤其是本書前數回叙石珠降生，頗類《西遊記》中石猴
出世："話說當時晉世祖武帝太康年間，潞安州有一座發鳩山，方圓數百餘
里，奇峰沖天，林木鬱茂……山之東南有一石壁，名翠微壁，壁下有一所古
庵，名爲惠女庵，却是西漢時所建……忽然一日，霹靂震動山谷，雲中閃閃
落下冰雹，猶如浹珠，甚是驚人，少間風息雨止，只見豁剌一聲，竟似天崩
地裂之狀。霎時間，那石壁裂開，内中走出一個美貌女子來，那石壁依舊開
合。"康熙三十四年（1695）成書的《隋唐演義》在前代歷史演義如《隋唐
兩朝史傳》《隋煬帝艷史》《隋史遺文》與野史筆記等相關文獻的基礎上綴輯
而成，據清代梁紹壬《兩般秋雨庵隨筆》卷七考證，這些材料有劉餗《隋唐

---

① （清）梅溪遇安氏著：《後三國石珠演義》，《古本小說集成》，上海：上海古籍出版社 1994 年
版，序第 1—2 頁。

嘉話》、曹鄴《梅妃傳》、鄭處誨《明皇雜録》、柳珵《常侍言旨》、鄭棨《開天傳信記》、王仁裕《開元天寶遺事》、無名氏《大唐傳載》、李德裕《次柳氏舊聞》、史官樂史《楊太真外傳》、陳鴻《長恨歌傳》等十餘種。① 小説將敘事的重心放在野史傳聞中富有神話色彩的隋煬帝與朱貴兒、唐明皇與楊貴妃兩對皇、妃的出身故事上，謂隋煬帝前生爲終南山一個怪鼠，朱貴兒前生爲元始孔升真人，因宿緣而得相聚。後來朱貴兒轉生爲唐明皇，隋煬帝則轉生爲楊貴妃云云，多荒誕不經之處。這幾部小説已不能稱爲嚴格意義上的歷史演義，作者並没有依傍史傳據實敷演，而是倚重野史傳聞與不根之談，談神論鬼，談情説愛，離《三國演義》開闢的“據國史演爲通俗”的旨趣相去甚遠。《梁武帝西來演義》與《後三國石珠演義》實際上屬於歷史演義與神魔小説的雜糅，《隋唐演義》則是在歷史演義的框架内演述兒女情長，英雄氣短的故事。至此，早期“按鑑”敷演，雖不免增飾潤色而大體忠於史實的歷史演義已經日漸式微。

英雄傳奇創作在此一階段走入低谷，作品寥寥無幾，少有值得稱道之作。康熙三年（1664）刊行的《水滸後傳》是《水滸傳》的續書，作者陳忱由明入清，希冀明朝復國，遂撰此書明志。小説第一回的引首詩云“千秋萬世恨無極，白髮孤燈續舊篇”，第四十回的結尾詩又云“司馬感懷成史記，一篇遊俠最流傳”，其遺民心迹於此可見一斑。《水滸後傳》的語言自然雅潔，人物對話生動傳神，景物描寫富有詩情畫意。作品很重視感情的抒發，彌漫著濃重的抒情色彩。有些段落，如第九回太湖賞雪、第十回泰山看日出、第二十四回獻黄柑青果、第三十八回西湖月夜等，寫景叙事，借物抒情，哀艷凄怨，極有韻致。胡適《〈水滸傳續集兩種〉序》評論燕青向徽宗獻黄柑青果一段云：“這一大段文章，真當得‘哀艷’二字的評語！古來多

---

① 參見張俊著：《清代小説史》，杭州：浙江古籍出版社 1997 年版，第 110 頁。

少歷史小説，無此好文章；古來寫亡國之痛的，無此好文章；古來寫皇帝末路的，無此好文章！"①雖不能媲美前傳，但作爲續書，能有如此成就已屬不易。書前《論略》云："《後傳》有難於《前傳》處。《前傳》鏤空畫影，增減自如；《後傳》按譜填詞，高下不得。《前傳》寫第一流人物，分外出色；《後傳》爲中材以下，苦心表微。"②雖單就《水滸後傳》而論，實際上也道出了所有小説續書的苦衷。《後水滸傳》同樣續《水滸傳》而作，可人們評價就差遠了："一片邪污之談，文詞乖謬，尚狗尾之不若也。"③

　　英雄傳奇如此，神魔小説創作同樣不夠景氣，《後西遊記》《濟公全傳》《斬鬼傳》等小説大多拾人牙慧，了無新意，不惟品質平平，於文體也殊少創新。此間唯一可稱許者，是康熙四十三年（1704）刊本《女仙外史》，明永樂十八年（1420），山東蒲台唐賽兒率衆反抗朝廷，《明史》"本紀·成祖三"載有此事，《明史》"列傳六十三"記之尤詳："永樂十八年二月，蒲臺妖婦林三妻唐賽兒作亂。自言得石函中寶書神劍，役鬼神，剪紙作人馬相戰鬥。徒衆數千，據益都卸石柵寨。指揮高鳳敗歿，勢遂熾。其黨董彥昇等攻下莒、即墨，圍安丘。總兵官安遠侯柳升帥都指揮劉忠圍賽兒寨。賽兒夜劫官軍。軍亂，忠戰死，賽兒遁去。比明，升始覺，追不及，獲賊黨劉俊等及男女百餘人。"④小説即以此事爲依托，妄加點染、恣意增飾而成。從創作手法及情節設計等諸多方面來看，本書模仿《平妖傳》之處甚多，後者以北宋慶曆年間貝州王則起義的歷史事件爲原型虛構成書。不但書中主要人物月君、鮑母、唐賽兒、妙姑等人的出身行事與《平妖傳》中聖姑姑、胡永兒、左黜、卜吉等人相似，連情節也有不少雷同之處，如第七回鮑母引導唐賽兒進無門洞天識曼陀尼一事，即模仿《平妖傳》第七回卜吉入八角井逢聖姑姑

　　①　胡適著：《中國章回小説考證》，合肥：安徽教育出版社 1999 年版，第 125 頁。
　　②　（明）陳忱著：《水滸後傳》，《古本小説集成》，上海：上海古籍出版社 1994 年版，第 27 頁。
　　③　（清）劉廷璣撰：《在園雜志》，北京：中華書局 2005 年版，第 125 頁。
　　④　（清）張廷玉等撰：《明史》，北京：中華書局 1974 年版，第 4655 頁。

而作。本書的叙事體例雜糅紀傳體與編年體，前十四回叙唐賽兒身世時用紀傳體，後八十六回叙永樂靖難與賽兒興兵用編年體，以建文帝年號爲據，一直編年至“建文二十六年秋七月辛卯”，這顯然不合史實。書前所附劉廷璣《在園品題》二十則對小説的情節結構與作書大意有較爲切實的分析：“《外史》前十四回，是爲賽兒女子做傳，據紀事本末所述數語爲題，撰出大文章，雖虛亦實；至靖難師起，與永樂登基，屠滅忠臣，皆係實事，別出新裁。迨建行關、取中原、訪故主、迎復辟、舊臣遺老先後來歸八十回，全是空中樓閣。然作書之大旨，却在於此，所以謂之‘外史’。‘外史’者，言誕而理真，書奇而旨正者也。”①小説中充滿强烈的創作主體意識，叙述者處處强調自己的身份是“作書的”，讀者是“看書者”，這與以往小説常常將叙述者與讀者的身份預設爲“説話的”與“看官”不同，叙述者與讀者之間的關係由“説”與“聽”轉變爲“寫”與“看”，這種轉變勢必帶來作者創作思維的變化，導致作者叙述風格的調整，小説的説唱色彩逐步消失。《女仙外史》全書極少出現章回小説慣用的“話説”“却説”“且説”等説唱藝術的遺迹，結尾也沒有常見的“欲知後事如何，且聽下回分解”套語，只有非常簡潔的一句話：“且看下回分説。”不過這種轉變並不徹底，傳統説唱藝術的影響仍然存在，最典型的是叙述者與讀者之間的互動非常明顯。第一回開頭云：“請問：安見得賽兒是嫦娥降世？劈頭這句話，似乎太懸虛了。看書者不信，待老夫先説個極有考據的引子起來。”第二十七回開頭云：“這回書自然要叙出張總兵與吕軍師交戰的事情了，不意開場又是別出。只因爲吕軍師兵進萊州，唐月君自回卸石寨去，其間尚有一出絕好看的戲文，從中串插過下，試聽道來。”傳統章回小説中叙述者與讀者的互動行爲，直到清末民初的“新小説”中仍然盛行。

---

① （清）吕熊著：《女仙外史》，《古本小説集成》，上海：上海古籍出版社 1994 年版，第 26 頁。

　　《金瓶梅》開創的世情小説一派突破了此前歷史演義、英雄傳奇與神魔小説的取材範圍，將小説叙述的重點與中心拉回到現實人生，貼近市井百姓的日常生活。歷史演義、英雄傳奇中的主人公與現實生活多有隔膜，他們身上寄寓著人們的社會理想，似乎生來就肩負譜寫歷史、拯救時弊或改變他人命運的神聖職責，作者一般不關注他們的世俗生活與七情六欲；神魔小説雖説有現實生活的影子，即所謂"神魔皆有人情，精魅亦通世故"，[①]但此種"人情世故"並非作者著力表現的對象，而是作者調侃、戲謔社會現象的産物。只有世情小説才將人的本真情感作爲關注的對象，並且以嚴肅認真的態度加以對待。順康年間，世情小説的創作取得了長足進展，雖然没有出現藝術水準與《金瓶梅》相仿的作品，但整體水準都還不錯，更重要的是從世情小説中派生出了才子佳人小説，成爲此一階段一道獨特的風景。

　　順治十七年（1660）刊行的《續金瓶梅》藝術水準並無出彩之處，[②]值得關注的是它鄭重其事地介紹做書緣由的開頭方式以及用小説故事爲《勸善感應篇》做注解的怪異寫法。小説第一回開頭用了很大篇幅説明"做書大意"，強調本書乃爲"講《感應篇》注解"而非"導欲宣淫話本"。在這種創作宗旨的指引下，小説出現了相當怪異的回目設置與叙事方式：先列《感應篇》的條目，再列本回回目，如第一回《廣仁品　普静師超劫度冤魂，衆孽鬼投胎還宿債》；先列《感應篇》條文，再叙本回故事。這種將小説叙事與道德説教雜糅的寫法傷害了小説文體的純潔與統一，成了"道學不成道學，稗官不成稗官"[③]的怪胎。順治十八年（1661）刊行的《醒世姻緣傳》受《金瓶梅》影響非常明顯，不僅是其因果報應的總體結構，其語言描寫，人物刻畫

---

　　① 魯迅著：《中國小説史略》，上海：上海古籍出版社 1998 年版，第 114 頁。
　　② 《續金瓶梅》並非《金瓶梅》的第一部續書。（明）沈德符《萬曆野獲編》卷二十五云："中郎又云，尚有名《玉嬌李》者，亦出此名士手，與前書各設報應因果：武大後世化爲淫夫，上烝下報；潘金蓮亦作河間婦，終以極刑；西門慶則一駿憨男子，坐視妻妾外遇，以見輪回不爽。"見（明）沈德符：《萬曆野獲編》，北京：中華書局 1959 年版，第 652 頁。
　　③ （清）劉廷璣撰：《在園雜志》，北京：中華書局 2005 年版，第 125 頁。

等多方面都可以見出學步《金瓶梅》的努力。最值得關注的是它打破了章回小説描寫人物外貌使用韻文的傳統模式，以散體語言出之，如第一回描寫晁大舍的妻子計氏："那計氏雖身體不甚長大，却也不甚矮小；雖然相貌不甚軒昂，却也不甚寢漏；顔色不甚瑩白，却也不甚枯鱉；下面雖然不是三寸金蓮，却也不是半朝鑾駕。那一時別人看了計氏，到也是尋常，晁大舍看那計氏，即是天香國色。"又如第十九回描寫皮匠小鴉兒的妻子唐氏："雖比牡丹少些貴重，比芍藥少段妖嬈，比海棠少韻，比梅花少香，比蓮花欠净，比菊花欠貞。雖然没有名色，却是一朵嬌艷山芭。"①這些描寫，對於習慣了千篇一律的詩詞韻文描寫的讀者來説，耳目爲之一新，精神爲之一振。新穎別致之外，還隱含些許戲謔、調侃，其反諷意味也盡在不言之中。《醒世姻緣傳凡例》云"本傳造句涉俚，用字多鄙"，富有鄉土氣味的地方語言爲小説贏得了很高的評價，孫楷第對此贊賞有加，其《與胡適之論醒世姻緣書》云："全書百回，赤地新立，純粹用土語爲文，摹繪村夫村婦口吻，無不畢肖，文筆亦汪洋恣肆，雖形容處稍欠藴蓄，要爲靈動活躍最富有地方性之漂亮文字，在中國小説中實不多見。"②其《戲曲小説書録解題》又云："斯編雖以俚語演述，而要其實，上可抗蹤《水滸》，下可媲美《紅樓》。"③單就語言特色來説，此譽不算過分。順治年間刊本《金雲翹傳》是清初世情小説向才子佳人小説過渡的作品，小説叙金重、王翠云、王翠翹三人的愛情故事，書名從三人名字中各取一字而成，仿《金瓶梅》而作。不但題目如此，小説的成書方式也與《金瓶梅》相類。小説據明嘉靖間海寇徐海與妓女王翠翹的有關筆記、傳聞、史料、話本、戲曲創作而成，徐海、王翠翹等人，亦見於《明史》。另外明末關於王翠翹的小説已有多種，如《虞初志》"王翠翹傳"、《續

---

① （清）西周生輯著：《醒世姻緣傳》，《古本小説集成》，上海：上海古籍出版社1994年版，第13—14、502頁。
② 孫楷第著：《滄州後集》，北京：中華書局1985年版，第232頁。
③ 孫楷第著：《戲曲小説書録解題》，北京：人民文學出版社1990年版，第150頁。

艷異編》"王翠兒傳"、《幻影》第七回 "生報華萼恩，死謝徐海義"、《西湖二集》"胡少保平倭寇戰功" 等，《金雲翹傳》可謂集大成的作品。[①] 小説叙事委曲詳盡，情節起伏跌宕，人物性格鮮明突出，語言明白曉暢而又不失典雅，在清初小説中實屬難得一見的佳作。

才子佳人小説創作的興盛是順治至雍正年間章回小説發展最引人注目的現象，九十餘年的時間裏共産生才子佳人小説五十餘部；尤其需要引起關注的是，在這段時期出現了一個專事才子佳人小説的作家群體。如天花藏主人（署天花藏主人編次、撰述或作序的小説有《平山冷燕》《畫圖緣》《定情人》《飛花詠》《麟兒報》《賽紅絲》《玉支磯》《人間樂》《金雲翹傳》《幻中真》等十幾種）、煙水散人（與其有關的小説有《鴛鴦配》《合浦珠》《賽花鈴》《春燈鬧》《桃花影》）、煙霞散人（主人）（作品有《飛花艷想》《鳳凰池》《巧聯珠》）、古吴娥川主人（作品有《生花夢》《炎涼岸》）、蘇庵主人（作品有《歸蓮夢》《繡屏緣》）、白云道人（作品有《玉樓春》《賽花鈴》）、步月齋主人（作品有《幻中遊》《鳳簫媒》《情夢柝》《蝴蝶媒》《終須夢》《五鳳吟》《兩交婚》）。一種小説類型在短時期内出現了如此衆多的專業作家，並如此密集地創作出大量作品，這在中國古代小説史上也是非常罕見的現象。它一方面表明才子佳人小説流派已經成熟，另一方面也預示這種小説類型即將走向没落。道理很簡單，當小説創作成爲作家的職業且又追求短時期的作品數量時，勢必帶來小説創作的機械化，故事情節的模式化，如果不思進取，尋求突破，那麼離這種類型的衰亡也就爲時不遠了。早在康熙九年（1670），蘇庵主人在《繡屏緣》第一回開頭便表達了對才子佳人小説故事情節模式化的不滿："如今做小説的，開口把私情兩字説起，庸夫俗婦，色鬼奸謀，一團穢惡之氣，敷衍成文。其實不知 '情' 字怎麼樣解，但把婦人淫樂的勾

---

① 參見侯忠義《金雲翹傳》"前言"，（明）青心才人編次：《金雲翹傳》，《古本小説集成》，上海：上海古籍出版社 1994 年版，第 1 頁。

當，叫做私情，便於'情'字大有干礙。"①大約在同一時期，古吳娥川主人在《生花夢》第一回開頭表達了同樣的意思："但今稗官家往往争奇競勝，寫影描空，采香艷於新聲，弄柔情於翰墨。詞仙情種，奇文竟是淫書；才子佳人，巧遇永成冤案。"②有意思的是這兩位才子佳人小説創作的高手一邊罵著前人陳腐，一邊又重複前人舊套。嘉慶四年（1799）刊本《紅樓復夢》在《凡例》中概括了才子佳人小説的創作模式：

> 凡小説内才子必遭顛沛，佳人定遇惡魔，花園月夜、香閣紅樓，爲勾引藏奸之所。再不然公子逃難，小姐改妝，或遭官刑，或遇强盗，或寄迹尼庵，或羇棲異域。而逃難之才子有逃必有遇合，所遇者定係佳人；才女極人世艱難困苦，淋漓盡致。夫然後才子必中狀元，作巡按，報仇雪恨，娶佳人而團圓。凡小説中舍此數項，無從設想。③

才子佳人小説流派自形成以來，一直遭受世人詬病。清陳宏謀《訓俗遺規》不無誇張地指出了才子佳人小説可能存在的社會危害："多將男女穢迹，敷爲才子佳人，以淫奔無恥爲逸韻，以私情苟合爲風流，云期雨約，摹寫傳神，使閲者即老成歷練，猶或爲之搖撼。至於無識少年，内無主宰，未有不意蕩心迷，神魂顛倒者。"④而才子佳人小説無一例外的大團圓結局，則更爲後人深惡痛絶，甚至被拔高到了反映國民性的高度。其實平心而論，如果抛開才子佳人小説臉譜化的人物形象與模式化的故事情節給讀者帶來的審

---

① （清）蘇庵主人編次：《繡屏緣》，《古本小説集成》，上海：上海古籍出版社1994年版，第3—4頁。
② （清）古吳娥川主人編次：《生花夢》，《古本小説集成》，上海：上海古籍出版社1994年版，第5—6頁。
③ （清）紅香閣小和山樵南陽氏著：《紅樓復夢》，《古本小説集成》，上海：上海古籍出版社1994年版，第6頁。
④ 轉引自王利器輯録：《元明清三代禁毁小説戲曲史料》（增訂本），上海：上海古籍出版社1981年版，第295—296頁。

美疲勞不談，我們還是能夠找到這種小説類型的優點，尤其是一些較爲成功的作品。才子佳人小説非常講究情節的戲劇性，所敘故事大多情節曲折，引人入勝，可讀性甚强。古越蘇潭道人《五鳳吟序》云："舉世之人，每見道義之書，則開卷交睫；若持風雅之章，則卷不釋手，何也？莊語辭嚴而意正，不克解人之悶，釋人之愁。惟綺語，事鄙而情真，易於留人之眼，博人之歡。"① 煙水散人《賽花鈴題辭》亦云："予謂稗家小史，非奇不傳。然所謂奇者，不奇於憑虚駕幻，談天説鬼，而奇於筆端變化，跌宕波瀾。"② 才子佳人小説善於利用誤會、巧遇等矛盾衝突産生"筆端變化，跌宕波瀾"的叙事效果，容易"留人之眼、博人之歡"，既叫好又叫座，符合大衆的審美心理需要，其佼佼者更是一版再版，甚至走出國門，在國外産生影響。有人統計，《玉嬌梨》有46種版本，曾被譯爲英文、法文、德文等多種語言；《平山冷燕》有45種版本，曾被譯爲法文；《好逑傳》有23種版本，也曾被譯爲英文、法文、德文等多種語言，馳名歐洲大陸。③ 即便是對才子佳人小説的弊病看得較爲清楚的曹雪芹氏，他也不得不承認《紅樓夢》有受才子佳人小説的影響，最起碼某些故事情節的設計即來源於才子佳人小説，如賈璉偷娶尤二姐，王熙鳳不露深色地賺尤二姐入賈府，然後設計逼死尤二姐一節，即來源於《金雲翹傳》中書生束守偷娶妓女王翠翹，束妻宦氏不露聲色地劫持王翠翹入家中並逼其爲奴一節，所不同者是王翠翹後來伺機逃脱了宦氏的魔掌，免去一死。又如王熙鳳毒設相思局，殘害賈瑞一節，亦來源於《歸蓮夢》中香雪小姐主僕設計讓可笑的追求者焦順出醜一節，所不同者是焦順最後打消了求婚的念頭，並没有因此喪命。古吴娥川主人的《生花夢》，藝術成就不是很突出，但於小説文體頗有創新之處，最值得關注的是小説打破了

---

　　① （清）雲間嘯嘯道人著：《五鳳吟》，《大連圖書館藏孤稀本明清小説叢刊》影印本，大連：大連出版社2000年版，第1頁。
　　② （清）白云道人著：《賽花鈴》，《古本小説集成》，上海：上海古籍出版社1994年版，第1—2頁。
　　③ 參見復旦大學邱江寧2004年博士論文《才子佳人小説研究》（未刊稿）。

以往章回小説由叙述者（説書人）一人包辦叙述並以第三人稱全知視角叙述到底的傳統，實現了叙事視角與人稱的自由轉換。以小説前幾回叙述康夢庚殺人事件爲例：第一回寫貢鳴岐升任山東觀察使，於鎮江西門外京口驛站遇見一少年當街殺人，這個故事全用第三人稱限知視角，從貢鳴岐眼中寫出；第二回開頭便介紹殺人少年康夢庚的身世背景，轉用第三人稱全知視角，由叙述者道來；康夢庚殺人的由來又從知情人韓老人口中説出，用的是第三人稱限知視角；貢鳴岐所知詳情，又由康夢庚以第一人稱道出。此外，小説總體上采用順叙，但關於康夢庚的身世背景用的是插叙，他殺死屠一門用的又是倒叙，是插叙中的倒叙，小説的叙事時間錯綜複雜。才子佳人小説在回目設置上也頗有創新之處，打破了以往小説七言或八言爲主的規律，大膽地使用十言甚至十言以上的回目，如康熙十一年（1672）刊本《麟兒報》，其回目爲對仗工整的聯句，字數從七言至十三言不等（如第十回《宦家爺喜聯才美借唱酬詩擇偶，窮途女怕露行藏設被窩計辭婚》）；清初刊本《玉支璣小傳》字數從九言至十三言不等（如第八回《賞金贈聘有心用術反墮人術中，信筆題詩無意求婚早擁身婚內》）。字數的變化表明作者對小説回目的設置更加得心應手，有助於改變以往固定爲七言、八言的僵化印象，豐富了章回小説回目的形式；同時字數的增加有助於概括能力的提升，有些回目甚至能夠反映小説故事情節的曲折變化。

第二節　章回小説的文體變革及其成就

乾隆至光緒後期的一百六十來年是中國古代章回小説發展史上繼明嘉靖至萬曆年間之後的第二個黄金時期。經過清前期近百年的積纍，章回小説創作在此一階段爆發出巨大的能量，掀起了一個創作高潮。《紅樓夢》與《儒林外史》的誕生是章回小説發展史上繼“四大奇書”之後又一次耀眼的閃

爍，點燃了章回小説發展最後的輝煌。這兩部不朽的著作既是古代小説藝術
發展的扛鼎之作，同時也是章回小説文體變革的開路先鋒。英雄傳奇的創作
獲得了前所未有的繁盛，形成了“説唐系列”和“説宋系列”兩大主流，並
且在文體形式上逐漸突破《水滸傳》確立的規範，有多方面的創新。小説創
作與説唱藝術之間的互動是這個階段的一大亮點，並打破了以往由説唱藝術
到小説創作的單綫發展模式，實現了二者之間的雙向交融。總體來説，這個
階段的章回小説創作基本上沿著傳統章回小説的套路進行，但其間暗潮洶
涌，變革頻仍，爲晚清“新小説”的到來積聚著力量。

　　歷史演義創作持續低迷，不但作品數量少，而且除《南史演義》《北史
演義》外，其餘都是改編前人作品，了無新意。乾隆元年（1736）刊本《説
唐演義全傳》（《説唐前傳》）以褚人穫《隋唐演義》第一回至六十六回爲主
體，參采民間野史傳聞改編而成，情節多荒誕不經之處，且言辭俚俗，成就
較原本相去甚遠。乾隆五年（1740）刊本《東周列國志》乃蔡元放以明余
邵魚《列國志傳》、馮夢龍《新列國志》爲底本，參采《左傳》《國語》《戰
國策》等史籍編次成書。蔡元放認爲“稗官固亦史之支派，特更演繹其詞
耳”，[①] 他作《東周列國志》，就是要以“稗官”形式演繹“史”的内容，自詡
《東周列國志》“若説是正經書，却畢竟是小説樣子……但要説他是小説，他
却件件從經傳上來”，[②] 殊不知既然“件件從經傳上來”，就難免拘牽於史實；
既然要做成“小説樣子”，就離不了虛構增飾，這兩者實難統一，故此書有
點不倫不類。清人李元復《常談叢録》批評它“頭緒紛如，難於聯貫；又列
國時事多，首尾曲折不具詳，難於敷衍，未免使覽者厭倦”，[③] 大體不差。乾

---

　　①　（清）蔡元放《東周列國志序》，丁錫根編《中國歷代小説序跋集》，北京：人民文學出版社
1996年版，第868頁。
　　②　（清）蔡元放《東周列國志讀法》，王筱云、韋鳳娟等編《中國古典文學名著分類集成文論卷》
（3），天津：百花文藝出版社1994年版，第213頁。
　　③　轉引自孔另境編：《中國小説史料》，上海：上海古籍出版社1982年版，第98頁。

隆三十九年刊本《列國志輯要》據明馮夢龍《新列國志》删節而成，將原本
叙述描寫頗爲豐潤的小説幾乎删節成僅叙故事要點的條目形式，在形式上也
將原本對仗工整的聯句回目改爲單句回目，使原本一回變成兩節，實在是逆
小説發展潮流而行，孫楷第《戲曲小説書録解題》評云："夢龍原書搜輯至
勤，在講史中最爲得體，兹乃病其繁而删之，不免點金成鐵。"① 乾隆六十年
（1795）刊本《鬼谷四友志》在明吴門嘯客《孫龐鬥志演義》的基礎上寫就，
作者認爲《孫龐鬥志演義》頗多神異怪誕之事，將其盡行删除，增加蘇秦、
張儀師事鬼穀子事。而蘇秦、張儀事，余邵魚《列國志傳》亦有生動描述。
"鬼谷四友"指的是孫、龐學兵法，蘇、張學遊説。《鬼谷四友志凡例》云：
"今此書悉照《列國》評選，稍加增删，去其謬妄穿鑿，獨存朴茂，自然合
理，言簡義盡，無掛漏不勝之苦，讀之惟覺古人可愛可慕，醒諸戒諸。"《孫
龐鬥志演義》本爲神魔小説，經過改作後的《鬼谷四友志》虚幻成分大大減
少，接近歷史演義類型。嘉慶十五年（1810）同文堂刊本《東漢演義評》乃
據明謝詔《重刻京本增評東漢十二帝通俗演義》改編，作者序稱舊本"捏不
經之説，顛倒史事，以惑人心目"，因此"敷説大端，正其荒謬"。小説删去
原本中與史實不合之處，重新按照編年體結撰，"摭拾史事，繫以末識，離
爲八卷"。② 道光十二年（1832）刊本《大明正德皇帝遊江南傳》則是以民
間説書《武宗平話》爲藍本，雜采民間野史傳聞編次而成，雖然正德皇帝遊
江南事有史可徵，但小説摻雜了太多不根之説與無稽之談，且言辭鄙俚不
堪，柳存仁認爲它是"歷史小説中最陋的著作"。③ 光緒十四年（1888）文益
堂刊本《大隋志傳》同樣是據舊本改編而成，孫楷第認爲"實即割裂褚人穫
（《隋唐演義》）書前半部爲之，而改題名目。《隋唐演義》回目六至十一言不

① 孫楷第著：《戲曲小説書録解題》，北京：人民文學出版社 1990 年版，第 77 頁。
② （清）清遠道人重編：《東漢演義評》，《古本小説集成》，上海：上海古籍出版社 1994 年版，
《東漢演義序》第 2—3 頁。
③ 柳存仁編著：《倫敦所見中國小説書目提要》，北京：書目文獻出版社 1982 年版，第 155 頁。

等，此書改爲整齊的八言，並將原書前四十七回調整爲四十六回，文字有删改"。①此書卷末云："後竇建德聞煬帝被殺，起兵問罪，把化及、智及殺死，攜蕭后以歸。此時天下大亂，英雄割據。凡征戰攻取，載在《大唐志傳》，兹不復記。"據此可知，作者似有意將《隋唐演義》離析爲《大隋志傳》與《大唐志傳》二書，而後者未見。②這個階段具有獨創性的歷史演義是杜綱的《北史演義》（乾隆五十八年，1793）與《南史演義》（乾隆六十年，1795）。明代歷史演義中除南北朝外各朝史事皆敷演殆盡，杜綱"南北史演義"的撰成填補了這段空白。《南史演義凡例》云："是書及《北史》，原以補古來演義之闕，緣前有《東西晉演義》，後有《隋唐演義》，事已備見於兩部，故書不復述。"③《北史演義》叙事始自魏宣武失政，訖於隋文帝伐周平陳；《南史演義》叙事始自晉孝武帝失政，訖於隋文帝滅陳。小説以傳統歷史演義的編創方式"按鑑演義"而成，叙事條理清晰，言辭雅順，在清代歷史演義中屬難得一見的佳作，孫楷第對此評介頗高："凡演史諸書非鄙惡即枝蔓，此編獨能不蹈此弊，在諸演史中實爲後來居上，除《三國志》《新列國志》《隋史遺文》《隋唐演義》數書外，殆無足與之抗衡者。"④這一階段的歷史演義創作總體上有回歸傳統的趨向，除《大明正德皇帝遊江南》多荒誕不經之處外，其餘各書都呈現出盡力向史實靠攏的努力，這是自《三國演義》以來"事紀其實，亦庶幾乎史"的信史尚實觀念在歷史演義創作中的最後一次集體表達，從此以後歷史演義的創作就走向了以史實爲點綴，愈來愈虛幻的道路。

　　神魔小説創作一直在走下坡路，乾隆至光緒後期的這一段時期仍然不見起色。作品數量不少，其中改編、仿作者居多，文體形式的發展呈現出向世情小説與英雄傳奇靠攏的趨勢，雖然神仙道士、妖魔鬼怪依然是小説著力描

---

① 孫楷第著：《中國通俗小説書目》，北京：人民文學出版社 1982 年版，第 51 頁。
② 參見石昌渝主編：《中國古代小説總目》（白話卷），太原：山西教育出版社 2004 年版，第 37 頁。
③ （清）杜綱著：《南史演義》，《古本小説集成》，上海：上海古籍出版社 1994 年版，第 1 頁。
④ 孫楷第著：《戲曲小説書録解題》，北京：人民文學出版社 1990 年版，第 87 頁。

述的對象，但其中對世態人情的關注比《西遊記》《封神演義》等經典作品要多出很大分量。乾隆九年（1744）刊本《濟公傳》情節内容與明代《錢塘漁隱濟顛禪師語録》幾乎雷同，是直接襲取原本而成。嘉慶十四年（1809）刊本《南海記》叙觀音菩薩發願修行，終於在南海成佛故事，題材與明朱鼎臣《南海觀世音菩薩出身修行傳》基本相同，同樣可見原本的影子。乾隆十四年（1749）序刊本《新説西遊記》、嘉慶十三年（1808）刊本《西遊原旨》、道光十九年（1839）刊本《通易西遊正旨》都是在清初江象旭《西遊證道書》基礎上的改作，藝術成就遠不如原本。乾隆十八年（1753）刊本《海遊記》叙商人管城子遊歷海底無雷國的所見所聞，嘉慶十八年（1813）刊本《希夷夢》叙吕仲卿、韓速遊歷海外浮石島國的夢境，嘉慶二十三年（1818）刊本《鏡花緣》叙唐敖遊歷海外諸國的見聞，三者都是借幻境針砭世情，諷喻色彩十分濃厚，是《西遊記》《西遊補》諷世風格的一脈相承。咸豐八年（1858）刊本《趙太祖三下南唐被困壽州城》叙宋太祖趙匡胤三下南唐擒李璟事。赤眉老祖爲懲罰宋太祖妄殺功臣、義弟鄭恩，而派其徒余鴻下山，助南唐以金陵彈丸之地抗拒宋軍十萬兵馬，困宋太祖於壽州城三年。梨山老母、陳搏老祖等派劉金定、郁生香、蕭引鳳、艾銀屏、花解語五員女將，助大宋破南唐，解救宋朝天子，以除宮難。小説主要情節即表現五女將與余鴻鬥法事，頗爲荒誕。自《封神演義》寫截教與闡教派門徒下凡，各助其主，興兵鬥法以來，步其後塵者頗爲多見，如《天妃娘媽傳》《南遊記》等均有此類情節，而《趙太祖三下南唐》則全書循此模式而作。嘉慶四年（1799）刊本《瑶華傳》與光緒十四年（1888）刊本《狐狸緣全傳》寫狐妖故事，嘉慶九年（1804）刊本《婆羅岸全傳》與嘉慶十一年（1806）刊本《雷峰塔奇傳》寫蛇妖故事，都離不了某物修行得道，轉投人世，最後又恢復本元的窠臼，是《西遊記》模式的延續。乾隆二十七年（1762）成書的《綠野仙蹤》叙落第士人冷於冰得火龍真人真傳及斬妖除魔、懲治貪官、賑治災民、平定叛亂等事，集神魔小説、英雄傳奇、世情小説等類型爲一體。乾隆三十三年（1768）刊本《躋雲樓》據唐朝李朝威《柳毅傳》傳奇敷演而成，叙柳毅娶龍女後又娶虎女、中進士、斷冤案、臨危救駕、抗擊吐蕃等事，將神魔鬼怪、才子佳人、英雄傳奇、俠義公案等題材融爲一爐。道光二十七年（1847）刊本《升仙傳》叙濟小塘功名不遂，雲遊四海，得吕洞賓等仙人傳授法術，乃結交天下英雄，濟困扶危、降妖伏怪、懲治奸臣嚴嵩等事迹，是神魔小説與英雄傳奇的典型結合。

　　英雄傳奇在這個時期有了長足的發展，首先表現在作品數量衆多，幾乎超過了此前所有作品的總和。其次是出現了有計劃、成規模的系列作品，最爲典型的是"説唐"系列與"説宋"系列。再次，這個時期産生的英雄傳奇逐漸突破了《水滸傳》開創的模式，主人公不僅僅承擔扶危濟困、行俠仗義的大事，還要兼及家庭瑣事、男女私情，形象更爲豐滿、全面，由以往小説中近乎不食人間煙火的概念化的英雄形象回到了有血有肉、更貼近生活的普通人形象，是與世情小説的雜糅。與此同時，這個時期産生的英雄傳奇繼承並且深化了《水滸傳》開創的神魔降世模式，故事情節的展開與推進越來越倚重外部的神秘力量，是與神魔小説的融合。

　　"説唐"系列英雄傳奇的源頭至少應追溯至宋元話本《薛仁貴征遼事略》，明成化年間刊本説唱詞話《新刊全相唐薛仁貴跨海征遼故事》情節與此基本相同。乾隆三年（1738）刊本《説唐演義後傳》據明代《隋唐兩朝志傳》第七十則至第九十八則改寫而成，叙羅通征北與薛仁貴征東二事，全書五十五回。第五十五回全書結尾云："還有《薛丁山征西傳》唐書，再講。"《薛丁山征西傳》即《異説後唐傳三集薛丁山征西樊梨花全傳》，爲本書的續書，可見作者當時有撰寫《説唐演義前傳》（即《説唐演義全傳》）《説唐演義後傳》《薛丁山征西傳》等"説唐"系列的計劃。《説唐演義全傳》係割裂褚人穫《隋唐演義》前六十回成書，叙事始自秦叔寶之父臨終托孤，訖於唐太宗登基，演述一段較爲完整的歷史故事，屬於歷史演義類型。至《説唐演義後傳》，小説叙述的重點發生偏移，前半部叙述羅通掛帥率領衆小將北征解木楊城唐太宗之圍的故事，後半部叙述薛仁貴出身坎坷、三次投軍終於率衆東征的故事，如蓮居士將前半部改編爲《説唐小英雄傳》（又名《羅通掃北》），將後半部改編爲《説唐薛家府傳》（又名《薛仁貴征東全傳》），屬英雄傳奇類型。[①] 乾隆間刊本《混唐後傳》（封面題"繡像薛家將平西演傳"）叙薛仁貴征西事，内容與乾隆間恂莊主人編《異説征西演義全傳》相同，只是此書前部分較《異説》稍簡。乾隆十八年（1753）刊本《異説反唐全傳》以武則天臨朝爲背景，叙薛剛大鬧花燈、打死皇子、驚崩聖駕、三祭鐵丘墳、保駕盧陵王中興大唐事。嘉慶二年（1797）刊本《粉妝樓全傳》講述唐代開國功臣羅成之後羅燦與羅焜行俠仗義、除暴鋤奸的故事。嘉慶五年（1800）刊本《緑牡丹》（又名《反唐後傳》）以武則天以周代唐和盧陵王復辟爲背景，叙駱宏勳、花碧蓮等英雄俠女反奸鋤霸，襄助盧陵王復辟的故事。以上是此一階段"説唐"系列英雄傳奇的主要作品。

"説宋"系列英雄傳奇的源頭同樣可以追溯至宋元話本時代。宋人羅燁《醉翁談録》"舌耕叙引"之"小説開闢"云："講歷代年載廢興，記歲月英雄文武"，其中"英雄文武"就有《飛龍記》《花和尚》《武行者》《楊令公》《五郎爲僧》等；又云"新話説張、韓、劉、岳"，説的即關於宋代抗金名將張浚、韓世忠、劉錡、岳飛的傳奇故事。明萬曆年間刊本《楊家府世代忠勇通俗演義》、天啓年間刊本《岳武穆王精忠傳》等雖然以歷史演義的編創方式成書，但實際上小説已經越出了歷史演義的文體形式而近乎英雄傳奇。乾隆九年（1744）刊本《説岳全傳》叙岳飛一生事迹。乾隆三十三年序刊本

---

① 　日本享保十三年（1728，相當於清雍正六年）刊本《舶載書目》著録有《説唐小説英雄傳》二卷十六回與《説唐薛家府傳》六卷四十二回的合刊八卷本尚友齋刊本，故《説唐演義後傳》在雍正六年前即已問世，但現存《説唐演義後傳》最早刊本爲乾隆三年（1738）姑蘇緑慎堂刊本。

《飛龍全傳》叙宋太祖趙匡胤發迹變泰事。乾隆四十四年刊本《説呼全傳》叙宋代名臣呼延必顯之子呼延守勇、呼延守信及家人呼延慶的英勇事迹。嘉慶六年（1801）刊本《五虎平西前傳》叙宋代名臣狄青征西夏故事。嘉慶十二年刊本《五虎平南後傳》叙狄青平定廣南儂智高的故事。嘉慶十三年刊本《萬花樓演義全傳》（又題《後續大宋楊家將文武曲星包公狄青初傳》）叙宋代名臣狄青故事。嘉慶十八年刊本《海公大紅袍全傳》叙宋代名臣海瑞一生的傳奇經歷，其續書有道光十一年（1831）刊本《海公小紅袍傳》。嘉慶二十年刊本《新鐫繡像後宋慈云太子逃難走國全傳》叙宋神宗時慈云太子的坎坷身世，第三十五回末尾云：“此是續後之論。此書上接《五虎平南》之後，下開《説岳精忠》之書。”咸豐三年（1853）刊本《蕩寇志》（又名《結水滸傳》）承金聖歎七十回本《水滸傳》而來，故目録自“第七十一回”起，作者“深嫉邪説之足以惑人，忠義、盜賊之不容不辨，故繼耐庵之傳，結成七十卷光明正大之書，名之曰《蕩寇志》”（卷首徐佩珂序）。此一階段的“説宋”系列英雄傳奇創作呈現出明確的計劃性，作者或書坊主有意識地要形成一個系列。《五虎平西前傳》卷一云：“話説大宋開基之主太祖趙匡胤……前書已有《兩宋》表明，兹不絮談。”卷十四結末又云：“若問五虎將如何歸結，再看《五虎平南後傳》，另有著落詳言。”《五虎平南後傳》卷一云：“却説前書五虎將征服西域邊夷，奏凱班師。”卷六末云：“如今五虎平南成功，奏凱回朝，上書已有《平西初傳》載録，此是續集。”《後宋慈云走國全傳》卷末識語云“此書正接《五虎平南》之後，下開《説岳精忠》之書”，故又名《後續五虎將平南後宋慈云走國全傳》。《萬花樓》書末注明此書與《五虎平西》“多關照之筆”，故此書又名《後續大宋楊家將文武曲星包公狄青初傳》。《北宋志傳》結尾叙及十二寡婦征西歸來，謂“直待楊文廣征服南方”云云，《平閩全傳》便接續《北宋志傳》，叙楊文廣平定南閩故事。

　　對女性的關注是這個時期英雄傳奇創作與以往大不相同的特徵。《水滸傳》開創的英雄傳奇傳統非常在意君臣、朋友之義與父子、兄弟之情，唯獨對夫婦或男女之情心不在焉，甚至潛意識裏將其描述成爲致使男人們被逼上梁山的主要動因，林沖、宋江、盧俊義、楊雄等人最終被逼上梁山，都與夫婦之情遭受罹難有關，而與他們關聯的幾個女性，不管作者將其塑造成何種形象，其結局都很悲慘。這個階段産生的英雄傳奇受世情小説寫男女愛情的影響，似乎有意改變英雄好漢都不喜接近女色的格局，襲取才子佳人小説中"才子遇佳人"的模式，著力表現"英雄遇美女"的理想，大多數小説中都穿插有對男女愛情的描述，在表現英雄氣短的同時突出兒女情長，剛柔相濟，更貼近市井百姓的審美情趣。比較典型的"英雄遇美女"模式如《薛仁貴征東全傳》中薛仁貴與柳金花，《薛丁山征西傳》中薛丁山與樊梨花，《飛龍全傳》中趙匡胤與薛素梅、張桂英，《説呼全傳》中呼延守勇與王金蓮、趙鳳奴，《五虎平西前傳》中狄青與雙陽公主，《五虎平南後傳》中狄虎與王蘭英，《平閩全傳》中楊懷玉與金蓮、焦廷貴與方飛云，《粉妝樓全傳》中羅焜與柏玉霜、程玉梅、祁巧云，《五虎平南後傳》中狄龍與段紅玉等等。尤其值得肯定的是，這個階段還出現了幾部專門描寫女英雄的小説，一改以往英雄傳奇由男性主宰世界的傳統，表達了巾幗不讓鬚眉的美好願望。嘉慶二十一年（1816）刊本《雙鳳奇緣》（一名《昭君傳》）叙王昭君被迫和番在匈奴十六年，借匈奴人之手除掉奸賊毛延壽，因有仙衣護體，番王不能近身，終得以保存貞潔，最後自沉死節；王昭君的妹妹王娉，外號賽昭君，被漢元帝册封爲皇后，她武藝超群，大敗番兵，重振漢朝國威。道光七年（1827）刊本《忠孝勇烈奇女傳》叙述木蘭替父從軍、功成身退的故事，是在北朝樂府民歌《木蘭詩》的基礎上雜采有關木蘭故事的民間傳説編撰成書。在男權意識占據主導地位的中國古代社會，能讓女性領銜主演的"英雄傳奇"並不多見，《雙鳳奇緣》等小説的出現或許不能就此證明女性權利的提升，但多少能説明英雄傳奇在題材領域的擴張。

　　這個時期的英雄傳奇還大量使用"神魔相助"模式。當英雄好漢無法以人的常規力量獲取勝利時，往往會借助外在的超常規的神異力量，《水滸傳》中這種招數屢試不爽。其實《水滸傳》的整個故事框架或情節結構都來源於一個神話——七十二天罡星與三十六地煞星降臨人世，在具體的行兵征戰過程中，神異力量往往能助英雄好漢們出奇制勝，比較典型的是在一百零八條好漢中排名靠前的入云龍公孫勝既不懂武功，也没什麽謀略，他完全靠"呼風唤雨"、"剪草爲馬，撒豆成兵"的法術幫助起義部隊獲取關鍵性的勝利。在梁山水泊中同樣不可或缺的還有神行太保戴宗——專門負責傳遞情報的信使，他之所以能日行千里，倚靠的是那副像印度飛毯一樣的甲馬以及驅動甲馬運行的咒語。但在早期的英雄傳奇中，攻城拔寨、衝鋒陷陣主要還是依靠集體周密的行動計畫與領軍人物突出的個人能力，神異力量的參與一般要等到山窮水盡、彈盡糧絶的時候才出現，過早、過多地使用神異力量無疑會損害英雄形象的塑造。可乾隆至光緒後期的英雄傳奇不太忌諱這個問題，許多小說就像服用興奮劑一樣熱衷於使用神異力量的幫助，形成了非常明顯的"神魔相助"情節模式，如《薛仁貴征東全傳》叙薛仁貴征東途中遇九天玄女娘娘，得五件寶物；《飛龍全傳》寫趙匡胤騎動泥馬，鄭恩孟家莊降妖；《粉妝樓全傳》寫祁巧云夢遇上仙，駕云入都，與木花姑門法；《雙鳳奇緣》寫九仙姑向賽昭君傳授武藝，使她能打敗番兵；《平閩全傳》寫南閩十八洞主，多爲妖魔，會施邪術等等，這些都借用了神魔小説筆法。故小琅環主人評《五虎平南後傳》云："至其設想之高超，臨陣之變幻，正齊步伐之奇特，門智門法之崛譎，則又可作《水滸》觀，可作《三國》觀，即以之作《封神》《西遊》觀，亦無不可。"①不光《五虎平南後傳》如此，此一階段的英雄

_____

①　（清）小琅嬛主人：《五虎平南後傳叙》，佚名著：《五虎平南後傳》，《古本小説集成》，上海：上海古籍出版社 1994 年版，第 5 頁。

傳奇大多可作《封神》《西遊》觀，是英雄傳奇與神魔小説的雜糅。

總體來説，這一階段的英雄傳奇創作呈現出從歷史演義中逐步分化並向神魔小説靠攏的特徵。《説唐演義後傳》卷首鴛湖漁叟序云：

> 　　古今良史多矣，學者宜博觀遠覽，以悉治亂興亡之故，既以開廣其心胸，而亦增長其識力，所稗良不淺也。即世有稗官野乘，闕而不全，其中疑信參半，亦可采撮殘編，以俟後之深考，好古者尤有取焉。若傳奇小説，乃屬無稽之譚，最易動人聽聞，閲者每至忘食忘寢，戛戛乎有餘味焉。①

這段話涉及處理作品題材虛實關係的三種不同方式以及與之對應的三種不同體裁：第一種是"良史"，需"不虛美，不隱惡"，講求實録，使讀史者從中獲取歷史知識；第二種是"稗官野史"，雖"疑信參半"，仍能滿足"好古者"之心；第三種是"傳奇小説"，屬"無稽之談"，但對讀者的感染力最大，"每至忘食廢寢"。這三種方式大致對應著三種不同的作品形式：史傳、歷史演義、英雄傳奇，三者對題材虛實關係的處理由實向虛逐漸弱化，但作品的趣味性及其對讀者產生的藝術感染力却逐漸增強。乾隆九年（1744）刊本《説岳全傳》叙岳飛抗金故事，題材與熊大木《大宋中興通俗演義》、鄒元標《岳武穆王精忠傳》、于華玉《岳武穆王精忠報國傳》相同，但是前者爲英雄傳奇而後三者却是歷史演義。卷首金豐所作《説岳全傳序》有一段話解釋了爲何將歷史題材處理成英雄傳奇故事的理由："從來創説者，不宜盡出於虛，而亦不必盡由於實。苟事事皆虛，則過於誕妄，而無以服考古之心；事事皆實，則失於平庸，而無以動一時之聽。"②"服考古之心"，是因

---

① （清）鴛湖漁叟較訂：《説唐演義後傳》，《古本小説集成》，上海：上海古籍出版社1994年版，第1—3頁。

② （清）錢彩編次：《説岳全傳》，《古本小説集成》，上海：上海古籍出版社1994年版，第1頁。

爲古代讀者有循名稽實的嗜好，凡事總要探源或坐實，此種心理必須滿足；"動一時之聽"，指小説必須給讀者帶來審美娛悦，這是小説最爲本質的精神品格。《説岳全傳》既叙述了"岳武穆之忠、秦檜之奸、兀术之横，其事固實而詳焉"，又叙述了"上帝降災而始有赤鬚龍變幻之説，也有女土蝠化身之説，也有大鵬鳥臨凡之説"，基本上做到了既"服考古之心"，又"動一時之聽"，故小説的可讀性、趣味性遠勝於同類題材的其他三部小説。這幾句話雖然只是金豐的一己之見，却恰好符合英雄傳奇的創作理念。就題材的虚實度而言，英雄傳奇可以被看作是對以《三國演義》爲代表的堅持"羽翼信使而不違"的歷史演義創作與以《西遊記》爲代表的提倡"曼衍虚誕""縱横變化"的神魔小説創作的折中與調和，自《水滸傳》以來的英雄傳奇基本上符合"實者虚之，虚者實之"的虚實觀念，乾隆至光緒後期這段時期的英雄傳奇創作更是如此。

　　成書於乾隆十四年（1749）以前的《儒林外史》是古代章回小説文體演變史上最值得關注的作品之一，它有許多方面的創新。第一，它開掘了一類嶄新的題材領域，描繪了數量龐大但一直没能進入章回小説視野中的儒林士子，窮形盡相地刻畫了一大群讀書人形象。第二，小説不露聲色却又鞭辟入裏的諷刺手法，"戚而能諧，婉而多諷"，[①] 作者以讀書人身份寫儒林同類，且所寫人物大多實有其人，故雖多譏諷嘲笑，却始終是"含淚的微笑"。第三，小説大膽突破了傳統章回小説的創作手法，在小説文體上做出了許多新的嘗試，除了還保留有分回標目、結尾有套語等傳統章回小説的部分特徵外，在創作手法上發生了很大的變易：首先是叙述者不再以詩詞韻文的形式來描寫人物、景物或場面，最典型的是第一回寫王冕雨後觀荷花那一段，用的全是散文描述，清新生動，極有韻致，齊省堂評本稱其"透亮之至，似俗而甚

---

　　① 魯迅著：《中國小説史略》，上海：上海古籍出版社 1998 年版，第 155 頁。

雅"，^①如果按照傳統寫法，來一段詩詞或四六文，很可能落入舊套，"似雅而甚俗"了；其次是除了已經內化爲章回小説標誌之一的結尾套語和"話説""却説"之類引導語詞，小説中幾乎找不到其他説書人的痕迹，在章回小説文體演變的數百年歷程中，它與《紅樓夢》一道實現了高度的文人化與案頭化；最後，也是最重要的一點變化，即《儒林外史》打破了傳統章回小説盤根錯雜、環環相扣的結構模式，小説各回、各故事單元的獨立性空前增强，"全書無主幹，僅驅使各種人物，行列而來，事與其來俱起，亦與其去俱訖，雖云長篇，頗同短制"，^②這種結構體制對晚清章回小説産生了很大的影響。

入清以來，説書、彈詞、鼓詞等説唱藝術非常發達，據此改編的章回小説爲數不少，乾隆至光緒年間尤爲多見。據嘉慶間李斗《揚州畫舫録》卷九《小秦淮録》、卷十一《虹橋録》以及乾隆時揚州人董偉業《揚州竹枝詞》記載，嘉慶二十二年（1817）刊本《飛跎全傳》是在乾隆間揚州著名説書藝人鄒必顯演説的基礎上整理成書，^③小説中説書人慣用的套語與措詞隨處可見，如第一回開頭云："却説只一部敷衍的故事，出在法朝末甲年間，天地元遠之中，離京內出了一位王子，名唤謄君……"第三十二回結尾云："跎子名傳後世，此是揚州佳話，新奇市語，以爲諸公一笑云。"道光十二年（1832）刊本《混元盒五毒全傳》多淮鹽方言，且彈詞、鼓詞均有《五毒全》（一名《混元盒》），孫楷第《中國通俗小説書目》認爲小説"本鼓子詞改作"。^④光緒十四年（1888）刊本《狐狸緣》多"有贊爲證"，大多是三字短句，之後又引出十數言不等的長句，很有可能據彈詞改編而成。光緒十七年（1891）刊本《永慶升平前傳》據評話改編而成，卷首郭廣瑞序稱："余少游四海，

①　（清）吴敬梓著，李漢秋輯校：《儒林外史》（彙校彙評本），上海：上海古籍出版社1999年版，第3頁。
②　魯迅著：《中國小説史略》，上海：上海古籍出版社1998年版，第156頁。
③　參李夢生所撰《飛跎全傳》"前言"，《古本小説集成》，上海：上海古籍出版社1994年版，第1頁。
④　孫楷第著：《中國通俗小説書目》，北京：人民文學出版社1982年版，第205頁。

在都嘗聽評詞演《永慶升平》一書，乃我國大清褒忠貶佞、剿滅亂賊邪教之
實事。……咸豐年間，有姜振名先生，乃評談今古之人，嘗演説此書，未能
有人刊刻傳流於世。余長聽哈輔源先生演説，熟記在心，閑暇之時，録成
四卷，以爲譴悶。"①光緒二十一年（1895）刊本《金臺全傳》乃據彈詞《新
刻雅調唱口平陽傳金臺全傳》改編成書，卷首瘦秋山人《金臺全傳自序》
云："惜乎原本（彈詞）敷成唱句，不免拘牽逗湊，抑且迂坊鐫刻，訛錯不
乏，令閲者每致倦眼懶懷。余兹精細校正，更作説本，付諸石印，極爲爽
目醒心，別生意趣，親矣焉則得之矣。"②此類作品影響較大者當屬光緒五年
（1879）刊本《忠烈俠義傳》（一名《三俠五義》），該書在著名説書藝人石玉
昆演説《龍圖公案》的底本上改編而成，據李家瑞考證："石玉昆的《龍圖
公案》，全是文字笨拙的，所以後來聽他説書的人，依他所説的事迹，另爲
一書，名爲《龍圖耳録》。""拿《龍圖耳録》和石氏唱本一對，可知道《龍
圖耳録》于石氏唱本所有事迹之外，毫無增添，不過把許多廢話斟酌删除就
是了。""石氏唱本原是帶説唱的，《龍圖耳録》就改成章回小説了。"③

　　從説唱曲藝到其書面記載再到文人據此改編的章回小説，文體形態發生
了較大的變化，但又多少保留了原有的文體特徵。比較明顯的有兩個方面，
一是説唱文學口語化的語言特色，二是表演者特有的叙事視角與叙述聲口。
同樣屬於根據評話改編的光緒十六年（1890）刊本《忠烈小五義傳》，其説
唱文學色彩便頗爲濃厚，如小説多數回前有類似話本"入話"的小故事，正
文中夾有若干詩贊性的韻文及説書人的插話，人物語言夾有方言土語、行
話、黑話。第五回《王爺府二賊隕命，白義士墜網亡身》末尾有一段唱詞描
述白玉堂喪命銅網陣時的情景：

---

　　①　（清）郭廣瑞著，曹亦冰校點：《永慶升平前傳》，寶文堂書店 1988 年版。
　　②　《金臺全傳》，《古本小説集成》，上海：上海古籍出版社 1994 年版，第 3—4 頁。
　　③　李家瑞《從石玉昆的〈龍圖公案〉説到〈三俠五義〉》，《文學季刊》（上海）1934 年第 2 期。
另外關於《龍圖公案》與《三俠五義》之間的文體比較，可參見王虹：《〈龍圖公案〉與〈三俠五義〉》，
《文苑》第 5 期，1940 年 11 月版。

　　贊曰：白五義，瞪雙睛，落坑中，挺身行。單臂起動，刀支銅網，毫無楞縫，直覺得，膀背疼。直聞得，咯嘣嘣，在耳邊，不好聽。似鐘錶開閘的聲……錦毛鼠，吃一驚。這其間，有牢籠。無片刻，忽寂靜。咪咪咪，嘣嘣嘣，飛蝗走，往上釘。似這般百步的威嚴，好像那無把的流星，縱有刀，怎避逢？看身上，冒鮮紅。五義士，瞪雙睛……難割捨，拜弟兄；如手足，骨肉同；永別了，眾賓朋。恨塞滿，寰宇中。黃云宵，豪氣沖。群賊子，等一等，若要是等他惡貫滿盈之時，將汝等殺個净，五老爺縱死在黃泉，也閉睛。①

　　又如乾隆四十四年（1779）刊本《説呼全傳》，此書叙述視角常在第一人稱與第三人稱之間隨意轉換而無任何過渡與交代，且人物對話大多無"××道"之類轉換，而是直接匯出，這顯然是表演者以一人分飾不同角色所致。如第一回《呼世子遊春出獵，龐黑虎搶親喪命》介紹呼延家世時説："話説複姓呼延名得模，字必顯，世居山后，歷爲漢臣，因劉王失政，去賢用佞，輕聽宇文均，把俺呼氏誅絕，幸母馬氏懷孕逃回馬家莊，遂生下俺父呼延贊……"，"……俺夫人楊氏所生兩個孩兒，長名守勇，年登十六，次兒守信，甫經十四……看這兩個孩兒的武藝，老夫到也晚景無憂……"到這裏，叙述者用的是第一人稱視角，以呼延得模自報家門的方式叙事。接下來叙述呼延守勇與呼延守信兄弟外出遊春射獵時，視角遽然轉換爲第三人稱且無任何過渡："那呼得模見了兩個兒子威威武武一般裝束，心中十分歡喜，説道：'你兄弟兩個出去，總要和順，不可生事。'"再看叙述者描寫呼延兄弟與龐黑虎打鬥時的一段對話："那世子又跳下馬來，一把扭住了黑虎，提起拳頭打得他亂叫亂喊：'阿喝喝，饒了我罷，實在打弗起哉，看我爹爹

----

　　① 佚名著，林邦鈞、瞿幼寧點校：《忠烈小五義傳》，北京：北京師範大學出版社1993年版，第22頁。

面上，放了我罷。'‘咳，你這狗男女，不説老龐也罷，提起了他還要打你幾下，因老龐不能教訓，有只你個不肖橫行不法'‘阿呀，小千歲，我如今三十下了，放我去罷。……'"對話描寫中間無過渡語句交代人物身份，在現代小説中司空見慣，但在古代小説中實屬罕見，只有在説書人一人分飾不同角色的特定場合才有可能。從對話中的語氣與語詞看來，這些描寫似乎直接來源於蘇州一帶的評話。

這一階段的章回小説與評話、彈詞、鼓詞以及戲曲等説唱文學類型之間處於雙向交融的互動狀態，在大量的説唱文學被改編成章回小説的同時，許多章回小説也被藝人們以評話、彈詞、鼓詞以及戲曲的形式廣爲傳唱。李斗《揚州畫舫録》卷十一《虹橋録下》對此有詳細記載：

> 評話盛于江南，如柳敬亭、孔雲霄、韓圭湖諸人，屢爲陳其年、余淡心、杜茶村、朱竹垞所賞鑒。次之季麻子平詞爲李宮保衛所賞。人參客王建明瞽後，工弦詞，成名師。顧翰章次之。紫癧痢弦詞，蔣心畬爲之作《古樂府》，皆其選也。郡中稱絶技者，吳天緒《三國志》，徐廣如《東漢》，王德山《水滸記》，高晉公《五美圖》，浦天玉《清風閘》，房山年《玉蜻蜓》，曹天衡《善惡圖》，顧進章《靖難故事》，鄒必顯《飛駝傳》，謊陳四《揚州話》，皆獨步一時。近今如王景山、陶景章、王朝幹、張破頭、謝壽子、陳達三、薛家洪、諶耀廷、倪兆芳、陳天恭，亦可追武前人。大鼓書始于漁鼓簡板説《孫猴子》，佐以單皮鼓檀板，謂之"段兒書"，後增弦子，謂之"靠山調"。此技周善文一人而已。①

乾隆三十三年（1768）刊本《飛龍全傳》（舊名《飛龍傳》）叙宋太

---

① （清）李斗著，汪北平、涂雨公點校：《揚州畫舫録》，北京：中華書局1960年版，第257—258頁。

祖趙匡胤的傳奇故事，據乾隆間清凉道人《聽雨軒筆記》卷三《餘紀》記載，當時已有《飛龍傳》評話：“後於杭州昭慶寺西廊茶店內聽説《飛龍傳》‘陳橋兵變’一段，言宋太祖領兵北伐，夜宿陳橋驛中……”①此外，《説岳全傳》被改編成《精忠傳彈詞》；《異説反唐全傳》被改編成戲曲《九錫宫》《鬧花燈》《陽和摘印》《法場换子》《鐵丘墳》《舉鼎觀畫》《九焰山》《徐策跑城》等；《緑牡丹全傳》（又名《宏碧緣》）則被改編成京劇《宏碧緣》以及折子戲如《大鬧桃花塢》《大賣藝》《四望亭》《龍潭鎮》《揚州擂》《嘉興府》《刺巴傑》《四傑村》《巴駱和》《翠鳳樓》等，據此改編的同名評彈《宏碧緣》在吴語地區更是可謂家喻户曉。②章回小説被改成評話、彈詞、鼓詞、戲曲等説唱藝術形式，無疑拓寬了小説的傳播途徑，擴大了小説的影響；在章回小説與説唱文學之間實現文體的自由轉换之後，觀衆與讀者會逐漸接受並期待兩種不同文體之間的雙向交融，這將促使作者有意保留或借鑒説唱文學的部分文體特徵，因而又會影響到章回小説文體的發展。

第三節　域外小説對章回小説的文體影響

與以往不同的是，中國古代章回小説文體流變的第三階段是在小説創作的外部條件發生顯著變化的背景下開始的。隨著域外小説的大量譯介以及小説家們對小説價值與地位的重新認識，加上報刊連載等傳播方式對小説生産造成的影響，章回小説發展至清朝末年，在題材範圍、叙事模式以及文體形態等諸多方面發生了明顯改變，雖然仍有部分作家堅守傳統的創作手法，但

---

① （清）清凉道人著：《聽雨軒筆記》，上海：商務印書館 1931 年版，第 61 頁。
② 參曹中孚撰《緑牡丹全傳》“前言”，《古本小説集成》，上海：上海古籍出版社 1994 年版，第 2 頁。

"新小説"創作已日漸成爲主流。

　　19世紀末期，人們對小説的認識似乎一夜之間發生了翻天覆地的變化，或認爲"其入人之深，行世之遠，幾幾出於經史上"，① 或認爲其"易逮於民治，善入於愚俗，可增七略爲八、四部爲五"。② 至梁啓超"小説界革命"，振臂一呼，應者云集，於是昔日"君子不爲"的"小道"搖身一變，成了"文學之最上乘"。③ 時人對小説的價值與地位如此刮目相看，是建立在利用小説"開通民智""改良群治"的功利目的之上。④ 此種論調其實並非梁啓超們的獨創之舉，早在三百多年前的明代萬曆年間，人們即已注意到了小説（主要指以章回小説爲代表的通俗小説）的教化功能，小説可以"維持世道，激揚民俗"，使人"善則知勸，惡則知戒"；⑤ "若引爲法誡，其利益亦與六經諸史相埒"。⑥ 只不過在那個時代，小説縱然對社會有再多的好處，也無法改變其"稗官野乘"的身份而不得不依附於經史之下。1840年鴉片戰争與1894年甲午戰争的失敗，促使有志於變革的仁人志士重新思考、審視小説的地位與價值，落實到具體的舉措上便是域外小説的大量譯介與小説報刊的風起云涌，以及隨之而來的"新小説"創作的極度繁盛。1902年，《新小説》創刊，宣稱"本報所登載各篇，著、譯各半"；⑦ 1903年，《繡像小説》創刊，聲稱要"遠摭泰西之良規，近挹海東之餘韻，或手著、或譯本，隨時甄録"；⑧ 1904年，《新新小説》創刊，其《叙例》云"本報每期所刊，譯著

　　① 幾道、別士：《本館附印説部緣起》，光緒二十三年（1897）十月十六日至十一月十八日《國聞報》。
　　② 康有爲：《日本書目志》第十四卷"識語"，上海大同書局1897年版。
　　③ 楚卿：《論文學上小説之位置》，《新小説》第七號，1903年。
　　④ 參見邱煒萲：《小説與民智關係》，1910年刊本《揮塵拾遺》；梁啓超：《論小説與群治之關係》，《新小説》第一號，1902年。
　　⑤ （明）余邵魚：《題全像列國志傳引》，（明）余邵魚著：《按鑑演義全像列國志傳評林》，《古本小説叢刊》，北京：中華書局1990年版，第6—7頁。
　　⑥ （明）可觀道人：《新列國志叙》，（明）馮夢龍著：《新列國志》，《古本小説集成》，上海：上海古籍出版社1994年版，第18—19頁。
　　⑦ 新小説報社：《中國唯一之文學報〈新小説〉》，《新民叢報》第十四號，1902年。
　　⑧ 商務印書館主人：《編印繡像小説緣起》，《繡像小説》第一期，1903年。

參半".① 從 1899 年至 1911 年，晚清小説界共翻譯域外小説 615 種，以 "小説" 命名的報刊共有 21 種，出版的小説保守估計也在 2 000 種以上。②

域外小説的大量引進給中國傳統小説（主要是章回小説）文體帶來了前所未有的衝擊。人們一方面以求新求變的眼光渴望從域外小説中學習新的作法，希冀 "以彼新理，助我行文"，"舊者既精，新者複熟，合中、西二文熔爲一片"；③ 另一方面又不由自主地固守傳統小説的創作方法，"純以中國説部體段代之"。④ 最典型的做法是削足適屨，將域外小説譯成章回體，不但給小説加上分回標目的形態特徵，⑤ 還要根據中國讀者的口味對小説内容做出相應的修改。⑥ 在外來力量與傳統習慣的糾葛中，此一階段的章回小説創作呈現出 "中西合璧" 的特色：外在的文體形態基本上保存了傳統章回小説的特徵，分回標目，對仗工整，結尾有套語，甚至絶大多數小説前面還有 "楔子"；内在的叙事模式則逐步土崩瓦解，叙事時間、叙事結構、叙事視角等紛紛轉變，甚至小説語言也呈現出多樣化的努力。

域外小説對傳統章回小説的影響首先表現在小説題材類型的擴大。《新小説》曾將其刊載的小説分門別類，如 1902 年第一號開始連載《東歐女豪傑》《洪水禍》，標 "歷史小説"；《新中國未來記》，標 "政治小説"；《海底旅行》，標 "科學小説"；《世界末日記》，標 "哲理小説"；《二勇少年》《離魂病》，標 "冒險小説"。次年《新小説》第八號開始連載《毒蛇圈》，標

---

① 俠民：《新新小説叙例》，《大陸報》第二卷第五號，1904 年。
② 參見陳平原著：《中國現代小説的起點——清末民初小説研究》，北京：北京大學出版社 2005 年版；〔美〕王德威著，宋偉傑譯：《被壓抑的現代性——晚清小説新論》，北京：北京大學出版社 2005 年版。
③ 林紓：《洪罕女郎傳跋語》，1906 年商務印書館版《洪罕女郎傳》。
④ 梁啓超：《十五小豪傑譯後語》，《新民叢報》第二號，1902 年。
⑤ 《小仙源凡例》云："原書並無節目，譯者自加編次，仿章回體而出以文言。" 見《繡像小説》第十六期，1904 年。
⑥ 趼廎主人：《毒蛇圈評語》："（第三回）中間處處用科諢語，亦非贅筆也。以全回均似閑文，無甚出入，恐閲者生厭，故不得不插入科諢，以醒眼目。此爲小説家不二法門。西文原本，不如是也"。見《新小説》第九號，1904 年。

"偵探小説";《嘯天廬拾遺》,標"劄記小説";《二十年目睹之怪現狀》,標
"社會小説";《電術奇談》,標"寫情小説"。除了上述門類外,晚清尚有
"教育小説",如《家庭樂》,《白話報》1904 年 9 月第二期開始連載;"外
交小説",如《紅花球》,《外交報》1904 年 9 月第九十三期開始連載;"英
雄小説",如《新水滸》,《20 世紀大舞臺》1904 年第一期開始連載;"近事
小説",如《黄粱夢》,《中外小説林》1907 年 6 月第五期開始連載;"軍事
小説",如《中國之哥倫布》,《南洋兵事雜誌》1910 年 5 月第四十六期開始
連載;"滑稽小説",如《新西遊記》,有正書局 1909 年版。據統計,《新小
説》將所載小説分爲 13 類,《小説時報》分爲 24 類,《月月小説》更是分爲
40 類。其中"歷史小説"、"寫情小説"("言情小説")、"家庭小説"、"英雄
小説"、"語怪小説"("神怪小説")與"偵探小説"等就題材内容而言不算
什麽新鮮事物,中國傳統章回小説中的歷史演義、英雄傳奇、世情小説、神
魔小説與公案小説早已有之,但在文體形式上與傳統章回小説却有了不小的
差距;其餘各種類型則基本上屬於舶來品,受歐美與日本譯文小説的影響産
生。並非每種不同類型的題材都會有與之相應的叙述體裁,何况多達 40 種
的小説類別中必然存在"名"雖有别"實"則相同的情况,且不能排除混類
現象的存在,但有些小説類型確實有著不同其他的叙述體裁,是作品内容决
定了小説形式。這裏打算著重分析晚清"政治小説""偵探小説"與"歷史
小説",借助這三種小説類型來透視晚清章回小説文體的新變與傳承。

政治小説是晚清"小説界革命"最被看重的利器,維新派人士曾對此寄
予厚望,希望借助它來啓迪民衆,誘導革命。1898 年梁啓超發表《譯印政
治小説序》,認爲"在昔歐洲各國變革之始","往往每一書出,而全國之議
論爲之一變","則政治小説,爲功最高焉"。[1]1902 年梁啓超在日本横濱創

---

① 任公:《譯印政治小説序》,《清議報》第一册,1898 年。

辦《新小説》，第一期便開始連載他本人創作的"政治小説"《新中國未來記》。在僅存的五回書中，主人公黄毅伯與李去病在山海關客房裏的一場關於君主、群衆、革命的争論是小説叙述的中心。"拿著一個問題，引著一條直綫，駁來駁去，彼此往復到四十四次，合成一萬六千餘言，文章能事，至是而極。中國前此惟《鹽鐵論》一書，稍有此種體段。"① 作爲論説文章來讀，此書或許真能獲得與《鹽鐵論》相提並論的榮譽；可作爲小説來讀，恐怕就不會有如此高的評價了。連梁啓超自己都意識到了此書在文體上的錯位以及給讀者帶來的困惑："似説部非説部，似稗史非稗史，似論著非論著，不知成何種文體，自顧良自失笑。……編中往往多載法律、章程、演説、論文等，連篇累牘，毫無趣味，知無以饜讀者之望矣，願以報中他種之有滋味者償之。"梁啓超當然知道小説不能這樣寫，之所以"毫無趣味"完全是過度强調小説的教化功能使然，所以他又説："雖然，既欲發表政見，商榷國計，則其體自不能不與尋常説部稍殊。"② 其實叙事之中夾雜議論，在傳統章回小説中並非没有先例，我們在明代歷史演義中可以見到太多的"史臣論曰"之類評論，也可以在其他類型的章回小説中聽到不少的"看官聽説"之類論説性解釋，但這種議論成分所占比例甚小，且常常出現在事件叙述之後，並没有威脅到以叙事爲中心，它的出現充其量只是造成小説叙事的不流暢與不連貫，而這一點在早期的章回小説讀者那裏並不成爲問題，他們對小説叙事中的史官聲口與説書人聲口習以爲常。"發表政見，商榷國計"却是政治小説的創作宗旨，議論成爲小説的中心，叙述者將本來屬於演講體裁的内容强行納入到本應以叙事爲主的小説體裁之中，造成了内容與形式之間的背離，"故新小説之意境，與舊小説之體裁，往往不能相容"。③ 從藝術欣賞的角度

---

① 平等閣主人：《新中國未來記》第三回總評，《新小説》第二號，1902 年。
② 飲冰室主人：《新中國未來記緒言》，《新小説》第一號，1902 年。
③ 《新小説第一號》，《新民叢報》第二十號，1902 年。

看當然無可稱道,在當時即有不少人指出了此類小説"論議多而事實少"①的弊病,認爲"以大段議論羼入叙事之中,最爲討厭";②從文體變革的角度看,則政治小説的大量涌現,"無意中動搖了小説中情節的中心地位,爲非情節因素的崛起乃至小説叙事結構的轉變提供了有利條件"。③

"偵探小説"是晚清最受譯者、作者、讀者歡迎的小説類型,與"政治小説"連篇累牘的議論説教相反,它"本以布局曲折見長"。④在離奇曲折的故事情節中,小説往往通過"開局之突兀"的懸念設置來抓住讀者,與中國傳統章回小説的平鋪直叙式開頭有明顯區别。晚清小説翻譯家周桂笙曾比較過中西小説不同的開局模式:

> 我國小説體裁,往往先將書中主人翁之姓氏、來歷,叙述一番,然後詳其事迹於後;或亦有用楔子、引子、詞章、言論之屬,以爲之冠者,蓋非如是則無下手處矣。陳陳相因,幾於千篇一律,當爲讀者所共知。此篇爲法國小説巨子鮑福所著,其起筆處即就父母問答之詞,憑空落墨,恍如奇峰突兀,從天外飛來;又如燃放花炮,火星亂起。然細察之,皆有條理,自非能手,不能出此。雖然,此亦歐西小説家之常態耳。⑤

要了解"我國小説體裁"的開局模式,必須先弄清楚影響章回小説文體産生的兩個最主要因素:史傳與話本。史傳的叙事體例決定了史家叙述傳主事迹之前先要介紹傳主的身份、籍貫、生平,自然形成了"先見其人,再聞其聲"的叙事格局;説書程式決定了話本在題目之後有篇首詩詞、解釋性入

---

① 海天獨嘯子:《女媧石凡例》,1904年東亞編輯局版《女媧石》。
② 别士:《小説原理》,《繡像小説》第三期,1903年。
③ 陳平原著:《中國現代小説的起點——清末民初小説研究》,北京:北京大學出版社2005年版,第14頁。
④ 觚庵:《觚庵漫筆》,《小説林》第七期,1907年。
⑤ 知新室主人:《毒蛇圈譯者識語》,《新小説》第八號,1903年。

話、導入性頭回，然後才"言歸正傳"。傳統章回小説的開局模式基本上承襲這兩種體裁而來，在一定的背景鋪墊之後才進入故事主體，按部就班，娓娓道來，這與西方小説從中間開始，再繼之以解釋性回顧的叙事時間操作截然不同。即便是題材内容與偵探小説基本相同的公案小説，其叙事時間也是按照故事發生的自然時序從頭到尾鋪開，何時案發，何時破案，何時案結，一絲不亂。偵探小説則不然，往往"先言殺人者之敗露，下卷始叙其由，令讀者駭其前而必繹其後，而書中故爲停頓蓄積，待結穴處，始一一點清其發覺之故，令讀者恍然"。① 偵探小説爲了設置離奇曲折的故事情節而采用倒裝叙述，這給傳統章回小説一以貫之的連貫叙述帶來了不小衝擊，晚清章回小説采用倒裝叙述手法者日益增多，如《二十年目睹之怪現狀》第八十七至一〇六回叙述苟才之死，《老殘遊記》第十五至二十回叙述老殘破齊東村十三條人命案，都是使用倒裝叙述技巧。《九命奇冤》更是深得偵探小説之壺奧，講求"開局之突兀"，小説第一回開頭即叙述凌貴興率衆强徒攻打梁家，殺人放火，接下來才叙述這段情節的來由，將本來按照時間順序應該發生在第十六回中的故事提前至第一回中。"這種倒裝的叙述，一定是西洋小説的影響。但這還是小節；最大的影響是在布局的謹嚴與統一。"②

　　"歷史小説"這個概念本身從晚清才開始出現，與"政治小説""英雄小説"等小説類型概念一樣，是域外小説影響下的産物。"歷史小説者，專以歷史上事實爲材料，而用演義體叙述之。蓋讀正史則易生厭，讀演義則易生感。"③ 嚴格地説，晚清時期的"歷史小説"與傳統的"歷史演義"之間存在著比較微妙的關係，二者貌似相同，實則有别。晚清人眼裏的"歷史小説"是一種以歷史事實爲素材的小説類型，它用小説體裁（"演義體"）講述

　　① 林紓：《歇洛克奇案開場序》，1908 年商務印書館版《歇洛克奇案開場》。
　　② 胡適：《五十年來之中國文學》，王俊年編《中國近代文學論文集（1919—1949）》（小説卷），北京：中國社會科學出版社 1988 年版，第 16 頁。
　　③ 新小説報社：《中國唯一之文學報〈新小説〉》，《新民叢報》第十四號，1902 年。

歷史故事，自由生發的主觀性比較大，它側重小説的文學性；而傳統的"歷史演義"是對歷史的通俗化叙述，"以國史演爲通俗"，對史實、史傳依賴性較强，它側重小説的史學性。晚清的歷史小説創作呈現出兩種不同風格的雜糅，一方面它繼承了傳統歷史演義的創作手法，多從正史、野史中采集素材並標榜叙事的真實可信；另一方面它又模仿域外歷史小説的文體特徵，淡化了傳統歷史演義的叙事特色，實際上虛構成分甚多。吳趼人撰《兩晉演義》，自稱"以《通鑑》爲綫索，以《晉書》《十六國春秋》爲材料"，顯然承襲了傳統歷史演義"按鑑敷演"的創作手法，可他所撰的另一部歷史小説《痛史》，却又因"過涉虛誕，與正史相剌謬"而被人批評，他本人也似乎悔其少作，直呼"且不復爲"。^①佚名撰《吳三桂演義》，其《例言》云"是書所取材，以《聖武記》及明季稗史爲底本，而以諸家雜説輔佐之"，^②雖然標榜小説於史可征，可也没有隱瞒以"諸家雜説輔佐之"的事實。又如黄小配撰《洪秀全演義》、洗紅庵主撰《泰西歷史演義》、佚名撰《台戰演義》等書，雖標"演義"之名，其實内容多有虛構，與史實有一定距離。説白了，晚清人是將歷史小説當作歷史教科書來做的，希望借小説體裁普及歷史知識，《萬國演義凡例》云"是編專述泰東西古近事實，以供教科書之用，特爲淺顯之文，使人易曉"；^③《遼天鶴唳記叙》亦云"用淺顯語句，仿章回體裁，編成是書，務令通國國民，周知普及，易入腦筋，盡能解釋"。^④借小説傳播史事的目的自古皆然，傳統歷史演義的作者們也大多有感于"史氏所志，事詳而文古，義微而旨深，非通儒夙學，展卷間，鮮不便思困睡"^⑤而"通俗演義"

---

　　①　我佛山人：《〈兩晉演義〉序》，《月月小説》第一卷第一號，1906 年。

　　②　佚名撰，朱彭城標點：《吳三桂演義》例言，大達圖書供應社，民國二十四年（1935），第 4 頁。

　　③　（清）沈惟賢：《萬國演義》，上賢齋藏版，作新社製印，《凡例》第 1 頁。

　　④　（清）賈生撰：《遼天鶴唳記叙》，丁錫根編《中國歷代小説序跋集》，北京：人民文學出版社 1996 年版，第 1062—1063 頁。

　　⑤　（明）修髯子：《三國志通俗演義引》，（明）羅貫中編次：《三國志通俗演義》，《古本小説集成》，上海：上海古籍出版社 1994 年版，第 1 頁。

之，只是傳統歷史演義在敷演史傳的同時還保留了較多的史傳叙事特色，最明顯的是小說中無處不在的史官聲口與編年體式的叙事時間操作，而這些特徵在晚清歷史小說中已經逐漸淡化。有意思的是，儘管要求“事紀其實，亦庶幾乎史，蓋欲讀誦者，人人得而知之”，[①] 可明代歷史演義中像《三國演義》那樣既講求歷史真實性，又具有小說趣味性的實在太少，更多的是形同史鈔而味如嚼蠟，令人難以卒讀。晚清新小說家們竭力想把歷史小說編成歷史教科書，吴趼人發誓要“編撰歷史小說，使今日讀小說者，明日讀正史如見故人；昨日讀正史而不得入者，今日讀小說而如身親其境”，[②] 可時人似乎也並不買帳，批評其“就書之本文，演爲俗語，別無點綴斡旋處，冗長拖沓，並失全史文之真精神，與教會中所譯土語之《新舊約》無異，歷史不成歷史，小說不成小說”。[③] 如此看來，“以國史演爲通俗”與編撰歷史教科書的理想都很難如願，未免“殊途同歸”。個中緣由，或如孫楷第所言，“以史實牽就文字，乖紀事之體”，“若欲授人以歷史智識，則舍編教本外，實無他法”。[④]

　　影響晚清章回小說文體演變的主要因素，除了域外小說的大量譯介對作者創作興趣與讀者閱讀期待帶來的衝擊，報刊連載的生產與傳播方式也是非常重要的一個方面，最明顯的是，報刊連載的形式導致了傳統章回小說結構方式的改變。1902 年，《新民叢報》第二十號發表了《〈新小說〉第一號》一文，稱“此編（案：指《新小說》所載小說）結構之難，有視尋常說部數倍者”，在其所說“五難”中，除去薄古厚今、屬於價值判斷的第一難與政治小說以議論爲中心造成的第二難外，其餘“三難”倒頗中肯綮，道出了報刊連載方式對章回小說結構造成的影響：

---

① （明）庸愚子：《三國志通俗演義序》，（明）羅貫中編次：《三國志通俗演義》，《古本小說集成》，上海：上海古籍出版社 1994 年版，第 5 頁。

② 吴趼人：《歷史小說總序》，《月月小說》第一號，1906 年。

③ 蠻：《小說小話》，《小說林》第二期，1907 年。

④ 孫楷第著：《戲曲小說書錄解題》，北京：人民文學出版社 1990 年版，第 86—87 頁。

　　一部小説數十回，其全體結構，首尾相應，煞費苦心，故前此作者，往往幾經易稿，始得一稱意之作。今依報章體例，月出一回，無從顛倒損益，艱於出色。其難三也。尋常小説一部中，最爲精彩者，亦不過十數回，其餘雖稍間以懈筆，讀者亦無暇苛責。此編既按月續出，雖一回不能苟簡，稍有弱點，即全書皆爲減色。其難四也。尋常小説，篇首數回，每用淡筆晦筆，爲下文作勢。此編若用此例，則令讀者彷徨于五里霧中，毫無趣味，故不得不於發端處，刻意求工。其難五也。

　　傳統章回小説創作非常注重結構的完整，小説中人物再多、事件再複雜，作者力求都有所交代，做到有"起"有"結"。這一點很不容易，作者除了需要有駕馭全域的能力外，還需要反復修改，再三打磨，因此傳統章回小説中藝術水準較高的作品大多經過了長時間的創作過程，幾經易稿，《紅樓夢》批閱十載增删五次，《歧路燈》花了三十年，[①]《鏡花緣》相傳也歷經十幾年才成書。[②]晚清報刊連載的生産與傳播方式改變了傳統章回小説創作的生態環境，"朝甫脱稿，夕即排印，十日之内，遍天下矣"。[③]在這種情況下，小説家們就不得不選擇相對簡單，容易織造的結構模式，既要大體上有完整的故事情節或貫穿始終的人物，又要儘量避免因過於繁瑣而顧此失彼，前後脱節。胡適論《儒林外史》的結構時說："《儒林外史》沒有布局，全是一段一段的短篇小品連綴起來的；拆開來，每段自成一篇，鬥攏來，可長至無窮。這個體裁最容易學，又最方便。因此，這種一段一段沒有總結構的小説

---

　　① （清）李緑園《歧路燈·自序》云："越三十年以迄於今，而始成書。"見（清）李緑園著，昭魯、春曉校點：《歧路燈》，濟南：齊魯出版社1998年版，第2頁。
　　② （清）許喬林《鏡花緣序》云："《鏡花緣》一書，廼北平李子松石以數年之力成之。"見（清）李汝珍：《鏡花緣》，《古本小説集成》，上海：上海古籍出版社1994年版，第2—3頁。
　　③ 解弢著：《小説話》，上海：中華書局1924年版，第116頁。

體就成了近代諷刺小説的普通法式。"① 説近代諷刺小説師法《儒林外史》"雖云長篇，頗同短制"的結構模式，胡適、魯迅都不是第一人，學界早就有人這樣認爲，② 這幾乎已成共識。其實不僅僅是諷刺小説，晚清章回小説大多采用了這樣"全是一段一段的短篇小品綴起來的"結構形式；也不僅僅是由於"最容易學"，對於報刊連載的生産與傳播方式來説，它同樣"最方便"，選擇這種形式有不得已的苦衷。讀者每期只能讀到一回小説，這一回的好壞會影響讀者是否繼續購買，辦報者要贏利，小説家爲稻粱謀，"雖一回不能苟簡"。爲了吸引讀者，小説家們儘量讓每回故事"自成一篇"，具有相對獨立的故事情節，如《鄰女語》③ 第一至第六回以金不磨的見聞感受爲綫索，各回故事還能勉强聯成一體，第七至第十二回則缺少中心人物，各回故事獨自爲政，且與前面六回毫不相干；或者在所有的故事外面設置一個框架，安排一個貫穿到底的人物，讓小説有一個大致統一的結構，如《二十年目睹之怪現狀》明明是衆多互不干涉的"話柄"的綴集，却借九死一生口述出來，讓小説有了一個相對統一的結構，一個不是故事主人公的中心人物。另外，有些報刊由於各種原因中途停止發行，使得許多小説往往連載數回之後就没有下文，客觀上造成了小説情節的不連貫與結構的不完整。清末民初中道夭折的報刊非常多，如"（《新小説》）僅出二十四期而止，頗多未完之稿"，"（《月月小説》）亦二十四期而止，與《新小説》同其壽命焉。……長篇如歷史之《兩晉演義》《云南野乘》，社會之《後官場現形記》等均佳，惜均不全"，"（《小説林》）至十一期，而覺我逝世，十二期勉强刊出，厥後《小説林》遂與徐君同歸銷滅矣。故首尾完全者，只寥寥三四種耳"，"（《小説月報》）名目雖多，

---

① 胡適：《五十年來中國之文學》，王俊年編：《中國近代文學論文集（1919—1949）》（小説卷），北京：中國社會科學出版社 1988 年版，第 11—12 頁。
② 顛公《小説叢談》："《官場現形記》爲常州李伯元先生撰，其體裁仿《儒林外史》，每一人演述完竣，即遞入他人，全書以此蟬聯而下，蓋章回小説之變體也。"《文藝雜誌》第五期，1915 年。
③ 連夢青撰，12 回，連載於《繡像小説》1903 年第 6 期至 1904 年第 20 期。

然僅出二期，即成絶響，故無一書完成者"。①"《新新小説》發行未滿全年，《小説月報》出版僅終貳號，《新世界小説報》爲詞窮而匿影，《小説世界日報》因易主而停刊，《七日小説》久息蟬鳴，《小説世界》徒留鴻影。"②

　　從外在的文體形態來看，晚清章回小説繼承了傳統章回小説的部分特徵，如分回標目，回目爲聯句且對仗工整，結尾有"且聽下回分解"之類慣用套語等。但這些都只是表面的風平浪静，在小説内部已經暗潮涌動，如傳統章回小説常用的"有詩爲證"不見了，叙述者不再以詩詞韻文來寫景狀物描繪人物與場面，取而代之的是更加形象貼切的散文描述。雖然部分小説仍然存在作者與讀者之間的互動，但叙述者身份由"説話的"換成了"做書的"，體現了新小説試圖擺脱説書人影響、由口頭化向案頭化轉變的努力。小説情節綫索由傳統章回小説的盤根錯節變得簡單明瞭，小説結構更爲鬆散自由，不少章回小説甚至可以視爲系列短篇小説的聯綴或集合。小説語言呈現出多樣化趨勢，不少小説刻意追求語言的地方特色，此前《金瓶梅》用魯語、《紅樓夢》用京語、《儒林外史》用長江流域官話，雖然也可歸於方言一類，但都是經過藝術處理的書面語言，對於非方言區讀者也不構成閱讀障礙；晚清不少章回小説則有意使用較爲原生態的方言入小説，如《海天鴻雪記》以吳語潤色成書，《玄空經》以松江方言寫就，《閩都别記雙峰夢》用福建方言，《天足引》用杭州土話，最有特色的則莫過於《海上花列傳》，叙述者用國語，上層人士説官話，妓女用蘇州話，語言在小説中成了一種特别的修辭手段，是人物身份的標誌，尤其是操蘇白的妓女，甫一張嘴而形神畢肖。方言小説在憑藉恰當使用語言而獲得特殊成就的同時，也給非方言區讀者造成了閱讀上的困難，不能不説是一大憾事。

---

① 新庵：《月刊小説平議》，《小説月報》第一卷第五期，1915 年。
② 報癖：《揚子江小説報發刊詞》，1909 年 5 月。

第二章
報刊連載與章回小説文體的嬗變

　　清末民初這一時段對章回小説的發展演變來説具有格外突出的意義。一方面，在這百餘年的時間裏產生了數以千計的章回小説，不但數量是此前四百餘年裏的許多倍，[①] 而且出現了許多新的小説類型；另一方面，報刊連載顛覆了傳統章回小説的創作與傳播方式，並對小説文體產生了極大影響。傳統章回小説在經歷了清末民初的末日輝煌之後，很快走向没落，在"五四"小説家們理論與實踐的巨大衝擊下偃旗息鼓，最終被現代長篇小説取代。"自報章興，吾國之文體，爲之一變"，[②] 變化最大者莫過於小説，"新聞紙報告欄中，異軍特起者，小説也"。[③] 清末民初章回小説的發展與報刊連載有著密切關係，無論是作品數量、類型的增長還是文體形態的演變，都是在報刊連載方式下完成的，下面幾組資料足以説明清末民初章回小説與報刊連載之間的關係。從 1892 年《海上奇書》創刊起到 1919 年，共產生小説雜誌約 60 餘種，以"小説"命名者超過 40 種。據《中國近代期刊篇目匯録》[④] 統計，在 1872 年到 1911 年創辦的 218 種期刊中，有近 120 種刊載過小説。日本學者樽本照雄《新編增補清末民初小説目録》及《清末民初小説年表》共

---

　　① 據陳大康統計，晚清七十二年（1840—1911）產生的通俗小説是前四百七十二年（1368—1840）總數的 3 倍，而清末最後九年（1903—1911）產生的小説總數又占近代小説總數的 88.78%。參陳大康：《中國近代小説編年》"前言"，上海：華東師範大學出版社 2002 年版。
　　② 梁啓超：《中國各報存佚表》，《清議報》第 100 册，1901 年。
　　③ 黃摩西：《小説林發刊詞》，《小説林》第 1 期，1907 年。
　　④ 上海圖書館編：《中國近代期刊篇目匯録》，上海：上海人民出版社 1980—1982 年出版。

收録 1840—1919 年間的著、譯小説 11 000 餘種，其中 80% 采自報刊。從 1840 年到 1919 年，共産生小説 11 505 種，其中創作小説 8 840 種，翻譯小説 2 665 種，共有 8 868 種在報刊上登載，占作品總數的 80%。[①]從 1872 年到 1911 年，在上海各圖書館所藏報刊中，有 106 種期刊共登載小説 1 065 種；1912 年以前的日報中，有 47 種開闢了小説專欄，共發表小説 1 456 種。[②]清末民初章回小説與報刊的聯姻，既有社會歷史發展的原因，也與章回小説文體自身的屬性有關。變法失敗的維新派人士在"痛定思痛"之後，以報刊作爲政治鬥争的工具，以小説作爲改良群治的武器，於是小説這種昔日君子不爲的"小道"，搖身一變爲"文學之最上乘"。傳統章回小説語言明白曉暢，叙事委曲詳盡，描寫窮形盡相，容量巨大且影響深遠，最適於承擔改良群治的重任，自然成爲報刊小説的首選類型。除了在功能上能夠滿足改良群治的需要以外，傳統章回小説分回標目，將完整的故事情節分割成若干故事單元依次講述的方式，又與報刊分期出版、連續發行的方式存在某種天然的契合：每期報刊的版面篇幅，恰可容納一定回數小説的故事内容；而章回小説前後各回情節上的關聯，又與報刊連載前後各期時間上的相續存在大致對應的關係。當然，章回小説與報刊連載之間的關係並非如此簡單，章回小説與報刊"聯姻"之後，在文體上經過了相當大的變革，以適應這種新型的創作與傳播方式。本章試圖通過分析章回體例與連載方式的契合與分離，探討報刊連載下傳統章回小説文體的嬗變，並對嬗變的背景和原因做出相應的解釋。

第一節　章回體例與連載方式的契合及分離

在探討報刊連載方式對章回小説文體産生的影響之前，很有必要闡明傳

---

① 郭浩帆：《清末民初小説與報刊業之關係探略》，《文史哲》2004 年第 3 期。
② 劉永文：《晚清報刊小説研究》，上海師範大學 2004 年博士學位論文（未刊稿）。

統章回小說的編創方式，理清其分回標目、依次叙述故事的文本結構方式與報刊連載之間相互認同、相互接納的關係，關注報刊連載方式如何對傳統章回體例進行改造。

一、章回體例的分回與標目

古代章回小說文體的産生主要受傳統史傳文學、唐代俗講變文與宋元話本小說的影響，而在文體形態上與長篇講史話本最爲接近。傳統章回小說最具標誌性的幾個文體形態特徵，如分回標目、開頭結尾有詩詞與套語、以説書人口吻講述故事等，在長篇講史話本中都可以找到，因此邱煒萲、俞樾等人將《水滸傳》《七俠五義》等章回小説看作平話，繆荃孫、王國維等人又將《宣和遺事》《五代史平話》等講史話本看作章回小説，我們分析傳統章回小説分回標目的編創方式，不妨先從長篇講史話本入手。

一般認爲，章回小説中的"回"來源於古代説話伎藝，説書人每講述一個相對完整的段落就稱爲一回，每説書一次也稱爲一回，即所謂"説收拾尋常有百萬套，談話頭動輒是數千回"。[①]譚正璧認爲："中國長篇小説的章節叫做'回'，'回'字的來歷因中國的長篇小説濫觴於宋人話本，話本爲宋時説話人所用的底本，每説一次必告一段落，即稱一段落曰一回，遂相因不廢。"[②]游國恩等也這樣認爲："講史不能把一段歷史有頭有尾地在一兩次説完，必須連續講若干次，每講一次，就等於後來的一回。在每次講説以前，要用題目向聽衆揭示主要內容，這就是章回小説回目的起源。"[③]這種原始意義上的分回在宋元話本中隨處可見，如《秦併六國平話》卷之上有説："這

---

①　（宋）羅燁著：《醉翁談録》，上海：古典文學出版社 1957 年版，第 3 頁。

②　譚正璧編：《文學概論講話》，上海：光明書局 1933 年版，第 180 頁。

③　游國恩等主編：《中國文學史》第四冊，北京：人民文學出版社 1964 年版，第 15 頁。

頭回且説個大略，詳細根源，後回便見”；甚至在早期的章回小説中也能見
到，如《水滸傳》第一百十四回有類似表述：“看官聽説，這回話，都是散
沙一般……”因此章回小説的慣用套語“且聽下回分解”，其原意是指下一
次講述故事時再做解釋、説明，後來才演變成指作爲書面形式的下一節或者
下一回。長篇講史話本分回有兩種可能：一種是書會才人根據説書人的講述
所作的記録或者爲説書人講述所創作的底本中直接分回，另一種是刊刻者在
刊刻小説時出於平衡版面篇幅的需要對文本進行編輯加工而分回，在長篇講
史話本中，這兩種情況可能有所偏重，也可能同時存在。《至治新刊全相平
話三國志》卷之上，從第 2 頁至第 32 頁的 31 頁文字裏無一條標目，從第
33 頁至第 46 頁的 14 頁文字裏却有陰文標目 9 條，而從第 45 頁至第 46 頁
的最後兩頁文字裏，不足 400 字的篇幅竟然有 4 條標目，可見這種分回標目
帶有很大的隨意性，很有可能是書會才人在記録説書人的講述内容時出現了
虎頭蛇尾的事情。又《樂毅圖齊七國春秋後集》共 64 個陰文標目，如“孟
子至齊”“燕王傳位與丞相”“齊兵伐燕”等，説明這部話本包括 64 則故事，
説書人也有可能分成 64 次講述。然而文中有些標目並不符合講述故事的實
際情況，也就是説，這不太可能是説書人底本的原貌或者書會才人的原始記
録。如卷之下有兩處標目分别横插在正文中間，而在通常情況下它們應當出
現在故事的開頭：

> 衆將才要出陣，┌趙兵助齊┐有廉頗領兵一十萬至近。
> 言未盡，┌秦百起助燕┐又報秦大將白起起兵二十萬來助燕。

很顯然，框中的陰文標目有可能是刊刻者所爲。了解講史話本分回標目
的狀況有助於理解傳統章回小説分回標目體制的形成，並最終理解作爲整體
的章回小説爲何能分次連載於報刊之上。

　　早期的章回小説回目爲單句，不標序數，字數也多少不一，我們現在通常所説的"回目"，其"回"字也僅僅出現在段落結尾的套語中，如"畢竟如何，且聽下回分解"，並不出現在小説標目上，換句話説，小説家們並不以"回"爲單位來標示這種相對完整的故事單元。萬曆中期以前的章回小説一般以"節"爲單位標示這種相對完整的故事單元，如嘉靖三十一年（1552）楊氏清江堂刊本《大宋中興通俗演義》多次明確提出全書分"節"："凡例"云"大節題目俱依《通鑑綱目》牽過"，各標籤明"按宋史本傳節目"，卷六叙述"酈瓊既殺了吕祉，恐宋兵追襲，連夜投奔僞齊去了"，其下有注釋云"此一節與史書不同，止依小説載之"，卷八叙述"秦檜既死，次日事聞于朝，高宗隨即下詔黜其子熺罷職閑住，其親党曹泳等三十二人皆革去官職，全家遷發嶺南去訖"，其下有注釋云"此小説如此載之，非史書之正節也"。嘉靖三十一年（1552）楊氏清江堂刊本《新刊參采史鑑唐書志傳通俗演義》與萬曆十九年（1591）書林楊明峰刊本《皇明開運英武傳》同樣使用"節"作爲小説故事單元的計量單位，小説中可見"看下節如何分解"、"……如何，下節便見"之類套語。長期以來，學界在研究章回小説回目時形成了一個約定俗成的習慣，小説標目爲單句者稱之爲"節""則""段"，爲聯句者則稱之爲"回"。事實上章回小説標目明確使用"回"這個概念並且標明序數者，直到萬曆二十年（1592）唐氏世德堂刊本《三遂平妖傳》才開始。《三遂平妖傳》分四卷二十回，明確標明回數，每回以七言或八言聯句作爲回目，如"第一回　胡員外典當得仙畫　張院君焚畫産永兒"。傳統章回小説回目的演變，大致經歷了一個由單句標目到雙句標目，回目字數由多寡不均到整齊劃一，由不標序數到標明序數，由言簡意賅到美觀大方的過程，以《三國演義》的回目演變爲例：嘉靖元年（1522）刊本《三國志通俗演義》分24卷，240節，各節有七言單句標目；建陽吳觀明刊本《李卓吾先生批評三國志》將嘉靖本略作改動，合兩節爲一回，變成120回，回目變

爲七言聯句，但這種變動僅僅停留在小説目録上，小説正文仍然是前後兩節
"各自爲政"，並未統一，第9回還明顯露出破綻，回目只有一句（即嘉靖本
第17節標目），另一句（即嘉靖本第18節標目）仍然留在原處，夾在正文
之内；毛宗崗評改本《第一才子書三國志演義》對吴觀明刊本的回目做了較
大修訂，不但將原本分離的兩節真正融合爲一回，而且重新編寫了回目，對
仗工整，含義雋永，非常具有形式美感。類似的回目變動在早期的章回小
説中還爲數不少，如周氏大業堂刊本《東西晉演義》分12卷352節，單句
標目，楊爾曾武林泰和堂刊本在此基礎上做了修改，並將回目改爲12卷50
回，雙句標目。

　　章回小説分回體制的形成與回目演變的歷程使我們有理由相信，小説
的分回標目與故事情節之間並非一一對應、牢不可破的關係，小説分成多少
回、回目如何設置，乃至由誰來分回標目，完全可以有多種可能性，不會從
根本上影響小説的故事情節。事實上，在傳統章回小説的編創過程中，究竟
是邊創作邊分回標目，還是寫成定稿再分回標目，是由作者操刀還是由編
者代勞，既没有定例可循，也没有明文規定。從現存章回小説的實際情況來
看，先寫成定稿再分回標目的可能性更大。傳統章回小説中經常出現回目不
能概括正文内容，或者與正文内容不能同步的情況，如容與堂本《水滸傳》
第三回回目爲"趙員外重修文殊院，魯智深大鬧五臺山"，可趙員外重修文
殊院是在魯智深大鬧五臺山之後才發生的，這已是第四回的事了；第六十七
回回目爲"宋江賞馬步三軍，關勝降水火二將"，然而有李逵私自下山殺韓
伯龍、遇焦挺、救宣贊和郝思文等重要情節没有在回目中體現出來。又如脂
評本《紅樓夢》第二十八回回目爲"蔣玉菡情贈茜香羅，薛寶釵羞籠紅麝
串"，然而正文中有1 200餘字寫黛玉葬花餘波，有1 500餘字寫黛玉配藥
裁衣、鳳姐調走小紅等情節，與回目毫無瓜葛，倒是寫黛玉葬花餘波的那段
與第二十七回"埋香冢飛燕泣殘紅"相連；第四十七回回目爲"呆霸王調情

遭苦打，冷郎君懼禍走他鄉"，可有近 3 000 字的篇幅是第四十六回"尷尬人難免尷尬事，鴛鴦女誓絶鴛鴦偶"的餘緒。聯繫到《紅樓夢》以及此前章回小説中大量存在的回目與正文内容之間的種種不協調，我們或許應當相信《紅樓夢》第一回所云"後因曹雪芹於悼紅軒中披閲十載，增删五次，纂成目録，分出章回"，不僅僅只是《紅樓夢》的"一家之言"，①它還應當是傳統章回小説回目設置的普遍方式。

二、連載方式的繼承與革新

弄清楚了傳統章回小説的編創方式，我們知道分回標目只是一個將長篇故事分割成若干故事單元的技術性手段，高明者固然可以選擇在情節發展至緊張、高潮之處戛然而止，再套上一句"欲知後事如何，且聽下回分解"，將結局留待下回揭曉，利用讀者的獵奇心理順勢過渡到下一回。然而也並非每次分回都能如此"驚心動魄"，在傳統章回小説中，我們同樣能夠看到許多"風平浪静"的結尾，往往是情節本身實在没有波瀾而篇幅有限，故事不得不就此打住。無論如何，分回標目的體制形式使得章回小説在報刊上連載不但有了理論上的可能，而且因傳播媒介的特質更容易製造懸念並吊足讀者的胃口，將"欲知後事如何，且聽下回分解"的誘惑力發揮到最大限度。

西文報刊第一次連載章回小説的記録，學界在時間和對象上都模棱兩可。方漢奇在《中國近代報刊史》中提及《中國叢報》與《中國雜誌》曾刊有《紅樓夢》前八回，②在《中國新聞事業通史》中提及《香港紀録報》曾刊有《三國演義》，並推測"這也許是報刊對中國小説的第一次連載"。③《中

---

① 參見朱淡文：《剪接：從長篇故事到章回小説——〈紅樓夢〉成書過程探索》，《紅樓夢學刊》1989 年第 1 輯。該文以大量事實令人信服地證明《紅樓夢》先有長篇故事後分回標目的過程。
② 方漢奇著：《中國近代報刊史》，太原：山西教育出版社 1981 年版，第 56 頁。
③ 方漢奇主編：《中國新聞事業通史》第一卷，北京：中國人民大學出版社 1992 年版，第 290 頁。

國叢報》的創刊與停刊日期有兩種説法，一種是從 1835 年至 1851 年，另一種是從 1832 年至 1853 年。①《香港紀録報》前身爲《廣州紀録報》，1839年遷往澳門，1843 年遷往香港，始稱《香港紀録報》，1963 年停刊。如果該刊連載《三國演義》是報刊對中國小説的第一次連載，那麽時間至少不晚於 1853 年。中文報刊第一次連載章回小説的記録則比較具體。同治十一年（1872）十月創刊的《瀛寰瑣記》從第 3 期至第 28 期連載了根據英國作家愛德華·步威·利頓的《夜與晨》翻譯的小説《昕夕閑談》。《昕夕閑談》采取了傳統章回小説形式，每節有對仗工整的回目，結尾有"後事如何，且看下回續談"之類套語，節末還有評點。同年十二月初六日，《申報》廣告"新譯英國小説"稱："今擬於《瀛寰瑣記》中譯刊英國小説一種，其書名《昕夕閑談》，每出《瑣記》約刊三、四章，計一年則可畢矣。所冀者，各賜顧觀看之士君子，務必逐月購閲，庶不失此書之綱領，而可得此書之意味耳。"《昕夕閑談》以每期刊載三到四章的速度連續一年之久，而讀者也需逐期購買方能得到一部完整的小説，這種獨特的編創與傳播方式對作者與讀者都是一種全新的體驗，其最大最直接的影響便是傳統章回小説文體的改變。

　　報刊連載的章回小説分爲兩種類型，一種是先有單行本發行，再拆分成章回在報刊連載；另一種是隨撰隨刊，創作與連載在時間上緊密相連，有些甚至近乎同步。清末民初的章回小説絶大多數是以隨撰隨刊的方式完成的，這種類型的章回小説受連載方式影響最大，是我們主要的考察對象。

　　早期的章回小説連載方式是將已有的小説作品化整爲零，分期刊載於報刊上。在固定的小説欄目産生之前，大多數報刊采取附張的形式，將一定篇幅的小説印刷在附張上。説白了，這種連載方式等於將一部章回小説以回爲單位進行拆分，分期分批隨報刊附送給讀者。因爲小説已經定型，所以這種

① 參見方漢奇主編：《中國新聞事業通史》第一卷，北京：中國人民大學出版社 1992 年版，第231、278 頁；方漢奇著：《中國近代報刊史》，太原：山西教育出版社 1981 年版，第 13 頁。

連載方式對小説文體的影響微乎其微，它的意義在於開創了一種新型的傳播方式，改變了讀者的閱讀習慣，並培育了一個"翹首以待"下回故事的讀者群體。當然，讀者的閱讀期待會影響到作者對故事情節、創作方式與文體形態等方面做出相應調整，這一切又最終會影響到傳統章回小説文體的改變。光緒八年（1882）四月二十七日《字林滬報》發布"刊印奇書告白"云：

> 《野叟曝言》一書海内皆知其名……本館今購求善本……自下禮拜一爲始每日于本報後增加兩頁，將此書排日分登，且篇幅較寬，合之可作新聞，分之可成卷帙，且價仍不加增；不過一年可窺全豹，統計價值較坊間售賣不全書本爲廉，且更得閱各處新聞，實屬一舉兩得。

《野叟曝言》在《字林滬報》的刊登是中國古代章回小説第一次真正意義上的連載，與此前西文報刊譯刊中國小説（如《中國叢報》與《中國雜誌》譯刊《紅樓夢》,《香港記録報》譯刊《三國演義》）、中文報刊譯刊西方小説（如《字林滬報》譯刊《昕夕閑談》）不同，從内容到形式都具有原汁原味的中國特色。儘管只是將原本成部的小説分散刊印而已，但這種"合之可作新聞，分之可成卷帙，且價仍不加增"，讀者既讀小説又閱新聞，"實屬一舉兩得"的傳播方式（更確切地説是銷售策略）不但新穎別致，而且摸透了中國人的心理，因而大受歡迎。《字林滬報》"既開風氣之先，於是各報紛紛摹仿，而長篇小説乃日新月異"，[①] 以附張形式連載章回小説風起云涌。《采風報》在創刊五天后（1898 年 7 月 14 日）即附送《海上繁華夢》,《遊戲報》從 1899 年 7 月 28 日開始附送《海天鴻雪記》,《笑林報》從 1901 年 4 月 28 日開始附送《仙俠五花劍》,《世界繁華報》從 1901 年 10 月開始附送《庚子國變彈詞》,

---

① 鄭逸梅：《報紙刊載長篇小説之始》,《鄭逸梅選集》第 5 卷，哈爾濱：黑龍江人民出版社 2001 年版，第 235 頁。

《時報》從 1904 年 6 月 12 日開始附送《中國現在記》,《南方報》從 1905 年 9 月 19 日開始附送《新石頭記》,《有所謂報》從 1905 年 6 月 4 日開始附送《洪秀全演義》,《神州日報》從 1907 年 11 月 15 日開始附送《情仇記》。

　　將成品章回小説分期刊載於報刊附張上只是連載方式對章回體例的被動接受,相當於將小説以活頁形式派發給讀者。內容形式既已固定,附張只是照單全收,即使讀者在閱讀過程中有所回饋,對小説本身也於事無補。

　　真正對章回小説文體造成影響的是隨撰隨刊的連載方式,整個過程充滿了不確定性,作者未必能按計劃進行(不少作者還未必就有寫作計畫),報刊未必能刊載到底(半途而廢者不在少數)。更重要的是,讀者對小説的態度會通過報刊的銷售狀況及時回饋上來,迫使報刊與作者做出相應的調整,從而對小説文體做出某些變革。梁啓超曾這樣比較傳統章回小説與連載章回小説的區別,基本上説出了連載章回小説創作的苦衷:

　　　　一部小説數十回,其全體結構,首尾相應,煞費苦心,故前此作者,往往幾經易稿,始得一稱意之作。今依報章體例,月出一回,無從顛倒損益,艱於出色。……尋常小説一部中,最爲精彩者,亦不過十數回,其餘雖稍間以懶筆,讀者亦無暇苛責。此編既按月續出,雖一回不能苟簡,稍有弱點,即全書皆爲減色。……尋常小説,篇首數回,每用淡筆晦筆,爲下文作勢。此編若用此例,則令讀者彷徨于五里霧中,毫無趣味,故不得不於發端處,刻意求工。①

　　且不説作家創作水準與寫作態度方面的主觀因素,光是章回小説宏大的敘事規模與報刊連載有限的版面篇幅之間的矛盾就足以構成連載章回小説創

---

① 《〈新小説〉第一號》,《新民叢報》第二十號,1902 年。

作的一大難題。章回小説人物事件衆多，綫索盤根錯節，時間跨度很大，動輒幾十甚至上百萬字，需要足夠多的篇幅才能容納。報刊没有那麼大容量，連載也不可能"畢其功於一役"，靠得是"細水長流"，只不過"流"的時間過長，就要考慮讀者是否有足夠的耐心堅持到底；而讀者的堅持從根本上决定了報刊的生命與報人的收益，因此不少報刊對連載章回小説的困擾表示擔憂。1904 年 8 月 4 日，《時報》登載未標譯者姓名的《黄面》，結尾譯者"附言"云："木報以前所登小説均係長篇説部，每竣一部動需年月，恐閲者或生厭倦，因特搜得有趣味之一短篇，盡日譯成，自今日始連日登載，約一禮拜内登畢。"1907 年 10 月，《月月小説》第十號"告白"云："本什志所載《兩晋演義》一書，係隨撰隨刊，全書計在百回以外。每期只刊一二回，徒使閲者厭倦；若多載數回，又以限於篇幅，徒占他種小説地步。同人再三商訂，於本期之後不復刊載。當由撰者聚精會神，大加修飾，從速續撰。俟全書殺青後，再另出單行本，就正海内，惟閲者鑒之。"由於小説篇幅過大而導致連載時間過長，不得已以短篇小説代替或者以單行本的方式發行，都不能從根本上解决問題。要想靠連載章回小説維繫報刊生存，只有從章回小説文體自身的變革動腦筋，使之適合於報刊連載。如控制小説規模，壓縮人物與事件的數量，讓故事變得相對簡單，"若欲多所描畫，則分節爲之，自爲起訖，中間以綫索貫之，然至多亦不宜逾十萬言耳"；[1] 既然無法顧全整體，就在單個章回裹下功夫，儘量讓每一期小説故事都有亮點，具有相對獨立性，讓"每一期内所有小説自成一結構，每半年六期内，又成一大結構"；[2] 減少鋪叙，直奔主題，最大限度地將筆墨集中於故事情節，如"寫男女戀情至最後五分鐘，勢必及神女高唐之夢"。[3]

---

[1]　范煙橋撰：《小説話》，《小説叢談》，大東書局 1926 年 10 月版。

[2]　"本社通告一"，《小説時報》第 1 號，1909 年。

[3]　姚民哀：《小説浪漫談》，《紅玫瑰》第 5 卷第 6 期，1928 年。

第二節　連載方式下章回小説文體的嬗變

一、結構方式的嬗變

報刊連載方式對章回小説文體的影響首先體現在小説結構方面。胡適批評晚清譴責小説一派盡學《儒林外史》，"扯開來，每段自成一篇，鬥攏來，可長至無窮"，只是指出了作家方面的主觀原因，没有考慮到連載方式導致的客觀原因。阿英對清末民初章回小説結構形態成因的分析就比較全面，雖然也只是點到爲止：

第一，還不能不把原因歸到新聞事業上。那時固然還没有所謂適應於新聞紙連續發表的"新聞文學"，而事實却已經開始有了這種要求。爲著適應於時間間斷的報紙雜誌讀者，不得不采用或產生這一種形式，這是由於社會生活發展的必然。第二，是爲繁複的題材與複雜的生活内容所決定，不是過去的形式所能容納下的。第三，才是《儒林外史》寫作方法的繼續發展。因爲在描寫多樣的事件，與繁複的生活這一點上，《儒林外史》和譴責小説，是有著共通性的。譴責小説所以然普遍的采用這種形式，不是單純的受了《儒林外史》的影響。①

將報紙雜誌的生存狀態與連載小説的結構方式聯繫起來分析，這是阿英獨具慧眼的地方，對揭示清末民初章回小説文體結構的嬗變具有開創性意義。傳統章回小説的結構形式大致可分爲綫狀結構與網狀結構兩種，儘管在

---

① 阿英著：《晚清小説史》，北京：人民文學出版社 1980 年版，第 5—6 頁。

具體的作品中還可以進一步細分。四大奇書中,《水滸傳》與《西遊記》可視爲綫狀結構的代表,全書按照"逼上梁山"或"西天取經"的情節綫索逐回推進。所不同者,《水滸傳》側重於以人物爲中心,在主要人物傳記(如"武十回")的基礎上統一成書;《西遊記》偏重於以事件爲中心,通過串聯主要事件(如"三打白骨精")而成文。《三國演義》與《金瓶梅》可視爲網狀結構的代表,前者以不同國家的矛盾糾葛爲綫索,縱橫交織;後者以不同人物的身世命運爲綫索,前後糾纏。《儒林外史》的結構是對以往形式的突破,"每一人演述完竣,即遞入他人,全書以次蟬聯而下,蓋章回小説之變體也",① 可以稱之爲接力式結構。接力式結構的小説情節設置相對簡單,故事綫索脈絡清晰,較少盤根錯節的情況,叙述者在固定篇幅内往往只專注於某一人物或某一事件,通過人物事件的此起彼伏來推動故事情節的演進。這種結構方式最適合於報刊連載,於是二者一拍即合,稍加變通,幾乎成爲清末民初連載章回小説結構的通例。

我們在分析《儒林外史》的結構方式對晚清章回小説的影響時曾討論過《孽海花》《老殘遊記》《二十年目睹之怪現狀》與《海上花列傳》等小説的結構形式,這裹不妨再舉幾部小説爲例,説明連載方式對清末民初章回小説結構方式的影響。

吳趼人撰《瞎騙奇聞》八回,連載於 1904 年《繡像小説》第四十一至四十六期,叙述土財主趙澤長與小市民洪士仁兩家人輕信算命先生周瞎子的話,最後落得家破人亡的故事。第一回寫趙澤長年過半百没有子嗣,周瞎子説他命中注定有子,趙奶奶暗中找來别人的孩子,謊稱自己親生,騙過趙澤長。趙澤長去周瞎子家致謝,遇見前來算命的洪士仁。第二回先寫周瞎子給洪士仁算命,説他命中注定要敗到寸草不留,方能發財,洪士仁遂放棄了去

---

① 　顛公:《小説叢談》,《文藝雜誌》第五期,1915 年。

上海挣錢的機會。再寫周瞎子給趙澤長兒子趙桂森算命，説他將來會官居極品，禄享萬鐘。第三回寫洪士仁變賣房屋遭人欺騙，周瞎子説他離發財的日子又進了一步，洪士仁便打消了找人理論的念頭。趙澤長夫婦相信兒子將來會做大官、發大財，從小百般寵愛。第四回寫趙桂森不學無術，趙奶奶自恃兒子前途無量，欺凌本家。洪士仁生活日趨困頓，求助於趙澤長。第五回寫洪士仁聽信周瞎子，坐吃山空，家破人亡。趙桂森學會賭博。第六回寫趙桂森嗜賭成性，在家開賭場。趙澤長路遇已成乞丐的洪士仁。第七回寫趙澤長帶洪士仁去找仁壽堂王先生要藥醫腿傷，王先生揭穿周瞎子算命的底細，趙澤長獲知兒子並非親生，氣絶身亡。趙桂森聚衆賭博，被官府捉拿。第八回寫洪士仁絶望之中刺死周瞎子。趙桂森變賣家産賭博，氣死趙奶奶。小説結構非常簡單，每回講述一個主要故事，一個次要故事，次要故事在下一回又發展成主要故事，趙家與洪家的故事前後相連，交替進行。小説中的幾個主要人物如趙澤長夫婦與洪士仁，其命運發展也同樣簡單，都經歷了被騙、受害、醒悟、死亡的過程。由於缺少必要的鋪叙與描摹，小説情節單調，人物單薄，説教色彩濃厚，圖解概念的傾向十分明顯。

又如嘿生撰《玉佛緣》八回，連載於《繡像小説》第五十三至五十八號，叙述江蘇巡撫錢子玉迷信佛法，爲一尊玉佛捐資十幾萬銀子建造無量壽寺的故事。第一回寫錢貢生老年禮佛，夢一和尚攜玉佛至家，是夜夫人周氏生下錢子玉。錢子玉中進士，任武昌鹽法道，途中遭風浪之險。第二回寫錢子玉化險爲夷，自此迷信鬼神之道。插叙算命先生魯半仙故事。第三回寫夫人李氏病重，因錢子玉迷信鬼神，延治身亡。繼室嚴氏信佛，風聞杭州城。靈隱寺主持了凡聞之，尋思騙捐。插叙了凡故事。第四回寫了凡與嚴氏奶媽李氏串通，騙錢子玉捐資建寺，並從四川迎接玉佛至蘇州。插叙流氓王七、阿四等人議論玉佛故事。第五回寫寺院建成，了凡立碑爲錢子玉歌功頌德。秀才陳子虚、祝幼如到蘇州備考，租住無量壽寺。第六回寫陳子虚、祝幼如巧遇了凡行不軌事。插叙被害女子嚴氏故事。第七回寫陳子虛救出嚴氏。錢子玉因了凡事被參，遂告病回家，並與僧道斷交，結交名士王以言。插叙王以言身世。第八回寫王以言父母迷信佛教與陰陽之道，王以言力辨神佛之不可信，錢子玉以爲知音。夫人嚴氏攜大小姐進延壽庵燒香，大小姐受驚染病，嚴氏求神拜佛，觸怒錢子玉。錢子玉患病，嚴氏請玉佛賜仙水，了凡攜衆和尚至錢家，錢子玉被氣死。顯而易見，《玉佛緣》與《瞎騙奇聞》立意相同，都是"小説界革命"的產物，借小説宣揚改良民智的革新精神。小説的結構方式也基本一致，由幾個簡單的故事串聯而成，並且都采取了故事與故事過渡的方式來組織結構。略有不同者，《玉佛緣》的叙述者在叙述主要故事的同時插叙了幾個相關的次要故事，這可以視爲作者有意改變連載章回小説情節單調的狀況，試圖使其旁逸斜出，更加飽滿的努力。

再看李涵秋撰《廣陵潮》一百回，小説先以《過渡鏡》爲名連載於宣統元年（1909）至三年（1911）八月十九日的《公論新報》，後改名爲《廣陵潮》連載於民國三年（1913）至八年（1919）的《大共和日報》及《神州日報》。《廣陵潮》曾風靡一時，魯迅的母親周老太夫人也非常喜歡這部小説，令兒子從北京購買寄回老家。[①] 這部老少咸宜、婦孺皆知的小説，十足地體現了報刊連載章回小説的結構特徵。小説總體上以云家與伍家的興衰際遇爲綫索，通過兩個家庭的生活狀況折射國家社會的發展變化。按理説，這種寫家族生活的小説比較適合使用網狀結構，《金瓶梅》與《紅樓夢》早已提供了成功的典範。從開頭的幾回來看，作者也似乎有意循此模式，一開始就布下"天羅地網"，鋪下數條綫索，如云家的奴僕黃家，云錦夫人秦氏的娘家

---

① 《魯迅日記》1917 年 12 月 31 日："上午寄家信並本月用泉五十，附與二弟三弟婦箋各一枚，又寄《廣陵潮》第七集一冊。"（魯迅：《魯迅日記》第一冊，北京：人民文學出版社 2006 年版，第 305 頁）周作人也説過："先母……也看新出的章回體小説，民國以後的《廣陵潮》也是愛讀書之一，一冊一冊的隨出隨買，有些記得還是在北京所買得的。"（周作人《知堂回想録》"周作人晚年自述傳下"，合肥：安徽教育出版社 2008 年版，第 411 頁）

秦家，秦洛鐘的大舅哥何其甫家，云錦的少年友人田家，秦氏妹夫伍家，伍
晉芳的女婿富家，等等，又從這些主要綫索下發展出若干次要綫索，如伍晉
芳的少年相好小翠子，何其甫續弦美娘的塾師楊古愚楊靖父子，云麟的紅顔
知己紅珠、伍晉芳救助的無賴林雨生等等。如果按照主次順序，有條不紊地
鋪排下去，很有可能編織成一個《金瓶梅》《紅樓夢》似的的網狀結構。然
而隨著故事情節的推進，小説受制於連載方式的結構特徵就慢慢地顯山露水
了：故事的發生與發展缺少必要的鋪叙，人物出場比較突兀，往往甫一登場
就直奔主題，作者在驅動小説人物時有些急不可耐。與《金瓶梅》《紅樓夢》
等小説不動聲色的叙述筆調相比，《廣陵潮》表現出明顯的浮躁與過分的張
揚。而故事情節的推進，走的又是大故事帶小故事、小故事再發展成大故事
的路數。作者常常不由自主地將一些無關宏旨的小人物或者小事件無限擴
大，而一旦發現情節鋪叙過寬，人物出場過多而無法駕馭時，就趕緊找個莫
名其妙的理由，讓當事者死掉，以此掐斷綫索。因此，我們在小説中能看到
許多過客式的人物：來也匆匆——上一句才提及此人，下一句就粉墨登場；
去也匆匆——兩三回過後，或暴病身亡，或意外喪生。

　　對連載方式下章回小説結構方式的嬗變，號稱清末民初"章回小説大
師"的張恨水看出了端倪。張恨水不但意識了到它平鋪直叙，過於單調的局
限性，而且在實踐上也做出了調和連載方式與章回體例之間矛盾的努力：

　　　　長篇小説，則爲人生之若干事，而設法融化以貫穿之。有時一直寫
　　一件事，然此一件事，必須旁敲側擊，欲即又離，若平鋪直叙，則報紙
　　上之社會新聞矣。[①]

---

　　①　張恨水著：《長篇與短篇》，張占國、魏守忠編：《張恨水研究資料》，天津：天津人民出版社
1986 年版，第 265 頁。

　　《春明外史》，本走的是《儒林外史》《官場現形記》這條路子。但我覺得這一類社會小説，犯了個共同的毛病，説完一事，又遞入一事，缺乏骨幹的組織。因之我寫《春明外史》的起初，我就先安排下一個主角，並安排下幾個陪客。這樣，説些社會現象，又歸到主角的故事，同時，也把主角的故事，發展到社會的現象上去。這樣的寫法，自然是比較吃力，不過這對讀者，還有一個主角故事去摸索，趣味是濃厚些的。[①]

　　不管作者最初的構思怎麼樣，在隨撰隨刊的創作與傳播方式下，在每一期刊出的小説中，大多數作者都會選擇"一直寫一件事"，這不一定是作者才力不逮的問題，受創作時間與版面篇幅限制的可能性更大。固定的版面篇幅規定了小説的字數内容，不允許作者放開手脚"説三道四"，只能集中筆墨"有一説一"。也有人確實想擺脱"平鋪直叙"的宿命，試圖"旁敲側擊"，只是"欲即又離"，太難把握，往往一"離"就難以回歸主綫。説到底，還是因爲讀者在每一期報刊内只能看到小説的部分而非整體，而作者在創作時也因急於完成該期的連載任務，往往會忽視整體的構思。[②]張恨水聲稱他寫《春明外史》是"用作《紅樓夢》的辦法，來作《儒林外史》"，就是想有意突破連載章回小説結構模式的困境而回歸傳統。所謂"作《紅樓夢》的辦法"，無非就是"插進去幾個主角來貫穿全域"，待主角出場，"總加倍地烘托"，"把書中一二的人都寫出了附帶的東西"，[③]多條綫索交錯進行，共時態展開，避免"説完一事，又進入一事"的歷時態聯接。包天笑《上海春

---

　　① 張恨水著：《寫作生涯回憶》，北京：人民文學出版社1982年版，第25頁。
　　② 如《廣陵潮》第八回寫美娘嫌其夫婿何其甫老而醜，何其甫請出美娘的塾師楊古愚教訓她。小説便從此蕩開一筆寫楊古愚的兒子楊靖的故事，一直寫至第十回。可能是作者後來發現離題越來越遠，擔心無法回到主綫上來，只得讓楊靖致人死亡，倉皇出逃，好結束這段故事。《廣陵潮》中類似例子還不少。
　　③ 張恨水著：《寫作生涯回憶》，北京：人民文學出版社1982年版，第31頁。

秋》"贅言"云："愚僑寓上海者將及二十年，得略識上海各社會之情狀，隨
手掇拾，編輯成一小説，曰《上海春秋》，排日登諸報章。積之既久，卷帙
遂富。友人勸印行單行本，乃爲之分章編目，重印出書。"①——將耳目所及
"隨手掇拾"，就可"編輯成一小説"，"排日登諸報章"，待連載結束後再結
集出版，"爲之分章編目"，這種編創方式只有在報刊連載的基礎上才能進
行，其結構自然也只能是日續一日的接力式無疑。

　　連載章回小説必須在規定的期限内完成才不至於延誤發行，又必須在限
定的版面内完畢才能避免"將就釘裝，語氣未完，戛然而止也"②的尷尬。時
間與空間的桎梏決定了作者只能倉促地在螺獅殼裏做道場，保證每期叙述一
個相對完整的故事已屬不易，要從容不迫遊刃有餘地去考慮小説的整體結構
就難上加難了。因此清末民初連載章回小説中的結構問題層出不窮，"一篇
之中，有散漫無結束，有鋪叙無主腦，有複遝無脈絡，前後無起伏，穿插無
回應，見事寫事，七斷八續"。③這話是黄小配説的，他自己的作品中就出現
過諸多情節前後矛盾的錯誤，可謂肺腑之言。如《宦海潮》第六回提到"任
磐後來竟薦李成做了個緝私探筒手，這都是後話不提"，第十七回寫李成的
結局却是"任磐即酬以二百金，令他回去，自行開張鋪店。李成歡喜而別"。
又如《廿載繁華夢》第二十二回説伍氏長男的名字是"應祥"，而第二十八
回又説伍氏長男之名是"應揚"，且後文提到此人都是"應揚"。至於"散漫
無結束"者，在連載章回小説中比比皆是，光是技術上没有完工的爛尾樓式
作品就爲數不少（李涵秋所撰 32 部小説中就有 10 部没有完成），遑論在藝
術上没有結局，"永遠開放"，可連載至於無窮的呢！

---

① 包天笑著，曹慶霖標點：《上海春秋》，上海：上海古籍出版社 1991 年版。
② 《中國唯一之新文學報〈新小説〉》，《新民叢報》第 14 號，1902 年。
③ 棣：《改良劇本與改良小説關係於社會之重輕》，《中外小説林》第二年第二期，1908 年。

二、文體形態的嬗變

連載章回小説文體形態的嬗變不如結構方式的嬗變那樣立竿見影，經歷了一個較爲漫長的過程。從 19 世紀末期到 20 世紀上半葉，"五四"以前的章回小説文體形態的演變步履緩慢，絶大多數章回小説保持了傳統的體例格式，只有少數作家在一點一滴地嘗試著革新。"五四"以後，對章回小説的批評越來越多，要求變革甚至廢除傳統章回體例的呼聲日漸高漲，同時，現代長篇小説也以嶄新的面貌開始展露出它蓬勃的生命力，在這樣的背景下，章回小説的文體形態急劇改變，乃至於最終面目全非，名存實亡。

傳統章回小説與現代長篇小説在文體形態上最爲直接的區別就是前者分回標目，開頭結尾有詩詞與套語，描寫多用詩詞韻文，以説書人口吻叙述故事等形式。大概自《儒林外史》開始，章回小説使用開場詩與散場詩的作品越來越小，以詩詞韻文寫景狀物述人的傳統也發生改變，"有詩爲證"的内容轉變爲散文叙述。在晚清以來的章回小説中，我們很少見到叙述者使用的詩詞，甚至連"面如傅粉，唇若塗朱"、"堯眉舜目，禹背湯肩"這樣的俗套也難得一見。發生改變的原因固然可以從許多方面去尋找，如作者寫作技巧的成熟與寫作技能的提升、讀者閲讀興趣的轉移與閲讀期待的轉變等等；除此之外，報刊連載也應當是其中的重要因素，一方面連載時間的緊迫性不允許作者去玩弄辭藻，吟詩作對；另一方面連載版面的有限性要求作者盡可能地用簡潔明快的語言去叙述故事，詩詞韻文的含蓄蘊藉在這裏非但派不上用場，反而徒增篇幅。連載於宣統二年（1910）上海《輿論時事報》的《情變》可稱爲晚清章回小説中極力維持傳統文體形態的代表，除了分回標目、開頭結尾有規整的套語外，小説還試圖恢復詩詞韻文的使用——"楔子"以一首七律開篇，各回開頭有引首詩，最爲特別的是文中又出現了久違的述人韻文，如第一回《走江湖寇四爺賣武，羨科名秦二官讀書》描寫寇四爺夫妻：“怎見得：一個是江湖上著名的好漢，一個是巾幗中絶技的佳人。一個似太史子義，善使長槍；一個似公孫大娘，善舞雙劍。一個雄赳赳八面威風，一個嬝婷婷雙眉寫月。一個言語時似舌跳春雷，一個顧盼時便眼含秋水。一個雖非面如冠玉，唇若塗朱，却是形端表正；一個雖是艷采羞花，輕云蔽月，却非搔首弄姿。”但這種形式的描寫也只是曇花一現，除了在第一回出現兩次外再也難覓蹤影。估計是創作開始時，作者躊躇滿志地以復古爲己任，而一旦進入連載狀態，受時間與版面的限制，無法再精雕細刻，不得不抛棄這件費時費力且不一定討好的舊衣裳。

　　清末民初章回小説文體形態的嬗變主要體現在回目的設置與套語的使用上。回目是章回小説的標誌性特徵，甚至可以説是章回小説的靈魂，精彩的回目不僅能概括本回故事的内容，還具有讓人賞心悦目的形式美感。自明中晚期以來，不少作者（編者）在小説回目的設置上煞費苦心，這種傳統一直延續到清末民初。曼殊批評《二勇少年》的回目時説：“凡著小説者，於作回目時，不宜草率。回目之工拙，於全書之價值與讀者之感情最有關係。若《二勇少年》之目録，則内容雖極佳，亦失色矣。”① 符霖《禽海石》十回，回目爲單句，如第一回“恨海難填病中尋往迹”，第二回“情天再補客裏遇前緣”，第三回“會龍華雪泥留舊爪”，第四回“印鷗盟風月證同心”，乍一看似乎不合雙句標目的主流傳統，可仔細一瞧，將前後兩條回目合二爲一，即成一對仗工整的聯句。姚鵷雛《燕蹴箏弦録》三十章，合其全部回目竟成一五言排律，不敢想像他爲此費了多少思量。如第一章“歡情翻震蕩，密坐益彷徨”，第二章“琴能師賀若，字解辨凡將”，第二十九章“剪紙招南國，輸錢葬北邙”，第三十章“崔徽風貌在，蘇小墓門荒”。而張恨水對回目設置

① 《小説叢話》，《新小説》第八號，1903 年。

的要求，更是苛刻得近乎"戴著脚鐐跳舞"：

因爲我自小就是個弄詞章的人，對中國許多舊小說回目的隨便安頓，向來就不同意。既到了我自己寫小說，我一定要把它寫得美善工整些。所以每回的回目，都經一番研究。我自己削足適履的，定了好幾個原則。一，兩個回目，要能包括本回小說的最高潮。二，儘量的求其辭藻華麗。三，取的字句和典故，一定要是渾成的，如以"夕陽無限好"，對"高處不勝寒"之類。四，每回的回目，字數一樣多，求其一律。五，下聯必定以平聲落韻。這樣，每個回目的寫出，倒是能博得讀者推敲的。可是我自己就太苦了，往往兩個回目，費去我一、二小時的功夫，還安置不妥當。因爲藻麗渾成都辦到了，不見得能包括小說最高潮。不見得天造地設的就有一副對子……因之這個作風，我前後保持了十年之久。但回目作得最工整的，還是《春明外史》和《金粉世家》。①

第一、二、四條好辦，第五條也可勉强爲之，第三條簡直就是自討苦吃。張恨水那幾部著名的章回小說如《金粉世家》《啼笑因緣》《春明外史》《秦淮世家》等的回目設置，基本上符合他的原則，如"婦令夫從笑煞終歸鶴，弟爲兄隱瞞將善吼獅"（《金粉世家》第三十二回），"比翼羨鴛儔還珠却惠，捨身探虎穴鳴鼓懷威"（《啼笑因緣》第十二回），"顧影自憐漫吟金縷曲，拈花微笑醉看玉鉤斜"（《春明外史》第三十二回），"烈烈轟轟高呼濺血，凄凄慘慘垂首離家"（《秦淮世家》第二十二回）。

然而清末民初章回小說的回目設置終究還是發生了變異，傳統規整嚴格的原則不見得人人都會遵守，不少小說的回目也變得隨意輕鬆起來。如果

---

① 張恨水著：《寫作生涯回憶》，北京：人民文學出版社1982年版，第26頁。

説張恨水是傳統章回小説文體的堅定守護者，那麽徐枕亞應當算是這種文
體的堅決破壞者，他創作的幾部小説幾乎顛覆了傳統章回小説的體例格式，
僅僅保留了分回標目這一特徵。饒是如此，徐枕亞小説的回目設置也完全
不同於傳統章回小説。《余之妻》三十章，回目參差不齊，如“嫦娥記得此
時情”“玉釵敲斷”“寒衾偎淚到天明”“又是一番慘別”“一夕傷心話”“關
盼盼耶馮元元耶”等；《蘭閨恨》二十四章，回目只是兩字詞語，如“悼
亡”“證夢”“紀遊”“攬勝”“投店”“斗車”“遇美”之類；《玉梨魂》三十
章，同樣只有兩字標目，如“葬花”“夜哭”“課兒”等；《血鴻淚史》十四
章，由十四篇日記構成，回目即日期，如第一章“己酉正月”、第二章“二月”
等。看慣了古樸嚴肅的傳統章回小説回目，這種堪稱另類的回目或許能讓人耳
目爲之一新。王小逸撰《蝶戀花》（署名“捉刀人”），1937 年 4 月 30 日開始
連載於《世界晨報》，每天連載一段，回目爲四字短語，如“公鷄母鷄”“方方
三里”“瞞官告狀”“花言巧語”“笑痛肚子”“五六分鐘”等。吳雙熱《快活夫
妻》十餘回，回目爲八字短句，同樣俏皮可愛，如“閉著秋波俏裝瞎子”、“吃
完夜飯亂對山歌”、“約法三章拘留五日”、“胭脂雙掌綽拍幾聲”、“口角鞋杯十
分風味”、“醉中人面一塌糊塗”等，鄭逸梅謂“誦其回目，而此中有人，呼
之欲出矣”，[①] 閉上眼睛想一想，還真有這種效果。就連熱衷於追求“濃妝艷
抹”的張恨水，其實也有“不施粉黛”的時候，所撰《魍魎世界》的回目没
能堅守“美善工整”的諾言，一點兒也没有章法，如第一章“心理學博士所
不解”、第二章“逼”、第三章“窮則變”、第四章“無力出力無錢出錢”等。
自 20 世紀三四十年代以來，這種輕鬆活潑、不拘一格的形式就成了章回小
説回目的主流。當然，傳統章回小説的回目演變成這種模樣，也算是面目全
非了，與其稱之爲回目，還不如就叫標題來得實在。

---

① 鄭逸梅著：《談談民初之長篇小説〈快活夫妻〉》，芮和師等編：《鴛鴦蝴蝶派文學資料》，福州：
福建人民出版社 1984 年版，第 297 頁。

　　傳統章回小說開頭與結尾的套語源自於説話伎藝，是説書人分場分次講述故事的手段與標誌。説書人依靠"話説""且説""却説"之類導語引出當前話題，並藉此保持與前文故事在語氣上的銜接；又憑藉"欲知後事如何，且聽下回分解"之類結語將故事進行分段，並藉此保持與下文故事在結構上的連續。可以這樣認爲，説書人在故事的開頭與結尾使用套語只是爲了將分次講述的故事維繫成爲有機的統一體。作爲書面文學的章回小説承襲了這種方式，當作者不得不將冗長的故事内容分段講述，編者不得不將太多的小説文字分段刊印時，在各回的開頭與結尾使用套語也同樣可以造成"百回就是一回"的假像。儘管作者代替了説書人（"説話的"），讀者代替了聽衆（"看官"），傳統章回小説還是照搬了"説"（"話説""且説""却説"）與"聽"（"且聽下回分解"）的對應模式，小説中充滿了"説書的"（作者）與"看官"（讀者）之間的互動。清末民初章回小説套語的使用開始發生變異，從語句的角度來看，有的在原有框架内置換部分詞語，有的則乾脆廢棄了套語的使用；從使用者的角度來看，打破了傳統章回小説由叙述者包辦的模式，出現了由小説人物自然過渡的形式。血淚餘生撰《花神夢》第四回"朱正心一刺七霸王，黄秋客初遊碧云舍"結尾云"後事如何，下回筆述"，"筆述"置換了傳統的"分解"；《二十年目睹之怪狀》第二回《守常經不使疏逾戚，睹怪狀幾疑賊是官》結尾云"要知後事如何，且待下文再記"，"再記"置換了傳統的"再説"。"筆述"與"再記"表明作者不再刻意去模擬説書情境，有意識地回歸小説的書面文學狀態，將傳統章回小説的"説—聽"關係轉變爲"寫—看"關係。白眼撰《後官場現形記》第一回《托遺言續編現形記，述情話剖説厭世心》結尾云"以後還有什麽説話，聽書的且容小子吃口茶，慢慢的演述出來"，是有意模仿説書人口吻結尾；梁啓超撰《新中國未來記》第二回《孔覺民演説近世史，黄毅伯組織憲政黨》結尾云"至於毅伯先生到底是怎麽一個人？怎麽樣提倡起這大黨來？説也話長，今兒天不早了，下次再講罷。衆人拍掌大喝彩”，是以書中人物孔覺民的口吻自然過渡。天虛我生撰《柳非煙》則廢棄了套語的使用，各章的開頭與結尾乾脆俐落，代表著傳統章回小説向現代長篇小説轉變的趨向。第一回“突來之客”開頭云“姑蘇城外，有一處極大的花園，其地面積可五畝……”，結尾云“施逖生瞥眼見那件東西，不是別樣，正是個要人性命的手槍，不禁阿嚇一聲，面無人色”。第二回“没情理之舉動”開頭云“那人却嗤的笑了起來道：‘施逖生，你不是這手槍的原主人麼？……’”結尾云“那人已哈哈的大笑起來”。除了那些簡單的標題，小説在文體形態上已與傳統章回小説毫無瓜葛，若不是出於連載的需要，恐怕連這小小的標題也是多餘的了。嚴格説來，此類小説已不再適合歸入章回小説文體類型。

三、叙述主體的嬗變

清末民初章回小説的叙述主體與以前相比發生了明顯的變化。叙述主體即小説的叙事者，指小説中講述故事的那個人。叙述主體與作者是兩個不同的概念，他可以是人，也可以是人化的物體，如魯迅《孔乙己》中咸亨酒店的小夥計，卡夫卡《變形記》中的甲殼蟲，魯迅與卡夫卡只能是小説的作者，小夥計與甲殼蟲才是小説的叙事者。簡單地説，作者只關乎小説的物態形式，將文字編碼成爲小説；叙述主體只關乎小説的邏輯形式，將故事講述給讀者。受説話伎藝影響，傳統章回小説的叙述主體幾乎都由説書人這個角色承擔，作者在小説開始就將講述故事的權力交給了無所不知的説書人，自己退隱幕後。作者無需宣示故事的真假，讀者也從不追問小説的來歷，而叙述主體除了在關鍵時刻按捺不住地以“説話的”強調自己的身份，與擬想中的書場聽衆“看官”互動以外，大多數時候也都按兵不動，不露聲色地講述著故事，這似乎成了約定俗成的習慣。

《紅樓夢》的出現打破了章回小説叙述主體設置的傳統，第一回《甄士隱夢幻識通靈，賈雨村風塵懷閨秀》開頭即宣示了小説叙述主體的與衆不同：

> 列位看官，你道此書何來？説起根由，雖近荒唐，細按則深有趣味。待在下將此來歷注明，方使閲者了然不惑。原來女媧氏煉石補天之時……只單單剩了一塊未用，便棄在此山青埂峰下……因有個空空道人訪道求仙，忽從這大荒山無稽崖青埂峰下經過，忽見一人魂石上字迹分明，編述歷歷，空空道人乃從頭一看，原來就是無材補天，幻形入世，蒙茫茫大士、渺渺真人攜入紅塵，歷盡離合悲歡、炎凉世態的一段故事……（空空道人）將《石頭記》再細檢一遍……方從頭至尾抄録回來問世傳奇。因空見色，由色生情，傳情入色，自色悟空，遂易名爲情僧，改《石頭記》爲《情僧録》，東魯孔梅溪則題曰《風月寶鑒》，後因曹雪芹於悼紅軒中披閲十載，增删五次，纂成目録，分出章回，則題曰《金陵十二釵》，並題一絶云：滿紙荒唐言，一把辛酸淚。都云作者癡，誰解其中味。出則既明，且看石上是何故事。按那石上書云……①

小説改變了以往章回小説一個故事（指主要情節）講述到底的習慣，在主體故事（"石上書云"）的外層套上一個小故事（"此書何來"），並由小故事生髮、孕育出主體故事，②這樣就突破了傳統章回小説由一個叙事者（説書人）包辦到底的模式，小説中出現了兩個叙述者：外層故事的叙事者（説書人）

---

① （清）曹雪芹著，脂硯齋評：《脂硯齋重評石頭記》（庚辰本），《古本小説集成》，上海：上海古籍出版社，第4—9頁。《紅樓夢》第一回的開頭是始於"列位看官"，此前的文字屬於評點者的批語而非小説本文。這只要對照第二回的開頭就可以看出原委。
② 傳統章回小説也存在由楔子講述一個小故事，再由此引出正文主體故事的情況，但這種小故事只是起熱身的作用，如同説話伎藝中的入話一樣，去掉它完全不影響小説的主體故事。而《紅樓夢》中的小故事則是産生主體故事的基礎，説它"小"完全是從篇幅上著眼，其在小説中的地位和分量與主體故事同等重要，是小説不可分割的一部分。

講述小説的來歷（即空空道人從頭到尾抄録回來問世傳奇），裏層故事的叙述者（石頭）講述賈府興衰與寶黛愛情（即石頭幻形入世，歷盡離合悲歡、炎凉世態的一段故事）。

　　受《紅樓夢》影響，清末民初章回小説叙述主體的設置發生了明顯改變，主要有兩種表現：一是部分小説開始模仿《紅樓夢》設置雙重叙述主體，外層故事的叙事者在小説開頭先爲小説"身世"平添一段離奇曲折的經歷（或出自於某人手稿、書信、口記，旁人將其整理成小説；或本是小説成品，只不過代原作者刊布傳世），裏層故事的叙事者再叙述小説主體，講述包含在故事裏面的故事。《二十年目睹之怪現狀》第一回"楔子"寫"死裏逃生"在上海甕城遇見一漢子發賣"九死一生"筆記《二十年目睹之怪現狀》的手抄本，想起"横濱《新小説》，消流極廣"，"就將這本册子的記載，改做了小説體裁"，寄到"日本横濱市山下町百六十番新小説社"，新小説社記者遂將其"逐期刊布出來"，裏層故事便是"九死一生"以第一人稱"我"記録下來的親身經歷。《孽海花》第一回寫"愛自由者"到上海偵探奴樂島的消息，得到一個美人贈與的"一段新鮮有趣的歷史"，"愛自由者"想把這段歷史記録下來，在寫了一些之後又去小説林社找他的朋友、自號"小説王"的"東亞病夫"幫忙"發布那一段新奇歷史。愛自由者一面説，東亞病夫就一面寫"，上面寫的便是故事的主體。《瓜分慘禍預言記》題署"日本女士江篤濟藏本，中國男兒軒轅正裔譯述"，第一回《痛時艱遠遊異國，逢石隱竊録奇書》開頭寫中國有一"高隱之士"曾經著有《慘禍預言》二十餘卷，本書即其中一部。"數年前，有一中國童子，由日本一女士處得來此書，却是日文"，譯者將其譯成中文，又因譯時傷感不已，"不知賠了多少眼淚，故又名爲《賠淚靈》"。陳天華撰《獅子吼》"楔子"寫"小子"夢中遊歷"共和國圖書館"，發現一本《光復紀事本末》，醒來後"便把此書用白話演出，中間情節，隻字不敢妄参。原書是篇中分章，章中分節，全是正史體裁；今既改爲演義，便變做章回體，以符小説定例"。王濬卿撰《冷眼觀》第一回《讀奇書舊事覺新民，遊宦海燃萁空煮豆》寫"我"從東洋留學回國，在北京琉璃廠書店"見有一部手抄的書稿，表面上標著《冷眼觀》"，書店主人請"我"擔任"印行的義務"，將小説送給"我"。小説主體便是書稿主人王小雅的自叙。血淚餘生撰《花神夢》"楔子"寫"我"在上海黄浦江邊看見一座大院落，叫做"心滅庵"，主持隱空師太送給"我"一本書，並說："心滅庵的歷史，通統在上頭，先生拿了去，傳流了罷。""我"爲了不辜負隱空的美意，"便將這本書編成了一部小説體裁，叫做《花神夢》刻出來"。此外，佚名撰《欽差大人》據說得自友人的抄本；曼華撰《少奶奶日記》據說是一個朋友在買人家舊傢俱的時候得來；《陰司偵探案》據說是友人從倫敦郵來的譯稿；《縉紳鏡》據說是一個外國紳士所撰的日記，編小説的只不過將它譯成中文。

　　二是絶大多數小説强化了叙述主體的作者意識，叙事者以"做書的"自居，並且時常在小説本文中提及小説本身，儼然是作者化身。這與傳統章回小説叙事者以"説話的"自稱，且只講故事不提小説，作者本人也極少以任何面目進入小説本文不同。[1] 傳統章回小説的作者總是將自己設想成爲坐在書場中爲聽衆講故事，而清末民初章回小説的作者已經意識到了自己是坐在書齋裏爲讀者寫小説。儘管兩者都使用同一個詞語"看官"來稱呼讀者，但語境不同，意義也就不一樣。前者的"看"總讓人覺得叙述主體有邊説邊演的味道，尤其面對"怎見得？有詩爲證"時這種感覺更爲强烈；而後者的"看"僅僅是"讀"的同義詞，"看"的對象只是單純的文字而已（有時還有圖像），無論叙述主體使用多少次"看官"，讀者也難以産生置身書場的錯

---

[1]　傳統章回小説將作者寫進小説本文的極其少見，筆者只在余象斗編撰的小説中見過兩例：《北遊記》第一卷"後來余先生看到此處，有詩嘆曰"，《南遊記》第二卷"後來仰止余先生看到此處，有詩一首"。仰止余先生即余象斗，余象斗字仰止。

覺，因爲叙述主體不時地在提醒著讀者“在下這部小説”如何如何，用“看官”而不用“讀者”，只是傳統章回小説向現代長篇小説轉換過程中拖泥帶水的痕迹。李伯元撰《文明小史》“楔子”云：“做書的人記得有一年坐了火輪船，在大海裏行走。……所以在下特特做這一部書，將他們表揚一番，庶不負他這一片苦心孤詣也”；《活地獄》“楔子”云：“我爲甚麼要做這一部書呢？……做書的本意已經言明，且喜鎮日清閑，樂得把我平時所聞所見的事情，一樁樁的寫了出來，説與大衆聽著”；《中國現在記》“楔子”云：“哈哈！列位看官，你可曉得現在中國到了什麼時候了？……我又怕事情多了，容易忘記，幸而在下還認得幾個字，於是又一一的筆之於書，以爲將來消遣之助。……諸公不厭煩瑣，聽在下慢慢道來。”吳趼人撰《近十年目睹之怪現狀》（《最近社會齷齪史》）第一回《妙轉玄機故人念舊，喜出望外嗣子奔喪》云：“我佛山人提起筆來，要在所撰《二十年目睹之怪現狀》之後，續出這部《近十年之怪現狀》，不能不向閲者諸君先行表白一番”；《恨海》第一回《訂婚姻掌判代通詞，遭離亂荒村攖小極》云：“我提起筆來，要叙一段故事。……這段故事，叙將出來，可以叫得做寫情小説。……我今叙這一段故事，雖未便先叙明是那一種情，却是斷不犯這寫魔的罪過。要知端詳，且觀正傳”；《情變》“楔子”云：“……諸公知道這八句歪詩是甚麼解説？正是我説書的勘破情關悟道之言。……我就拿這個‘悫’字，來演説‘情’字，所以這部書叫做《情變》。”張春帆撰《宦海》第一回《説楔子敷陳宦海，奉恩綸廉訪升官》云：“在下做書的這部小説，却是就著廣東一省的官場，幾十年來變易改革的事實，却都是真人真事，在下做書的不敢撒一個字兒的謊。……在下做書的特地把這些蛇神牛鬼的情形，奪利爭名的現狀，一樁樁一件件的搜集攏來，成了一部小説，也不過是個形容怪狀、喚醒癡迷的意思。宦海茫茫，回頭是岸，所以在下的這部小説，就叫做《宦海》。”《九尾龜》第一回《談楔子演説九尾龜，訪名花調查青陽地》云：“在下這部小説，名叫《九尾龜》，是近來一個富貴達官的小影，這富官帷薄不修，鬧出許多笑話，倒便宜在下編成了這一部《九尾龜》。"藤谷古香撰《轟天雷》第一回《荀北山進京納監，韓觀察設席宴賓》云："……這部《轟天雷》，是講太史公的始末；作者還有一部《縉紳領袖記》，一部《魑魅魍魎》，是講那二家的事，其中所叙述，比這《轟天雷》還要奇怪百倍呢！閲者請拭目以待觀之。"

　　清末民初章回小説設計叙述分層，讓外層故事的叙事者叙述小説來歷，裏層故事的叙事者叙述小説故事的做法，其實就是將傳統章回小説作者與叙述主體的職責做了變通：外層故事的叙事者承擔了作者的功能，小説本來出自作者筆下，只不過爲了營造客觀的叙事氛圍，作者化身爲居高臨下的叙事者，並杜撰一個人物作爲擬想作者，再讓其他人物（有時直接用作者自己的名字）將小説轉述、刊布出來；裏層故事的叙事者承擔了傳統章回小説中説書人的功能，只不過爲了追求真實的叙事效果，叙事者有時會以第一人稱"我"的口吻叙述故事。要追問這種叙事策略産生的原因，不能不聯繫報刊連載方式。報刊本以刊載新聞爲主，事件的真實性是新聞的生命；而中國古代小説素有"稗史""野史"之稱，故事的真實性同樣是小説追求的目標。當小説混迹於新聞之中並在"新聞紙"上連載時，作者在創作觀念上會發生一些變化，他有意造成小説就是新聞的假像，[1]讓讀者相信小説（故事）本自天成，絕非杜撰，並煞有介事地編造一段離奇曲折的經歷，這樣就必須有一個叙事者解釋小説來歷，另一個叙事者講述小説本文。除了將時下流行或者衆所周知的已有故事寫進小説，他甚至還可以將與小説本身相關的一些資訊寫進小説，如《二十年目睹之怪現狀》"楔子"提及的位於日本橫濱的新

---

[1]　此類小説大多具有濃烈的現實感與時代感。寫現實社會生活的"時事小説"與"社會小説"自不待言，寫歷史事件的"歷史小説"要借古諷今，寫未來社會的"幻想小説"要表達對現實的不滿，同樣充滿了現實感與時代感，能讓讀者感到撲面而來的生活氣息，仿佛故事就發生在身邊不遠處。

小説社，正是小説最初連載刊行的地方；《孽海花》由“愛自由者”與“東亞病夫”合作，並在小説林社發表的故事也實有所本，小説本來就是在金松岑撰寫了第一至六回後，交給曾朴續寫，並於 1905 年正月由上海小説林社出版，因此小説林社版《孽海花》即署名“愛自由者發起，東亞病夫編述”。小説將這一段真實的經歷稍稍加工便寫進了外層故事，讓小説作者“愛自由者”與“東亞病夫”充當小説的叙述主體（儘管只是轉述而已）。這種讓叙述主體與作者（哪怕是筆名）同名的寫法，在習慣於將小説叙事者與作者混爲一談的讀者心裏確實能造成意想不到的真實效果，在現代長篇小説中就很常見了。[①] 清末民初章回小説叙述主體作者意識的空前强化，也與報刊連載不無關係。報刊連載造就了清末民初的職業小説家群體，寫小説成了體面的職業，小説家們再也無需像古人那樣遮遮掩掩，他可以理直氣壯地經營自己的事業。在將自己“胸中之塊壘”投諸紙上時，作者本人的情緒會强烈地滲透到小説中去，並通過叙事者折射出來，這時叙事者便成了作者的代言人，叙事者不斷地强調自己的存在，其實就是作者主體意識的體現，在此類小説中，小説作者與叙事者是合二爲一，難分彼此的。李涵秋是清末民初最富盛名的小説家之一，靠出售小説“每歲所入約五千金”，[②] 其自信與自負常常通過叙述主體在小説中表現出來。據統計，《廣陵潮》中像“在下這部書”“在下這部《廣陵潮》”之類的表白便不下九次。

---

　　①　20 世紀 80 年代，先鋒作家馬原《虚構》的開頭：“我就是那個叫馬原的漢人，我寫小説。我喜歡天馬行空，我的故事多多少少都有那麼一點聳人聽聞。我用漢語講故事；漢字據説是所有語言中最難接近語言本身的文字，我爲我用漢字寫作而得意。全世界的好作家都做不到這一點，只有我是個例外。”在這部小説中，作爲作者的馬原和作爲叙述主體的馬原被有意設計成一個名字，因此當小説以第一人稱叙事的時候，讀者會覺得是作者馬原在講述自己的故事；當小説以其他人稱叙事的時候，讀者又會覺得是叙事者馬原在講述別人的故事。

　　②　貢少芹編：《李涵秋》，上海：震亞圖書局 1923 年版，第 39 頁。

第三章
清代筆記小説的文體特徵

有清一代，筆記體小説創作呈現繁榮之景象，表現爲内容上的包羅萬象、體派上的豐富多樣和文體上的兼備衆體。筆記體小説是文人士大夫的案頭之作，舞文弄墨的案頭雅好是伴隨文人一生的追求，但絶不是最高追求。在中國傳統的文人士大夫心目中，立德、立功、立言是他們畢生的追求，是體現文人價值的重要途徑，但這三者是有價值高下、主次先後之分的；當理想的"立德""立功"在現實中化爲泡影時，文人士大夫又轉而追求"立言"去了。"立言"也有兩種，正統的經史之言與小道雜説之言。後者在傳統的價值觀念裏是屬於不入流的旁系，筆記體小説就是這種不入流的旁系中的中堅力量，在數量上有絶對的優勢而不容忽視。需要特别説明的是，筆記體小説是清代筆記的一個分支，與其他筆記的區分主要表現在内容上，而非在文體上，筆記體小説與其他筆記門類在體制上無太大的差別，故本章討論筆記體小説的文體特徵在材料引用上也兼及筆記體小説之外的筆記批評文獻。

第一節　筆記分類中的"小説"

筆記内容的包羅萬象，帶來了分類上的困難。清人裘君弘《妙貫堂餘談》"小引"謂：《妙貫堂餘談》之所爲録也，有談史者，有談經者，有談詩文者，有談風月者，有談里巷瑣屑或稗官小説今古軼事者，有述前言往行，不置一喙者，有間附鄙見或加評騭者。"①據此可知筆記内容無所不包，經、史、子、集均可涉及。在古代公私目録書中，筆記這一文體始終没有找到自己獨立的位置，徘徊在經、史、子、集尤其是子史部類之間。如《四庫全書總目》著録了不同時代諸多筆記著作，按内容分别歸入史部地理類雜記之屬、政書類邦計之屬、史評類，子部儒家類、醫家類、雜家類雜考之屬、雜説之屬、雜學之屬、雜纂之屬、雜編之屬、小説家類雜事之屬，集部别集類等不同部類。②館臣按照傳統目録學的歸類將筆記基本上歸入子部和史部；不管歸入那個部類幾乎都是放在"雜"之屬，如史部地理類雜記之屬、雜史類、子部雜家類雜考、雜説、雜學、雜纂、雜編之屬，子部小説家雜事之屬等，可知"雜"是筆記的一大特性。也正是因爲筆記"雜"的特性，造成了筆記在目録中徘徊的情景，同時也帶來了筆記分類上的矛盾和糾結。我們對於清人對筆記體小説的分類即從筆記分類談起。

一、筆記與説部

清人常用"説部"代稱"筆記"，關於"筆記"的分類也多用"説部"表述。如道光十八年（1838）方熊《一斑録跋》：

> 古人立言，經、史、子、集外，有説家，有雜家。其中軼聞遺事、格論名言，各隨人之所見以筆之於書，體例不同，取義亦廣，而大要不出考證、記載、論辯三者而已。約舉數家如蔡邕《獨斷》、崔豹《古

---

① （清）裘君弘撰：《妙貫堂餘談》，《續修四庫全書》，上海：上海古籍出版社2002年版，第1136册，第577頁。

② 《四庫全書總目》經部雖然没有著録以"筆記"命名的作品，但是經部也有以其他形式命名的筆記作品，如明張獻翼撰《讀易紀聞》、逯中立撰《周易劄記》、國朝楊名時撰《周易劄記》、夏宗瀾《易義隨記》《易卦劄記》、閻循觀《尚書讀記》、楊名時撰《詩經劄記》、顧奎光《春秋隨筆》、焦袁熹撰《此木軒經説彙編》等幾乎都是隨手劄記讀經所得之作，與單純的解經注經之作不同。

今注》是考證類也；吴均《西京雜記》、劉肅《大唐新語》是記載類也；王充《論衡》、應劭《風俗通議》是論辯類也。大者可以扶翼名教，糾正流俗；小者可以廣助見聞，增益神智。所言不詭於道，是爲善立言者。①

同治十一年（1872）李光廷《蕉軒隨録序》：

自稗官之職廢，而説部始興。唐、宋以來，美不勝收矣。而其別則有二：穿穴罅漏，爬梳纖悉，大足以抉經義傳疏之奥，小亦以窮名物象數之源，是曰考訂家，如《容齋隨筆》《困學紀聞》之類是也；朝章國典、遺聞瑣事，巨不遺而細不棄，上以資掌故，而下以廣見聞，是曰小説家，如《唐國史補》《北夢瑣言》之類是也。②

清末劉師培則將説部分爲：

一曰考古之書，于經學則考其片言，于小學或詳其一字，下至子史，皆有詮明，旁及詩文，咸有紀録，此一類也。一曰記事之書，或類輯一朝之政，或詳述一方之聞，或雜記一人之事，然草野載筆，黑白雜淆，優者足補史册之遺，下者轉昧是非之實，此又一類也。一曰稗官之書，巷議街談，輾轉相傳，或陳福善禍淫之迹，或以敬天明鬼爲宗，甚至記壇宇而陳儀迹，因祠廟而述鬼神，是謂齊東之談，堪續《虞初》之

①　（清）鄭光祖撰：《一斑録》，《近代中國史料叢刊》第三編，第九十二輯，臺北：文海出版社1989年版。
②　（清）方濬師撰：《蕉軒隨録》，《續修四庫全書》第1141册，上海：上海古籍出版社2002年版，第235頁。

著，此又一類也。①

　　從上述材料得悉，清人關於“筆記”的分類有二分法和三分法兩種。李
光廷的二分法是按照“筆記”内容，將其分爲考訂家和小説家兩大類。方熊
按照“筆記”所采取的寫作手段，將“筆記”分爲考證、記載、論辯三類；
而劉師培也是從“筆記”記載的内容著手分類，將“筆記”分爲考古之書、
記事之書、稗官之書三類。這三種分類其實是有交叉的，方氏是把李氏的考
訂類筆記又分了考證和論辯兩種，而劉氏是將李氏的小説類筆記分爲記事
之書和稗官之書兩種。相比較而言，李氏的二分法較爲明晰，但是分類不夠
徹底，而方氏的分類雖然較細化一點，但是考證和論辯很多時候是相互依存
的，在考證的同時需要論辯來證明材料的可徵性和考據的合理性，將二者分
列兩類有畫蛇添足之嫌。筆記分類較爲合理的是清末劉氏的三分法。②但是因
爲筆記内容包羅萬象紛繁複雜，在分類上勢必存在疏漏，劉葉秋在《歷代筆
記概述》中就説過：“分作三大類，仍難周密。因爲筆記一體，本來以‘雜’
見稱，一書之中，往往兼有各類，如《封氏聞見記》於考據之外，並記故實；
《夢溪筆談》亦不專重辨證而兼及藝文雜項；甚至像《閲微草堂筆記》爲追蹤
晉宋的志怪小説而間雜考辨；《池北偶談》爲記掌故、文獻的雜録，也列有
‘談異’一門，語及鬼神。這樣爲之分類，就不免有顧此失彼之感。所以胡
應麟指出他所分的小説六類，是‘姑舉其重’。……本書此處歸納古代筆記
爲三大類，也無非粗舉大凡而已。”③劉師培的三分法也只是“姑舉其重”“粗
舉大凡”而已，筆記分類也只能如此，這是由其“雜”之特色決定的。

---

　　①　劉師培著：《劉師培經典文存·論説部與文學之關係》，上海：上海大學出版社 2004 年版，第
291 頁。
　　②　劉葉秋在《歷代筆記概述》中將筆記分爲考據辨證類、歷史瑣聞類、小説故事類三類，估計就
是根據劉師培的考古之書、記事之書、稗官之書三分法而進行，只不過表述不同而已，實質是一回事。
　　③　劉葉秋著：《歷代筆記概述》，北京：北京出版社 2003 年版，第 5 頁。

二、筆記之"記事類"

劉氏記事之書，類似於今人劉葉秋所說的歷史瑣聞類筆記，相當於李光廷小説家類中的關於"朝章國典"的遺聞瑣事，是和《唐國史補》類似的筆記。這類筆記可以資掌故、裨史闕，它最易和小説家類雜事之屬相混淆。《四庫全書總目》小説家類雜事之屬案語將其做了區分："紀録雜事之書，小説與雜史，最易相淆。諸家著録，亦往往牽混。今以述朝政軍國者入雜史；其參以里巷閑談詞章細故者則均隸此門。《世說新語》古俱著録於小説，其明例矣。"① 按照這一標準，清代記載朝野的筆記與宋明相比要少得多，民國汪康年在《客舍偶聞跋》中闡述了其原因："記載朝事之書，宋明兩代，殆汗牛充棟。惟本朝以史案之故朝事稍純，謹者，輒無敢染筆。即有之，非記録掌故，即導揚德美，否則言果報説神鬼，若朝政之得失，大臣之邪正，莫敢齒及也。其敢於直言，流傳及今者但《嘯亭雜録》一種而已。"② 清代記朝野之事的筆記減少，是因其嚴酷的史案文字獄，使士人不敢染筆朝事，而多記掌故，弘揚美德，鬼神報應之類的内容。惟有《嘯亭雜録》敢於直言，此筆記是昭槤所作，昭槤是清太祖努爾哈赤子代善之後，乾隆四十一年（1776）生，嘉慶十年（1805）襲禮親王爵，後因滿族親貴之間互相傾軋，二十年有人偷匿名信控告他凌辱大臣，被削去王爵，但世人仍稱其爲禮親王，自號汲修主人。昭槤生活的時代正值乾嘉學風盛行之時，自幼嗜學，喜讀史書，愛好詩文，是清宗室中著名文人之一。《嘯亭雜録》是一部内容豐富的清代史料筆記，記載道光以前的政治、經濟、軍事、文化、典章制

---

① （清）永瑢等：《四庫全書總目》，北京：中華書局 1965 年版，第 1204 頁。
② （清）彭孫貽撰：《客舍偶聞》，《叢書集成續編》第 95 册，上海：上海書店出版社 1994 年版，第 1013 頁。

度、文武官員的遺聞軼事和社會風俗等方面的內容。昭槤記載了自己親身經歷和所見所聞，很多記載他書不見，有重要的參考價值，魏源著《聖武記》時和《清史稿》在編纂時都從中取材。

這類記事之書還有如王士禛《池北偶談》《古夫于亭雜録》，吳慶坻《蕉廊脞録》，屈大均《廣東新語》，陳康祺《郎潛紀聞》，法式善《清秘述聞》，李斗《揚州畫舫録》，等等，劉師培恰當地從幾個方面總結了這類筆記的內容："或類輯一朝之政，或詳述一方之聞，或雜記一人之事，然草野載筆，黑白雜淆，優者足補史册之遺，下者轉昧是非之實。"事實上這類筆記等同於方熊説的"記載"一類和李光廷所説的"小説家"類中的"朝章國典"（李氏的"小説家"類是一個大的文類概念，代表了清人對小説的看法，既包括荒誕不經的虛構的內容，也包括野史雜記類的直録內容），劉師培的記事之書就是指後者。

三、筆記之"稗官類"

劉氏稗官之書，類似於今人劉葉秋所説的小説故事類筆記。稗官即小官，稗官所收集的街談巷議、風土人情的材料，就被視爲小説，合稱稗官小説，故劉師培所説的稗官之書即小説故事類。按照劉師培的解釋，稗官之書的內容是"巷議街談，輾轉相傳，或陳福善禍淫之迹，或以敬天明鬼爲宗，甚至記壇宇而陳儀迹，因廟而述鬼神，是謂齊東之談，堪續虞初之著"。張潮《虞初新志·自叙》就其內容和藝術特徵做了總結和評價：

　　古今小説家言，指不勝僂，大都餖飣人物，補綴欣戚。累牘連篇，非不詳贍，然優孟叔敖，徒得其似，而未傳其真。强笑不歡，强哭不戚，烏足令耽奇攬異之士心開神釋、色飛眉舞哉！況天壤間灝氣卷舒，鼓蕩激薄，變態萬狀，一切荒誕奇僻、可喜可愕、可歌可泣之事，古之所有，不必今之所無，古之所無，忽爲今之所有，固不僅飛仙盜俠、牛鬼蛇神，如《夷堅》《艷異》所載者，爲奇矣。……獨是原本所撰述，盡摭唐人軼事，唐以後無聞焉……先以《虞初新志》授梓問世。其事多近代也，其文多時賢也，事奇而核，文雋而工，寫照傳神，仿摹畢肖，誠所謂"古有而今不必無，古無而今不必不有"。且有理之所無、竟爲事之所有者，讀之令人無端而喜，無端而愕，無端而欲歌欲泣，誠得其真，而非僅傳其似也。夫豈强笑不歡，强哭不戚，餖飣補綴之稗官小説，可同日語哉！ ①

這篇序詳細地指出《虞初新志》的内容，將"奇"作爲一個重要的審美指標，"奇"不是憑空結撰的虛幻之物，而是從現實生活確實存在的事物或事件中探尋其誕奇之處，據此序可知，《虞初新志》的内容和劉氏所説的稗官之書内容基本相同。

稗官之書，清代最著名者數紀昀的《閱微草堂筆記》，其取材廣泛，其中大部分是作者讀書、做官、謫戍西域時的親歷見聞，還有的是聽師友、同僚、家人和奴僕等講述的，内容豐富，既有大量荒怪鬼神故事，也有現實中的奇聞異事，還有考證歷史掌故之類。總之，都是無關于朝政軍國大事的街談巷議之瑣事。作者本著以神道爲教的原則，宣揚封建倫理道德，因果報應輪回等觀念，但有很强的趣味性和可讀性，能滿足讀者的好奇之心。且拈數則爲例觀之：

　　胡御史牧亭言：其里有人畜一豬，見鄰叟輒嗔目狂吼，奔突欲噬，

① （清）張潮輯，王根林校點：《虞初新志》，上海：上海古籍出版社 2012 年版，第 1 頁。

見他人則否。鄰叟初甚怒之，欲買而啖其肉；既而憬然省曰：“此殆佛經所謂夙冤耶？世無不可解之冤。”乃以善價贖得，送佛寺爲長生猪。後再見之，弭耳昵就，非復曩態矣。嘗見孫重畫伏虎應真，有巴西李衍題曰：“至人騎猛虎，馭之猶騏驥。豈伊本馴良，道力消其鷙。乃知天地間，有情皆可契。共保金石心，無爲多畏忌。”可爲此事作解也。①

事皆前定，豈不信然。戊子春，余爲人題《蕃騎射獵圖》曰：“白草粘天野獸肥，彎弧愛爾馬如飛。何當快飲黃羊血，一上天山雪打圍。”是年八月，竟從軍於西域。又董文恪公嘗爲余作《秋林覓句圖》。余至烏魯木齊，城西有深林，老木參雲，彌亘數十里，前將軍伍公彌泰建一亭於中，題曰“秀野”，散步其間，宛然前畫之景。辛卯還京，因自題一絶句曰：“霜葉微黃石骨青，孤吟自怪太零丁。誰知早作西行讖，老木寒雲秀野亭。”②

上述第一則是本書的開篇，有明顯地宣揚佛教因果報應和冤家宜解不宜結的思想。第二則是借用生活中的一些偶然和巧合來附會説明“事皆前定”，有明顯的宿命思想。作者謫戍西域是因洩漏查抄姻親消息，與爲人作題畫詩無關。詩無意中預示了後世發生的事叫“詩讖”，在古代相信詩讖的人頗多，紀曉嵐被發往烏魯木齊效力，他認爲早年《蕃騎射獵圖》題詩即是預言，事實上這只是機緣巧合的附會之説，不足爲信。

《閲微草堂筆記》中記載了無數輾轉相傳的善福淫禍、怪異奇談之類的事情，正如其自題詩中説：“前因後果驗無差，瑣記搜羅鬼一車。”但是這種鬼神荒怪的内容與記事筆記中的鬼神荒怪是有區别的，後者的記鬼神荒怪往

---

① （清）紀昀著：《閲微草堂筆記》，上海：上海古籍出版社1980年版，第1頁。
② 同上，第11頁。

往是和朝政軍國大事相關，更多是記載戰爭中"關帝顯靈""諸葛顯聖"等相助而得勝。如《嘯亭雜録》中"諸葛顯聖"條，記嘉慶年間川匪入漢中進攻定軍山時，賊恍惚看見諸葛武侯"綸巾羽扇，率神兵數萬助陣"，[①] 由是而潰敗。需要特別指出的是，這些神奇的記載在記事之書和稗官之書的記述宗旨是不同的：記事之書記録這樣的内容旨在弘揚軍威，宣揚武功，希冀社會穩定，邊疆安定，有著政治軍事目的；而稗館之書中記這些内容旨在勸善懲惡，達到"設神道以教"的目的。如紀昀在《灤陽消夏録》自記中交代創作宗旨時説："晝長無事，追録見聞，憶及即書，都無體例。小説稗官，知無關於著述；街談巷議，或有益於勸懲。"[②] 以勸懲爲創作宗旨，是清代筆記體小説的共同追求。

　　稗官之書（小説故事類筆記）除了記載鬼神怪異内容的，還有像《世説新語》一樣記軼事内容的。明清産生了一大批仿"世説"的作品，清代有章撫功的《漢世説》、李清《女世説》、顏從喬《僧世説》各就某一類人取材立異，其中成就最突出者是王晫的《今世説》。毛際可在《今世説序》中總結評價説："是書自謂非海内第一流不登，且又遲之又久而後成，撰輯既專，品騭彌當。如《德行》《言語》諸科，固當奉爲指南，即《忿狷》《惑溺》，迹涉風刺，要無傷於大雅。縱使其人自爲，讀之亦復粲然頤解。至於《贈言》，同人亦間采一二，爲丹艧寫照焉。大率與臨川所撰，相爲伯仲，比諸元朗，駕而上之。"[③] 這部筆記記順康兩朝和作者同時文士的言行，作者列叙其人後加小注，叙及生平，使讀者能夠對清初的掌故、文風和普通文士的行爲有所了解。兹録"德行"門一條以示：

　　　　徐敬庵少負至性，父死豫章，匍伏數千里求遺骸，閑關險阻，猛虎

① （清）昭槤撰：《嘯亭雜録》，上海文瑞樓發行鴻章書局石印本。
② （清）紀昀著：《閲微草堂筆記》，上海：上海古籍出版社 2019 年版，第 1 頁。
③ （清）王晫撰：《今世説》，據《粵雅堂叢書》排印，北京：中華書局 1985 年版，第 5 頁。

在前，初不色動，感父見夢得死處，卒負骨以歸。徐名旭齡，字元文，浙江錢塘人。讀書刻責，毅然以古人自待。登乙未進士，歷官大中丞。[①]

這一條叙述簡潔生動，描寫一個孝子的行爲感動其父的亡靈，其父托夢告知其死處，得以負骨歸鄉，旨在宣揚道德觀念，但是此書在內容和文字的處理上都有可取之處。

總之，清代是筆記發展的又一高峰期，各種類型的筆記繁榮發展不計其數。關於“筆記”的分類，清人也艱難地進行著各種嘗試，據目前掌握的材料，從道光時期的方燾到同治時期的李光廷再到清末的劉師培，對筆記進行了越來越細緻、越來越精準的分類，這種分類觀念有助於研究者深入認識筆記這種文體，並影響著後世對筆記的分類，如今人劉葉秋在《歷代筆記概述》中的歷史瑣聞類、小説故事類、考據辨證類筆記的三分法直接導源於清人的筆記分類觀。

第二節　創作緣起與編撰特性

一、消遣歲月：筆記體小説的創作緣起

與正經的經史詩文創作相比，筆記體小説的創作無需專門爲之，主業之外的閑暇即可完成；因其創作有很大的隨意性和自由度，成爲了士大夫“消遣歲月”的雅好。紀昀《閲微草堂筆記》就是一個很好的例證，他天資聰穎，才華過人，學識淵博，一生力學不倦。但隨著年歲的增加，也漸覺“無復當年之意興”。他在《姑妄聽之自序》中道：

---

① （清）王晫撰：《今世説》，據《粤雅堂叢書》排印，北京：中華書局1985年版，第1頁。

余性耽孤寂，而不能自閑。卷軸筆硯，自束髮至今，無數十日相離也。三十以前，講考證之學，所坐之處，典籍環繞如獺祭。三十以後，以文章與天下相馳驟，抽黄對白，恒徹夜構思。五十以後，領修秘籍，復折而講考證。今老矣，無復當年之意興，惟時拈紙墨，追録舊聞，姑以消遣歲月而已。[①]

"消遣歲月"道出了作者的創作動機和緣起。不光《閲微草堂筆記》如此，清代許多筆記體小説都是作者爲了"消遣歲月"而創作的。如周廣業的《三餘摭録》《過夏雜録》《過夏雜録續録》《循陔纂聞》四部作品，從"三餘""過夏""循陔"的題名即可了解作者著述緣起和主旨。"三餘"據《三國志·魏志·王肅傳》裴松之注引《魏略》云：魏人董遇教導學生讀書當以"三餘"："冬者歲之餘，夜者日之餘，陰雨者時之餘也。"[②]後以"三餘"泛指閑置時間。"過夏"據唐李肇《唐國史補》卷下載："（進士）籍而入選，謂之春闈，不捷而醉飽，謂之打毷氉……退而肄業，謂之過夏。"[③]周廣業的宗叔周春在《過夏雜録序》中也説："兹《過夏雜録》六卷，乃癸卯計偕下第後所録。"[④]"循陔"一語出自《詩·小雅·南陔》一首，已佚，毛傳云："南陔，孝子相戒以養也。"晉代束皙又按毛傳補亡詩《南陔》云："循彼南陔，言采其蘭。"後多用"循陔"指奉養父母。清代趙翼也曾有筆記《陔餘叢考》，據自撰小引："余自黔西乞養歸，問視之暇，仍理故業，日夕惟手一編，有所得輒劄記别紙，積久遂得四十餘卷。以其爲循陔時所輯，故名之曰《陔餘叢考》。"[⑤]在家奉養父母的同時依然勤於筆耕，將所見所聞和學有所得

①　（清）紀昀著：《閲微草堂筆記》，上海：上海古籍出版社 1980 年版，第 395 頁。
②　（晉）陳壽撰，（宋）裴松之注：《三國志》卷十三，天津：天津古籍出版社 2009 年版，第 420 頁。
③　（唐）李肇等撰：《唐國史補　因話録》，上海：上海古籍出版社 1979 年版，第 56 頁。
④　（清）周廣業撰：《周廣業筆記四種》下册，杭州：浙江古籍出版社 2013 年版，第 2 頁。
⑤　（清）趙翼著：《陔餘叢考》，上海：商務印書館出版 1957 年版，第 5 頁。

纂録成書，這也是周廣業撰述《循陔纂聞》的緣起和主旨。

關於"閑暇"與"筆記"之間的關係，心齋主人張潮在《閑餘筆話》小引中有段精闢的論述，兹引如下：

> "閑"與"餘"有不同乎，曰：不同。焚香煮茗、種竹栽花、雅歌投壺、鼓琴對弈，皆閑也；其事已過，則爲閑之餘矣。筆與話有不同乎，曰：不同。一堂晤對、酬酢紛如、面固能聞，久不復記，皆話也，欲其不朽則有賴於筆矣。故唯閑餘，始能以筆爲話。此湯君卿謀《閑餘筆話》之所由以名也。雖然，話可易筆哉，能勝讀十年書者則筆之，能悦親戚之情者則筆之，能大家團圓共話無生者則筆之，非是話也不可以筆。今卿謀之筆，固已不啻如此。吾嘗取而讀之，其措思在有意、無意之間，其吐語在亦佛、亦仙之際，其方通如帆隨湘轉望衡九，而其静致如空山無人，水流花開，不唯非閑餘不能著，且非閑餘亦不能讀矣。吾獨怪夫世之著書者應酬事務、權衡子母，凡其筆之于書者，皆出於忙冗之余，亦安得有佳話乎哉。虞卿有言，非窮愁不能著書，余謂窮而愁者，必且米鹽不繼，室人交讁，當爾時安能著書？能著書者大都皆貧而樂者耳。余雖不能識卿謀，然未嘗不可相見其樂也。[①]

張潮認爲只有有"閑餘"才能夠將話轉化成爲筆，"閑餘"是創作的前提條件。這裏的"閑"不僅僅指時間上的"閑"暇，更重要的是内心的"閑"暇，是心中的寧静和安樂。

超越了功利的目的，著述就往往屬於無意爲之的行爲，能産生"無心插柳柳成蔭"的效果。俞鴻漸在《印雪軒隨筆》自序中就表明了自己無意成書

---

① （清）湯傳楹撰：《閑餘筆話》，《叢書集成續編》第 95 册，上海：上海書店出版社 1994 版，第 1119 頁。

的本意："往余客覉懷，閑居無事，取生平所聞見，拉雜記之，聊以排遣羈愁。初非有意成書也，日積月累，録之得數百條，其中頗多可驚可愕之事，然皆信而有徵，非海市蜃樓憑空結撰者，比而涉獵之餘，偶有所得，亦麗入焉。若夫微辭寓諷，口效騷人綺語誨淫戒忘佛氏，甚至中有憤懣藉以攄其不平。"[①] 許多筆記體小説都是作者爲了"消遣歲月"無意爲之的，這一點從清人對筆記的命名中即可窺知，如孫承澤《庚子消夏記》、高士奇《江村消夏記》、紀昀《灤陽消夏録》、趙紹祖《消暑録》、常謙尊《消悶述異》和潘世恩《消暑隨筆》等。

因其無意成書，故没有預設的主題限制，不需要事先有嚴密的構思。不像撰修正史要有宏大的視野，要揭示朝代興亡得失的真相；不像注經之作要闡明微言大義，講道説理；也不像詩文之作要有一以貫之的主題統領。筆記體小説撰者只需隨筆記録聞見和所感所得即可。關於這一點，清人張爾岐在題《蒿庵閑話》中講得很到位："予既廢舉子業，猶時循覽經傳，每於義理節目外爲説家所略者，偶有弋獲，如咀嚼蹢肋。閑得少味，不必肥胾大臠也。至聽人譚所聞見，亦時有切予懷者，並劄記之。如是者二十年，巾笥漸滿，今夏轉録成帙，將以貽好事者爲譚助。以其於經學則無關大義，於世務亦不切得失，故命之閑話焉。"[②]

二、從"聞"到"筆"與"述而不作"：筆記體小説之編撰特性

關於筆記體小説的撰述情況，清人在序跋中詳細探討過，如《閲微草堂筆記》諸篇序跋即然。《閲微草堂筆記》由《灤陽消夏録》《如是我聞》《槐西雜誌》《姑妄聽之》《灤陽消夏續録》五種組成，從乾隆五十四年（1789）

---

① （清）俞鴻漸撰：《印雪軒隨筆》，清光緒丙子仲春申報館鉛印本，第5頁。
② （清）張爾岐撰：《蒿庵閑話》，北京：中華書局1985年版，第1頁。

到嘉慶三年（1798）陸續完成，嘉慶五年，由門人盛時彦合刊而成。《灤陽消夏録序》稱：“乾隆已酉夏，以編排秘籍，于役灤陽。時校理久竟，特督視官吏題簽庋架而已。晝長無事，追録見聞，都無體例。小説稗官，知無關於著述；街談巷議，或有益於勸懲。聊付抄胥存之，命曰《灤陽消夏録》云爾。”乾隆已酉年，作者奉旨編纂《四庫全書》的工作已經完成，並鈔録七部分藏各處，承德避暑山莊文津閣也藏一部，紀昀前去監督題簽上架，工作十分輕閑，晝夜無事，於是追録見聞以成此書。書成還末定稿，就被書肆竊去刊行，甚受歡迎；後來有人不斷提供新的素材，加上昔日舊聞，復又綴成《如是我聞》。《槐西雜誌》也是“友朋聚集，多以異聞相告”而成。《灤陽消夏續録自序》曰：“精神日减，無複著書之志，惟時作雜記，聊以消閑。《灤陽消夏録》等四種，皆弄筆遣日者也。年來並此懶爲，或時有異聞，偶題片紙；或忽憶舊事，擬補前編。又率不甚收拾，如雲煙之過眼，故久未成書。今歲五月，扈從灤陽。退直之餘，晝長多暇，乃連綴成書，命曰《灤陽續録》。”① 從以上這些自序可知，《閲微草堂筆記》多爲消遣歲月而撰，撰述過程都是從追憶舊聞、異聞到題録片紙殘頁，有一個由“聞”而“筆”的過程。

從“聞”到“筆”的過程是一個複雜的過程，有時還是一個漫長的過程。“聞”了什麽，涉及題材和内容；通過哪些渠道“聞”，涉及取材的途徑；由誰來“筆”和如何“筆”，都是從“聞”到“筆”過程中所包含的内容。兹舉幾篇序跋詳觀之：

　　寒夜寂寥，一壺獨酌，唯兒頲侍側。將與之談米鹽靡密歟，則恐亂其心；與之談經史子集歟，又恐速其睡。因舉前哲之美言、寓言，有關

---

① （清）紀昀撰：《閲微草堂筆記》，上海：上海古籍出版社 1980 年版，第 1、170、354 頁。

於持身接物者談之，邇來吾鄉喪葬婚嫁諸禮之不合於古者談之，及近時見聞而有可論説者談之。凡兩月得若干條，遂分爲三卷，名之曰《寒夜叢談》。（《寒夜叢談》自叙）①

余自嶺表賦歸，就養餘東子舍，偶與二三老友，閑述舊聞，或徵近事，以資一時談柄，積久成帙。因仿唐人詠史詩例，每篇弁以韻語，數十年來出處殊途。凡先民之矩矱，師友之淵源，及半生遊歷所經，猶可約略記之，並附卷末以諗後人，共得詩文三百十有餘篇。（《牧庵雜紀》原叙）②

往余客居滬上，偶有見聞，隨筆記綴，歲月既積，篇帙遂多。閱迹炙輠，此事乃廢，然享帚知珍，懷璞自賞，庋藏蔽篋，不忍棄捐。庚午春間，還自泰西，日長多暇，搜諸故簏，其橋猶存，稍加編輯，尚得盈四五卷，因擬分次録出，并益以近事，以公同好。噫！余自同治紀元至此，忽忽將十年矣，歲月不居，頭顱如許，邇來海上故人有招余作歸計者，覺胸次頓有中原氣象，回憶舊遊，迥如隔世，則展覽斯編，淚不禁涔涔下也。（《瀛壖雜志》序）③

《筆記》者，集記平時所見所聞，蓋《搜神》《述異》之類，不足，則又征之於人。（《右台仙館筆記》序）④

---

①　（清）沈赤然撰：《寒夜叢談》，《清代學術筆記叢刊》第33冊，北京：學苑出版社2005年版，第3頁。

②　（清）徐一麟撰：《牧庵雜紀》，《筆記小説大觀》四十編第6冊，臺北：新興書局1983年版，第325—326頁。

③　（清）王韜撰：《瀛壖雜志》，《筆記小説大觀》二十八編第7冊，臺北：新興書局1983年版，第3807頁。

④　（清）俞樾撰：《右台仙館筆記》，濟南：齊魯書社1986年版，第1頁。

　　余性甘淡静，自庚寅官中書後，公退多暇，惟以文史自娱。凡夫藝苑遺聞、中朝故事，涉獵所及，輒裁矮紙漫筆記之。歲月侵尋，忽忽廿載，聚書稍富，聞見日增，篋中叢稿所積遂亦尺許厚矣。年來蒿目時艱，百事廢懶，久不復留意於斯。兄子聯沅與小兒輩懼其日久散佚也，嘗竊竊偶語，議付手民爲梓行計。余謂此記問之學，只可自怡，一旦流布士林，恐宿儒病其浮疏，新學且嗤其陳腐也耳。顧念雪鈔露纂，寒暑迭更，每當一燈熒然，羅書滿几，潛心探討，觸類引申，往往因一事之搜求，檢閲群編，鉤稽累月，眼昏手繭，心力交疲，享帚之珍，良有不能自已者。爰勉徇其請，復取所録，手自整理，薙厥煩蕪，掇拾所存，尚輯成爲四十卷。其間部居排比，略以類從。然良楛雜陳，莊諧互列，愧不賢之識小，聊困學以紀聞，無以名之，僅署曰《叢記》而已。（《壽鑫齋叢記》自序）①

　　從這些序跋可知，清人認爲筆記從"聞"到"筆"幾乎都有一個前提"閑"。筆記是"閑"時所作，如果爲衣食生計奔波或者是爲功名利禄纏身，就無暇雜讀雜聞，也無法心有所得筆而存之。"閑"抑或是寒夜寂寥、抑或是長夏無事、抑或是辭官歸里、抑或是公退多暇，有閑才有談，有談才有聞。而"聞"的内容也無所不包，可以是前哲的嘉言懿行、風俗禮儀、近時見聞、名迹古器、藝苑遺聞、中朝故事、典章制度、歷代掌故、閏見怪奇之事，還可以是聞書之後的心得體會等等。"聞"的途徑也多種多樣，可以是家族内部的閑話，可以是友朋之間的暢談，還可以是沉潛書齋的"獨聞"。經過一段時間，短則幾個月、長則幾年、甚至幾十年的積累，遂漫筆記之。

---

① （清）朱彭壽著，何雙生點校：《舊典備徵　安樂康平室隨筆》，北京：中華書局 1982 年版，第 17 頁。

　　筆記體小説的撰述與詩文創作相去甚遠，除了上述的成書過程外，還有“述而不作”的特點。孔子稱自己“述而不作”，清人章學誠謂：“夫子曰‘述而不作’，六藝皆周公之舊典，夫子無所事作也。”①孔子“述”六藝，實際上是對古代文化的整理和歸納，其意義主要體現在對傳統文化的繼承和弘揚。“述而不作”的撰述宗旨，重點在“述”而不是“作”，“述”的原義是遵循和繼承，只有實事求是客觀記録才能夠較大程度地遵循和繼承，而“作”的原義是興起和發生，包含“新”的成分在内，必須是自著，且有一定的創新性。筆記體小説一般是隨筆記録所見所聞，屬於真實的記録，故是“述而不作”。許奉恩在《里乘》“説例”中就指出：“述而不作，先師且然。予每閲叢書秘册與故老遺編，可擴聞見者，或爲之删繁就簡，或全録其文亦匯成一卷，願公同好，必標出作者姓名，以不敢掠美也。”②可見筆記體小説的撰述並非一定要原創，從嚴格意義上講，筆記體小説還不能完全算創作，而只是撰述而已。

三、“初無成書之義例”“無次第”“無卷帙”之創作特徵

　　義例指著書的主旨和體例，在中國古代一直是文人關注的重要問題。如唐劉知幾《史通·六家》：“隋秘書監太原王劭，又録開皇、仁壽時事，編而次之，以類相從，各爲其目，勒成《隋書》八十卷。尋其義例，皆準《尚書》。”③宋趙與峕《賓退録》卷五謂：“唐、五代史書皆公（歐陽修）手所修，然義例絶有不同。”④清方宗誠的《桐城文録序》：“余編《桐城文録》，義例

---

① （清）章學誠著，葉瑛校注：《文史通義校注》，北京：中華書局1985年版，第200頁。
② （清）許奉恩撰：《里乘》，《續修四庫全書》第1270册，上海：上海古籍出版社2002版，第164頁。
③ （唐）劉知幾著，（清）浦起龍通釋，王煦華整理：《史通通釋》，上海：上海古籍出版社2009，第3頁。
④ （宋）趙與峕撰：《賓退録》，北京：中華書局1985年版，第56頁。

多與存莊手訂。"史有史的義例，經有經的義例，文有文的義例。義例也是
文論家關注的一個議題，清人潘德輿在《養一齋詩話》卷七中指出："趙氏
所謂古詩一定之平仄，義例皆確不可易。"① 詩文之義例，尤其是詩詞之義例，
是確不可易，非常嚴格的。筆記體小説作爲"執筆載録"的撰述方式由來已
久，其撰述却呈現"初無成書之義例"的特色。道光十七年（1837），梁章
鉅《退庵隨筆》自序作出概括："《退庵隨筆》者，隨所見之書而筆之，隨所
聞之言而筆之，隨所歷之事而筆之，而於庭訓師傅，尤所服膺，藉以檢束身
心，講求實用而已。初無成書義例也。"② 咸豐六年（1856），蔣光煦作《東湖
叢記》小引也説："僻處海隅，屏居家衖，足迹所至，不出吳地，見聞寡陋，
良足深漸。惟破籍斷碑，性所癖嗜，累月窮年，遂有所積。隨得隨鈔，初無
義例，叢零掎拾，自備遺忘，藏諸篋衍，匪以問世云爾。"③ 光緒年間，童槐
《今白華堂筆記》跋中也指出其"初非著述，故不先立體例"。④ 由這些序跋
資料可知，清人認爲筆記體小説原本就是無意爲之、隨得隨鈔的。隨筆記之
的"記問之學"自古就有，甚至已經内化爲文人士大夫生活的一部分，而無
意著述也就無所謂義例。捧花生《畫舫餘譚》嘉慶戊寅年序説："輯《秦淮
畫舫録》竟，偶有見聞，補綴於後。凡數十則，即題曰《畫舫餘譚》，亦足
新讀者之目，信手編入，無所謂體例。他日更有所得，當仿《容齋五筆》之
例，再續成之，倦眠饑食，無所用心，唯此是務，適見笑而自點耳。"⑤ 吳德
旋《初月樓聞見録》序也説："余屏居鄉里，喜述故事，遇有聞見，輒隨手
録之，義例不能深也，取足快意而已。余吳人也，聞見不逮於遠，所録皆吳

---

① （清）潘德輿著：《養一齋詩話》，北京：中華書局 2010 年版，第 106 頁。
② （清）梁章鉅撰：《退庵隨筆》，南京：江蘇廣陵古籍刻印社 1997 版，第 1 頁。
③ （清）蔣光煦著，梁穎校點，《東湖叢記》，瀋陽：遼寧教育出版社 2001 版，第 1 頁。
④ （清）童槐著：《今白華堂筆記》，《筆記小説大觀》三十九編第 3 册，臺北：新興書局 1983 年
版，第 262 頁。
⑤ （清）捧花生撰：《畫舫餘譚》，周光培編：《清代筆記小説》，石家莊：河北教育出版社 1996 年
版，第 45 册，第 157 頁。

越、江淮間事耳，異時將廣録而續理之，故不以時代之先後爲次。又是編意在闡揚幽隱，顯達之士不録焉，即間有牽涉，亦不及政事，在野言野，禮固宜然，若以爲窮愁著書則吾豈敢！"①交代了撰述緣起，是隨手記録聞見，義例不深，僅爲娛樂而已。

筆記體小説的非主流性取決於"隨筆記之"的言説方式，這樣的言説方式就自然呈現出"無次第""無卷帙"的開放性。

關於筆記體小説"無次第""無卷帙"的體制特徵，況周儀在《惠風簃隨筆》卷首自記中有所闡釋，他説："隨筆云者，隨得隨書，無門類次第也，昉洪容齋例。"②另外，《四庫全書總目提要》卷一百二十二"雜説之屬"案語從追溯源頭的角度對此總結得更明確："雜説之源，出於《論衡》。其説或抒己意，或訂俗訛，或述近聞，或綜古義，後人沿波，筆記作焉。大抵隨意録載，不限卷帙之多寡，不分次第之先後。興之所至，即可成編。"③不僅指出筆記"不限卷帙之多寡，不分次第之先後"的形式特徵，還闡釋了造成此特徵的根本原因是"隨意録載""興之所至"的撰述方式，"興之所至"，會心即録，故無次第、無先後之區分。

館臣在《四庫全書總目》中對部分筆記文本作提要時，也指出了筆記體小説形式上的"開放性"。如歐陽修《歸田録》提要説："多記朝廷軼事及士大夫談諧之言。……王明清《揮麈三録》則曰：'歐陽公《歸田録》初成未出，而序先傳，神宗見之，遽命中使宣取。時公已致仕在潁州，因其間所記有未欲廣布者，因盡删去之。又惡其太少，則雜記戲笑不急之事，以充滿其卷帙，既繕寫進入，而舊本亦不敢存。'"④這是關於《歸田録》的一段傳播的

---

① （清）吴德旋撰：《初月樓聞見録、續録》，《四庫未收書輯刊》第一輯 17，北京：北京出版社 2000 版，第 143 頁。

② （清）況周儀撰：《阮盦筆記五種》下册，清光緒刻本，第 1 頁。

③ （清）永瑢等撰：《四庫全書總目》，北京：中華書局 1965 年版，第 1057 頁。

④ 同上，第 1190 頁。

記載，但從中可得知，作者在撰述《歸田録》之初是没打算把這類不登大雅之堂、無關政教風俗的作品公諸於世的，更未曾想讓皇帝觀覽。"意外發生"之後只能采取急救法，删去其未欲廣布的内容，而以雜記戲笑之事填充卷帙，這一"急就章"正表明其撰述形式上的開放性。

　　還需注意的是，這麽一類龐大的作品都以同樣的形式出現，已逐漸形成"無次第""無卷帙""無成書之義例"的特徵，而這一特徵又何嘗不是一種約定俗成的"義例"呢？筆記體小説形式之"散"和内容之"雜"的特徵，正可看成筆記體小説所要遵循的義例。其實，筆記體小説一經輯録整理之後，一般會有一主旨或者是體制貫穿在内，比如像《世説新語》這種按類編排的筆記體小説就不在少數，後世出現不少仿世説之作自不必多言，其他類型的筆記體小説作品也進行分門別類，這是一種相對簡單而有效的方式，筆記體小説撰述者常常采之。如唐劉肅撰《大唐新語》分匡贊、規諫、極諫、剛正、公直、清廉、持法、政能、忠烈、節義、孝行、友悌、舉賢、識量、容恕、知微、聰敏、文章、著述、從善、諛佞、厘革、隱逸、褒錫、懲戒、勸勵、酷忍、諧謔、記異、郊禪三十類。宋沈括撰《夢溪筆談》分十七門：故事、辨證、樂律、象數、人事、官政、權智、藝文、書畫、技藝、器用、神奇、異事、謬誤、譏謔、雜誌、藥議共二十六卷。宋吳曾撰《能改齋漫録》分事始、辨誤、事實、沿襲、地理、議論、記詩、謹正、記事、記文、方物、樂府、神仙、鬼怪共十三類。清王士禛的《池北偶談》共二十六卷分四目：談故四卷，記清代的科甲典章制度和衣冠勝事，間及古制；談獻六卷，記述明末清初名臣、畸人、列女等軼事；談藝九卷，專門采擷詩文佳句並評論；談異七卷，專記神怪傳聞故事。自序云："其無所附麗者，稍稍以類相從。"清鈕琇《觚賸》分正、續編，正編成於康熙三十九年，分吳觚、燕觚、豫觚、秦觚、粵觚；續編成於康熙四十一年（1702），分言觚、人觚、事觚、物觚。清薛福成的《庸盦筆記》是作者把自己同治四年（1865）至光緒十七年（1891）間所作的隨筆删存編纂而成，全書共六卷，分史料、軼聞、述異、幽怪諸門類，全書以類相從，不盡依先後爲次，故林崗説：“筆記體小説是一種非類書而有類書性質的文體。”①清人認爲筆記體小説還有一種編排方式是不分門目、略以類從，如顧炎武的《日知録》，《四庫全書總目》提要曰：“書中不分門目，而編次先後則略以類從。大抵前七卷皆論經義，八卷至十二卷皆論政事，十三卷論世風，十四卷、十五卷論禮制，十六卷、十七卷皆論科舉，十八卷至二十一卷皆論藝文，二十二卷至二十四卷雜論名義，二十五卷論古事真妄，二十六卷論史法，二十七卷論注書，二十八卷論雜事，二十九卷論兵及外國事，三十卷論天象術數，三十一卷論地理，三十二卷爲雜考證。”②可知，清人認爲按類分門或不分門目，約略以類相從也是筆記體小説普遍的編排方式。

當然，“無次第”“無卷帙”的形式自由和開放也會不可避免地帶來魚龍混雜的弊端。這種弊端在明代尤爲明顯，《四庫全書總目》在相關作品的提要中就指出了這種弊端：

> 是書欲仿《容齋隨筆》《夢溪筆談》，而所學不足以逮之，故蕪雜特甚。其中《詩談初編》《二編》各一卷，《玉笑零音》一卷，《大統曆解》三卷，《始天易》一卷，皆以所著別行之書編入，以足卷帙，尤可不必。（田藝衡《留青日劄》提要）③

> 是書輯隱逸高尚之事，分霞想、鴻冥、恬尚、曠覽、幽賞、清鑒、達生、博雅、寓因、感適十類。大抵以《世説新語》爲藍本，而稍以

---

① 林崗著：《口述與案頭》，北京：北京大學出版社 2011 年版，第 189 頁。
② （清）永瑢等撰：《四庫全書總目》，北京：中華書局 1965 年版，第 1029 頁。
③ 同上，第 1101 頁。

諸書附益之。至於《雲仙散録》《師古僞》《杜詩注》之類，影撰故實，亦皆捃拾，殊無別裁。又多不見原書，輾轉稗販。如"披裘公不取遺金""王摩詰詩中有畫""列子鄭人蕉鹿"諸條，尤割裂不成文理。至於"宗愨乘風破浪"，"鮑生愛妾换馬"，全與高隱無關，不過雜湊以盈卷帙耳。（周應治編《霞外塵談》提要）①

第三節　筆記體小説的審美追求

筆記體小説是最具文人性的文體，文人離不開案頭創作，文人性中隱含了案頭性，故有學者稱"筆記體具有典型的案頭性"。②案頭文學與口述文學最大的不同就是，案頭追求的是言外韻致，從而形成自身的審美追求。

一、雅：筆記體小説之文人性

關於筆記體小説之"雅"，清人早有評述。搜檢《四庫總目提要》發現，館臣是將"雅"作爲筆記的審美追求的，在衆多文本提要中常常以"古雅""雅潔""雅馴""典雅"等爲評價斷語。如卷六十三評《勝朝彤史拾遺記》："是書皆明一代後妃列傳。自稱初得其父所藏《宫闈紀聞》一卷，載事不確，文不雅馴。"卷六十五評《兩漢博聞》："雖於史學無關，然較他類書采摭雜説者，究爲雅馴。"卷一百三十二評《譚概》："是編分類匯輯古事，以供談資。然體近俳諧，無關大雅。"卷一百四十二評《搜神記》："然其書叙事多古雅，而書中諸論亦非六朝人不能作，與他僞書不同。"評《搜神後記》："然其書文詞古雅，非唐以後人所能。"評《還冤志》："其文詞亦頗古

―――――――――

① （清）永瑢等撰：《四庫全書總目》，北京：中華書局1965年版，第1122頁。
② 林崗著：《口述與案頭》，北京：北京大學出版社，2011年，第188頁。

雅。”評《博異記》：“所記皆神怪之事，敘述雅贍。而所録詩歌頗工致，視他小説爲勝。”①可見館臣是以雅爲審美標準的。

在清代筆記序跋中，也常以“雅”作爲一個重要的審美標準。如龔煒在《巢林筆談》自序中説：“揚子雲稱士有不談王道者，則樵夫笑之。予際極盛之世，淺俗詩書之澤，不王道之談，而矢口涉筆，冗雜一編，典雅不如夢溪，雋永不如聞雁，亦剽其名曰《筆談》。”②沈起的《莧園雜説》自序也説自己作品“情多俚鄙，而文亦不雅馴”。③雖都爲作者自謙之詞，但從一個側面證明了“典雅”或“雅馴”是筆記的一個重要審美特性，也是判斷筆記之美的一個重要標準。

“雅”之美學趣味在類似詩話的筆記體小説中體現得最爲明顯。嘉慶十二年（1807），潘奕雋在《梅村筆記》序中稱此書：“語録、詩話互見於篇，微言俊旨，耐人咀詠。”④據考，本書所述多爲友朋往來之軼事，論詩雖無太多出色處，但雅言雋語，瀟灑有致，足爲林下風雅之談助。如述家事祖德、父兄親友之間情深義重、對慈母的深情悼念，筆墨之間流露出作者之至性——風雅不群、素心閑放，是一部純粹的文人案頭之作。另，清人吳文溥在《南野堂筆記》自序中也説：“筆記者，澹川子自言其生平作詩甘苦得失之所在，而未已也；則又深思夫古人蘊含微妙之旨，求得其歸趣而指陳焉，而未已也；則又集當世才人、學人之佳篇俊句，而讚嘆之，而纂録之，而論次其爲人。忝風雅之博徒，作名流之稗販。雖漱芳丐潤，遠媿群言，抑一室賞心，百家在誦，足以遺榮忘老矣。”⑤是書記録作詩甘苦得失、作詩之法、作詩之志趣等，其中蘊含有不少微言妙旨。雖自謙“忝風雅之博徒，作名流

---

① （清）永瑢等撰：《四庫全書總目》，北京：中華書局 1965 年版，第 567、577、1124、1207、1208、1209 頁。
② （清）龔煒撰：《巢林筆談》，北京：中華書局 1997 年版，第 1 頁。
③ （清）沈起撰：《莧園雜説》，《四庫未收書輯刊》第五輯 9，北京出版社 2000 年版，第 182 頁。
④ （清）明理著：《梅村筆記》，清嘉慶十一年刻本，上海圖書館藏。
⑤ （清）吳文溥撰：《南野堂筆記》，清刻本，上海圖書館藏。

之稗販”，但“漱芳丐潤”也絶非街談巷議之俚俗鄙陋可比。其論“活法”云：“盈天地間皆活機也，無有死法。推之事事物物，總是活相，死則無事無物矣。所以僧家參活禪，兵家布活陣，國手算活著，畫工點活睛，曲師填活譜。乃至玉石之理，活則珍；山水之致趣，活則勝。故曰：‘鳶飛戾天，魚躍於淵。’操瓠之士，文心活潑。”① 作者認爲自然界一切事物皆“活機”，天地之間萬物皆有活相，充滿生意，故無論僧家、兵家乃至各行各業，都强調一個“活”字。譬如玉石之紋理因“活”而珍奇，山水之致趣因“活”而出勝，所以文士操筆，最重要便是文心活潑。吳文溥由大自然之“活”論説到文章之活法，類似於劉勰談“文心”，賦予“活法”以存在的合理性、必要性，所論頗有見地。還有論詩可以養性情條：“僕初性氣粗急，與人論説，或僻執己見，不諧於衆，後讀《韋蘇州詩集》終編，繹其佳句……皆吾詩趣，積習頓捐，新機莫遇。殆劉舍人所謂‘溫柔在誦，最附深衷’者矣。”② 由此得出結論：“詩之道，可以養性情，化氣質，其信然歟！”這種精闢入理的論述，處處流露出文人的博雅風致。在清人觀念中，即使是以娱樂爲創作目的的筆記，也一定要超越僅“資談笑”的表層追求，達到“雅馴不俗”。如光緒年間，獨逸窩退士所撰《笑笑録》就是一部“取可資嗢噱而雅馴不俗者，筆之於册，以自怡悦”的作品。

筆記體小説“雅”的審美追求與其撰述、傳播、接受都有密切的關係。

作爲“執筆記録”的記問之學，筆記源遠流長，是文人潛心研究以備遺忘的産物。柯劭忞《壽鑫齋叢記》序云：“記問之學，古所不廢。士君子潛心研繹，本聖門‘日知所亡，月無忘所能’之旨，徵文獻，明道藝，類别部居，晨鈔夕纂，分寸之積，往往囊括四部，浸成鴻博。王深寧、顧亭林兩書之淹貫古今，實亦由斯而致力也。小汀學士最録經史、異文、軼事，典雅所

_____

① （清）吳文溥撰：《南野堂筆記》，清刻本，上海圖書館藏。
② 同上。

歸者爲《壽鑫齋叢記》，凡四十卷。"①而《壽鑫齋叢記》就是作者雜録經史、異文、軼事，典雅之結晶。

從事筆記撰述的主體是文人士大夫，他們大多是淹通古籍的博雅之徒。如雍正乙卯年（1735），王澍在《南村隨筆》序中評價作者"畷城幔亭陸君好古博雅"。②光緒二十七年（1901），鄒弢在《城南草堂筆記》序中評價作者："許幻園太守……藉藉才名，雅負時望。"③他們博覽群書，工於詩文，《總目》卷五十八《入蜀記》提要："游木工文，故於山川風土，叙述頗爲雅潔，而於考訂古迹，尤所留意。"卷七十《東城雜記》提要："鶚素博覽，並工於詩詞，故是書雖偏隅小記而叙述典雅，彬彬乎有古風焉。"④因撰述者淹通古籍、博雅通識，故"叙述典雅"是他們自覺的審美追求。

不僅撰述主體本身要具備"博雅通識""工于詩文"外，其撰述過程本身就伴隨著詩書風雅之趣。嘉慶乙丑年（1805），沈赤然在《寄傲軒讀書隨筆》自序中詳述其撰述經過："寄傲軒也者，坐卧飲食之所也。卧不能遽卧，飲不能徒飲，書也者，又引睡下酒之具也。書有經有史、有諸子詩文雜説堆列其前，隨意抽覽，偶有所得，拍案而筆者有之，推枕而筆者有之，停杯而筆者有之。積之期年乃得十卷，藏廢簏中七載矣。"⑤把作者的撰寫經過生動地描繪了出來。宣統年間，李維翰在《泖東草堂筆記序》中也説："先生天賦聰穎，又勤於學書，夜盡百卷，遇疑義一思索間鏗然理解，有所得輒筆之日記，顧不爲空言，務求有用。"⑥清代許多筆記作品都是作者把玩文史，勤

---

① （清）朱彭壽撰，何雙生點校：《舊典備徵　安樂康平室隨筆》，北京：中華書局1982年版，第11頁。

② （清）陸廷燦撰：《南村隨筆》，《續修四庫全書》第1137册，上海：上海古籍出版社2002年版，第101頁。

③ （清）雲間幻園居士撰：《城南草堂筆記》，光緒二十七年鉛印本。

④ （清）永瑢等撰：《四庫全書總目》，北京：中華書局1965年版，第530、629頁。

⑤ （清）沈赤然撰：《寄傲軒讀書隨筆》，嘉慶十二年刻本。

⑥ （清）沈宗祉撰：《泖東草堂筆記》，《清代學術筆記叢刊》第70册，北京：學苑出版社2005年版，第280頁。

讀不輟，隨得隨記的産物，他們力求以“求真務實”的精神用於筆記體小説之著述，以“雅正”“典雅”爲指歸，體現了典型的文人性和案頭性。林崗在《口述和案頭》中對案頭有一段很好的闡釋：

> 所謂案頭，不僅僅是指一几一案、紙硯筆墨、書籍等物品，它當然是書齋生活，但更重要的是它意味著一種生活態度。這生活態度不僅關涉書齋生活，而是要通過書齋生活體現一脈相傳的精神、趣味、激情和雅致。如果要問什麽是表達體裁意義上的案頭生活的結晶，那便只有筆記文體了。筆記總讓人聯想到孜孜不倦，聚精會神；筆記總讓人意會日積月累，集腋成裘；筆記總讓人覺得燈下沉迷，自成生趣。筆記的一鱗半爪，筆記的博大無窮，正是中國文明的案頭傳統的生動寫照。①

文人與案頭緊密相連，“執筆記録”不僅是文人案頭生活的方式，更是文人的一種生活習慣和生活態度，甚至已經内化成文人的一種生命形式。文人通過隨筆記録來表現趣味、激情和雅致，進而表達思想、傳承精神，所以“雅”之美學特性會自覺不自覺地體現在筆記的撰述過程中。

筆記體小説之趨雅與作品的傳播也密切相關。從撰述到傳播到接受，筆記體小説都有一個自足的封閉系統——文人士大夫圈子，與社會大衆市井百姓關係不大。衆所周知，大部分文學創作都需要考慮讀者的期待視野，讀者（觀衆）無形中會給作者創作帶來壓力。例如俗講、話本、戲曲一類，因其要直接面對觀衆，所以吸引觀衆的注意是必須要考慮的問題。章回小説雖説不直接面對觀衆，但作者也要考慮市井讀者的接受程度和審美趣味，采取各種形式來迎合讀者的口味。筆記體小説則不同，撰述者幾乎不用考慮讀者的

---

① 林崗著：《口述與案頭》，北京：北京大學出版社 2011 年版，第 192 頁。

接受程度和期待視野，因爲它的"潛在讀者"是與作者有相同文化程度和共同審美趣味的文人士大夫。作者不用去考慮"潛在讀者"的審美需要，因爲他們和作者一樣，"潛在讀者"的審美趣味和期待視野與作者的審美趣味是高度一致的。可以說，筆記是文學中媚俗程度最低的一種，筆記體小說撰述的"潛在讀者"不是那些需要投其所好、百般迎合的凡夫俗子，而是和作者有相同趣味、相同雅好的文人士大夫。

二、真：筆記體小說之實録

除了"雅"之外，"真"也是筆記體小說非常重要的一個審美特性，體現了筆記的實録精神。兹舉幾則序跋：

先以《虞初新志》授梓問世。其事多近代也，其文多時賢也，事奇而核，文雋而工，寫照傳神，仿摹畢肖，誠所謂"古有而今不必無，古無而今不必不有"。且有理之所無，竟爲事之所有者。讀之令人無端而喜，無端而愕，無端而欲歌欲泣，誠得其真，而非僅傳其似也。（《虞初新志》自叙）[1]

余讀之謬加評騭，如入左史之室，不知爲稗官小說也。重九先生將攜此南歸，公諸同好。余維小說家言大抵優孟衣冠，得其似而失其真者，更有蜃樓海市幻由心造，往往出於文人學士穿鑿附會之所爲，非不瀾翻層迭，動人觀聽，其於佛氏妄語之戒又何如乎？先生此編事事真實，有神世道爲多，而務去陳言，仍令讀者忘倦，"思無邪"一言允堪

---

[1] （清）張潮輯，王根林校點：《虞初新志》，上海：上海古籍出版社 2012 年版，第 1 頁。

持贈矣。(趙學轍《守一齋客窗筆記》序)①

憶昔游湘江、漢水間，有能述逆匪往事者，或傳之失實，信之不真，言之未詳，聽之不暢。今得讀先生文，既真且暢，滿紙馳突，如從壁上觀，足以廣見聞而擴胸臆，不啻中郎之獲覯《論衡》也，何幸如之。並促文嵐付梓，用示來者，以爲平匪之稗史也可，即謂五柳先生之自傳也亦可。(吳杖《不咥筆記》序)②

至如誣謾失真之語，妖妄螢聽之言，則不敢闌入焉。(《止園筆談》序)③

《郎潛紀聞》者，余官西曹時紀述掌故之書也。多採陳編，或詢耆耈，非有援據，不敢率登，删並排比，約可百卷。(《郎潛紀聞初筆》自序)④

但就邸報抄傳，與耳目睹記，及諸家文集所載，摘其切要，據事直書。間或旁托稗官，雜綴小品，要於毋偏毋徇，毋僞毋訛。(李遜之《三朝野記》序)⑤

總觀以上序跋，可知清人關於筆記創作之"真"的認識包含兩層意思：一是題材要"有援據"；二是所記内容要"不違乎事實"。"有援據"之"真"是指筆記題材來源要有所依據，要麽來源於友朋故舊或前輩耆耈所提供的聞

①　(清)金捧閭撰：《守一齋客窗筆記》，《粟香室叢書》，清光緒十六年刻本，華東師範大學圖書館藏。
②　(清)蕭應登撰：《不咥筆記》，清嘉慶二十五年刻本，國家圖書館藏。
③　(清)史夢蘭著：《止園筆談》，《續修四庫全書》第 1141 册，上海：上海古籍出版社 2002 年版，第 119 頁。
④　(清)陳康祺撰，晉石點校：《郎潛紀聞初筆二筆三筆》，北京：中華書局 1984 年版，第 3 頁。
⑤　(清)李遜之撰：《三朝野記》，上海：上海書店出版社 1982 年版，第 4 頁。

見談資，要麼是自己閱讀古籍從陳編舊帙中獲得的內容。總之，不是憑空結纂、虛構幻想的內容，而是客觀如實地記載作者的所見所聞。筆記體小説的"真"和我們當下的認識是有不同的，不是指與客觀事實相符的真實存在；也許只是一段傳聞，但只要能夠準確地提供資料的來源，那也便是"真"。如紀昀《閲微草堂筆記》就有不少條目標明出處，並認爲小説所寫限兩項條件：一是必須是耳聞，而且必須是傳者怎麼説就怎麼真實地記録，"不必戲場關目，隨意裝點"；二是或寫自己親身經歷，"出於自述"。不管是記録耳聞也好，還是自述親身經歷也罷，都必須是"有援據"的"真"。紀昀在《灤陽續録六》中對筆記的真實性作了客觀評價："所見異詞，所聞異詞，所傳聞異詞，魯史且然，況稗官小説。他人記吾家之事，其異同吾知之，他人不能知也。然則吾記他人家之事，據其所聞，輒爲叙述，或虛或實或漏，他人得而知之，吾亦不得知也。"[1] 客觀地指出傳聞難免有失實之處，由此也證明了紀昀所説的筆記之"真"是指不"隨意裝點"、如實記録的"有援據"的內容，而不是符合客觀事實的"真"的內容，這是清人一種普遍的創作觀念。

"不違乎事實"的"真"，具體是所記內容要合乎客觀事實，或爲故老耳傳，或爲目擊時事，且"據事直書"，有史家"信筆直書"的特點。金捧閶《守一齋客窗筆記》序："此編事事真實，有裨世道爲多。"蕭應登《不咥筆記》主要是記載賊匪戰事的，事關家國大事和時政事務，可以看作是平匪之稗史，其內容"真且暢"，"足以廣見聞擴胸臆"。吳履震在《五茸志逸》自叙感嘆自己"身非史職"又見聞不廣，不如司馬溫公《涑水紀聞》和吳枋《宜齋野乘》，這固然有自謙成分自內，但也表明了作者撰述筆記以"真"爲主的觀念。曹㒦《古春草堂筆記》自序説："見聞所及，平生盤錯所經，援筆而爲之記，叙事必歸於真實，論人勿失其本來，信筆直書，罔計工

---

① （清）紀昀撰：《閲微草堂筆記》，上海：上海古籍出版社1980年版，第562頁。

拙."①《凌霄一士隨筆》序中也指出筆記雖"體類至繁",內容龐雜,"或辯異同,或傳人物,或系掌故,或采風俗",但所記都"不違乎事實,而有益於知聞".②

魯迅曾在《華蓋集·忽然想到》中説:"歷史上都寫著中國的靈魂,指示著將來的命運,只因爲塗飾太厚,廢話太多,所以很不容易察出底細來.正如通過密葉投射在莓苔上面的月光,只看見點點的碎影.但如看野史和雜記,可更容易了然了,因爲他們究竟不必太擺史官的架子."③魯迅的説法非常透徹.在中國古代,修正史不僅有嚴格的内容限制,還有系統的體例要求.野史雜記隨筆記之,無篇幅限制,無次第先後,不論長短,形式隨意,取材自由,表述坦率真誠,凡故老傳聞、朝野瑣屑史乘所不載,以及耳聞目睹、親身經歷之事,都可筆之於書.姜亮夫曾在《筆記淺説》中作如是總結:

這類文章(筆記)……他的本質……比較能顯露一點事實的真.作家對於這種隨筆筆記,寫的時候,即使也含有極大的作用,或者極大的學問,但他都是直截了當的想到什麽寫什麽,知道什麽寫什麽,了解什麽寫什麽.不必寫了許多廢話去謀篇布局,不必爲了許多修飾藏頭露尾.有時更大膽地把在正統文學裏所不敢説,不敢寫的寫了説了.不論其爲呵天罵地、箴君議去、評人論事、指桑罵槐,甚至於滑稽諷刺、嘲笑幽默,甚至於周公説夢、王婆祝鷄、襴言長語、翻事弄非,無所不可,亦無所不有.同時也容許寓箴規於諷刺、言者無罪,聞者有戒.④

---

① 曹偁撰:《古春草堂筆記》,民國戊辰春仲付印,華東師範大學圖書館藏.
② 徐凌霄、徐一士著:《凌霄一士隨筆》,太原:山西古籍出版社1997年,第8頁.
③ 魯迅著:《魯迅全集》第三卷,北京:人民文學出版社1998年版,第17頁.
④ 姜亮夫著:《姜亮夫全集》第21册,昆明:雲南人民出版社2002年版,第624—625頁.

“真”作爲評判筆記體小説價值的一項重要指標，許多筆記體小説都因其所記内容“真”而成爲有價值的作品。如《皇華紀聞序》中就指出作品的價值“上可證往事之誣，下可備史氏采擇”。陳其榮在《遜志堂雜鈔序》中也説：“自來博物洽聞之士，其耳目所涉歷，胸肊所藴積，必思有以筆之於書。而于經傳之沿訛，史家之疏漏，爲之考核是非，抉剔疑義。其論列當世，則于國故朝章，以及曩喆之言行，考見其實，胥爲之紀述存之，俾後之人可稽爲掌故者，亦無非識大識小之意焉。”① 夏孫桐爲《壽鑫齋叢記》所作題辭説：“薈萃而有折衷，不爲無據之言。説部之有資考證，所以可貴。”②

就筆記體小説的著述方式來看，“隨筆記録”的本身就有怕遺忘而如實記録的成分在内。“執筆記録”的著述方式源于史官“左史記言，右史記事”的記問傳統。這種記問傳統逐漸形成了一種固定的寫作規範和風格追求。梁王僧孺《太常敬子任府君傳》指出：“若夫天才卓爾，動稱絶妙，辭賦極盡情深，筆記尤盡典實。”③ 從文體審美的角度，説明筆記體小説與“辭賦極盡清深”的審美特徵不同，以“典實”爲自身的審美追求。筆記體小説這一審美追求的形成與其保留了“左史記言，右史記事”的記問傳統有密切關係。趙學轍在《守一齋客窗筆記》序中指出：“余讀之謬加評騭，如入左史之室，不知爲稗官小説也。”又指出：“先生此編事事真實，有裨世道爲多，而務去陳言，仍令讀者忘倦。”④ 王士禛在《居易録》自序中從追根溯源的角度論述了自己撰述筆記體小説的緣起：

　　古書目録，經、史、子、集外，厥有説部，蓋子之屬也。《莊》

---

① （清）吴翌鳳撰：《遜志堂雜鈔》，《清代學術筆記叢刊》，北京：學苑出版社 2005 年版，第 243 頁。
② （清）朱彭壽撰，何雙生點校：《舊典備徵　安樂康平室隨筆》，北京：中華書局 1982 年版，第 14 頁。
③ （唐）歐陽詢：《藝文類聚》，上海：上海古籍出版社 1982 年版，第 879 頁。
④ （清）金捧閶撰：《守一齋客窗筆記》，《粟香室叢書》，清光緒十六年刻本，華東師範大學圖書館藏。

《列》諸書爲《洞冥》《搜神》之祖，亦史之屬也。《左傳》《史》《漢》所紀述，識小者鉤纂剪截，其足以廣異聞者亦多矣。劉歆《西京雜記》二萬許言，葛稚川以爲《漢書》所不取，故知説者史之別也。唐四庫書乙部史之類十三有故事雜傳記，丙部子之類十七有小説家，此例之較然者也，六朝已來代有之，尤莫盛于唐宋。唐人好爲浮誕艷異之説，宋人則詳於朝章國故、前言往行，史家往往取裁焉，如王明清《揮麈三録》、李心傳《建炎以來朝野雜記》之屬是也。予自束髮好讀史傳，旁及説部，聞有古本爲類書家所不及收者，必展轉借録，老而不衰。二十年來官京師，每從士大夫間有所見聞，私輒掌記，芟其繁複，尚得二十六卷，目曰《池北偶談》。南海之役衰道路見聞，別爲《皇華紀聞》四卷。康熙己巳冬杪，重入京師，時冬不雪，其明年春夏不雨，米價踊貴。天子憂勞，爲罷元正朝賀遣大臣分賑畿南北，命大司農禱雨泰山。余備員卿貳時，惴惴有尺素之懼。在公之暇，結習未忘有所見聞，時復筆記，歲月既積，得數百條，釐爲三十四卷，憶顧況語"長安米貴，居大不易"。因取以名其書。[①]

王氏指出目録中除了經、史、子、集四個大的部類外還有説部，説部應屬於子之屬、史之別，説部筆記一直游離於子、史之間。

除了筆記體小説自身淵源外，清代筆記體小説之求"真"還與清代的學術精神有關。梁啓超曾説："乾嘉間考證學，可以説是清代三百年文化的結晶體，合全國人的力量所構成。"[②]在清代，不管是從明末的心學空談到清代乾嘉考據之學的變遷，還是從乾嘉考據之學到西洋科學思想的轉變，其中都

① （清）王士禛撰：《居易録》，《筆記小説大觀》十五編第 8 册，臺北：新興書局 1983 年版，第 4581—4585 頁。
② 梁啓超著：《中國近三百年學術史》，上海：中華書局 1936 年版，第 24 頁。

貫串了一種求真務實、實事求是的精神在内，從這個意義上説，清代的學術精神是求"真"的精神。正是在這一精神的感召下，清人將"真"作爲筆記體小説的價值判斷標準就不難理解了。

綜上所述，清代筆記體小説的審美追求以"雅"和"真"爲主。清人認爲筆記體小説是最具文人性的一種文體，其"執筆記録"的撰述方式本身就注定了具有文人"雅"之精神特徵；另外，筆記體小説的撰述和傳播是在文人士大夫圈子中自足的系統内進行的，這也決定了筆記體小説從創作到接受往往是在一個高雅的環境下完成的。"雅"不僅是筆記體小説撰述和閱讀欣賞自覺追求的審美標準，也是文人士大夫氣質個性和精神品格的自然流露，是最能體現筆記體小説文人性的特徵。而"真"是一切文藝的生命所在，筆記體小説也如此，清人認爲筆記體小説之"真"有兩層含義：一是"有援據"之真；二是"不違乎事實"之真，體現了筆記體小説的實録精神。筆記體小説之"真"和隨筆記録所見所聞的内涵有關，也和筆記體小説源於"史"，繼承了"左史記言、右史記事"的記問傳統有關，當然也離不開清代求真務實、實事求是的學術精神的影響。

第四章
清代筆記小説的兼備衆體

　　清代筆記體小説創作之繁榮，表現在文體上就是兼備衆體的特性。清人對此的認識至爲明確。如王銘鼎《雨非盦筆記序》云："夫雜家之書，歷代所録爲體不一，□類至多。或矜考據之精詳，或辨典章之沿革，又若《周秦行紀》多誣妄之詞，耆舊續聞失翦裁之要。……若夫標舉山川，采掇文字，紀傳聞之瓌異，叙賢哲之流風，新語可傳，奇觀斯在，是以歐陽詩話及璅事以無嫌，成式高文著雜俎而亦可。"[①]指出了筆記體小説爲體不一的特徵，既可以類似《周秦行紀》之行記體，又可以類似歐陽修《六一詩話》之詩話體，還可以類似《酉陽雜俎》之雜俎體。舒鴻儀《東瀛警察筆記自序》述其編撰過程時亦謂："與章君蘭蓀將學堂講録、參觀日記、友朋對答之語與所制贈圖表，隨時連綴，積成此編，匪敢云著述也，聊以備遺忘耳。"[②]可知這部名爲"筆記"的著作是作者集衆多文體如語録、日記、圖表等爲一體而成的。郭沛霖《日知堂筆記序》也説："就日記中摘録若干條，上自朝章掌故，下逮嘉頌歡謡，或闡揚忠貞，或臚述耆舊，凡有關於政事文章人心風俗者，依類排比，厘爲筆記三卷。"[③]本爲摘録日記編次而成，自然類同日記體。另，李遜之在《三朝野記序》中指出："就邸報抄傳，與耳目睹記，及諸家文集

①　（清）汪鼎撰：《雨非盦筆記》，清咸豐刻本，國家圖書館藏。
②　（清）舒鴻儀撰：《東瀛警察筆記》，清光緒三十二年上海樂群圖書編印局代印。
③　（清）郭沛霖著：《東游紀程　日知堂筆記》，北京：中華書局2007年版，第194頁。

所載，摘其切要，據事直書。間或旁托稗官，雜綴小品，要於毋偏毋徇，毋僞毋訕。"①序作者認爲"筆記"選材範圍廣泛，邸報、抄傳，聞見、文集、稗官、雜綴、小品均可以作爲其取材之藪，同時也形成了筆記體小説兼備衆體的特色。

第一節　筆記體小説與詩話

　　清人關於筆記體小説與詩話關係的認識是模棱兩可的，表述也有自相矛盾處。一方面清人有明確的文體意識，認爲詩話與筆記體小説是兩種不同的文體，故將詩話列入詩文評類。另一方面，在具體面對複雜的創作和評價時，又時時表現出矛盾和糾結，他們認識到了筆記體小説與詩話二者的暗合和溝通，以及二者在發展過程中存在的吸收、借鑒、分離和糾纏的軌迹。

一、筆記體小説爲詩話之支別

　　關於詩話之源流，章學誠在《文史通義》卷五内篇中有專節論述。他認爲："詩話之源，本于鍾嶸《詩品》。……後世詩話家言，雖曰本於鍾嶸，要其流別滋繁，不可一端盡矣。"②詩話本於鍾嶸的《詩品》，以評論詩文、追溯流別爲主，學有所本。"自孟棨《本事詩》出，乃使人知國史叙詩之意，而好事者踵而廣之，則詩話而通於史部之傳記矣。間或詮釋名物，則詩話而通於經部之小學矣。或泛述聞見，則詩話而通於子部只雜家矣。"③

---

① （清）李遜之撰：《三朝野記》，上海：上海書店出版社1982年版，第4頁。
② （清）章學誠著，葉瑛校注：《文史通義校注》，北京：中華書局1985年版，第648頁。
③ 同上。

　　清人意識到筆記體小説與詩話的近親關係，指出筆記體小説"爲唐人詩話之支别"。如《重論文齋筆録》，這是清人王端履以書齋命名的雜説筆記，對經史、詩文、書畫等都有論説，兼及聞見瑣事，逸詩佚文。此書刻于道光丙午，多載場屋試律和鄉曲應酬瑣事，如卷一記士子落第事云：

　　　　下第情懷，最難消遣，然鄉試落解，尚無失其爲故我。至會試被黜，則親朋絶迹，童僕垂頭。加以黄金已盡，囊橐蕭條，翺企家鄉，茫茫天末。此種凄凉光景，真有令人不堪回首者。余有句云："到門茶灶都無焰，訪友梨園大有人。"蓋紀實也。又有某詩云："路經花市都無色，風動蘆簾别有聲。"亦覺逼肖。（雙行小注：又某鄉試落解詩中聯云："怕逢道路談新貴，未免塗泥有故人。"語極藴藉。）

　　　　（按語）云："或問'未免塗泥有故人'句，與下第何涉？"曰：此正無聊極思，益見同病相憐苦况。若出自新貴口中，便是富貴驕人矣。"然則得第詩當若何？"曰：余有二絶云："三十五年才一第，旁人争羡我心傷？秋風鏃鏃尋常事，親見槐花七度黄。神仙方許到瑶臺，丹鼎今朝幸一開。同學少年裘馬客，半提玉尺去量才。"①

　　一條記載加一按語，道盡了科場故事的世態炎凉，歷歷在目。還有不少條目涉及清代乾嘉以前文人學者的逸聞瑣事，如毛奇齡、阮元、全謝山、姚元之等人。光緒十七年，徐友蘭在《重論文齋筆録跋》中説："右《重論文齋筆録》十二卷，蕭山王小穀先生著。先生爲晚聞先生伯子，而師事南陔先生。晚聞先生洞明文史義例。南陔先生長於經學、小學，而詩古文辭亦足名家。……恭甫先生序是書，擬之《困學紀聞》《容齋隨筆》，則非

————————

　　① （清）王端履撰：《重論文齋筆録》，《叢書集成續編》第 91 册，上海：上海書店出版社 1994 年版，第 768 頁。

其倫，尋討家法，實唐人詩話之支別。"①徐氏從作者的家學和師承，指出
了《重論文齋筆録》並非像《困學紀聞》和《容齋隨筆》等學術筆記一樣
以考據辨證爲主。尋其家法源流，其中兼及考經故傳和聞見逸事，實則是
唐人詩話的支別，與孟棨《本事詩》一脈相承。並用雙行小字引用了章學
誠《文史通義》中"詩話"源流的論述爲佐證，説明《重論文齋筆録》就
是詩話發展中走向小説化的産物，是仿《本事詩》而作沿流忘源的詩話末
流，偏離了評論詩文、追溯流別的詩話本意。《重論文齋筆録》卷前自記也
指出其書"語焉必詳，駁而不醇，雜而無章"。②雖然是自謙之詞，但也恰如
其分。

二、小説的"體兼詩話"與詩話的"體兼説部"

　　筆記體小説"體兼詩話"的現象在清代較爲普遍，不僅筆記體小説寫
作中文人學者會不自覺地從詩話中取材，或者記一些與作詩有關的故實；在
筆記體小説批評中，評論家也會有意識地概括出筆記體小説"體兼詩話"的
特性。筆記體小説主要以雜記聞見爲主，自然與作詩有關的聞見之事也可作
爲筆記體小説記載的内容，而這種與作詩有關的聞見的詩話，爲小説"體
兼詩話"之特徵提供了可能。《四庫全書總目》中諸多提要都指出了這一特
徵，如卷一百四十《雲溪友議》提要曰："所録皆中唐以後雜事。……皆委
巷流傳，失於考證。……然六十五條中，詩話居十之七八，大抵爲孟棨《本
事詩》所未載。逸篇瑣事，頗賴以傳。"卷一百四十一《過庭録》提要曰：
"中亦間及詩文雜事，如記宋祁論杜詩'實下虚成'語，記蘇軾論中嶽畫壁

---

①　（清）王端履撰：《重論文齋筆録》，《叢書集成續編》第 91 册，上海：上海書店出版社 1994 年
版，第 927 頁。
②　同上，第 756 頁。

似韓愈《南海碑》語，皆深有理解。其他蘇、黄集外文及燕照鄰、崔鷗諸人詩詞，亦多可觀。"《聞見後録》提要曰："然伯温所記，多朝廷大政，可裨史傳；是書兼及經義、史論、詩話，又參以神怪、俳諧，較《前録》頗爲瑣雜。"《隨隱漫録》提要曰："其書多記同時人詩話，而於南宋故事，言之尤詳。"卷一百四十三《翠屏筆談》提要曰："其書多記詩話，兼及神怪雜事，亦小説家流，然采摭冗碎，絶無體例。"[①]諸如此類不勝枚舉。

清代伍宇澄撰《飲渌軒隨筆》就是一部"體同詩話"的著作，前有乾隆癸丑萬之蘅序："因記吾輩一時調笑之語，遂及詩文説諸雜事，每成一則，必以示余。"[②]《飲渌軒隨筆》分上下兩卷，上卷以評論詩文爲主，下卷以雜記聞見調笑之事爲主。舉上卷兩則觀之：

> 余弱冠時，與家兄青望（宇昭）夜坐齋中，知余好吟，因曰"馬後桃花馬前雪"，試下一轉語何如？余初不知爲徐芝仙（蘭）句也，應曰"春光不度玉門關"，兄領之不言所以。後知其下句爲"出關那得不回頭"，以質之荆溪萬瑱爲（之蘅），瑱爲曰：君語故勝。

> 周維墉（椒鐙），儀徵人，有白門絶句云："夜夜秦淮夜夜簫，鰣魚時節長春潮。曾經丁字廉前坐，細雨青燈話六朝。"風致殊楚楚也。[③]

這些評論時人詩文的記載，其體制通常是引用原詩加簡短評論。宣統辛亥（1911）二月盛宣懷在《飲渌軒隨筆》跋中總結説："此書體同詩話，旁

---

① （清）永瑢等撰：《四庫全書總目》，北京：中華書局1965年版，第1186、1197、1799、1201、1217頁。

② （清）伍宇澄撰：《飲渌軒隨筆》，《叢書集成續編》第91册，上海：上海書店出版社1994年版，第197頁。

③ 同上，第197、198頁。

及雜事，藉可考見雍乾人物衣冠之盛。”①指出此筆記體小説和詩話在體例上有相同之處，只不過二者側重點不同而已，詩話是專門論述與作詩相關的内容，而筆記體小説論詩之餘可以旁及雜事。《飲渌軒隨筆》下卷是記雜事雜説的内容，試觀一則：

　　郡城叢林蘭若多在東郭。乾隆初，一僧不知何許來，口操西音，赤身裹一衲，不畏寒暑；手持短竹杖，散髮跣足，兩鼻以絮塞之，往來諸寺院，時道人禍福奇中。數年後，忽作瘋癲狀，口啞啞作聲，人與之食却去，閒施以冷飯殘羹，以衲兜之。且行且蹈，或宿墳墓樹林中，或在天寧寺廊廡下，好事者午夜窺其異，見卧起繞柱舞杖作圈行，口中喃喃若誦咒者。有時去鼻中塞，出白物二條，取樹上露水洗畢復納之。在常五十年，容貌如昔，惟髮毿毿白耳。甲辰春入天寧寺，向佛如語，至殿廡趺坐而寂。寺僧爲塑像祀之，眉眼酷似，惟面以過肥失之。②

　　類似這樣的著作還有清人（釋）明理撰《梅村筆記》，嘉慶丁卯年（1807），潘奕雋序説：“吾吴故多詩僧，不自炫耀，梅村以名家子，中歲棄家，素工韻語，歸心浄土，後不復多作。今以所著《梅村筆記》見示，語録、詩話互見於篇，微言雋旨，耐人咀詠。”③指出其兼備詩話和語録的特色，並評價其有“微言雋旨，耐人咀詠”的特色。細讀《梅村筆記》，其實不是專門的詩話、語録之作，如述家事祖德、父兄親友之間情深義重、對慈母的深情悼念，筆墨之間流露出作者的至性；風雅不群，素心閒放，是一部純粹的文人

---

① （清）伍宇澄撰：《飲渌軒隨筆》，《叢書集成續編》第 91 册，上海：上海書店出版社 1994 年版，第 202 頁。
② 同上，第 201 頁。
③ （清）明理著：《梅村筆記》，清嘉慶十一年刻本，上海圖書館藏。

案頭之作。

　　清代還有兩部著作，雖以"筆記"命名，但實質本同詩話。吳文溥《南野堂筆記》自序曰："筆記者，澹川子自言其生平作詩甘苦得失之所在，而未已也；則又深思夫古人蘊含微妙之旨，求得其歸趣而指陳焉，而未已也；則又集當世才人、學人之佳篇俊句，而讚嘆之，而纂錄之，而論次其爲人。忝風雅之博徒，作名流之稗販，雖漱芳丐潤，遠媿群言，抑一室賞心，百家在誦，足以遣榮忘老矣。"① 可知其雖以筆記名之，但自言其生平作詩甘苦得失、古人作詩之歸趣指陳等内容，實則爲一部詩話之作。如其談"活法"云："盈天地間皆活機也，無有死法。推之事事物物，總是活相，死則無事無物矣。所以僧家參活禪，兵家布活陣，國手算活著，畫工點活睛，曲師填活譜。乃至玉石之理，活則珍；山水之趣，活則勝。故曰：'鳶飛戾天，魚躍於淵。'操觚之士，文心活潑。"作者認爲自然界一切事物皆"活機"，認爲天地之間萬物皆有活相，充滿生意，故無論僧家、兵家乃至各行各業，都强調一個"活"字。譬如玉石之紋理因"活"而珍奇，山水之趣因"活"而出勝，故文士操筆，最重要便是文心活潑。吳文溥由大自然之"活"論説到文章之活法，類似于劉勰談"文心"，賦予"活法"以存在的合理性、必要性，所論頗有見地。又如論詩可以養性情："僕初性氣粗急，與人論説，或僻執己見，不諧於衆；後讀《韋蘇州詩集》終編，繹其佳句……皆吾詩趣，積習頓捐，新機莫遇。殆劉舍人所謂'温柔在誦，最附深衷'者矣。"由此得出結論："詩之道，可以養性情，化氣質，其信然歟！"② 從以上引文，可知《南野堂筆記》雖以"筆記"命名，但却以談論詩法詩旨爲主，實則不僅"體兼詩話"，應爲"體同詩話"了。又如清代李黼平撰《讀杜韓筆記》即是一部讀杜甫韓愈詩文，隨筆記録的筆記，其跋曰：

---

① （清）吳文溥撰：《南野堂筆記》，清刻本，上海圖書館藏。
② 同上。

"獨超衆説，通其神旨。非惟學絶，抑亦識精也。其推闡詩法，窮其源委，盡其甘苦。"①

詩話"體兼説部"的評價較早見於《四庫全書總目》詩文評總序："劉攽《中山詩話》、歐陽修《六一詩話》，又體兼説部。"可知詩話"體兼説部"由來已久。《總目》卷一百九十六《漁洋詩話》提要曰："又名爲詩話，實兼説部之體，如記其兄士祜論焦竑字，徐潮論蟹價，汪琬跋其兄弟尺牘，冶源馮氏別業，天竺二僧訴諆，劉體仁倩人代畫諸事，皆與詩渺不相關。雖宋人詩話往往如是，終爲曼衍旁支，有乖體例。"②指出了宋人詩話往往"體兼説部"，此乃宋代詩話的一種特性，借鑒了説部的叙事特點。

清人意識到詩話有其自身的文體規範，應專以論詩爲主，但實際創作中却難以嚴格遵循。如清人屠紳《鶚亭詩話》，全書共三十六則，每則下署友人姓字；署作者之名者僅有四則，都是叙述其於乾隆四十八年任師宗知縣時，友人在其官署中鶚亭宴飲歡樂之情形。汪泉《鶚亭詩話題詞》中説："皆寓言儲説之流，而名以詩話，殆不可解。"金武祥序也説："余觀《詩話》共三十六條，不盡論詩，每條各署姓名，而用筆之詼譎庸峭，與《瑣蛄雜記》相似，疑刺史一手所爲也。書雖小品終勝於小説家言。"③各條標目分別爲："鶚論""小户逃""盤鬼僕""映山紅""槐影""當局迷""小馮君""捧心吟""結習""乞毀碑""聲色臭味""手柔""倉神傳""蟲圭""鞠先生誠子文""説雲""平黿紀略""凝香亭""參軍鬼話""鴿""銛公子""陌辨""江僑""十日想""金銀花氣""稗賦""柳溪""盜有道""巴布馬先生""貪羊""燒香詞""魚腸美""無言""二岩""鬼雄""雙鶴堂"，從標目就可見其内容與作詩無直接關係。雖以"詩話"命名，但不是論詩之語，所

① （清）李黼平著：《讀杜韓筆記》，民國三十三年鉛印本。
② （清）永瑢等撰：《四庫全書總目》，北京：中華書局1965年版，第1779、1793頁。
③ （清）屠紳撰：《鶚亭詩話》，光緒江陰金氏粟香室刊本。

記内容多爲寓言儲説之類，與《瑣蛣雜記》相似，屬小説家言。

三、小説“詩話化”與詩話“小説化”

筆記體小説“體兼詩話”和詩話“體兼説部”最後就會發展成爲小説“詩話化”和詩話“小説化”的結局。二者之間的關係糾葛表現爲兩種：其一，詩話從小説中輯出；其二，小説中雜有詩話。

詩話從小説中輯出也有兩種情況：一是分類輯出，如阮閲《詩話總龜》分聖制、忠義、諷諭、達理、博識、幼敏、志氣、知遇、狂放、詩進、稱賞、自薦、投獻、評論、雅什、警句、留題、紀實、詠物、宴遊、寓情、感事、寄贈、書事、故事等等。胡仔《苕溪漁隱叢話》分國風、漢魏六朝、五柳先生、李謫仙、杜少陵、駱賓王、王摩詰、韋蘇州、孟浩然、韓吏部、柳柳州、香山居士等等。館臣在《苕溪漁隱叢話》提要中説：“其書繼阮閲《詩話總龜》而作。……二書相輔而行，北宋以前之詩話大抵略備矣。然閲書多録雜事，頗近小説。此則論文考義者居多，去取較爲謹嚴。閲書分類編輯，多立門目。此則惟以作者時代爲先後，能成家者列其名，瑣聞軼句則或附録之，或類聚之，體例亦較爲明晰。閲書惟采摭舊文，無所考正。此則多附辨證之語，尤足以資參訂。故閲書不甚見重於世，而此書則諸家援據，多所取資焉。”[1] 旁采博取，從小説中搜羅材料是這兩書的一大特色，如《苕溪漁隱叢話》所引有《東觀餘論》《雪浪齋日記》《藝苑雌黃》《文昌雜録》《緗素雜記》等。其中引《夷堅志》材料頗多，統計如下：[2]

---

① （清）永瑢等撰：《四庫全書總目》，北京：中華書局 1965 年版，第 1787 頁。
② 此表見殷海衛：《胡仔〈苕溪漁隱叢話〉成書考論》，《濟南大學學報（社會科學版）》，2009 年第 1 期。

前集	後集	夷堅甲志
卷十八（卷末）		甲志卷二（第 13 頁）
卷三十三		甲志卷二（第 18 頁）
卷四十		甲志卷二（第 13 頁）
卷四十六（卷末）		甲志卷十（第 87 頁）
卷五十三		甲志卷十二（第 104 頁）
	卷三十八	甲志卷七（第 57 頁）
卷五十八（卷末）		甲志卷十七（第 150 頁）
卷五十九		甲志卷四（第 33 頁）
卷六十（卷末）		甲志卷六（第 51 頁）

　　二是輯成單部專著，如《玉壺詩話》就是從宋釋文瑩《玉壺野史》中摘錄論詩之語而成。館臣在《玉壺詩話》提要中云："考《宋史·藝文志》，載《玉壺清話》十卷，今其書猶存，已著於錄。或題曰《玉壺野史》，無所謂《玉壺詩話》者。此本爲《學海類編》所載，僅寥寥數頁。以《玉壺清話》校之，蓋書賈摘錄其有涉於詩者，裒爲一卷，詭立此名。曹溶不及辨也。"《容齋詩話》提要亦謂："今核其文，蓋於邁《容齋五筆》之內各掇其論詩之語，裒爲一編。猶於《玉壺清話》之中別鈔爲《玉壺詩話》耳。"①

　　由此可知，清人從理論上試圖區分小說與詩話，認爲它們是兩種不同的文體，理應有各自穩定的文體規範，故把詩話單列入詩文評類。同時，清人又無法將這二者截然分開，在具體的創作實踐中常常會出現借鑒吸收。詩話和小說甚至有時會交換互稱，在清人的觀念裏，小說與詩話或爲一體，故可以小說名詩話，亦可以詩話名小說。這種混雜的背後表明了二者之間有不可分割的親緣關係。

___

① （清）永瑢等撰：《四庫全書總目》，北京：中華書局 1965 年版，第 1797 頁。

四、小説與詩話在結構上的獨特性

“體兼詩話”的小説通常是瑣聞雜事類，這類筆記體小説以叙事和記人爲主，絶大部分都有時間、地點、人物、事件等諸要素；體制短小，言簡意賅，不作鋪墊；三言兩語交代時間、地點、人物之後，便進入故事的核心部分，事件叙述完後作扼要評價。且看幾則材料：

　　事皆前定，豈不信然。戊子春，余爲人題《蕃騎射獵圖》曰：“白草粘天野獸肥，彎弧艾爾馬如飛。何當快飲黄羊血，一上天山雪打圍。”是年八月，竟從軍於西域。又董文恪公嘗爲余作《秋林覓句圖》，余至烏魯木齊，城西有深林，老木參雲，彌亘數十里，前將軍伍公彌泰建一亭於中，題曰“秀野”，散步其間，宛然前畫之景。辛卯還京，因自題一絶句曰：“霜葉微黄石骨青，孤吟自怪太零丁。誰知早作西行讖，老木寒雲秀野亭。”（《閲微草堂筆記》“事皆前定”條）①

　　陳玉齊，字在之，邑諸生。少時，以“十里青山半在城”之句受知於錢牧翁。福藩南渡，起牧翁爲大宗伯。在之投詩，又有“千年王氣歸新主，十里青山憶謝公”之句，牧翁亦最賞之。相國蔣文肅公懷在之詩云“一生知遇托青山”，蓋謂此也。又在之和牧翁獄中詩，有“心驚洛下傳書犬，望斷函關放客雞”之句，亦爲牧翁所稱。（王應奎《柳南隨筆》）②

---

① （清）紀昀著：《閲微草堂筆記》，上海：上海古籍出版社1980年版，第14頁。
② （清）王應奎撰，以柔點校：《柳南隨筆　續筆》，上海：上海古籍出版社2012年版，第2頁。

　　新城王阮亭先生自重其詩，不輕爲人下筆。内大臣明珠之稱壽也，昆山徐司寇先期以金箋一幅請于先生，欲得一詩以侑觴。先生念曲筆以媚權貴，君子不爲，遂力辭之。先生歿後，門人私謚爲文介。即此一事推之，則所以易其名者，洵無愧云。（王應奎《柳南隨筆》）①

　　第一則材料是紀昀談論"事皆前定"，圍繞這一觀念作者舉了與詩相關的例子，目的還是要説明"事皆前定"。第二則講陳在之和錢牧翁的關係，引用詩句也只是想説明在之有詩才，牧翁贊賞之。第三則講清代詩人王士禎自重其詩的掌故。從以上幾則材料可以看出，筆記體小説常常以叙事和記人爲主，所引詩句也只是節取而非全録，乃圍繞事件和人物而展開，叙事和記人是結構的中心和主體，詩文只是引用而已。另，雷葆廉《詩窠筆記》的記載也是如此，以記事和記人爲主，所引詩文不過是爲記人記事服務。試舉一則：

　　　　吾家所居通波塘上，與菜花涇相近，故張詩舲侍郎見贈一絶云："可可青山檻外横，已凉天氣聽潮聲。花涇若論填詞手，尚有風流顧阿瑛。"末句指卿裳師也，此詩刊入侍郎所著《白舫集》中。②

　　"體兼説部"的詩話作爲一種文學批評方式，以"資閑談"作爲其撰述宗旨，與專門偏重體格的論詩之作不同，側重於記録與作詩有關的聞見之事。與小説叙事和記人的重心不同，詩話的重心是詩文。試舉《本事詩》"征咎第六"爲例：

---

　　① （清）王應奎撰，以柔點校：《柳南隨筆　續筆》，上海：上海古籍出版社 2012 年版，第 24 頁。
　　② （清）雷葆廉撰：《詩窠筆記》，清刻本，上海圖書館藏。

　　崔曙進士作《明堂火珠》詩試帖，曰："夜來雙月滿，曙後一星孤。"
當時以爲警句。及來年，曙卒，唯一女名星星。人始悟其自讖也。①

　　這一則也是談論詩讖的，也有事皆前定意思在内，但是具體表示方式和
行文結構與《閱微草堂筆記》中的"事皆前定"條有内在區別，詩話以"夜
來雙月滿，曙後一星孤"詩句爲話題展開，後來崔曙的遭遇讓人們聯想到詩
讖，崔曙事件是圍繞"夜來雙月滿，曙後一星孤"而引入的，是爲了説明有
詩讖的存在。而《閱微草堂筆記》中"事皆前定"，事件是預設好的談論中
心，作者反思自己被流放烏魯木齊是"事皆前定"，並舉《蕃騎射獵圖》"白
草粘天野獸肥，彎弧艾爾馬如飛。何當快飲黃羊血，一上天山雪打圍"詩句
來進一步證明"事皆前定"。
　　又王夫之《薑齋詩話》卷下第三十三條：

　　元美末年以子瞻自任，時人亦譽爲"長公再來"。子瞻詩文雖多滅
裂，而以元美擬之，則辱子瞻太甚。子瞻野狐禪也，元美則吹螺、搖
鈴，演《梁皇懺》一應付僧耳。"爲報鄰雞莫驚覺，更容殘夢到江南。"
元美竭盡生平，能作此兩句不？②

　　又王士禎《漁洋詩話》卷上第一條：

　　余兄弟讀書東堂，嘗雪夜置酒，酒半，約共和王、裴《輞川集》。
東亭士祜得句云："日落空山中，但聞發樵響。"兄弟皆爲閣筆。③

①（唐）孟棨著，李學穎標點：《本事詩》，上海：上海古籍出版社1991年版，第23頁。
②（清）王夫之撰，戴鴻森箋注：《薑齋詩話箋注》，北京：人民文學出版社1981年版，第119頁。
③（清）王士禎撰：《漁洋詩話》，《清詩話》，上海：上海古籍出版社1978年版，第165頁。

從以上幾則材料可以看出，詩話也有人物也有事件，但重心是圍繞詩展開的，人物和事件都是爲了説詩；詩話的題材内容較筆記體小説要集中，詩作爲一個結構要素，是不可或缺的，詩話的故事安排往往都是圍繞著詩而進行。

第二節　筆記體小説與語録

除了與詩話在形式體制和題材内容上有諸多相似之處外，筆記體小説與語録也有許多文體上的相似之處，語録也是其兼備衆體中的一體。

"語録"源於《論語》，但以"語録"爲書名較早出現在劉知幾《史通·雜述》篇"瑣言類"中，是與《世説新語》《語林》《談藪》並稱的孔思尚的《語録》。《舊唐書·經籍志》雜史類著録孔思尚《宋齊語録》十卷，似與《史通·雜述》篇"瑣言類"所舉《語録》爲同一部書，是以"語録"名書之最早者。《新唐書》也題作十卷，作者與劉知幾所題相同，此後再無記載，估計亡於宋後。但在唐宋《初學記》《藝文類聚》《太平御覽》等類書中還能見少量佚文，"其内容以記人記事爲主，與《宋拾遺》相同；又兼收關涉神怪靈異者"。[①]宋人所講的"語録"有兩種含義：一是記載使臣出使之言行見聞，一是記載禪師言論或理學家講學之言論。考宋制，凡奉使、伴使出使某地回來之後皆應向朝廷進呈語録，自北宋起較有影響的兩部出使語録是富弼的《富鄭公使北語録》和倪思的《重明節館伴語録》。富弼於仁宗朝曾三次使遼，其中慶曆二年（1042）的使遼語録曾廣爲流傳，洪邁在《容齋隨筆》卷二中曾指出其"語録傳于四方"，蘇軾也曾與人談起自己少年時與家人同讀《使北語録》的經歷。《重明節館伴語録》是紹熙二年（1191）金遣完顏兖來賀重明節時，倪思爲館伴紀録下的問答之詞和饋贈之禮。理學家講

---

① 王枝忠著：《漢魏六朝小説史》，杭州：浙江古籍出版社1997年版，第202頁。

學的内容也常以"語録"名之，如楊時《龜山先生語録》、謝良佐的《上蔡先生語録》等。趙希弁《郡齋讀書志·附志》還專門設有"語録"一類，收理學家講學議論之語；專設"語録"一類，説明宋代的"語録"作品數量很多，已成蔚爲大觀之勢；同時也表明"語録"的發展已成氣候，足以引起人們的重視。

筆記在命名上采取類似"語録"的方式命名是一個很顯眼的特點。《四庫全書總目》中僅著録宋代以"録"命名的筆記就不少：其中有"談録"，如王欽臣《王氏談録》、張洎《賈氏談録》；有"筆録"，如楊彦齡《楊公筆録》、王曾《王文正筆録》；有"漫録"，如張邦基《墨莊漫録》、曾慥《高齋漫録》；有"聞見録"，如邵伯温《邵氏聞見録》、葉紹翁《四朝聞見録》；有"野録"，如釋曉瑩《羅湖野録》；還有直接以"語録"命名的筆記，如馬永卿《元城語録》。清代以"録"命名的筆記也有很多，如顧炎武《日知録》、魏裔介《約言録》、圖理琛的《異域録》、梁恭辰《北東園筆録》、王端履《重論文齋筆録》、蔣鳴玉《政餘筆録》、吳熊光《伊江筆録》、項維貞《燕臺筆録》、吳德旋《初月樓聞見録》、余國楨《見聞記憶録》、樗園退叟《盾鼻隨聞録》、徐家幹《苗疆見聞録》、唐贊袞《台陽見聞録》、蘇融《惕齋見聞録》、采蘅子《蟲鳴漫録》、梁清遠《雕邱雜録》，還有直接以"語録"命名的胡統虞的《此菴語録》等等。

"筆記"除了命名方式上"類似語録"外，"語録"與"筆記"的相關之處主要還是形式體制。"語録"無需長篇大論地説理，只是片言隻語式的簡短論述，這種條目式的體制，更適合隨筆記録。

現存卷帙最多的語録是宋明以來理學家的講學之作，至清代，雖學風轉變，樸學盛行，但是記録講學之語的習慣和風氣依然延續，參雜在筆記之中。如孫承澤《藤陰劄記》，《四庫全書總目提要》評價："是編乃其講學之語，共一百餘條。大抵以程、朱爲宗，而深詆金谿姚江，亦頗涉及史事。"

胡統虞《此菴語録》,《總目提要》總結:"此書前二卷爲《成均語録》,乃官祭酒時與諸生講論者,附《原性》《或問》《學規》三種。三卷至七卷爲《四書語録》,八卷爲《萬壽宮語録》,末二卷爲《此菴語録》,以別乎《成均》《萬壽宮》也。"魏裔介《約言録》,《總目提要》曰:"是編乃順治甲午冬裔介在告時所筆記。內篇多講學,外篇則兼及雜論。"程大純《筆記》,《總目提要》曰:"是書皆講學之語。其謂陸、王之學雖矯枉過正,然用以救口耳之學,不爲無功。所見頗爲平允。"[1] 這些都是包含有講學之語的筆記。我們舉程大純《筆記》爲例:

人懷念將起時,只覺得可耻便有轉機。

人不能無差錯念頭,只要扯得轉來。

愛子弟不教之守本分、識道理,田産千萬,適足以助其淫邪之具。即讀書萬卷,下筆滔滔,亦不過假以欺飾之資,有識者所當深省。

每見有才氣人説到他人是者,猶多不滿,説到自己短處,猶有所長,以此見自反之難。

人要爲人,當思異於禽獸者何處?

人一心先無主宰,如何整理得一身正當。[2]

---

① (清)永瑢等撰:《四庫全書總目》,北京:中華書局 1965 年版,第 821、823、831 頁。
② (清)程大純撰:《筆記》,《四庫全書存目叢書》子部第 28 册,濟南:齊魯書社 1995 年版,第 347、354、361—362、386、389、389 頁。

再舉宣統年間舒紹基《養初子筆記》。序云："耳有所聞，目有所見，因之心有所思，拉雜筆之。"其中類同語録的"人才論"頗有意味，現録幾則如下：

> 議事之才或不能辦事。

> 訥于言者或敏於行。

> 有用人之才有爲人用之才。
> 善用人者，不但用人之廉，並可用人之貪，不但用人之忠，並可用人之詐⋯⋯唯此等用人大半出於倉促非常之時，不可奉爲常經耳。

> 大賢少，大奸亦不多，所當常常留意者唯中材耳，不唯善用之，抑須善教之。

> 時文乃取才之一途，非謂天下之才必由此進也。然亦未有真才而爲時文所束者，奉之者太愚，絶之者太激，試思吾國定制舉人進士揀選截取，而後爲外官學習行走，而後辦部務明示，以文章政事本不相通，何嘗强爲時文之人，使之治天下乎？大都視各人之自立何如，視人之用之何如耳。[①]

宋代使臣出使歸來需向朝廷進呈語録的傳統至清末也未曾改易，且隨著出使者越來越多，出使地域越來越遠，此類筆記的内容也愈現豐富。在清

---

① （清）舒紹基撰：《養初子筆記》，清宣統二年用聚珍版印於金陵。

代，較早的進呈語録有圖理琛撰《異域録》，這是康熙五十一年（1676）作者以原任内閣侍讀奉命出使土爾扈特，所記述的道里、山川、民風、物産以及應對禮儀，進呈皇帝御覽。這類著作還有張學禮《使琉球記》，《四庫全書總目提要》曰："是編乃康熙元年學禮以兵科副理事官與行人司行人王垓奉使册封琉球國王時所記。前叙請封遣使始末，及往來道路之險。後爲《中山紀略》，則載其土風也。"① 與此相類似的還有一類不是爲了進呈御覽，而是私人宦遊時所記的筆記，這類筆記與使臣語録有一定關係，但有更爲自由的創作空間。如椿園撰《西域聞見録》就有不少離奇色彩的傳聞，這些傳聞雖偏離了語録的"實録"原則，却增添了作品的趣味性和可讀性。

第三節　筆記體小説與其他文體

筆記體小説除了與詩話和語録類似之外，還和題跋、日記、小品、箋疏、遊記、志乘、傳記、年譜等也有密切關係。

一、題跋

題跋"興于唐而成于宋"，"以跋名篇始于宋"。② 歐陽修、蘇軾、黄庭堅、陸游等都創作了大量題跋，其題材廣泛，詩文、書畫、金石等不同藝術、不同文化領域都可涉及；體式上無常規格式，極爲自由靈活；兼具議論、説理、記事、抒情等手段；可讀性和趣味性强，文學性突出。試舉黄庭堅的《跋東坡字後》：

---

① （清）永瑢等撰：《四庫全書總目》，北京：中華書局 1965 年版，第 575 頁。
② 趙義山、李修生主編：《中國分體文學史·散文卷》，上海：上海古籍出版社 2001 年版，第 171 頁。

　　東坡居士極不惜書，然不可乞。有乞書者，正色詰責之，或終不與
一字。元祐中，鎖試禮部，每來見過，案上紙不擇精粗，書遍乃已。性喜
酒，然不能四五龠已爛醉。不辭謝而就臥，鼻鼾如雷。少焉蘇醒，落筆如
風雨，雖謔弄皆有義味，真神仙中人，此豈與今世翰墨之士爭衡哉！①

　　這篇跋文細膩地描述了東坡的仙風，不失爲一則極具可讀性、趣味性的
筆記體小説。

　　在筆記中，有"筆記"命名題跋和"筆記"中雜有題跋兩種情况。《四
庫全書總目提要》卷八十七《讀書蕞殘》曰："前一卷皆跋《漢魏叢書》，後
二卷皆跋《説郛》。別有刊本在《任菴五書》中。以前一卷自爲一書，題曰
《墨餘筆記》。後二卷則仍名《讀書蕞殘》。"②可知《墨餘筆記》是匯總《漢
魏叢書》題跋的一部著作，題跋類叢編用"筆記"命名，説明筆記可以是題
跋類雜著的總稱。卷一百二十二《六研齋筆記》提要："日華工於書畫，故
是編所記論書畫者十之八。詞旨清雋，其體皆類題跋。""大抵工於賞鑒，而
疏於考證。人各有能有不能，取其所長可矣。"③《天慵庵筆記》是清人方士庶
撰的雜記手稿，方士庶本爲清康乾時期著名畫家，能詩，工山水畫，受學於
黃鼎，張庚《國朝畫徵錄》評價他："用筆靈敏，氣韻駘宕，早有出藍之目，
誠爲近日僅見。"④其筆記體"皆類題跋"。兹舉數則：

　　山川草木，造化自然，此實境也。因心造境，以手運心，此虛景
也。虛而爲實，是在筆墨有無間，衡是非，定工拙矣。晉唐畫不多得，
因不常見。若五代宋人之畫，則不出縱横兩字。然縱横又豈易言哉！

① （宋）黃庭堅著：《黃庭堅全集》，北京：中華書局2021年版，第696—697頁。
② （清）永瑢等撰：《四庫全書總目》，北京：中華書局1965年版，第745頁。
③ 同上，第1055頁。
④ （清）張庚撰，祁晨越點校：《國朝畫徵錄》，杭州：浙江人民美術出版社2019年版，第153頁。

如用筆則有長短大小，斷橫頓挫等法。用墨則有乾净濃淡，魂魄骨肉等法。立局則有賓主反側，聚散交插等法。至於著色渲染，仍然補筆墨之不足，非特塗抹朱緑，爲染工伎倆也。惟其如此，故古人筆墨，具見山蒼樹秀，水活石潤。於天地之外，別構一種靈奇。或率意揮灑，亦皆煉金成液，棄滓存精，曲盡蹈虚攝影之妙。……雍正九年辛亥冬十月，天慵主人方士庶識。

杜工部《屏迹詩》，蘇公以字字皆其實録，即云此居士詩也。子美安能禁吾有哉？余此紙立局命意，悉規麓台，而山蒼樹秀，水活石潤之處，轉以合而益離。直離其自然之妙耳，慚愧慚愧。甲寅年五月十六日，小師道人草。

懷素圓而能轉，草書十四字卷，絹本。後有宋理宗暨宋元明名公記跋。

趙大年江南春卷。
趙大年平沙野鷺小景。

郭河陽寒林圖。

李伯時三高圖卷紙本。①

前兩則後有時間和作者落款，很顯然是兩篇完整的題跋，第三則雖没有落款，不確定是否原爲題跋，但從寫法上看，類似題跋。後四則只録其畫名

①　（清）方士庶著：《天慵庵筆記》，王雲五主編：《叢書集成初編》，上海：商務印書館1936年版，第1—2、2、5、6、7頁。

和卷本，類似書目。焦循作序評曰："小師道人雜記手稿，大抵皆題畫之作；或詩或跋，又有記所見前人畫卷；雜錯無次序，乃爲録一過，稍加厘葺，爲二卷，附祭文兩首於末。"[①]如上所舉第一則"因心造境，以手運心"、"於天地之外，別構一種靈奇"的畫論，被後世畫家奉爲圭臬。

二、小品

"小品"原爲佛教術語，佛經指七卷本的《小品般若婆羅蜜經》，與二十四卷本的《摩訶般若波羅蜜經》相對。《世説新語·文學》："殷中軍讀《小品》，下二百籤，皆是精微，世之幽滯，欲與支道林辯之。"劉孝標注："釋氏《辨空經》有詳者焉，有略者焉，詳者爲《大品》，略者爲《小品》。"東晉名僧支道林《大小品對比要鈔序》謂："文約謂之小，文殷謂之大。"可知"小品"原指佛經的節略本，形式短小、文句簡短。也指散文的一種形式，篇幅較短，多以深入淺出的手法，夾叙夾議地説明一些道理，或生動活潑地記述事實，抒發情懷。"筆記"與"小品"外在形態的相似是顯而易見的，故有時小品與筆記説互稱，如明代朱國楨撰的《涌幢小品》，是明代雜記見聞，間有考證的筆記體小説，初名曰《希洪小品》，意爲仿《容齋隨筆》而作，後改今名。明人黄奂撰的《黄元龍小品》分醒言、偶載各一卷。醒言是讀書時隨筆劄記之文，偶載記鬼神怪異之事，很顯然這是兩部以"小品"命名的明代筆記體小説。

搜《四庫全書總目提要》和清人筆記序跋，發現清人對小説與小品的關係有以下幾種認識：

小説"小"之意與小品"小"之意相對應，形式短小但背後承載著寓

① （清）方士庶著：《天慵庵筆記》，王雲五主編：《叢書集成初編》，上海：商務印書館1936年版，第1頁。

風雅、示勸懲、闡幽隱等社會功能。嘉慶年間，蔣熊昌在《守一齋客窗筆記叙》中説："蓋説部雖小品，然未嘗不可寓風雅、示勸懲、闡幽隱，方不浪費筆墨，妄災梨棗，然知此者鮮矣。金子玠堂薄游山左，旅邸無聊，因記録舊聞，爲《客窗偶筆》一編，授余閲之，事多徵實，藻不妄攄，摭拾不拘一端，大旨以有裨世道人心爲主，即搜羅一、二奇僻，亦不流於荒誕，若猥褻鄙俗則無纖豪涉其筆端，雖見聞未廣，篇帙無多，亦庶幾擇言尤雅者。"①叙中"説部"當然指的是筆記小説。

小品是筆記體小説之流別。《四庫全書總目提要》在周密《澄懷録》提要中説："是書採唐宋諸人所紀登涉之勝與曠達之語，匯爲一編，皆節載原文，而注書名其下，亦《世説新語》之流別，而稍變其體例者也。明人喜摘録清談，目爲小品，濫觴所自，蓋在此書矣。"②館臣把像《澄懷録》這種采唐、宋諸人登涉遊覽之勝和曠達之語的作品，視爲變《世説新語》體例的小品，是小品的濫觴之作，後世小品之作主要繼承了魏晉筆記體小説的士人清談、曠達之氣，從而形成小品内在的精神氣質。"小品"内涵指稱至少有二：一爲記遊覽之勝；一爲記曠達之語。如董其昌撰《畫禪室隨筆》，提要曰："是編第一卷論書，第二卷論畫……第三卷分記遊、記事、評詩、評文四子部。……四卷亦分子部四，一曰雜言上，一曰雜言下，皆小品閑文，然多可採，一曰楚中隨筆，其册封楚王時所作，一曰禪悦大旨，乃以李贄爲宗。"③雜言之類辯説性言論和不儒不釋的清言都是隨筆小品。清人王晫撰《丹麓雜著十種》中的《松溪子》，館臣給其下的斷語是"皆筆記小品"，其中也多爲清談内容的道理。兹舉幾則爲例：

---

① （清）金捧閭撰：《守一齋客窗筆記》，《粟香室叢書》，清光緒十六年刻本，華東師範大學圖書館藏。

② （清）永瑢等撰：《四庫全書總目》，北京：中華書局 1965 年版，第 3352 頁。

③ 同上，第 1055 頁。

文章者，人之枝葉也。道德者，人之根本也。必根本立而枝葉繁焉。中鮮道德，外飾文章，雖有枝葉，其本立亡。

美人少子，艷花無實。英華極於外者，精氣自損於中，所以智勇必貴深沉，道德尤宜藏斂。夫天道不翕則不能闢況人乎。①

"小品"源於筆記，形成了既類似筆記又有獨立品格的審美特性。康熙年間，余中恬《恭跋先府君見聞記憶録後》曰："迄今與讀諸紀，考核詳晰，詞氣敦古，序事中兼以感慨，方之《柳州小品》、東坡《志林》，何多讓焉。"② 以"考核詳晰""詞氣敦古"概言小品之特色。又孔尚任《在園雜志序》："讀《在園雜志》，或紀官制、或載人物、或訓雅釋疑、或考古博物，即《夷堅》《諾皋》幻誕詼諧之事，莫不遊衍筆端。核而典，暢而韻，有似宋人蘇、黄小品，蓋晉唐之後又一機軸也。"③ 以"核而典""暢而韻"評價筆記小品，認爲這類典核、韻暢的筆記是承襲晉唐清談筆記之後的又一重要轉關。

三、箋疏與年譜

筆記體與箋疏體亦相近，如徐文靖撰《管城碩記》。《四庫全書總目提要》評價曰："此其筆記也，自經史以至詩文辨析考證。每條以所引原書爲綱，而各繫以論辨，略似《學林就正》之體，而考訂加詳，大致與箋疏相

---

① （清）王晫撰：《松溪子》，《四庫全書存目叢書》子部第165册，濟南：齊魯書社1995年版，第404、406頁。
② （清）余國楨撰：《見聞記憶録》，《四庫全書存目叢書》子部第113册，濟南：齊魯書社1995年版，第585頁。
③ （清）劉廷璣撰：《在園雜志》，北京：中華書局2005年版，第1頁。

近。"① 這段提要包含有三層含義：首先，筆記歸屬説部，具有説部的功能和特徵；其次，筆記的内容相當豐富，從經史到詩文皆可作爲辨析考證的對象；再次，筆記的體例通常是一事一記的條目，而此書以原書爲綱，己按爲目，其體式類似箋疏。且舉兩則觀之：

> 按《竹書》：帝舜三十三年春正月，夏後受命于神宗，三十五年，帝命夏後征有苗，有苗氏來朝。即是事也。神宗，《傳》以爲堯廟，《尚書帝命驗》曰："帝者立五府，黄曰神升。"蓋神宗也，如明堂之太室也。（卷三《書》）

> 太白詩："昔作芙蓉花，今爲斷腸草。"《冷齋夜話》云："陶弘景《仙方》注：'斷腸草不可食，其花名芙蓉花。'乃知詩人無一字閑話。"
>
> 按《述異記》："今秦趙間有相思草，狀如石竹，而節節相續。一名斷腸草，又名愁婦草。"白所謂當即是耳，若只一物，豈可以今昔言之？（卷二十五《詩賦》）②

從以上所引可見，《管城碩記》是作者多年的讀書筆記，以考訂經典，駁難傳統注疏，旁及子史雜説，内容豐富，立論有據，但體例特殊，小變説部之體而類似"箋疏"。

筆記與年譜也頗多關係。搜檢清人筆記體小説，發現有直接以"筆記"命名年譜的現象，如姚廷遴撰《上浦經歷筆記》和瑶岡編《雲卧府君筆記》。《上浦經歷筆記》分上、下兩部，續記一卷，拾遺一卷。康熙二十六年作《上浦經歷筆記自述》，云："余先系浙之慈溪籍也，自十世祖名顯者，始

---

① （清）永瑢等撰：《四庫全書總目》，北京：中華書局 1965 年版，第 1031 頁。
② （清）徐文靖撰：《管城碩記》，《四庫全書》第 861 册，第 40、359 頁。

遷徙上海。……我先人諱崇明，字信甫，痛在青年謝世。娶母金氏，育生不肖。廷遴字純如，當在生荒離亂、時運不濟、命途多舛，涉歷風波，思之能無感慨？所經歷及身而聞見者，故委之筆墨以記其右。"東浦竹溪樵民爲其寫識語曰："《經歷筆記》一書，是純如先輩生長勝國時目經世事，而及國朝聖治太平景象，譚歷其身之經遇、目睹情形之事，而筆之於書，並家常瑣屑一一記之。"① 作者生於明清之際，曾作縣吏，老爲鄉農，以編年爲序，記政治興廢、官吏貪酷、年歲豐歉、物價盈虚、民生榮萃、風俗沿革等較詳備，可補正史、志書之闕，爲後世研究者提供了重要的政治、經濟、民俗等方面的史料。瑶岡編《雲卧府君筆記》起於康熙甲寅（1674）冬，作者出生，終於乾隆己未（1739），作者六十七歲。自序曰：

　　余生逢盛世，命運不濟……念余生平居家涉世，直道事人，任勞任怨，不避艱險，但以事之是非爲準繩，不狥人之喜惡爲阿附，遂致坦率之懷，往往不能見量於一切。今爲此一編，置之案頭，當閑居静坐時，偶一憶及往事或有關係於人，言以及理當使聞於子孫者，不拘詮次，即爲記其大畧，庶後之人得悉事之始末，猶能爲余述其未白之隱衷。至若觸目驚心，偶有一得之見，所以砥行礪節，信手書之以詒兒曹，又未嘗無小補於趨庭，未逮之訓誡云爾。書此既畢，頭緒紛紜，無從先後，追思年齒，而以次第録之，非敢自謂年譜也。瑶岡又識。②

這是作者閑居時偶憶生平往事、與人交往之經歷而記之，目的是想告知後世子孫自身遭遇的真實情況，並爲訓誡。初不拘詮次，頭緒紛紜，後按

---

① （清）姚廷遴撰：《上浦經歷筆記》，《北京圖書館藏珍本年譜叢刊》第 79 册，北京：北京圖書館出版社 1999 年版，第 101—102、269—270 頁。
② （清）瑶岡編：《雲卧府君筆記》，《北京圖書館藏珍本年譜叢刊》第 91 册，北京：北京圖書館出版社 1999 年版，第 259—263 頁。

照編年體裁，追思年齒，次第録之，但自謙不敢謂年譜。不難看出，在清人的觀念中年譜有較爲嚴格的文體規範，記叙謹嚴，著重記録與作者生平有關的重大事迹。細讀這兩部以"筆記"命名的年譜，均以年繫之，以編年體裁記載個人生平事迹，但所記内容較爲散漫，尤其是《上浦經歷筆記》，大多是關涉家國大事、時運政治的重大主題，超出了年譜以個人爲書寫主體的範圍。

綜上，在中國古代文學史上，辨體和破體一直伴隨始終此消彼長。前者認爲各種文體應該有自己獨特的文體規範和審美特性，後者則認爲應該打破各體之間的界限，各種文體應該互相取長補短，相互融合。筆記體小説就是在與詩話、語録、題跋、箋疏、遊記、年譜、志乘、傳記等各種文體的相互借鑒，取長補短的過程中不斷發展的文體。"兼備衆體"的包容性就是在不斷變體、破體的過程中形成的。正如四庫館臣一方面意識到各種文體的差别，將詩話列詩文評類，日記、題跋、年譜入文集中；另一方面又在筆記體小説的文本評價中，能夠指出其"兼備衆體"的特性，看到其"越界"的事實，並客觀公允地指出其"體兼詩話""類似語録""皆類題跋""體類説部"等特性，這實際上是肯定了文體之間的跨越和互相滲透的可能性。事實上，筆記體小説這種"越界"的行爲，即"兼備衆體"的體性特徵，是由自身的著述方式決定的。筆記體小説"執筆記録"的生成過程，使其具有相當的靈活性、隨意性，同時也造成它本身的綜合性、複雜性和包容性，既有詩話的含蓄雅致之美，又有語録的説理雄辯之美，還兼具日記、年譜的實録精神和類似題跋、小品的凝練清談之美。與詩文創作相比，筆記體小説雖然屬於閑暇之餘的消遣，但它具有强大的生命力。可以説，筆記體小説因其强大的包容性而得天獨厚、長盛不衰，至清代而走向繁榮。

第五章
清人對小說與正史、古文關係的認識

　　小說"志怪"與正史"書異"不僅在内容上存在一定重疊交集，而且部分内容在書寫類型和叙事旨趣上高度相似，明代俞文龍《史異編》、清代傅燮詞《史異纂》專門彙集歷代"正史"中的災祥、怪異之事，從一個側面反映了人們對小說與正史關係的認識。同時，文人别集記載奇人異事而具有"小説氣"的傳體文，也被同時認作"小説"，實際上處於"小説"與"傳記文"的交叉地帶，可看作兩者文類互動、相互影響渗透的産物；清人對古文傳記"小説氣"之辨析，反映了清人對小説與古文關係的認識，對此類問題的探討也是文體研究的題中應有之義。

第一節　小説"志怪"與正史"書異"

　　俞文龍《史異編》和傅燮詞《史異纂》專門彙集歷代"正史"中的災祥、怪異之事，"是書雜纂災祥、怪異之事，自上古至元，悉據正史采入，凡外傳雜説皆不録"，"其書以諸史所載災祥神怪彙爲一编"。[①] 以兩書的類編形式和取材内容爲例，可較全面地反映"正史"書寫怪異存在狀况和類型。同時，兩書性質相同，却被《四庫全書總目》分别著録於"小説家"和"史

---

① （清）永瑢等撰：《四庫全書總目》，北京：中華書局 1965 年版，第 1232、582 頁。

鈔”，也從一個側面反映了“正史”書寫怪異與志怪小説之混雜。借助此書，既可考察“正史”書寫怪異，也可探討“正史”書寫怪異與“小説”志怪之關係。然而，遺憾的是，迄今爲止未見論著對兩部書有較詳細介紹，更遑論深入研究。本章將通過分析《史異纂》《史異編》文本，探討“正史”書寫怪異的文本內容是如何分布、以何種形態存在，“正史”書寫怪異與明清“異物”“博物”類志怪小説存在哪些相通之處等。這從一個側面反映了時人對“小説”與“正史”關係的認識。

一、《史異纂》《史異編》分類綱目及溯源

《史異纂》《史異編》鈔撮彙集歷代正史的災祥、怪異之事，以類編形式分門別類編纂而成。《史異纂》之《凡例》稱：“此書有綱有目，如天是綱，而日、月、星、雲之類是目。地是綱，而山、石、泉、水之類是目。”①其綱目分類頗爲瑣細，“分天異、地異、祥異、人異、事異、術異、譯異、鬼異、物異、雜異十門”。②其中，天異部：天、日、月、星（附隕石）、風、雨、霧、雹、雪、霜（附木冰）、雷（附聲）、雲、氣（附光）、虹。地異部：地、山、石、水、冰。祥異部：帝王之祥（附諸侯）、聖賢之祥、后妃之祥（附夫人）、名臣之祥、僭竊之祥。人異部：長人、一産四人（附産多者）、奇相、女人生須（附闍）、生産怪異、人生角、生産異物、暴長（附生而發白）、男女互化、人化他物、人死復生、孕嗁、生育（附男子生育）、不應言而言、異病（附人化石）、狂迷。事異部：聖迹、靈應（附神感）、仙蹤、靈驗、淵博、知音、聰敏、正直、勇力、政治、孝感、誠格、先兆、英

---

① （清）傅燮詷輯：《史異纂》，《四庫全書存目叢書》子部249，濟南：齊魯書社1995年版，第624頁。

② （清）永瑢等撰：《四庫全書總目》，北京：中華書局1965年版，第1915頁。

靈。術異部：釋、仙、幻、役鬼、厭勝、卜（附占地）、醫、妖術。譯異部：譯之天、譯之地、譯之祥、譯之人、譯之鬼、譯之術、譯之物、譯之事。鬼異部：鬼總、神降、長鬼、文鬼、鬼求人、鬼訴冤、鬼報恩、鬼救人、鬼助戰、鬼避正人、鬼卜地（附卜宅）、豫稱貴人、鬼責人、厲鬼、惡鬼、鬼哭、餘鬼。物異部：龍、海獸、龜（附熊羆蟹）、蝦蟆、魚、蛇、鳳（附神雀）、大鳥、鶴（附一足鳥）、雉、烏、鵲、鷄（附石鷄）、燕、雀、鶪、鳶、鸚、衆鳥、妖鳥、鳥集、鵠、鷹、鴛鴦、鶚、鵝、麟、騶虞、虎、馬、牛、羊、犬、豕、鹿（附有角獸）、狐狸、貓、奇獸（附獬豸、角端）、兔、鼠、鼉、蟻、蝗、螻（附蟆）、蠅、蟲、肉、卵、木、果、竹、芝、草（附米）、花、像、舍利、珠、珪（附玉器）、璽（附印）、玉鼎、金（附銀）、鼎、鐘、錢、鏡、銅印、銅馬、鐵、門牡、屬、筆。雜異部：火災（附火光）、氣色（與天部氣別）、聲響（與天部聲別）、血、妖徵、訛言、死喪、丘墓、妖眚、餘雜。

《史異纂》類編形式和類目名稱主要源於古代類書以及“正史”中的“天文志”“五行志”等。例如，《史異纂》之“天異部”源於《太平御覽》之“天部”（日、日蝕、暈、月、月蝕，星、瑞星、妖星，雲、霄、漢、霞、虹霓、氣、霧、霾、曀，風、相風、雨、祈雨、雪、雷、霹靂、電、霜、雹）以及“正史”《天文志》（日食、日變、日煇氣，月食、月變，七曜、景星、彗孛、客星、流星、妖星、星變，雲氣）、《五行志》（常風、常雨、雷電、霜、雹、霧、木冰）；“地異部”源於《太平御覽》之“地部”（地、土、石、丘、陵，水、水災、海、江、河）以及“正史”《五行志》（地震、地陷，山崩、山鳴，大水、水變色）；“祥異部”源於《太平御覽》之“皇王部”、“皇親部”（后妃）、“職官部”；“人異部”源於《太平御覽》之“人事部”（孕、產、頭）、“妖異部”（變化、重生）及“正史”《五行志》（人化、死復生、人痾）；“事異部”源於《太平御覽》之“人事部”（叙聖、聰敏、正直、孝感、勇）；"術異部"源於《太平御覽》之"釋部"、"道部"（天仙、地仙）、"方術部"（幻、醫、卜、筮、占、巫）；"鬼異部"源於《太平御覽》之"神鬼部"、"妖異部"；"物異部"源於《太平御覽》之"鱗介部"（龍、蛇、龜、鱉、黿、鼉）、"羽族部"（衆鳥、異鳥、鳳、鶴、雉、烏、鵲、鷄、燕、鳶、鵠、鷹、鵝、鴛鴦）、"獸部"（麒麟、騶虞、虎、馬、牛、羊、狗、豕、鹿、狐、貓、獼、豸、犀、兒、像、兔、鼠）、"蟲豸部"（蟻、蝗、螻蛄、蚯蚓、蠅）、"木部"、"竹部"以及"正史"《五行志》（龍蛇之孽、羽蟲之孽、毛蟲之孽、魚孽、馬禍、牛禍、羊禍、鷄禍、犬禍、豕禍、蟲妖、草妖、蝗、螟）；"雜異部"源於《太平御覽》之"火部"（火）、"咎徵部"（氣、雨血）、"禮儀部"（葬送、冢墓）以及"正史"《五行志》（詩妖、訛言、謡）。《太平御覽》分五十五部，五千三百六十三類，包羅萬象，其部類劃分實際上代表了《藝文類聚》《初學記》等一批百科全書式的古代類書，故本書以之爲例説明《史異纂》類編形式和類目名稱與古代類書之關係。

《史異編》之《自序》稱："兹不自揣，復采異徵一帙，録其尤者，分門別匯。"[1]其類目劃分較爲粗略，包括：日月、星纏、雲氣虹蜺、風雨雷雹電雪、鼓震（鼓凡有聲者是，震凡動徙者是）、五行五事五色祥眚、旱荒、人咎、服飾、六畜（馬牛羊鷄犬豕之屬）、草木（凡花果皆是）、鱗介（魚龍龜蛇之屬）、羽蟲（鳳鶴鴉雀之屬）、毛蟲（虎狐貓鼠之屬）、臝蟲（蝗螟之屬）、謡讖（凡語狂皆是）、雜説。顯然，這些類目應主要源於"正史"《五行志》以及《天文志》。

《藝文類聚》《初學記》《太平御覽》等百科全書式類書全面展示了古人對整個自然世界和人類社會的認知體系，"六合之内，巨細畢舉"，"異"與"常"相對而言，《史異纂》自然也會首選參考其部類間架，"凡事物之迥異

---

[1] （明）俞文龍輯：《史異編》，《四庫全書存目叢書》史部 151，濟南：齊魯書社 1996 年版，第 233 頁。

於尋常者，爲之州次部居"。①同時，《五行志》《天文志》作爲"正史"集中載録怪異之事者，其類目也會成爲《史異纂》《史異編》借鑒對象。

當然，《史異纂》分類綱目也應受到了古代文言小説總集或選本類目的影響。部分古代文言小説總集或選本以類書形式從衆多作品中選録而成，分門別類以類相從進行編排，以《太平廣記》等爲代表。《太平廣記》作爲類書性小説總集，與《太平御覽》同時編纂，全書按題材内容分爲九十二大類，又分一百五十餘細目，卷一至卷一百六十三爲神仙、女仙、道術、方士、異人、異僧、釋證、報應、徵應、定數、感應、讖應，卷一百六十四至卷二百七十五爲名賢（諷諫附）、廉檢（吝嗇附）、氣義、知人、精察、俊辯、幼敏、器量、貢舉、銓選、職官、權幸、將帥（雜譎智附）、驍勇、豪俠、博物、文章、才名（好尚附）、儒行（憐才、高逸附）、樂、書、畫、算術、卜筮、醫、相、伎巧（絶藝附）、博戲、器玩、酒（酒量、嗜酒附）、食（能食、菲食附）、交友、奢侈、詭詐、諂佞、謬誤（遺忘附）、治生（貪附）、褊急、恢諧、嘲誚、嗤鄙、無賴、輕薄、酷暴、婦人、情感、童僕奴婢，卷二百七十六至卷三百九十二爲夢、巫厭咒、幻術、妖妄、神、鬼、夜叉、神魂、妖怪（人妖附）、精怪、靈異、再生、悟前生、冢墓、銘記，卷三百九十三起至卷四百七十九爲雷、雨（風虹附）、山（溪附）、石（坡沙附）、水（井附）、寶（金、水銀、玉、錢、奇物附）、草木（文理木附）、龍、虎、畜獸、狐、蛇、禽鳥、水族、昆蟲，卷四百八十至卷五百爲蠻夷、雜傳記、雜録。顯然，其中有許多類目與《藝文類聚》《初學記》《太平御覽》等百科全書式類書以及"正史"《五行志》相同，但同時也借鑒《世説新語》《搜神記》《博物志》等文言小説的内部類目。宋以降，古代文言小説類書性總集或選本分門別類，深受《太平廣記》影響，例如，陶穀《清異

①（清）徐釚：《史異纂序》，（清）傅燮詷輯：《史異纂》，《四庫全書存目叢書》子部 249，濟南：齊魯書社 1995 年版，第 619 頁。

録》分爲三十七門，如天文、地理、君道、官志、人事、女行、君子、釋族、仙宗、草木、百花、百果、禽名、獸名、百蟲、魚、居室、衣服、妝飾、器具、喪葬、鬼、神、妖等。顯然，《史異纂》分類綱目與《太平廣記》也存在一定相通之處。通過對比《史異纂》《史異編》之綱目和相關類書、文言小説總集、"正史"《天文志》《五行志》分類細目，可見三者的類目設置存在高度相關性，有諸多重疊交叉之處。其實，中國古代綜合性類書、專題性小説類書、文言小説作品的内部分類體系和類目設置同源共生、相互影響、相互交叉重疊，反映了古人持有的一整套自然、社會、歷史的知識分類體系，①也揭示了"小説"文類的内部題材内容性質及其分類體系。梳理還原此内部分類體系和類目設置的具體内涵、指稱及其相關歷史文化背景，有助於深入理解古人心目中的"小説"文類的題材類型體系。

二、《史異纂》《史異編》與"正史"書寫怪異之分布形態

《史異纂》《史異編》從歷代正史中取材編纂而成，其各部類與"正史"相關部分存在一定對應關係，實際上反映了"正史"書寫怪異的分布形態。

《史異纂》之"天異部"和《史異編》之"日月""星纏""雲氣虹蜺""風雨雷雹電雪"主要取材於《天文志》，亦有部分取材於《五行志》，如《史異纂》"天異部"之"天"目："漢孝惠帝二年，天開東北，廣十餘丈，長二十餘丈。"②"星"目："魯莊公七年夏四月辛卯夜，恒星不見，夜中星隕如雨。"③《史異編》之"星纏"類："永平七年正月戊子，流星大如杯，

---

① 參見葛兆光《中國思想史》之第四編第七節《目録、類書和經典注疏中所見七世紀中國知識與思想世界的輪廓》，上海：復旦大學出版社 2001 年版。

② （清）傅燮詷輯：《史異纂》，《四庫全書存目叢書》子部 249，濟南：齊魯書社 1995 年版，第628 頁，取材《漢書》卷二十六《天文志》。

③ 同上，第 631 頁，取材《漢書》卷二十七《五行志》。

從織女西行，光照地。織女，天之真女，流星出之，女主憂。"① 依托天人感應的官方意識形態，中國古代設置有欽天監、司天監、司天臺、太史局等專門天象觀測機構和官員制度，也建構起一整套觀象、星占、數術、守時、治曆等相關理論、技術，官員、機構、制度、理論、技術在現實政治生活中實踐運作，實際上在歷朝歷代形成了占星術相關聯的衆多政治歷史事件。②《天文志》即載録諸多相關天之異象和人事徵應，"至於天象變見所以譴告人君者，皆有司所宜謹記也"。③ 自《史記·天官書》始，"正史"《天文志》載録日月、五星、彗星、流星、二十八宿等天象的運行和變動，異常天象的記録和解釋成爲其主體內容。

　　《史異纂》之"地異部""祥異部""人異部""物異部""雜異部"和《史異編》之"鼓震""五行五事五色祥眚""旱荒""人疴""服飾""六畜""草木""鱗介""羽蟲""毛蟲""羸蟲""謡讖"主要取材於《五行志》以及《靈徵志》《祥瑞志》《符瑞志》，如《史異纂》"地異部"之"山"目："魯成公五年夏，梁山崩，壅河三日不流，晉君乃帥群臣而哭之，乃流。"④ "祥異部"之"帝王之祥"："周文王龍顔虎眉，身長十尺，胸有四乳。"⑤ "人異部"之"人生角"："晉武帝太始五年，元城人年七十生角。"⑥ "物異部"之"龍"："唐高宗顯慶二年五月庚寅，有五龍見於岐州之皇后泉。"⑦ "雜異部"之"訛言""漢建中三年秋，江淮言有毛人食其心，人情大

---

① （明）俞文龍輯：《史異編》，《四庫全書存目叢書》史部 151，濟南：齊魯書社 1996 年版，第 256 頁，取材《後漢書》卷一百一《天文志》。

② 參見江曉原《歷史上的星占學》，上海：上海科技教育出版社 1995 年版；黄一農《社會天文學史十講》，上海：復旦大學出版社 2004 年版；馮時《中國古代的天文與人文》，北京：中國社會科學出版社 2006 年版；趙貞《唐宋天文星占與帝王政治》，北京：北京師範大學出版社 2016 年版。

③ 《新唐書》之《天文志序》，北京：中華書局 1975 年版，第 806 頁。

④ （清）傅燮詷輯：《史異纂》，《四庫全書存目叢書》子部 249，濟南：齊魯書社 1995 年版，第 652 頁，取材《漢書》卷二十七《五行志》。

⑤ 同上，第 664 頁，取材《宋書》卷二十七《符瑞志》。

⑥ 同上，第 685 頁，取材《晉書》卷二十九《五行志》。

⑦ 同上，第 792 頁，取材《新唐書》卷三十六《五行志》。

恐。"①《史異編》之"風雨雷雹電雪":"宋仁宗慶曆三年十二月二十六日,天雄、軍德、博州天降紅雪,盡,血雨。"②"旱荒":"唐高宗永隆元年長安獲女魃,長尺有二寸,其狀怪異,詩曰:旱魃爲虐,如惔如焚。是歲秋不雨,至於明年正月。"③"正史"《五行志》《靈徵志》《祥瑞志》《符瑞志》,以陰陽五行觀念、天人感應思想、災異論爲基礎,載録各類災異之"咎徵"、祥瑞之"休徵"及其推占、應驗,災異事例,既有地震、水災、旱災、蝗災、雷電等自然災害,也有大量神鬼、怪變、復生等怪異非常之事。

《史異纂》之"譯異部"主要取材於《西南夷兩粤朝鮮傳》《東夷列傳》《四夷列傳》《夷蠻列傳》《諸夷列傳》《異域列傳》《夷貊列傳》《南蠻列傳》《北狄列傳》《西戎列傳》《外國列傳》等,如"譯之祥":"扶南國俗本裸,文身被髮,不制衣裳,以女人爲王,號曰柳葉。年少壯健,有似男子。其南有激國,有事鬼神者字混填。夢神賜之弓,乘賈人船入海。"④"譯之人":"扶桑東千餘里有女國,容貌端正,色甚潔白,身體有毛,髮長委地。至二三月競入水則妊娠,六七月産子。女人胸前無乳,項後生毛,根白,毛中有汁以乳子。百日能行,三四年則成人矣。見人驚避,偏畏丈夫,食鹹草如禽獸。"⑤"譯之術":"伏盧尼國,城東有大河,流中有鳥,其形似人,亦有如橐駝、馬者,皆有翼,常居水中,出水便死。"⑥"九夷八狄,被青野而亘玄方;七戎六蠻,綿西宇而橫南極。"⑦以華夏眼光看待蠻夷,此類列傳對蠻夷歷史傳説、社會風俗、生活習慣、風土物産的記載,具有濃厚獵奇意味,"致殊

---

① (清)傅燮詷輯:《史異纂》,《四庫全書存目叢書》子部249,濟南:齊魯書社1995年版,第845頁,取材《新唐書》卷三十五《五行志》。

② (明)俞文龍輯:《史異編》,《四庫全書存目叢書》史部151,濟南:齊魯書社1996年版,第282頁,取材《宋史》卷六十四《五行志》。

③ 同上,第311頁,取材《新唐書》卷三十六《五行志》。

④ (清)傅燮詷:《史異纂》,《四庫全書存目叢書》子部249,濟南:齊魯書社1995年版,第760頁,取材《南史》卷七十八《夷貊列傳》。

⑤ 同上,第764頁,取材《南史》卷七十九《夷貊列傳》。

⑥ 同上,第766頁,取材《北史》卷九十七《四夷傳》。

⑦ (唐)房玄齡等撰:《晉書》,中華書局1974年版,第2531頁。

俗"包含不少遠國異民的怪異、荒誕之事。當然，此類書寫本身多爲傳聞想象，具有很大隨意性，不可征信。

《史異纂》之"術異部"主要取材於《方術列傳》《藝術列傳》《方伎列傳》。如"術異部"之"幻"："孟欽，洛陽人也。有左慈、劉根之術，百姓惑而赴之。苻堅召詣長安，惡其惑衆，命苻融誅之。俄而欽至，融留之，遂大燕郡僚，酒酣，目左右收欽。欽化爲旋風，飛出第外。頃之，有告在城東者，融遣騎追之，垂及，忽然已遠，或有兵衆距戰，或前有溪澗，騎不得過，遂不知所在。堅末，復見於青州。苻朗尋之，入於海島。"①"役鬼"："費長房者，汝南人也。曾爲市掾。市中有老翁賣藥，懸一壺於肆頭，及市罷，輒跳入壺中。市人莫之見，唯費於樓上覩之，異焉，因往再拜奉酒脯。翁知長房之意其神也，謂之曰：'子明日可更來。'長房旦日復詣翁，翁乃與俱入壺中。唯見玉堂嚴麗，旨酒甘肴盈衍其中，共飲畢而出。翁約不聽與人言之。後乃就樓上候長房曰：'我神仙之人，以過見責，今事畢當去，子寧能相隨乎？樓下有少酒，與卿爲別。'長房使人取之，不能勝，又令十人扛之，猶不舉。"②"卜（附占地）"："桑道茂有異術。平日齎一縑，見李晟，再拜曰：'公貴無比，然我命在公手，能見赦否？'晟大驚，不領其言。道茂出懷中一書，自具姓名，署其左曰：'爲賊逼脅。'固請晟判，晟笑曰：'欲我何語？'道茂曰：'第言准狀赦之。'晟勉從。已又以縑願易晟衫，請題衿膺曰：'它日爲信。'再拜去。道茂果污朱泚僞官。晟收長安，與逆徒縛旗下，將就刑，出晟衫及書以示。晟爲奏，原其死。"③"正史"《方術列傳》《藝術列傳》《方伎列傳》等記載了大量方伎之士的占卜、作法、異術等，多非常

①　（清）傅燮詷輯：《史異纂》，《四庫全書存目叢書》子部249，濟南：齊魯書社1995年版，第745頁，取材《晉書》卷九十五《藝術列傳》。
②　同上，第747頁，取材《後漢書》卷八十二《方術列傳》。
③　（清）傅燮詷輯：《史異纂》，《四庫全書存目叢書》子部249，濟南：齊魯書社1995年版，第754頁，取材《新唐書》卷二百四《方伎列傳》。

奇異之言行。

《史異纂》之"事異部""祥異部"主要取材於"本紀""列傳"中人物神異不凡、遭遇神怪、徵兆靈驗等怪異之事，如"事異部"之"先兆"："金太祖將兵至鴨子河，既夜太祖將就枕，若有扶其首者三，寤而起曰：'神將警我也。'即鳴鼓舉燧而行，黎明時及河，遼兵大至。"① "孝感"："王祥事後母至孝。母嘗欲食魚，時天寒冰凍，祥解衣將剖冰求之，冰忽自開，雙鯉躍出。母又嘗思黃雀炙，復有數黃雀入其幕，以供母，鄉里驚嘆，以孝感所致云。"② "祥異部"之"帝王之祥"："宋真宗生時，太皇后李氏夢以裾承日，遂有娠，十二月二日生於開封府地，赤光照室，左足指有文，成'天'字。"③ "名臣之祥"："劉歆生夕，有香氣氛氲滿室。"④ 另外，《史異纂》其他各部類也都或多或少含有取材於"本紀""列傳"之條目，如"術異部"之"役鬼"："元世祖至元十七年二月乙亥，張易言：'高和尚有秘術，能役鬼爲兵，遙制人。'帝命和裏霍孫將兵與高和尚同赴北邊。"⑤ "鬼異部"之"鬼救人"："徐華有至行，嘗宿亭舍，夜有神人告之亭欲崩，遽出得免。"⑥ "雜異部"之"聲響"："王莽時，玉路朱雀門鳴，晝夜不絕。"⑦

此外，還有一些條目取材於"正史"之史注，如《史異纂》"術異部"之"醫"："吳士燮病死已三日矣，董奉以一丸藥與服，以水含之，捧其頭搖稍之，食頃，即開目動手，顏色漸復，半日能起坐，四日復能語，遂復常。"⑧ 歷代"正史"之史注常取材於雜史、傳記、小說，包含大量更爲怪誕

① （清）傅燮詷輯：《史異纂》，《四庫全書存目叢書》子部 249，濟南：齊魯書社 1995 年版，第 716 頁，取材《金史》本紀第二《太祖》。
② 同上，第 706 頁，取材《晉書》列傳第三《王祥》。
③ 同上，第 671 頁，取材《宋史》本紀第六《真宗》。
④ 同上，第 677 頁，取材《南史》列傳第三十九《劉歆》。
⑤ 同上，第 750 頁，取材《元史》本紀第十一《世祖》。
⑥ 同上，第 775 頁，取材《晉書》列傳第六十一《儒林·徐苗》。
⑦ 同上，第 842 頁，取材《漢書》卷九十九《王莽傳》。
⑧ 同上，第 756 頁，取材《三國志·吳志卷四》裴松之注，引自葛洪《神仙傳》。

之事。

　　綜上所述，《史異纂》《史異編》選録 "正史" 中的災祥、怪異之事，主要分布於《天文志》《五行志》以及《靈徵志》《祥瑞志》《符瑞志》《西南夷兩粤朝鮮傳》《東夷列傳》《四夷列傳》《夷蠻列傳》《諸夷列傳》《異域列傳》《夷貊列傳》《南蠻列傳》《北狄列傳》《西戎列傳》《外國列傳》《方術列傳》《藝術列傳》《方伎列傳》，"本紀" "列傳" 零星載録的人物神異不凡、遭遇神怪、徵兆靈驗等怪異之事。其中，取材於《五行志》以及《靈徵志》《祥瑞志》《符瑞志》者，占比最大。這實際上反映了歷代 "正史" 書寫怪異的分布形態。《史異纂》《史異編》部類設置跟 "正史" 書寫怪異分布形態存在明確對應關係，實際上反映了古人的一種普遍共識，也揭示了 "正史" 書寫怪異的幾種主要類型。

三、《史異纂》《史異編》與明清 "異物" "博物" 類志怪小説

　　傅燮詷《史異纂》、俞文龍《史異編》均取材於 "正史" 的災祥、怪異之事，而《四庫全書總目》却將兩者分别著録於 "小説家" 和 "史抄類"，這絕非偶然個例，反映了古代官私書目著録此類著作普遍存在的混雜現象，例如，竇維鋈《廣古今五行記》，《宋史·藝文志》歸入 "小説家"；方鳳《物異考》，《八千卷樓書目》歸入 "小説家"；彭紹升《二十二史感應録》，《四庫全書總目》著録於 "史鈔"。可見，在古人心目中，此類取材 "正史" 怪異之作的史鈔類作品亦被看做 "小説"。這應源於 "正史" 書寫怪異與志怪小説本身叙事旨趣相近，且存在相互取材的混雜情況。"正史" 編纂取材 "小説"，不少爲志怪小説，同時，志怪小説編撰取材舊籍，不乏 "正史" 的怪異之事。

　　傅燮詷編纂《史異纂》之外，還另有一部小説集《有明異叢》，"是書

記明一代怪異之事，亦分十類，與《史異纂》門目相同，皆從小説中撮抄而成，漫無體例。"①《有明異叢》取材小説，但却與取材"正史"的《史異纂》門目相同。《有明異叢》原書已佚，從《四庫全書總目》提要所引條目來看，其與《史異纂》之題材性質、叙事旨趣存在諸多相通之處，只是相對而言，《有明異叢》更爲怪誕虚妄，如"尹蓬頭騎鐵鶴上升，正德中上蔡知縣霍恩爲流賊所殺，頭出白氣，及天啓丙寅王恭廠災之類，往往一事而兩見。又有實非怪異而載者，如'事異門'内胡壽昌毁延平淫祠而絶無妖，任高妻女三人罵賊没水，次日浮出，面如生；'術異門'内汪機以藥治狂癇；'物異門'内蕭縣岳飛祠内竹生花；'雜異門'内漳州火藥局災，大石飛去三百步之類，皆事理之常，安得别神其説？至如'譯異門'内謂黑婁在嘉峪關西，近土魯番，其地山川、草木、禽獸皆黑，男女亦然。今土魯番以外，咸入版圖，安有是種類乎？其妄可知矣。"②

　　明清時期，有一批側重於表現"異物""博物"的志怪小説，亦與《史異纂》《史異編》在題材類型和叙事旨趣上高度相似。例如，徐禎卿《異林》，分"九仙神""異人""藝術""夢徵""飲客""女士""物異"等七類載録各種怪異之事。朱謀㙔《異林》，"兹又整齊百家雜史所載千百年以來異常之事，作《異林》十有六卷"③。分爲大年、仙釋、早慧、相表、才性、多男、族義、貴盛、久任、使節、貞烈、先知、通禽語、服食、異産、殊長、殊短、殊力、奇疾、奇夢、再生、變化、名勝、形氣、第宅、丘墓、土宜、山異、地異、水品、水異、火部、金異、珍怪、天變、木異、異草木、鳥獸、鱗介、物化、雜事、夷俗共四十二類。李濂《汴京鳩異記》記載開封有關的怪異之事，分爲異人、異僧、道士、女冠、神仙、鬼怪、異事、異

<hr>

　　① （清）永瑢等撰：《四庫全書總目》，北京：中華書局 1965 年版，第 1232 頁。
　　② 同上。
　　③ （明）朱謀㙔：《異林序》，《異林》，《四庫全書存目叢書》子部 247，濟南：齊魯書社 1995 年版，第 214 頁。

夢、神異、物異、技術、卜相、丹竈、雜記、陰德、報應。閔文振《異物匯苑》，分天象、雨澤、地境、山洞、土石、水泉、禽鳥、獸畜、龍蛇、皮角、蟲鼠、魚鼈、花草、竹木、穀果、飲饌、冠服、珍寶、器用、音樂、武備、文房、圖畫、燈火、香膠、宮室和像影二十七部。施顯卿《古今奇聞類紀》，分爲天文紀（天、日、月、星、風、雲，雷、雨、霜、雪、露、霧、虹、雹、冰）、地理紀（地、山、岩洞、洲灘、石、水）、五行紀（水異、火部、木異、金異、土異）、神佑紀、前知紀、凌波紀、奇遇紀（人倫、功名、貨財、婚姻）、驍勇紀、降龍紀、伏虎紀、禁蟲紀、除妖紀、鹹毒紀、物精紀、仙佛紀（仙靈、釋佛）、神鬼紀（神人、人鬼）。葉向高、林茂槐《説類序》：“偶得一書，皆唐宋小説數十種，摘其可廣聞見、供談資者。……蓋上自天文，下及地理，中窮人事，大之而國故朝章，小之而街談巷説，以至三教九流、百工技藝，天地間可喜可愕、可怪可笑之事，無所不有。”[1]分天文、歲時、地理、帝王、后妃、儲戚、宰相、官職、臣道、政術、刑法、禮儀、歌樂、凶喪、文事、武功、邊塞、外國、科名、世胄、人倫、人物、婦人、身體、人事、釋教、道教、靈異、方術、巧藝、居處、貨寶、璽印、服飾、飲食、器用、雜物、災祥、果部、草部（蔬附）、木部（竹附）、鳥、獸、鱗介、蟲豸等四十五部，“是書摘唐、宋説部之文，分類編次，每類之下，各分子目”。[2]吳大震《廣艷異編》，全書分神、仙、鴻象、宮掖、幽期、情感、伎女、夢遊、義俠、幻術、俶詭、徂異、定數、冥迹、冤報、珍奇、器具、草木、鱗介、禽、昆蟲、獸、妖怪、鬼和夜叉共二十五部。王圻《稗史彙編》，分天文、時令、地理、人物、倫叙、伎術、方外、身體、國憲、職官、仕進、人事、文史、詩話、宮室、飲食、衣服、祠祭、器用、珍寶、音樂、

---

① （明）葉向高、林茂槐：《説類序》，《説類》，《四庫全書存目叢書》子部132，濟南：齊魯書社1995年版，第1—2頁。

② （清）永瑢等撰：《四庫全書總目》，北京：中華書局1965年版，第1123頁。

花木、禽獸、鱗介、徵兆、禍福、災祥和志異共二十八門，門下又分類，共三百二十類。王志堅《表異錄》，分天文部（象緯、歲時、災祥、祭禱類）、地理部（邑里、山川類）、人物部（親戚、帝王、士庶類）、宮室部（宮殿、室堂類）、器用部、音樂部、軍旅部、植物部（蔬穀、花果類）、動物部（羽族、毛蟲、蟲魚類）、人事部（賢愚、寵辱、言動、身體、凶喪、衣服、飲食類）、國制部、職官部、刑法部、錢幣部、藝文部、仙趣部、佛乘部、棲逸部、技術部和通用部（駢語、虛字類）二十部。董斯張《廣博物志》分天道、時序、地形、斧扆、靈異、職官、人倫、高逸、方伎、閨壼、形體、藝苑、武功、聲樂、居處、珍寶、服飾、器用、食飲、草木、鳥獸、蟲魚等二十二門，門下再分一百六七子目。徐壽基《續廣博物志》分爲天地、五行、占驗、人事、修養、辟邪、迪吉、製造、禁忌、古方、靈術、鬼神、群動、蕃植、珍寶和怪異十六類。上述作品在明清官私書目中大都著錄於“小說家”，被普遍看作代表性的“小說”之作。顯然，從類目設置所彰顯的題材內容類型來看，《史異纂》《史異編》與明清“異物”“博物”類志怪小說在書寫類型上存在諸多相通之處，這實際上反映了“正史”書寫怪異與志怪小說之相通。

　　“正史”強調“聞異則書”，與志怪小說稱述怪異、張皇鬼神，不僅敘事旨趣相同而且書寫對象也重疊、相近，源於兩者有著共同的思想意識基礎。對於今人多視爲虛妄的怪異之事，古人多以陰陽五行觀念解釋，持“六合之內，何所不有”的態度，基本將其看作傳信傳疑之真實存在。共同的思想意識基礎，決定了兩者存在諸多聯繫，但因兩者自身的文類規定性（包括功用價值、敘事原則、取材對象、敘事方式等）差異，“正史”書寫怪異和“小說”志怪亦存在諸多不同取向。其中，“正史”書寫怪異與“博物”“異物”類志怪小說最爲接近。

　　“博物”“異物”類志怪小說起源於《山海經》，成熟於魏晉南北朝時期，以張華《博物志》、劉敬叔《異苑》、任昉《述異記》等爲代表，實際上是百科性質的類書之作，專門記載奇物異事、遠國風俗的博物知識，"以爲奇可以考禎祥變怪之物，見遠國異人之謡俗"。[①]例如，《博物志》卷一分地理略、地、山、水、山水總論、五方人民、物産，卷二分外國、異人、異俗、異産，卷三分異獸、異鳥、異蟲、異魚、異草木，卷四分物性、物理、物類、藥物、藥論、食忌、藥術、戲術，卷五分方士、服食、辨方士，卷六分人名考、文籍考、地理考、典禮考、樂考、服飾考、器名考、物名考，卷七爲異聞，卷八爲史補，卷九卷十爲雜説，内容包羅萬象，涵蓋地理山川、動植物産、方術物理、知識考證、神怪傳説等，"天地之高厚，日月之晦明，四方人物之不同，昆蟲草木之淑妙者，無不備載"。[②]此類"博物""異物"小説作品，實際上以通曉各種奇異事物、有廣見聞、博學多識爲旨趣，可看作古人關於"物"的知識體系的組成部分，並非今人理解之搜奇志異的志怪小説，如劉大昌《刻山海經補注序》："夫子嘗謂，多識鳥獸草木之名，計君義不識撑犁孤塗之字，病不博爾。"[③]吳任臣《山海經廣注序》："蓋二氣磅礴，萬匯區分，六合之内，何所不有。……然竊謂一物不知，君子所恥。"[④]周心如《博物志序》："足就見聞所及之物並窮其見聞所不及之物，是所謂格致之學也。"[⑤]明清時期的"博物""異物"類志怪小説顯然是延續了此類著作博物多識之傳統並進一步有所拓展，與"正史"比較集中書寫怪異之《五行志》《夷蠻列傳》《方伎列傳》相通，甚至存在直接對應關係。這應源於兩者共用一套災異、數術、博物的信仰、思想、知識體系，具有共同的社會文化基礎。

---

　　① （漢）劉歆：《上山海經表》，袁珂校注：《山海經校注》，成都：巴蜀書社1993年版，第541頁。
　　② （晉）張華撰，范寧校證：《博物志校證》，北京：中華書局1980年版，第149頁。
　　③ （明）劉大昌：《刻山海經補注序》，丁錫根編著：《中國歷代小説序跋集》，北京：人民文學出版社1996年版，第9頁。
　　④ （清）吳任臣：《山海經廣注序》，同上，第12—13頁。
　　⑤ （晉）張華撰，范寧校證：《博物志校證》，北京：中華書局1980年版，第154頁。

第二節　對古文傳記"小説氣"之批評

清人從"辨體"出發强調古文傳記自身的文體規範和純潔性，批評其中的"小説氣""以小説爲古文詞"等，實際上形成了古文傳記理論批評史暨小説理論批評史上一個獨特的個案現象。在清代散文和小説研究的相關論著中，前人對此理論批評現象已或多或少有所涉及，也有個别論文專門進行論述。[①]但是，總體看來，前人研究尚未將此理論批評個案現象獨立出來，做一全面系統的專門探討，更未對其所涉及的古文傳記與"小説"關係進行綜合融通研究。本書以回歸還原古人之原生思想觀念爲旨歸，全面梳理相關史料，深入揭示此個案現象藴含的豐富理論内涵，從古文傳記與"小説"文體之辨的角度探討其話語背景，進而揭示其對理解古文傳記與"小説"之文體分野與混雜的啓示，反映清人對"小説"與古文關係的認識。

一、清人批評古文傳記"小説氣"之理論藴含

對於集部之文章，古人特别注重文體之辨，"詞人之作也，先看文之大體"，[②]"論詩文當以文體爲先"，[③]作爲最早之文章選本，摯虞《文章流别集》"又撰古文章，類聚區分"，[④]其《文章流别論》論述每一種文體的源流、功能、特徵，體現出鮮明的辨體意識，其後之《昭明文選》《文苑英華》《宋文鑒》

---

①　如陳平原《中國散文小説史》之《第一章　緒論：中國散文與中國小説》，上海：上海人民出版社 2004 年版；李金松《論明末清初的"以小説爲古文"》，《廣東社會科學》2012 年第 2 期；鄧心强《桐城派古文創作對小説筆法的吸納與運用》，《中國文學研究》2016 年第 1 期。

②　〔日〕遍照金剛撰，盧盛江校考：《文鏡秘府論彙校彙考》，北京：中華書局 2006 年版，第1464 頁。

③　（宋）張戒撰：《歲寒堂詩話》，丁福寶輯：《歷代詩話續編》，北京：中華書局 1983 年版，第459 頁。

④　（唐）房玄齡等撰：《晉書》，北京：中華書局 1974 年版，第 1427 頁。

《元文類》等歷代文章選本或總集，一貫以辨體爲先，同時，陸機《文賦》、任昉《文章緣起》、劉勰《文心雕龍》、陳騤《文則》、陳繹曾《文筌》等歷代文章學理論批評論著，明確各類文體之規範、特色，亦多辨體之論。降至明清，文章辨體之風尤盛，"文莫先於辯體，體正而後意以經之，氣以貫之，辭以飾之。體者，文之幹也"，① 出現了吳訥《文章辨體》、徐師曾《文體明辨》、賀復徵《文章辨體匯選》等一批專門著述。古人辨析古文傳記與"小説"之文體分野，批評古文傳記的"小説氣"最早可追溯至宋代，方苞《古文約選評文》指出："范文正公《岳陽樓記》，歐公病其詞氣近小説家，與尹師魯所議不約而同。"② 所謂"詞氣近小説家"，即陳師道《後山詩話》："范文正公爲《岳陽樓記》，用對語説時景，世以爲奇。尹師魯讀之曰：'《傳奇》體爾。'《傳奇》，唐裴鉶所著小説也。"③ 批評《岳陽樓記》爲"《傳奇》體"，意即强調文各有體，古文叙事不宜多用《傳奇》等"小説"慣用之駢儷語句和鋪陳形容筆法。明人也有此類辨析之論，不過較爲零散而難成體系，如于慎行《穀山筆麈》卷八："先年士風淳雅，學務本根，文義源流皆出經典，是以粹然統一，可示章程也。近年以來，厭常喜新，慕奇好異，《六經》之訓目爲陳言，刊落芟夷，惟恐不力。陳言既不可用，勢必歸極於清空，清空既不可常，勢必求助於子史，子史又厭，則宕而之佛經，佛經又同，則旁而及小説。"④ 方應祥《青來閣初集》卷九 "雜著"《與子將論文》："一切稗官小説之言無所不闌入，而文之壞極矣。"⑤ 費元禄《甲秀園集》卷三十九文部

　　① （明）吳訥、徐師曾著，于北山、羅根澤校點：《文章辨體序説　文體明辨序説》，北京：人民文學出版社 1962 年版，第 80 頁。
　　② （清）方苞：《古文約選評文》，王水照編：《歷代文話》，上海：復旦大學出版社 2007 年版，第 3977 頁。
　　③ （宋）陳師道：《後山詩話》，（清）何文焕輯：《歷代詩話》，北京：中華書局 1981 年版，第 310 頁。
　　④ （明）于慎行：《穀山筆麈》，北京；中華書局 1984 年版，第 86 頁。
　　⑤ （明）方應祥撰：《青來閣初集》，《四庫禁毀書叢刊》集部 40，北京：北京出版社 2000 年版，第 691 頁。

"胡永嘉"條："今海内方以詭文、稗史、小説、短記、偏部無不入義，柄文者不得不取盈之，遂用以成風。足下標然大義，一統以醇正，可爲中流之砥柱矣。"① 江用世輯《史評小品》："今日之文，舉業之餘也，譬之花朝榮而夕瘁矣。操觚者不讀古文，偶一爲之，則剽六朝小説以爲蒼秀，縱有文章，其不堪采取一也。"②

　　清人對於古文之辨體主要針對明代以來古文創作中的諸多弊病而發，從凸顯古文地位、維護古文規範和純潔性等角度，區分古文與多種相近或相關文體之界限分野，"小説"即爲其中重要文體，如李紱《古文辭禁八條》："有明嘉靖以來，古文中絶，非獨體要失也，其辭亦已弊矣。……一禁用儒先語録。……一禁用佛老唾餘。……一禁用訓詁講章。……一禁用時文評語。……一禁用四六駢語。……一禁用頌揚套語。……一禁用傳奇小説。……一禁用市井鄙言。"③《方苞集》附沈廷芳《書方望溪先生傳後》："古文中不可入語録中語，魏、晉、六朝人藻麗俳語、漢賦中板重字法、詩歌中雋語《南北史》佻巧語。"④ 袁枚《小倉山房文集》卷三十五《與孫俌之秀才書》："因此體最嚴：一切綺語、駢語、理學語、二氏語、尺牘詞賦語、注疏考據語，俱不可以相侵。"⑤ 吳德旋《初月樓古文緒論》："古文之體，忌小説，忌語録，忌詩話，忌時文，忌尺牘。此五者不去，非古文也。"⑥ 吳鋌《文翼》："作古文當先辨體制，有不可不戒者：一曰語録氣，二曰尺牘氣，三曰詞賦氣，四曰小説氣，五曰詩話氣，六曰時文氣。去此諸病，然後可以作古

　　① （明）費元禄撰：《甲秀園集》，《四庫禁毀書叢刊》集部62，北京：北京出版社2000年版，第585頁。
　　② （明）江用世撰：《史評小品》，《四庫未收書輯刊》第一輯21，北京：北京出版社2000年版，第179頁。
　　③ （清）李紱撰：《古文辭禁八條》，王水照編：《歷代文話》，上海：復旦大學出版社2007年版，第4007—4009頁。
　　④ （清）方苞著，劉季高校點：《方苞集》，上海：上海古籍出版社1983年版，第890頁。
　　⑤ （清）袁枚著，王英志主編：《袁枚全集》，南京：江蘇古籍出版社1993年版，第642頁。
　　⑥ （清）吳德旋著：《初月樓古文緒論》，北京：人民文學出版社1959年版，第19頁。

文。"①李慈銘評論黃宗羲編《明文授讀》時稱："至明文之病，非特時文之爲害也。蓋始之創爲者，潛谿、華川、正學三家，皆起於草茅，習爲迂闊之論，不知經術，其源已不能正。故其後談道學者，以語録爲文，其病僿；沿館閣者，以官樣爲文，其病霸；誇風流者，以小説爲文，其病俚；習場屋者，以帖括爲文，其病陋。蓋流爲四岢，而趨日下。國朝承之，於是四病不除而又加厲焉。道學爲不傳之秘，而僿之甚者，舍語録而鈔講章矣。館閣無一定之體，而霸之甚者，舍官樣而用吏牘矣。小説不能讀，而所習者十餘篇遊戲之文。"②總體看來，清人對古文辨體涉及的禁戒文體集中於"小説""語録""時文""尺牘""詩話""詞賦"等。③雖然古人既注重區分文體界限的"辨體"，也可包容不同文體間相互吸納融合的"破體"，既倡導文體謹嚴規範的"正體"，也可寬容文體創新之"變體"，④但是其中的尊卑之別、雅俗之辨、高下之分還是不容混淆的，"若古文則經國之大業也，小説豈容闌入！明嘉、隆以後，輕雋小生，自詡爲才人者，皆小説家耳，未暇數而責之"。⑤

清人批評古文之"小説氣"主要就傳記文而言，所列舉典型作品也多以侯方域、王猷定等明末清初文人創作之傳文爲例，如黃宗羲《陳令升先生傳》載其言："又言侯朝宗、王于一，其文之佳者，尚不能出小説家伎倆，豈足名家。"⑥汪琬《跋王于一遺集》："夫以小説爲古文辭，其得謂之雅馴乎？……夜與武曾論朝宗《馬伶傳》、于一《湯琵琶傳》，不勝嘆息，遂書此

① （清）吴鋌纂：《文翼》，余祖坤編：《歷代文話續編》，南京：鳳凰出版社2013年版，第595頁。
② （清）李慈銘撰，由雲龍輯：《越縵堂讀書記》，北京：中華書局2006年版，第605頁。
③ 清人對古文辭與相關文體、語體區分而提出的"古文辭禁"，有著豐富理論内涵，可參見潘務正《清代"古文辭禁"論》，《文學評論》2018年第4期。
④ 參見王水照主編《宋代文學通論·文體篇》第三章"尊體與破體"，鄭州：河南大學出版社1997年版；吴承學《辨體與破體》《破體之通例》，《中國古代文體形態研究》，廣州：中山大學出版社2002年版；蔣寅《中國古代文體互參中"以高行卑"的體位定勢》，《中國社會科學》2008年第5期。
⑤ （清）李紱撰：《古文辭禁八條》，王水照編：《歷代文話》，上海：復旦大學出版社2007年版，第4009頁。
⑥ （清）黃宗羲著，沈善洪主編：《黃宗羲全集》（第十册），杭州：浙江古籍出版社2005年版，第599頁。

語於後。"① 吴德旋《初月樓古文緒論》："侯朝宗天資雅近大蘇，惜其文不講法度，且多唐人小説氣。"② 李祖陶《國朝文録》之《四照堂集文録引》："《四照堂集》者，南昌王于一先生之所著也。……他家又有譏先生文爲不脱小説家習氣者。"③《壯悔堂集文録序》："《壯悔堂文集》，商邱侯朝宗先生著。……朝宗天負異稟……然而，後之譏之者則亦多矣。有謂其本領淺薄者，有謂其是非失情實者，有謂其火色未老尚不脱小説家習氣者，其言皆切中其病，非文士相輕之可比。"④ 李慈銘《越縵堂讀書記》評論《壯悔堂集》時講到："王（王于一）太近小説。"評論《西河合集》稱毛奇齡："西河文筆警秀，而時墮小説家言。"⑤ 李祖陶《國朝文録》評點《湯琵琶傳》時特別指出："近人譏侯朝宗、王于一文爲不脱小説家習氣，殆指此等文而言。"⑥ 對於"奏議"等治國理政之文，則一般不會沾染"小説家習氣"，李祖陶評點侯朝宗《代司徒公屯田奏議》稱："近人譏朝宗者，謂根抵淺薄，謂不脱小説家習氣，若見此等文，吾知其必免於議矣。"⑦

　　清人批評古文傳記之"小説氣"主要集中於有違古文"雅潔"風格規範而沾染了"小説"俗鄙之氣，有違古文叙事尚簡原則而運用了"小説"之"筆法"，有違古文語言典雅標準而摻入"小説"詞句等。

　　唐宋古文創作就已標舉"雅潔"之風格，如柳宗元以"峻潔"稱贊《史記》，"太史公甚峻潔"，"參之太史公以著其潔"。⑧ 柳開《河東先生集》卷一《應責》："古文者，非在辭澀言苦，使人難讀誦之；在於古其理，高其

―――――――――

　　① （清）汪琬著，李聖華箋校：《汪琬全集箋校》，北京：人民文學出版社 2010 年版，第 907 頁。
　　② （清）吴德旋著：《初月樓古文緒論》，北京：人民文學出版社 1959 年版，第 30 頁。
　　③ （清）李祖陶輯：《國朝文録》，《續修四庫全書》集部 1669，上海：上海古籍出版社 2003 年版，第 486 頁。
　　④ 同上，第 428 頁。
　　⑤ （清）李慈銘撰：《越縵堂讀書記》，北京：中華書局 1963 年版，第 727、730 頁。
　　⑥ （清）李祖陶輯：《國朝文録》，《續修四庫全書》集部 1669，上海：上海古籍出版社 2002 年版，第 505 頁。
　　⑦ 同上，第 451 頁。
　　⑧ （唐）柳宗元著：《柳河東集》，上海：上海人民出版社 1974 年版，第 547、543 頁。

意，隨言短長，應變作制，同古人之行事，是謂古文也。"①清人更是將"雅潔"作爲古文的核心文體規範或理想風格，一方面，統治者積極宣導醇正、古雅之正統文論，如康熙在《古文淵鑒序》中提出"精純""古雅"的文章準則。方苞《欽定四書文》之"凡例"稱："故凡所録取，皆以發明義理、清真古雅、言必有物爲宗。""文之清真者，惟其理之是而已，即翺所謂'創意'也。文之古雅者，帷其辭之是而已，即翺所謂'造言'也。"②另一方面，古文大家多推崇"雅潔"之風格，③如方苞《望溪集》之《書蕭相國世家後》："柳子厚稱太史公書曰潔，非謂辭無蕪累也，蓋明於體要，而所載之事不雜，其氣體爲最潔耳。"④羅汝懷《緑漪草堂集》文集卷十八《讀東方朔傳》："望溪文以雅潔爲宗。"⑤此外，古文選家亦鼓吹"雅潔"之文章標準，如姚椿輯《國朝文録》之《自序》稱其選文："其意以正大爲宗，其辭以雅潔爲主。"⑥

　　"小説氣"的古文傳記則違背了"雅潔"之原則，汪琬《跋王于一遺集》："小説家與史家異。古文辭之有傳也，記事也，此即史家之體也。前代之文有近於小説者，蓋自柳子厚始，如《河間》《李赤》二傳、《謫龍説》之屬皆然。然子厚文氣高潔，故猶未覺其流宕也。至於今日，則遂以小説爲古文辭矣。太史公曰：'其文不雅馴，縉紳先生難言之。'夫以小説爲古文詞，其得謂之雅馴乎？"⑦沈廷芳《書方望溪先生傳後》援引方苞語："南宋、元、明以來，古文義法不講久矣。吳、越間遺老尤放恣，或雜小説，或沿翰林舊

①　（宋）柳開著，李可風點校：《柳開集》，北京：中華書局 2015 年版，第 12 頁。
②　（清）方苞編，王同舟、李瀾校注：《欽定四書文校注》，武漢：武漢大學出版社 2015 年版，第 1 頁。
③　參見慈波《文話流變研究》中編之第四章《義理之外：桐城文派的文法論・方苞的古文"雅潔"説》，上海：復旦大學出版社 2020 年版。
④　（清）方苞著，劉季高校點：《方苞集》，上海：上海古籍出版社 1983 年版，第 56 頁。
⑤　（清）羅汝懷撰，趙振興校點：《羅汝懷集》，長沙：岳麓書社 2013 年版，第 269 頁。
⑥　（清）姚椿：《國朝文録自序》，轉引自任繼愈編：《中華傳世文選》，長春：吉林人民出版社 1998 年版，第 332 頁。
⑦　（清）汪琬著，李聖華箋校：《汪琬全集箋校》，北京：人民文學出版社 2010 年版，第 907 頁。

體，無雅潔者。"①古代文體學講究文體品位秩序，主張不同類型文體之間的雅俗、尊卑、高下之區分，古文崇"雅"，特別注重與"野""鄙""俗"之辨，如沈德潛《卓雅集序》："唐殷璠論詩，謂詩有野體、鄙體、俗體，唯文亦然。文之野體，橫馳議論，不嫺律令者也；文之鄙體，發言庸倛，鄰於佞諛者也；文之俗體，荒棄經籍，略同里巷者也。三者雖殊，受弊則一，一言蔽之，曰傷於雅而已。"②姚鼐《惜抱軒語》："大抵作詩、古文，皆急須先辨雅俗；俗氣不除盡，則無由入門，況求妙絕之境乎？"③古文的雅俗之辨，也特別注重化俗爲雅，如吳鋌《文翼》："惜抱云：'詩文先須辨雅俗，俗氣不除，則無由入門。'仲倫先生謂：'避俗如仇尚易，化俗爲雅尤難。'王介甫、曾子固，避俗如仇者也。永叔在夷陵，《與尹師魯書》似街譚巷説，無一句不入雅，然不是小説家境界；子瞻《答秦太虛書》，叙瑣屑事如家常説話，自是雅人深趣；子固《越州救災記》，叙荒雜瑣碎事，而不入於俚，望溪謂似商子文格；晉望先生《與畢莘農書》文境亦仿佛似之：皆化俗爲雅者也。"④

在古代文類、文體體系中，"古文"與"小説"之品位存在明顯的古雅與俗野之别，"小説"特別是容易與古文傳記相混之傳奇體小説，多被定位爲"鄙淺""鄙俚"之作，如晁公武《郡齋讀書志》稱《青瑣高議》："載皇朝雜事及名士所撰記傳。然其所書，辭意頗鄙淺。"⑤錢大昕《十駕齋養新録》卷十八《文人浮薄》稱："唐士大夫多浮薄輕佻，所作小説，無非奇詭妖艷之事，任意編造，誑惑後輩。"⑥《四庫全書總目》之《海山記、迷樓記、開河

---

① （清）方苞著，劉季高校點：《方苞集》，上海：上海古籍出版社 1983 年版，第 890 頁。
② （清）沈德潛著，潘務正、李言校點：《沈德潛詩文集》，北京：人民文學出版社 2011 年版，第 1578 頁。
③ （清）姚鼐撰：《惜抱輯語》，余祖坤編：《歷代文話續編》，南京：鳳凰出版社 2013 年版，第 402 頁。
④ （清）吳鋌纂：《文翼》，同上，第 607—608 頁。
⑤ （宋）晁公武撰，孫猛校證：《郡齋讀書志校證》，上海：上海古籍出版社 2011 年版，第 597 頁。
⑥ （清）錢大昕撰，陳文和主編：《嘉定錢大昕全集》（增訂本），南京：鳳凰出版社 2016 年版，第 490 頁。

記》提要：“《開河記》述麻叔謀開汴河事，詞尤鄙俚。”①古文尚“潔”，實際上強調其恪守古文“義法”，保持文體規範之純粹性，所謂“多唐人小説氣”“不脱小説家習氣”“或雜小説”，即指其在作文旨趣、叙事筆法、語言詞句等方面摻雜了“小説”之文體特徵。

從具體批評指向來看，清人指摘古文傳記之“小説氣”集中於叙事筆法和語言詞句，如張謙宜《絸齋論文》卷五：“《書戚三郎事》，純用瑣細事描寫情狀，是史法却不入史品。正當於結構疏密處辨之。此只如古小説之雋者耳。”②王昶《春融堂集》卷三十一《與陸耳山侍講書》：“漁洋之負重望……惟古文間纂入唐宋間小説語。”③羅汝懷《綠漪草堂集》文集卷二十二《與馬岱青書》：“近世《小倉山集》紀述多誣，而描寫每近於小説，出語又多習氣，篤實者弗尚也。”④

從叙事筆法來看，古文叙事尚簡，歐陽修《尹師魯墓誌銘》稱贊其文“簡而有法”，⑤范仲淹推崇尹洙之文“其文謹嚴，辭約而理精”，⑥王安石作文主張“詞簡而精，義深而明”，⑦陳騤《文則》：“事以簡爲上，言以簡爲當。言以載事，文以著言，則文貴其簡也。”⑧張謙宜《絸齋論文》卷三：“叙事以簡古爲難。”⑨劉大櫆《論文偶記》：“文貴簡。凡文筆老則簡，意真則簡，辭切則簡，理當則簡，味淡則簡，氣蘊則簡，品貴則簡，神遠而含藏不盡則

①　（清）永瑢等撰：《四庫全書總目》，北京：中華書局1965年版，第1216頁。
②　（清）張謙宜撰：《絸齋論文》，王水照編：《歷代文話》，上海：復旦大學出版社2007年版，第3935頁。
③　（清）王昶撰：《春融堂集》，《續修四庫全書》集部1438，上海：上海古籍出版社2003年版，第13頁。
④　（清）羅汝懷撰，趙振興校點：《羅汝懷集》，長沙：岳麓書社2013年版，第338頁。
⑤　（宋）歐陽修著，李之亮箋注：《歐陽修集編年箋注》，成都：巴蜀書社2007年版，第436頁。
⑥　（宋）范仲淹著，李勇先、王蓉貴校點：《范仲淹全集》，成都：四川大學出版社2002年版，第183頁。
⑦　（宋）王安石撰：《臨川先生文集》，北京：中華書局1959年版，第798頁。
⑧　（宋）陳騤著，劉彦成注譯：《文則注譯》，北京：書目文獻出版社1988年版，第12頁。
⑨　（清）張謙宜撰：《絸齋論文》，《續修四庫全書》集部1714，上海：上海古籍出版社2003年版，第443頁。

簡，故簡爲文章盡境。”① 然而，“小説”特別是傳奇體小説文筆精細而講究鋪叙描摹，桃源居士《唐人小説序》：“唐人於小説，摘詞布景，有翻空造微之趣。”② 胡應麟《少室山房類稿·柳毅》稱：“唐人傳奇小説，如《柳毅》《陶峴》《紅綫》《虬髯客》諸篇，撰述濃至，有范曄、李延壽之所不及。”③ 因此，古文傳記描摹較多，就容易混同於“小説”之叙事筆法，如張謙宜《絸齋論文》卷四：“《王彦章畫像記》，表其大節，凜凜如生，此畫所難傳之神也。若詳其面之長短黑白、眉目鬚髮之稀密、頰紋瘢壘之有無，便是小説手段。”④ 平步青《霞外攟屑》卷七“小説不可用”：“古文寫生逼肖處。最易涉小説家數。宜深避之。”⑤ 例如，對於汪琬《西郊泛雪倡和詩序》：“予在郎署十餘歲，每遇雨雪，則京師道上，馬牛車驢相蹂踐，中間泥濘逾數尺，左右冰陵如山瀨，晨入署，輒有顛仆之恐。又嘗奏事行殿，夜半抵南海子，風雪甚猛大，聲發林木間，幾於蜮哮鬼嘯，鐙火撲滅幾盡，迷不知路，旁皇良久，遇騎者援之，始得免。及請告歸裏，冬杪過盱眙，寒雲四集，彌望無人煙。予方乘肩輿，積雪覆輿盈寸，輿人力倦不能荷，衣裝皆濕，手足至僵凍欲裂，上下齒搏擊矻矻有聲，氣色悉沮喪。幸而前達逆旅，則僮僕無不置酒相賀，以爲更生。甚矣予之畏雪也！至今偶一追維，猶不寒而慄。”⑥ 葉燮《汪文摘謬》評論稱：“若論文筆，則鋪叙形容處，無一非俗筆；章法、句法、字法極似小説，又似爛惡尺牘。”⑦ 相反，張謙宜《絸齋論文》所論歐陽修《王彦章畫像記》，作爲古文叙事的典範，可謂叙事簡古傳神而絕無鋪叙

---

① （清）劉大櫆著：《論文偶記》，北京：人民文學出版社1998年版，第8頁。
② （明）桃源居士編：《唐人小説》，上海：上海文藝出版社1992年版，第1頁。
③ （明）胡應麟撰：《少室山房類稿》，轉引自汪辟疆《唐人小説》，上海：上海古籍出版社2002年版，第69頁。
④ （清）張謙宜撰：《絸齋論文》，《續修四庫全書》集部1714，上海：上海古籍出版社2003年版，第447頁。
⑤ （清）平步青著：《霞外攟屑》，北京：中華書局1982年版，第559頁。
⑥ （清）汪琬著，李聖華箋校：《汪琬全集箋校》，北京：人民文學出版社2009年版，第1447頁。
⑦ （清）葉燮摘：《汪文摘謬》，余祖坤編：《歷代文話續編》，南京：鳳凰出版社2013年版，第32頁。

描摹之處：

　　　　太師王公諱彥章，字子明，鄆州壽張人也。事梁爲宣義軍節度使，
　　　以身死國，葬於鄭州之管城。晉天福二年，始贈太師。公在梁以智勇
　　　聞，梁、晉之爭數百戰，其爲勇將多矣，而晉人獨畏彥章。自乾化後，
　　　常與晉戰，屢困莊宗於河上。及梁末年，小人趙岩等用事，梁之大臣老
　　　將多以讒不見信，皆怒而有怠心，而梁亦盡失河北，事勢已去。諸將多
　　　懷顧望，獨公奮然自必，不少屈懈，志雖不就，卒死以忠。公既死，而
　　　梁亦亡矣。悲夫！五代終始才五十年，而更十有三君，五易國而八姓，
　　　士之不幸而出乎其時，能不污其身，得全其節者鮮矣。公本武人，不知
　　　書，其語質，平生嘗謂人曰："豹死留皮，人死留名。"蓋其義勇忠信，
　　　出於天性而然。①

　　當然，清人並非一概反對古文叙事描摹之細節描寫和場景鋪陳，而是強
調要簡潔傳神，如黃宗羲《論文管見》："叙事須有風韻，不可擔板。今人見
此，遂以爲小説家伎倆。不觀《晉書》《南北史》列傳，每寫一二無關係之
事，使其人之精神生動，此頰上三毫也。"②方苞《書歸震川文集後》評論歸
有光書寫親人日常生活之文："至事關天屬，其尤善者，不俟修飾，而情辭
並得，使覽者惻然有隱，其氣韻蓋得之子長。"③李祖陶《國朝文録》評點彭
端淑《陳烈女傳》："此等題，今人作之者多矣。然往往有議論而無神味，又
或過於描畫未能恰如其人，惟此文寫其嫂之微笑，寫其母之痛訶，寫其女之
驟聞而神奪、久鬱而志堅，如燈取影，毫髮畢肖而又筆筆高簡，無小説家渲

　　①（宋）歐陽修著，李之亮箋注：《歐陽修集編年箋注》，成都：巴蜀書社 2007 年版，第 73—74 頁。
　　②（清）黃宗羲著，沈善洪主編：《黃宗羲全集》（第十冊），杭州：浙江古籍出版社 2005 年版，
第 668—669 頁。
　　③（清）方苞著，劉季高校點：《方苞集》，上海：上海古籍出版社 1983 年版，第 117 頁。

染習氣技也，而入於神且進於道矣。"①彭端淑《陳烈女傳》有比較細膩的細節點染，形同"小説"筆法，但能於細節點染中傳達人物道德品格，亦被古文家認可：

　　郯城陳烈女者，生自農家，許聘鄰人徐姓子，未冠而死。訃至，女執薪方爨，聞之，薪自竈中燃及外，達於手始解。須臾入内，撤其頭繩足帶，易以素，出復爨，忽大慟。其嫂見之，微笑言於母。母曰："閨中女，奈何作此態。"女遂止。女父農人，難與言。舅某，邑諸生，素奇女，適他出，女口中念曰："安得舅氏至乎？"久之乘間語母曰："兒已許聘徐郎，便終身不易。聞郎伯兄有兩子，得一子撫之，便畢兒願。"母正色叱之曰："唉，是何言！汝母自爲婦來，未聞有此，止恐爲外人羞也。且毋令若父知，知則當重怒汝。"女不再言。他日，母怪其形骨立，潛視卧處，則淚濕枕有血痕。驚曰："此子乃一癡至此耶！"倩鄰嫗代解之。女度母終不可行己志，而又不敢達於父，但日俟舅至，而舅終不至，遂自經死。②

　　古人文章辨體亦多强調用語之規範，如劉祁《歸潛志》稱："文章各有體，本不可相犯欺，故古文不宜蹈襲前人成語，當以奇異自强。四六宜用前人成語，複不宜生澀求異。如散文不宜用詩家語，詩句不宜用散文言，律賦不宜犯散文言，散文不宜犯律賦語，皆判然各異。如雜用之，非惟失體，且梗目難通。然學者闇於識，多混亂交出，且互相詆誚，不自覺知此弊，雖一二名公不免也。"③從語言詞句來看，古文語言以典雅爲則，自然禁入"小

---

　　①　（清）李祖陶輯：《國朝文録》，《續修四庫全書》集部1670，上海：上海古籍出版社2002年版，第375頁。
　　②　（清）彭端淑：《陳烈女傳》，轉引自（清）錢儀吉纂，靳斯校點：《碑傳集》，北京：中華書局1993版，第4548—4549頁。
　　③　（金）劉祁撰，崔文印點校：《歸潛志》，北京：中華書局1983年版，第138頁。

説”之詞句，吳德旋《初月樓古文緒論》：“國初如汪堯峰文，非同時諸家
所及，然詩話尺牘氣尚未去浄，至方望溪乃盡浄耳。詩賦字雖不可有，但當
分别言之：如漢賦字句，何嘗不可用？六朝綺靡，乃不可也。正史字句，亦
自可用；如《世説新語》等太雋者，則近乎小説矣。公牘字句，亦不可闌入
者。此等處，辨之須細須審。”① 吳鋌《文翼》：“柳州《與韋中立書》中有俳
優語，近於小説。”② 例如，對於汪琬《金孝章墓誌銘》：“予嘗走詣先生，老
屋數間，塵埃滿案，與客清坐相對，久之自起焚香淪茗，出其書畫與所録
本，娛客而已。”葉燮《汪文摘謬》評論稱：“‘清坐’二字俗，且似小説。”③
其實，時人不僅反對對古文傳記用語沾染“小説氣”，甚至對史傳引入“小
説”語詞，亦持批評態度，如李鄴嗣《世説遺録序》：“著書家各自有體，寧
取史傳語入稗篇中，不得取稗篇語入史傳中。”④

　　此外，清人批評古文傳記之“小説氣”，亦有從文章立意角度指責其
“用意纖刻”，如吳德旋《初月樓古文緒論》：“《史記》未嘗不罵世，却無一
字纖刻。柳文如《宋清傳》《蝜蝂傳》等篇，未免小説氣，故姚惜抱於諸傳
中只選《郭橐駝》一篇也。所謂小説氣，不專在字句。有字句古雅，而用意
太纖、太刻，則亦近小説。看昌黎《毛穎傳》，直是大文章。”⑤ 這應與古文
特别注重“立意”之創作傳統密切相關，杜牧《樊川文集》卷十三《答莊充
書》：“凡爲文以意爲主，氣爲輔，以辭彩章句爲之兵衞。”⑥ 釋智圓《送庶幾
序》：“夫所謂古文者，宗古道而立言，言必明乎古道也”“今其辭而宗於儒，
謂之古文可也；古其辭而倍於儒，謂之古文不可也。”⑦ 陳騤《文則》：“文之

---

① （清）吳德旋著：《初月樓古文緒論》，北京：人民文學出版社1959年版，第19頁。
② （清）吳鋌纂：《文翼》，余祖坤編：《歷代文話續編》，南京：鳳凰出版社2013年版，第605頁。
③ （清）葉燮摘：《汪文摘謬》，同上，第24頁。
④ （明）李鄴嗣著，張道勤校點：《杲堂詩文集》，杭州：浙江古籍出版社2013版，第634頁
⑤ （清）吳德旋著：《初月樓古文緒論》，北京：人民文學出版社1959年版，第25頁。
⑥ （唐）杜牧著，吳在慶校注：《杜牧集繫年校注》，北京：中華書局2008版，第884頁。
⑦ （宋）釋智圓：《送庶幾序》，郭紹虞主編：《中國歷代文論選》，北京：中華書局1962年版，第
11—12頁。

作也，以載事爲難：事之載也，以蓄意爲工。"①張謙宜《絸齋論文》卷一：
"古文不在字句而在立意。"②

從上述理論批評的作者來看，清人批評古文傳記之"小説氣"既有一批
桐城派古文家如方苞、劉大櫆、吳德旋、吳鋌等，也包括桐城派之外的其他
古文家如汪琬、張謙宜、李紱、王昶、李祖陶等，實際上應看作清代古文家
比較普遍的認識判斷。從批評者相關言論的時間分布來看，清人批評古文傳
記"小説氣"貫穿於整個清代，如清初之汪琬、張謙宜，清中期之方苞、李
紱、劉大櫆、王昶，清後期之吳德旋、李祖陶、吳鋌。

以頗具"小説氣"的王猷定《四照堂詩文集》文集卷四"傳""記"、侯
方域《侯方域集》卷五"傳"、毛奇齡《西河集》卷七十三至八十三"傳"
中的有關作品爲例，可見古文傳記之"小説氣"在具體作品中主要表現爲
以下幾個方面：傳主和事迹以身份低微之"奇人""怪人""異事"爲旨趣，
如王猷定《李一足傳》《樗叟傳》《孝賊傳》《湯琵琶傳》《義虎記》、侯方
域《李姬傳》《馬伶傳》、毛奇齡《陳老蓮別傳》《桑山人傳》《魯顛傳》《尼
演傳》《湖中二客傳》，人物故事的傳奇色彩濃厚，有的還事涉神怪，多有
失"雅馴"，如《湯琵琶傳》："偶泛洞庭，風濤大作，舟人惶擾失措。曾匡
坐，彈《洞庭秋思》。稍定，再泊岸，見一老猿，鬚眉甚古，自叢箐中跳入
蓬窗，哀號中夜。天明，忽報琵琶躍水中，不知所在。自失故物，輒惘悵不
復彈。已歸省母，母尚健，而婦已亡，惟居旁土抔土在焉。母告以婦亡之夕
有猿啼户外，啓户不見。"③同時，在叙事方面，寫生描摹，筆法細膩、瑣屑，
語言口語化，有失"瑣碎"，如周亮工《書戚三郎事》："戚心獨朗朗，念虔
事帝，得死楹下足矣。然度難死，帝顯赫，或有以援我。日且暮，覺祠中有

①　（宋）陳騤著，劉彦成注譯：《文則注譯》，北京：書目文獻出版社1988年版，第15頁。
②　（清）張謙宜撰：《絸齋論文》，《續修四庫全書》集部1714，上海：上海古籍出版社2003年版，第427頁。
③　（清）王猷定撰：《四照堂文集》，《四庫未收書輯刊》第五輯27，北京：北京出版社2000年版，第253頁。

異，糾臂帶忽裂，裂聲如弓弦，作霹靂鳴。戚臂左受創，糾縛既斷，因得以右扶首，首將墮，喉固未絕，因宛轉正之。”“戚乃攜子，先懇之郝，郝與俱來。戚直前跪曰：‘連覓妻所在，聞即在府中，願憫之。’張即詢：‘所系婦，首王氏，即戚婦耶？’呼之出，真戚婦也。戚見婦，驚悸錯愕，未敢往就，搖搖不知悲。其子見母出，突奔母懷，仰視大痛。婦亦俯捧兒，哭失聲，戚至是始血淚迸落。戚、成跪張前，戚婦亦遥跪聽命。”①

上述分析與清人對韓愈《試大理評事王君墓誌銘》的評論非常吻合，如黃本驥《讀文筆得》：

　　昌黎志王適墓云：“妻上谷侯氏處士高女，高固奇士，自方阿衡太師，世莫能用吾言。再試吏，再怒去，發狂，投江水。初，處士將嫁其女，懲曰：‘吾以齟齬窮，一女憐之，必嫁官人，不以與凡子。’君曰：‘吾求婦氏久矣，惟此翁可人意，且聞其女賢，不可以失。’即謾謂媒嫗：‘吾明經及第，且選即官人。侯翁女幸嫁，若能令翁許我，請進百金爲嫗謝。’許諾白翁，翁曰：‘誠官人耶，取文書來。’君計窮，吐實，嫗曰：‘無苦，翁大人，不疑人欺我。得一卷書，粗若告身者，我袖以往，翁見未必取視，幸而聽我。’行其謀。翁望見文書銜袖，果信不疑，曰：‘足矣。’以女與王氏。”按此文計六百字，而叙此一事，乃多至二百字。賂媒騙婦何等事也，乃大書特書於勒石銘幽之作耶，在今人必以爲鄙瑣似小説矣，然實古大家作文之枕秘也。②

所謂“鄙瑣似小説”即指其題材内容有失雅馴，叙事筆法描摹瑣屑。

　　① （明）周亮工：《書戚三郎事》，轉引自（清）張潮輯，王根林校點：《虞初新志》，上海：上海古籍出版社 2012 年版，第 82—85 頁。
　　② （清）黃本驥撰，劉範弟點校：《黃本驥集》，長沙：岳麓書社 2009 年版，第 268 頁。

二、清人對"小説氣"古文傳記之文類文體定位

清人對古文"小説氣"批評主要集中於《馬伶傳》《湯琵琶傳》等一批以下層人士之奇人異事爲旨歸的傳文，從明清的文人別集、文章總集和小説選本的選文收録以及官私書目相關著録情況來看，對此類作品的文類、文體定位實際上也介於集部之傳文和子部之"小説"之間。

明清之文人別集、文集頗多載録奇人異事而具有"小説氣"的古文傳記，此類作品首先歸屬於集部之文。例如，袁中道《珂雪齋集》前集卷十六"文"收録《關木匠傳》《一瓢道士傳》《回君傳》，汪道昆《太函集》卷二十七"傳"至卷四十"傳"類收録《庖人傳》《江山人傳》《陳宜人傳》《却姬傳》，周亮工《賴古堂集》卷十八"傳"類收録《盛此公傳》《書戚三郎事》。同時，還存在個別作品同時載入文集和小説集的跨類現象，例如，王士禎《帶經堂集》卷四十四"漁洋文"六《書劍俠二事》，同時也收入了王士禎《池北偶談》卷二十三"劍俠"條、卷二十六"女俠"條。而且，個別文人別集甚至在著述體例上出現了"小説集化"的現象，如宋懋澄《九籥別集》，《明史》將其著録於集部，但卷二至卷四題名爲"稗"，既有《吕翁事》《飛虎》《俠客》等筆記雜記，也有《耿三郎》《珠衫》《吳中孝子》《劉東山》等傳記，全類"小説"，這些作品也被同時收録《九籥集》，王士禎《池北偶談》卷二十二"宋孝廉數學"稱其："如稗官家劉東山、杜十娘等事，皆集中所載也。"[1]徐芳《懸榻編》，雖屬文人別集，如文德翼《求是堂文集》卷二《懸榻編序》："因評選其文集以行，曰《懸榻編》云。"[2]徐乾學

---

① （清）王士禎撰，靳斯仁點校：《池北偶談》，北京：中華書局 1982 年版，第 520—521 頁。

② （明）文德翼撰：《求是堂文集》，《四庫禁毀叢刊》集部 141，北京：北京出版社 1998 年版，第 329 頁。

《傳是樓書目》將《懸榻編》著録於集部之別集類，但卷三至卷六收録《太行虎記》《化虎記》《怪病記》等雜記或《奇女子傳》《乞者王翁傳》《月峰山人傳》《柳夫人小傳》等傳，與其小説集《諾皋廣志》著述體例非常接近。顯然，這種混雜不同於一般的文人大全性的別集收録小説類著作，如鈕琇《臨野堂詩集十三卷文集十卷尺牘四卷詩餘一卷》，"原集尚有《觚賸》正續編八卷附刊於後，今析出別記於小説類中"。①

　　清人選編之明代文章總集或選本以黄宗羲《明文案》《明文海》《明文授讀》和薛熙《明文在》、顧有孝《明文英華》最具代表性。黄宗羲所編明代文章總集《明文海》以保存一代文獻爲旨歸，故"小説氣"之古文亦收録無遺，卷三八七至卷四二八"傳"類，分爲名臣、功臣、能臣、文苑、儒林、忠烈、義士、奇士、名將、名士、隱逸、氣節、獨行、循吏、孝子、列女、方技、仙釋、詭異、物類、雜傳等二十一類子目，其中，"方技""奇士""獨行""詭異""隱逸""物類""雜傳"等多以下層人士中的異人、奇人、怪人爲傳主，載録之事也多求奇嗜異趣味，如袁中道《回君傳》、陳鶴《乞市者傳》、汪道昆《庖人傳》、侯一麟《鮑奕士傳》、何白《方湯夫傳》、車大任《潘屠傳》、侯方域《馬伶傳》、王寵《張琴師傳》、何偉然《馬又如傳》、汪道昆《查八十傳》、王猷定《湯琵琶傳》《李一足傳》、丘雲霄《楚人傳》、沈一貫《搏者張松溪傳》、戴良《袁廷玉傳》、陳謨《乘槎客傳》、劉伯燮《日者蔣訓傳》、朱右《滑攖寧傳》、戴良《吕復傳》、祝允明《韓公傳》、慎蒙《漢章凌先生傳》、徐顯卿《盛少和先生傳》、黄鞏《拙修小傳》、丘雲霄《山人操舟傳》、徐敬《朱山人傳》、徐芳《太行虎記》《柳夫人小傳》、張鳳翼《張越吾輪回傳》、戴士琳《李翠翹傳》等。《四庫全書總目》評黄宗羲《明文海》："又欲使一代典章人物，俱藉以考見大凡，故雖遊戲小説家

---

① （清）周中孚著，黄曙輝、印曉峰標校：《鄭堂讀書記》，上海：上海書店出版社2009年版，第1150頁。

言，亦爲兼收並采，不免失之泛濫。"[1]當然，嚴謹的古文選本多有所甄別，黜而不録"小説氣"古文，如《明文在》"傳"類僅收文二十篇，全無此類作品。

清代編纂之清人古文選本主要有陸熠《切問齋文鈔》、徐斐然《國朝二十四家文鈔》、王昶《湖海文傳》、姚椿《國朝文録》、吳翌鳳的《國朝文徵》、朱琦《國朝古文匯鈔》、李祖陶《國朝文録》及《續編》等，一般很少收録"小説氣"之古文，例如《湖海文傳》其編選宗旨則是以講求實學，兼顧詞章之美爲主，卷六十一至卷六十六"傳"類，未收録異人奇事之作。《國朝文録》及《續編》選文以醇雅爲尚，"有明道之文而近膚者不録，有論事之文而大橫者不録，有紀功述德之文而過諛者不録，有言情寫景之文而涉浮者不録"。[2]其中，《四照堂文録》僅選《湯琵琶傳》，《壯悔堂文録》選《賈生傳》《徐作霖張渭傳》，而未收《馬伶傳》《李姬傳》等。徐斐然《國朝二十四家文鈔》收録個别"小説氣"古文，亦被批判，"以王于一之《李一足》《湯琵琶傳》，侯朝宗之《馬伶》《李姬傳》，爲近俳不録，而采王之《孝賊傳》《義虎記》，侯之《郭老僕墓志》，乃彌近小説。勻庭、劉文炳、江天一諸傳，最爲出色，乃屛不收，而取其《大鐵椎傳》，則俚率遊戲，直是《水滸傳》中文字"。[3]清代編纂之清人古文選本極少收録"小説氣"的古文傳記，一方面應與清代古文批評强調古文與小説的文類文體區分相關，另一方面，也應與"虞初"系列小説選本的流行密不可分。

明人已有傳奇文選本收録傳體文現象，如孫一觀輯《志林》主要選録《柳毅傳》《紅綫傳》《長恨傳》《周秦行紀》《鶯鶯傳》《柳氏傳》《杜牧傳》《李謨傳》《崔玄微傳》《獨孤遐叔傳》《昆侖奴傳》《却要傳》《妖柳傳》等，也收

---

① （清）永瑢等撰：《四庫全書總目》，北京：中華書局1965年版，第1729頁。
② （清）李祖陶輯：《國朝文録》，《續修四庫全書》集部1669，上海：上海古籍出版社2003年版，第300頁。
③ （清）李慈銘撰，由雲龍輯：《越縵堂讀書記》，北京：中華書局2006年版，第624頁。

入蘇軾《僧圓澤傳》、宋濂《竹溪逸民傳》等。張潮《虞初新志》以"事奇而核，文雋而工""任誕矜奇，率皆實事"、"表彰軼事，傳布奇文"爲旨趣，[①] 從明末清初文人之別集、文集以及總集中選録了一批頗具"小説氣"的傳文，[②]"其事多近代也，其文多時賢也"，[③] 如魏禧《姜貞毅先生傳》《大鐵椎傳》《賣酒者傳》《吳孝子傳》、侯方域《馬伶傳》《李姬傳》、王猷定《湯琵琶傳》《李一足傳》《孝貞傳》、周亮工《盛此公傳》《書戚三郎事》、吳偉業《柳敬亭傳》《張南垣傳》、毛奇齡《陳老蓮別傳》《桑山人傳》、顧彩《焚琴子傳》《髯樵傳》、秦松齡《過百齡傳》、毛際可《李丐傳》、方亨咸《武風子傳》、李清《鬼母傳》、宗元鼎《賣花老人傳》等，顯然，其中許多作品亦曾被明人文集和《明文海》收録。同時，《虞初新志》有部分傳記文源自子部之"小説"，如《人觚》《事觚》《物觚》《燕觚》《豫觚》《秦觚》《吳觚》源自鈕琇《觚賸》，《唐仲言傳》《李公起傳》源自周亮工《因樹屋書影》卷三"唐仲言"條、《李公起》條。此外，《虞初新志》也有部分傳記可看作史部之"傳記"，如陳鼎《八大山人傳》《活死人傳》《狗皮道士傳》《薛衣道人傳》《彭望祖傳》《雌雄兒傳》《毛女傳》《王義士傳》《愛鐵道人傳》，亦被陳鼎編入《留溪外傳》，而此書被歸入史部之"傳記"，如《四庫全書總目》著録於"傳記類總録之屬"："是書凡分十三部：曰忠義、曰孝友、曰理學、曰隱逸、曰廉能、曰義俠、曰遊藝、曰苦節、曰節烈、曰貞孝、曰闓德、曰神仙、曰緇流，所紀皆明末國初之事，其間畸節卓行，頗足以闡揚幽隱。……其間怪異諸事，尤近於小説家言，不足道也。"[④]《虞初新志》將"小説氣"之

---

① （清）張潮輯，王根林校點：《虞初新志》，上海：上海古籍出版社 2012 年版，"自序""凡例十則"，第 1—2 頁。
② 參見陸學松：《小説、傳記與傳記體小説——從〈虞初新志〉重審"虞初體"内涵》，《社會科學家》2017 年第 8 期；朱柳斌：《從〈虞初新志〉看傳記文與傳奇小説的互滲》，碩士論文，湖南師範大學，2018 年。
③ （清）張潮輯，王根林校點：《虞初新志》，上海：上海古籍出版社 2012 年版，"自叙"第 1 頁。
④ （清）永瑢等撰：《四庫全書總目》，北京：中華書局 1965 年版，第 567 頁。

古文傳記、"小說"、史部之"傳記"並列收録，將其看做性質相同或相類之作，混淆了三者之文類界限。

在清人看來，《虞初新志》整體上還是歸屬於子部之"小說家"。張潮明確提出《虞初新志》接踵《虞初志》而作，其《自叙》稱："此《虞初》一書，湯臨川稱爲小說家之'珍珠船'，點校之以傳世，洵有取爾也。獨是原本所撰述，盡摭唐人軼事，唐以後無聞焉……予是以慨然有《虞初後志》之輯，需之歲月，始可成書，先以《虞初新志》授梓問世。"①《凡例》亦稱："兹集效虞初之選輯，效若士之點評。"②《虞初志》爲"小說家之'珍珠船'"，《虞初新志》自然也同屬"小說家"。田秌《如意君傳序》亦將《虞初新志》與《聊齋志異》等並列稱爲"稗官小說"："降而稗官小說，如《三國志》《西遊》《水滸》《西廂》《聊齋》《紅樓》《虞初新志》，齊諧志怪種種，不可勝數者。"③王用臣《斯陶説林》卷前"斯陶説林例言"：《虞初新志》等書，率以文章爲小說，又是一種筆墨。"④

清人對《虞初新志》的著録主要見於方志，也多將其歸入"小說"，如趙宏恩《(乾隆)江南通志》著録於"雜説類"，"雜説"相當於"雜家""小説家"。何紹基《(光緒)重修安徽通志》著録於"小説類"。當然，也有《八千卷樓書目》將其著録於史部之"傳記類總録之屬"。《虞初新志》風靡一時，"幾於家有其書矣"，仿之體例而繼續輯録明末至清代文人文集中載録奇人異事之傳文，有鄭澍若所編《虞初續志》、黄承增所輯《廣虞初新志》、朱承�鉽所編《虞初續新志》等，"取國朝各名家文集，暨説部等書"，⑤形成了一個"虞初"系列。《虞初新志》以及"虞初"系列被整體歸屬定位於"小

①　(清)張潮輯：《虞初新志·自叙》，上海：上海古籍出版社2012年版，第1頁。
②　(清)張潮輯：《虞初新志·凡例十則》，同上。
③　(清)田秌：《如意君傳序》，丁錫根編著《中國歷代小說序跋集》，北京：人民文學出版社1996年版，第1581頁。
④　(清)王用臣輯：《斯陶説林》，北京：中國書店1991年版，第1頁。
⑤　(清)鄭澍若輯：《虞初續志》，北京：中國書店1986年版，"序"第1頁。

説家", 實際上進一步凸顯了載録奇人異事之古文傳記的 "小説" 性。

三、清代古文傳記 "小説氣" 溯源

從明清文體學來看, 時人實際上將 "正史" 列傳、史部 "傳記"、集部 "傳體文" 看作相聯相通的文類、文體譜系。吳訥《文章辨體序説》: "太史公創史記列傳, 蓋以載一人之事, 而爲體亦多不同。迨前後兩《漢書》《三國》《晉》《唐》諸史, 則第祖襲而已。厥後世之學士大夫, 或值忠孝才德之事, 慮其湮没弗白; 或事迹雖微而卓然可爲法戒者, 因爲立傳, 以垂於世: 此小傳、家傳、外傳之例也。"[①] 徐師曾《文體明辨序説》: "自漢司馬遷作《史記》, 創爲 '列傳', 以紀一人之始終, 而後世史家卒莫能易。嗣是山林裏巷, 或有隱德而弗彰, 或有細人而可法, 則皆爲之作傳以傳其事, 寓其意, 而馳騁文墨者, 間以滑稽之術雜焉, 皆傳體也。故今辯而列之, 其品有四: 一曰史傳 (有正、變二體), 二曰家傳, 三曰托傳, 四曰假傳。"[②] 自唐代古文運動至清代桐城派, 古文家多以《史記》等史傳文爲學習、師法對象, 然而《史記》等史傳文之 "文筆" 本身蘊含了諸多 "小説" 筆法, 因此, 古文傳記之 "小説氣" 自可看作源於《史記》之 "文筆"。

《昭明文選》不録《左傳》《史記》等 "正史" 記事之文, 蕭統《文選序》: "至於記事之史, 繫年之書, 所以褒貶是非, 紀别異同, 方之篇翰, 亦已不同。"[③] 唐代古文運動, 韓愈、柳宗元等就已宣導學習《左傳》《史記》記事之法, 韓愈《進學解》: "上規姚、姒, 渾渾無涯", "下逮《莊》《騷》, 太

---

① (明) 吳訥、徐師曾著, 于北山、羅根澤校點:《文章辨體序説　文體明辨序説》, 北京: 人民文學出版社 1962 年版, 第 49 頁。
② 同上, 第 153 頁。
③ (梁) 蕭統編, (唐) 李善注:《文選》, 上海: 上海古籍出版社 1986 年版, 第 3 頁。

史所録"。① 降至宋代，古文家已將《左傳》《史記》作爲"作文之式"，如真德秀《文章正宗》"叙事類"選録《左傳》《史記》《漢書》叙事之文，並在"叙事類序"稱："又有紀一人之始終者，則先秦蓋未之有，而昉於漢司馬氏。後之碑誌、事狀之屬似之。今於《書》之諸篇，與《史》之紀傳，皆不復録，獨取《左氏》《史》《漢》叙事之尤可喜者，與後世記序、傳志之典則簡嚴者，以爲作文之式。"② 明代一大批古文家如唐順之、歸有光、茅坤、王慎中、陳繼儒等，極其推崇《史記》叙事之法，將其奉爲文章之經典範本，茅坤《史記鈔·讀史記法》云："屈、宋以來，渾渾噩噩，如長川大谷，探之不窮，攬之不竭，蘊藉百家，包括萬代者，司馬子長之文也。"③ 清代桐城派宣導古文"義法"，也都從《春秋》《史記》而來，如方苞《又書貨殖傳後》："《春秋》之制義法，自太史公發之，而後之深於文者亦具焉。"《答申謙居書》："若夫《左》《史》以來相承之義法。"《書五代史安重誨傳後》："記事之文，唯《左傳》《史記》各有義法。"④ 明清諸多文章總集或古文選本，如吳訥《文章辨體》、徐師曾《文體明辨》、賀復徵《文章辨體匯選》、林雲銘《古文析義》、徐乾學《古文淵鑒》、蔡世遠《古文雅正》、余誠《重訂古文釋義》等皆將《史記》等史傳之文與集部之傳體文並列收録。

　　然而，作爲"史家之絶唱，無韻之離騷"，《史記》是史筆、文筆相結合的典範之作。清人多認爲《史記》之文筆中就蘊含了諸多後世之"小説"筆法，如吳見思《史記論文》評《司馬相如列傳》："史公寫文君一段，濃纖宛轉，爲唐人傳奇小説之祖。"⑤ 牛運震《空山堂史記評》卷八："寫范睢微

---

① （唐）韓愈著，劉真倫、岳珍校注：《韓愈文集匯校箋注》，北京：中華書局 2010 年版，第 147 頁。
② （宋）真德秀：《文章正宗》，轉引自曾棗莊著：《中國古代文體學卷》第 1 卷，上海：上海人民出版社 2012 年版，第 801 頁。
③ （明）茅坤：《讀史記法》，轉引自張大可、丁德科主編：《史記論著集成》第 6 卷，北京：商務印書館 2015 年版，第 171 頁。
④ （清）方苞著，劉季高校點：《方苞集》，上海：上海古籍出版社 1983 年版，第 58、165、64 頁。
⑤ （清）吳見思著：《史記論文》，上海：上海古籍出版社 2008 年版，第 70 頁。

行誼須賈一段，極委曲，極瑣碎事，悉力裝點，將炎凉恩怨、世態人情一一逼露，絶似小説傳奇，而仍不失正史局度。此太史公專擅之長，自古莫二者也。"①梁玉繩《史記志疑》卷三十四評《淮南衡山列傳第五十八》之"於是王氣怨結而不揚，涕滿匡而横流，即起，歷階而去"："案《漢書》作'被因流涕而起'，是也。劉辰翁曰：'《史記》遊談如賦，近乎小説矣。'王若虚亦譏其失史體。"②馮鎮巒《讀聊齋雜説》："《聊齋》以傳記體叙小説之事，仿《史》《漢》遺法。"③所以，從某種意義上説，《史記》等史傳文之"文筆"實際上可看作古文傳記"小説氣"之淵源。

　　清代具有"小説氣"的古文傳記實際上也是承繼唐宋以來的古文傳統而來的。古代文集中的傳體文勃興於唐代，④至宋而走向繁盛，明清則蔚爲大觀，"及宋元以來，文人之集，傳記漸多，史學文才，混而爲一"。⑤在唐代古文傳記興起之初，就已出現了一批以載録異人奇事、體近"小説"之文，個别傳記如沈亞之《秦夢記》《馮燕傳》等甚至跟傳奇體小説相混雜，王士禎《池北偶談》卷十六"沈下賢集"條："唐吴興沈亞之《下賢集》十二卷，古賦詩一卷，雜文雜著如《湘中怨》《秦夢記》《馮燕傳》之類三卷……《下賢》文大抵近小説家，如記弄玉、邢鳳等事。"⑥宋代，此類傳記進一步發展，涌現出石介《趙延嗣傳》、王禹偁《瘖髡傳》《唐河店嫗傳》、歐陽修《桑懌傳》、蘇軾《方山子傳》《子姑神記》《天篆記》、蘇轍《巢谷傳》《孟德傳》《丐者趙生傳》、曾鞏《洪渥傳》《禿禿記》、沈遼《任社娘傳》、蘇舜欽《愛愛傳》、秦觀《眇倡傳》《魏景傳》《録龍井辯才事》、張耒《任青傳》、韋驤

　　① （清）牛運震撰，崔凡芝校釋：《空山堂史記評注校釋》，北京：中華書局 2012 年版，第 446 頁。
　　② （清）梁玉繩撰，賀次君點校：《史記志疑》，北京：中華書局 1981 年版，第 1429 頁。
　　③ （清）蒲松齡著，張友鶴輯校：《聊齋志異》（會校會注會評本），上海：上海古籍出版社 1986 年版，第 16 頁。
　　④ 參見羅寧、郝麗霞：《論文傳的産生與演變》，《新國學》第六卷，成都：巴蜀書社 2006 年。
　　⑤ （清）章學誠著，劉公純標點：《校讎通義》，北京：古籍出版社 1956 年版，第 80 頁。
　　⑥ （清）王士禎撰，靳斯仁點校：《池北偶談》，北京：中華書局 1982 年版，第 391 頁。

《向拱傳》、謝逸《匠者周藝多傳》等一大批作品，其中，《愛愛傳》《任社娘傳》等個別作品甚至與傳奇體小説旨趣相近而相互混雜。此類古文傳記被明代多種小説選集《古今説海》《五朝小説》《虞初志》等選入，亦被看作"準小説"，在文類文體定位上介於古文傳記和傳奇體小説之間。因此，部分古文傳記帶有"小説氣"本身就是唐宋以來古文創作自身的一種傳統。

第六章
清代傳奇小説的文體發展

清代傳奇小説的發展狀況主要可以概括成兩個系列。第一個系列是效仿《虞初志》的輯選系，由明人輯選前人的小説名篇轉向輯選時人的著述。如張潮所輯之《虞初新志》、鄭醒愚所輯之《虞初續志》、黃承增所輯之《廣虞初新志》等。第二個系列是以《聊齋志異》爲代表的著述系。《虞初》系列是清人模仿明人小説選本《虞初志》的一種文學選本，其所選篇目大多來自文集，是一種帶有傳奇性的古文。以《虞初新志》爲例，其中所選篇目，大多出自如魏禧、侯方域、徐芳等古文大家之手，"是由叙事性的古文或筆記變異而成"。①《聊齋》系列則是清代傳奇小説發展的新趨勢。《聊齋》系列與《虞初》系列的輯選特點分明，《聊齋》系列的文體特點基本上是"用傳奇法，而以志怪"，②《虞初》系列的選輯大抵是真人真事。

第一節　傳奇小説文體的古文化

清代以張潮《虞初新志》爲代表的一批選本，其選輯者多是明清兩代史學家和文學家所著述的人物傳記，它們是模仿明代《虞初志》而選輯。《虞初志》是一部梁朝到唐朝的志怪筆記體小説與傳奇小説的總集，但清代的

---

① 陳文新著：《中國文言小説流派研究》，武漢：武漢大學出版社 1993 年版，第 203 頁。
② 魯迅著：《中國小説史略》，上海：上海古籍出版社 1998 年版，第 147 頁。

“虞初”系列選本則並非如此。嚴格地説，清代“虞初”系列選本只能算是古文選本而不是小説總集。對以張潮《虞初新志》爲代表的“虞初”系列選本所選作品的定位，關係到明清兩代傳奇小説文體的發展格局。程毅中曾對“虞初”系列所選傳記文有一個定位，言：“清代傳統小説文體的另一派，是古文家的人物傳記以及基本紀實的雜録筆記，前人也都稱之爲小説。傳記文與傳奇體小説歷來有割不斷的聯繫，清初張潮編的《虞初新志》就是一部代表作。繼之而起的有《虞初續志》《廣虞初新志》《虞初廣志》《虞初近志》《虞初之志》等，收集了不少傳記體的文章，成爲‘虞初’系列的文選。這類作品到底有多少虛構的成分，根本無從考證。對於前人視爲小説的傳記，我們只能從作品的文學價值來衡量。只要它故事情節新奇，人物性格鮮明，就不妨承認其爲小説。”①

　　雖然可以把以張潮《虞初新志》爲代表“虞初”系列選本中的作品看作小説，但在考察明清傳奇小説的文體特徵時，則並不能把它們全部與傳奇小説等同視之。如鄭澍若《虞初續志》輯“國朝各名家文集暨説部等書”，但其大多取自“文集”，乃是古文，僅有少部分取自“説部”，如蒲松齡的傳奇小説。不過鄭澍若選輯所面向的接受者是“大雅”之人，故基本可以定位於是古文選本。②胡懷琛1913年編的《虞初近志》，所收多爲當時名人傳記，如梁啓超《譚嗣同傳》、章炳麟《鄒容傳》、陳去病《鑒湖女俠秋瑾傳》、吳沃堯《李伯元傳》等，也有一些市井傳奇人物傳記，如丕文《記霍元甲逸事》、李岳瑞《紀大刀王五事》等。1921年商務印書館出版了王葆心的《虞初支志》的甲編，王葆心編輯此書時間甚長，其自言：“自光宣後，迄今十五六年，所得不下千篇。”③但僅僅有甲編四卷刊出，其他則均未刊。其書所輯録，多來自

①　程毅中編：《古體小説鈔》（清代卷）《後記》，北京：中華書局2001年版，第563—564頁。
②　（清）鄭澍若撰：《虞初續志序》，《虞初續志》，上海：上海書店1986年影印版，第1頁。
③　（清）王葆心撰：《虞初支志》甲編凡例，上海：上海書店1986年影印版，第2頁。

集部，如“凡例”所言：“此類之書，自湯氏虞初志之後，有新志、續志、廣志，及當代所出之近志，各種中，其後出者，每嫌其采説部太多而文集較少，不免避難就易。誠以大家文集中可入説部者極少，薈萃良難。今特矯之，多輯不甚著稱之別集及鈔本、未傳刻之集，其有詩詞集中之序可采者，亦收之，並録其詩詞。凡此者，以其文格法氣體不甚矜嚴，界乎文集與説部之間，故取列本書。甚合所采之旨，動關勸懲，不欲取枯寂無味者；亦不敢與諸志一篇犯復也。”① 觀其所采，如明代馬朴《朱懶獠傳》、清代姚文然《鄧夫人白湖寨序》、陳洪綬《序妬》、黃宗羲《兩異人傳》、蔣士銓《書蔡秉公事》、姚鼐《史八夫人後傳》、章學誠《書孝豐知縣李夢登事》等，大多如其所言，“界乎文集與説部之間”，但究其實質，則大多是帶有傳奇色彩的古文，僅有少部分可以稱之爲傳奇小説。姜泣群《虞初廣志》大體也是這樣一部選本。事實上，張潮《虞初新志》所選之作也“界乎文集與説部之間”，他們大多是明末清初的古文家、傳記家或者文學家所作的傳記、詩序與時事紀實等。古文的傳奇性並不是情節性，而是人物性；而傳奇小説的傳奇性則主要是情節性而不是人物性。以此標準去衡量“虞初”系列所選作品，可以發現一些以古文筆法著述的傳奇小説。這些傳奇小説語言質樸而流暢，大體上是一種粗綫條的勾勒而非婉轉曲折的敍事，而且文體的外在形態也不拘一格，異彩紛呈。

第二節　《聊齋志異》及仿作的文體特徵

《聊齋志異》是蒲松齡的文言小説集，張友鶴輯校的會校會注會評本共收小説 491 篇。② 蒲松齡著述《聊齋志異》的時間頗長，大約從 25 歲左右

---

① （清）王葆心撰：《虞初支志》甲編凡例，上海：上海書店 1986 年影印版，第 2 頁。
② （清）蒲松齡著，張友鶴輯校：《聊齋志異》（會校會注會評本），上海：上海古籍出版社 1986 年版。

開始著述《聊齋》故事，40 歲左右開始結集，並撰《聊齋自志》，此後繼續撰述，到 68 歲時方"書到集成夢始安"。但正是因爲《聊齋志異》成書時間長，使所收小説文體並不統一，其中大量存在非傳奇體的小説作品，這些小説的存在影響了對《聊齋志異》的文體認定。對這些非傳奇體的短篇小説，魯迅認爲與"志怪"相近，言："至於每卷之末，常綴小文，則緣事極簡短，不合於傳奇之筆，故數行即盡，與六朝之志怪近矣。"[1]馬瑞芳則認爲它們"實際上是散文小品而不算小説"。[2]石昌渝則因爲這些非傳奇體的短篇小説的存在，對《聊齋志異》的文體界定爲："我以爲與其説《聊齋》用傳奇小説的方法，不如説是用筆記體小説文體寫傳奇小説，所以不妨換一種表達方式，説《聊齋》是筆記體傳奇小説。"[3]任訪秋則認爲《聊齋志異》"幾乎是無體不備"，而"基本上，則是以傳奇志怪爲主，而附之以筆記雜俎"。[4]這種看法對《聊齋志異》的編撰體制的定位確實很符合實際。

其實，晚於蒲松齡的清代大學者紀昀早就對《聊齋志異》的文體特徵進行過否定的評斷，云："《聊齋志異》盛行一時，然才子之筆，非著書者之筆也。虞初以下，干寶以上，古書多佚矣。其可見完帙者，劉敬叔《異苑》、陶潛《續搜神記》，小説類也；《飛燕外傳》《會真記》，傳記類也。《太平廣記》事可類聚，顧可並收。今一書而兼二體，所未解也。"[5]所謂"一書而兼二體"乃是指《聊齋志異》中既有"傳記類"的傳奇小説，也有志怪"小説類"的筆記體小説。魯迅《中國小説史略》第二十二篇命名爲"清之擬晉唐小説及其支流"，晉朝所處時代盛行志怪志人的筆記體小説，唐代則爲傳奇

①　魯迅著：《中國小説史略》，上海：上海古籍出版社 1998 年版，第 149 頁。
②　馬瑞芳：《〈聊齋志異〉中的散文小品》，吳組緗等著：《聊齋志異欣賞》，北京：北京大學出版社 1986 年版，第 172—186 頁。
③　石昌渝著：《中國小説源流論》，北京：三聯書店 1994 年版，第 215 頁。
④　任訪秋撰：《〈聊齋志異〉的思想和藝術》，盛源、北嬰選編：《名家解讀〈聊齋志異〉》，濟南：山東人民出版社 1999 年版，第 23—45 頁。
⑤　（清）盛時彥撰《〈姑妄聽之〉跋》，（清）紀昀著：《閱微草堂筆記》，上海：上海古籍出版社 1980 年版，第 472 頁。

小説，"擬晉唐"者乃既擬筆記體亦擬傳奇體，可見也認爲《聊齋志異》"一書而兼二體"乃是因爲既有傳奇體小説，也有志怪的筆記體小説。

在《聊齋志異》中，按照石昌渝的統計，筆記體小説約有296篇，傳奇體小説約有195篇，①筆記體小説比傳奇體小説約多101篇。形成這種狀況的原因有兩種，一是爲中國古代文言小説撰集的傳統模式所決定，即體雜不分的狀況，這可以前面關於小説集的論述得到證明；二是據蒲松齡《聊齋自志》所表明的，《聊齋志異》中的小説是他"喜人談鬼，聞則命筆"，或者是"四方同人，又以郵筒相寄"，如此積累而成。此外，據鄒弢《三借廬筆談》所記載，蒲松齡還曾在路邊備煙茶供行人享用，且"必强執與語，搜奇説異，隨人所知……必令暢談乃已，偶聞一事，歸而粉飾之，如是二十餘寒暑"，②方成《聊齋志異》一書。由此就形成了《聊齋志異》筆記體和傳奇體混雜的現象。

《聊齋志異》在小説史上地位的確立乃是緣於傳奇體小説。《聊齋志異》中傳奇小説的外在文體形態，歷來多有論述，而且觀點並不一致。如何彤文《注〈聊齋〉序》評曰："《聊齋》胎息《史》《漢》，浸淫晉魏六朝，下及唐宋，無不藏其香而摘其艷。"③認爲其中的傳奇小説是傳記體。孫錫硚《讀〈聊齋〉後跋》云："按法求之，然後知是書文理從《左》《國》《史》《漢》《莊》《列》《荀》《揚》得來。"④此則認爲其中傳奇小説的文體乃史傳與子書兩種文體的結合。但明倫大體也是此種觀點，他在《〈聊齋〉序》中分析《聊齋志異》傳奇體小説的文體特徵時説："不知其他，惟喜某篇某處典奧若《尚書》，名貴若《周禮》，精峭若《檀弓》，叙次淵古若《左傳》《國語》《國

---

　① 石昌渝著：《中國小説源流論》，北京：三聯書店1994年版，第213頁。
　② （清）鄒弢著：《三借廬筆談》卷六，《筆記小説大觀》第26册，揚州：江蘇廣陵古籍刻印社1983年版，第357頁。
　③ 丁錫根編著：《中國歷代小説序跋集》，北京：人民文學出版社1996年版，第142頁。
　④ 朱一玄編：《聊齋志異資料彙編》，天津：南開大學出版社2012年版，第495頁。

策》，爲文之法，得此益悟耳。"①鄒弢也有此種認識，其《三借廬筆談》云：
"蒲留仙先生《聊齋志異》，用筆精簡，寓意處全無迹相，蓋脱胎于諸子，非
僅抗手于左史、龍門。"②以上諸種認識没有注意到《聊齋志異》的小説特性，
亦即它的傳奇性。另有一批人則注意到了《聊齋志異》中傳奇小説的傳奇體
特徵，如金武祥《陶廬雜憶》指出："《聊齋》近唐。"俞鴻漸《印雪軒隨筆》
也認爲《聊齋志異》的文體"未脱唐宋小説窠臼"。③這種觀點雖然認識到了
《聊齋志異》傳奇體小説的本體性，但是並不能完全概括它的特點。充分認
識到《聊齋志異》中傳奇體小説文體特性的是清末的馮鎮巒，他在《讀〈聊
齋〉雜説》中説："《聊齋》以傳記體叙小説之事，仿《史》《漢》遺法，一
書而兼二體，弊實有之，然非此精神不出，所以通人愛之，俗人亦愛之，竟
傳矣。"④"以傳記體叙小説"實在是對《聊齋志異》中傳奇小説文體的極恰當
概括，因而在欣賞這些傳奇小説時，應該如同何守奇《負暄絮語》引周竹星
所説："《聊齋》，行文有史家筆法，閱者最宜體認，勿徒喜其怪異，悦其偷
香，風流文采，而忘其句法也。"⑤

關於《聊齋志異》中傳奇小説文體的史傳特徵，石昌渝有所概括，説：
"篇幅較長者，大多仿效傳記文，開頭介紹傳主姓氏籍貫，中間叙事，篇末
綴以'異史氏曰'，文章體式似乎蹈襲司馬遷《史記》之傳記文。這種體式
的作品，大約有一百九十五篇，約占全書的百分之四十。所以《聊齋志異》
有'史家列傳體'之稱。（石注：馮鎮巒《讀聊齋雜説》）"⑥同時，某些傳奇

---

① （清）蒲松齡撰，張友鶴輯校：《聊齋志異》（會校會注會評本），上海：上海古籍出版社1986
年版，第19頁。
② （清）鄒弢著：《三借廬筆談》卷六，《筆記小説大觀》第26冊，揚州：江蘇廣陵古籍刻印社
1983年版，第357頁。
③ （清）俞鴻漸著：《印雪軒隨筆》，民國十八年掃葉山房石印本。
④ （清）蒲松齡撰，張友鶴輯校：《聊齋志異》（會校會注會評本），上海：上海古籍出版社1986
年版，第16頁。
⑤ 同上，第746頁。
⑥ 石昌渝著：《中國小説源流論》，北京：三聯書店1994年版，第213頁。

小説的起首有頗類白話小説的"入話"。如《念秧》將"異史氏曰"提到篇首,然後才涉及正題;《水莽草》開頭介紹了水莽草和水莽鬼的一段文字;《五通》開頭解釋南方的五通神;《造畜》開篇講述了"魘昧之術""打絮巴";《晚霞》説了吴越鬥龍舟的風俗,等等。① 這些都是對傳奇小説傳統叙事模式的打破,是一種創新,顯示了蒲松齡"自成一家"的文學意識。

此外,《聊齋志異》雖然經常用典,但這些典故的運用並不妨礙《聊齋志異》叙事的順暢與自然,如馮鎮巒《讀〈聊齋〉雜説》評《聊齋志異》的用典曰:"《聊齋》於粗服亂頭中,略入一二古句,略裝一二古字,如《史記》諸傳中偶引古諺時語,及秦、漢以前故書。斑駁陸離,蒼翠欲滴,彌見大方,無一點小家子強作貧兒賣富醜態,所以可貴。"② 且《聊齋志異》的語體,"就總體來説,其語言特點是保持了文言格式的基本規範,適應小説叙事要求,采用了唐宋以來古文辭日趨平易的一格,又糅合了一些口語因素,小説人物的語言尤爲顯著,於是形成了叙述語言平易簡潔,人物語言則是靈活多樣的特點,並在叙事狀物寫人諸方面達到了真切曉暢而有意味的境界,完成了各自的藝術使命"。③ 其實《聊齋志異》爲"通人"與"俗人"兩個文化階層的讀者所喜歡,除了有"用傳奇法而以志怪"的原因外,它的這種語體特徵亦不容忽略。

《聊齋志異》之後,在清中期出現了如和邦額《夜譚隨録》、沈起鳳《諧鐸》、長白浩歌子《螢窗異草》等仿作。在這些仿作中,和邦額《夜譚隨録》出現最早,其自序日期爲乾隆己亥四十四年(1779)。沈起鳳《諧鐸》,據蔣瑞藻《小説考證》卷七引《青燈軒快譚》言:"《諧鐸》一書,《聊齋》以外,

① 石昌渝著:《中國小説源流論》,北京:三聯書店1994年版,第221頁。
② (清)蒲松齡撰,張友鶴輯校:《聊齋志異》(會校會注會評本),上海:上海古籍出版社1986年版,第17頁。
③ 袁行霈主編:《中國文學史》第四册,北京:高等教育出版社1998年版,第329頁。

罕有匹者。"① 可見其較爲時人所推崇。又蔣瑞藻《小説枝談》卷下引《摶沙
録》的評論説："《諧鐸》一書，風行海内。其中記載頗多徵實，非若近代稗
官，徒以駕虛張誕，眩人耳目行可比。"② 此論或有虛誇成分，但亦可見其傳
播範圍還是較爲廣泛。署名"長白浩歌子"的《螢窗異草》的刻本最晚出，
最早由上海《申報》館於 1876 年到 1877 年（清光緒二年到三年）排印行
世，之前未見刻本，但一經刊出，就風行於世。因爲該書初編本有所謂"此
書事實之奇幻，文筆之娟秀，與《聊齋》相仿佛，説部中之佳構也"，③ 因而
問世後即"風行海内，閲者僉謂《聊齋》而後，此其嗣音"，④ 故二編、三編
接踵而出，"購者日衆，幾於無翼而飛"，⑤ 頗受讀者歡迎。

　　魯迅曾對《聊齋志異》之後的仿作有一個整體概括，云：

　　　　乾隆末，錢唐袁枚撰《新齊諧》二十四卷，續十卷，初名《子不
　　語》，後見元人説部有同名者，乃改今稱；序云"妄言妄聽，記而存
　　之，非有所感也"。其文屏去雕飾，反近自然，然過於率意，亦多蕪
　　穢，自題"戲編"，得其實矣。若純法《聊齋》者，時則有吳門沈起鳳
　　作《諧鐸》十卷（乾隆五十六年序），而意過俳，文亦纖仄；滿洲和邦
　　額作《夜譚隨録》十二卷（亦五十六年序），頗借材他書（如《佟觭角》
　　《夜星子》《癗醫》皆本《新齊諧》），不盡己出，詞氣亦時失之粗暴，然
　　記朔方景物及市井情形者特可觀。他如長白浩歌子之《螢窗異草》三
　　編十二卷（似乾隆中作，别有四編四卷，乃書賈僞造），海昌管世灝之
　　《影談》四卷（嘉慶六年序），平湖馮起鳳之《昔柳摭談》八卷（嘉慶中

① 蔣瑞藻編：《小説考證》卷七，上海：商務印書館 1935 年版，第 185 頁。
② 蔣瑞藻編：《小説枝談》卷下，上海：古典文學出版社 1958 年版，第 163 頁。
③ 《螢窗異草出售》，《申報》1876 年 8 月 17 日。
④ 《螢窗異草二集出售》，《申報》1877 年 7 月 10 日。
⑤ 《螢窗異草三集出售》，《申報》1877 年 8 月 28 日。

作），近至金匱鄒弢之《澆愁集》八卷（光緒三年序），皆志異，亦俱不脱《聊齋》窠臼。惟泰余裔孫《六合内外瑣言》二十卷（似嘉慶初作）一名《璅雜記》者，故作奇崛奧衍之辭，伏藏諷喻，其體式爲在先作家所未嘗試，而意淺薄……紳又有《鶚亭詩話》一卷，文詞較簡，亦不盡記異聞，然審其風格，實亦此類。[①]

　　清代《聊齋志異》及其仿作的出現，鑄就了傳奇小説發展的又一個高峰，但在《聊齋志異》的流風餘韻中，也迎來了傳奇小説文體發展的轉型與終結。

─────────────────

　　① 魯迅著：《中國小説史略》，上海：上海古籍出版社 1998 年版，第 149—150 頁。

第七章
清代話本小説的文體特徵

　　清前期，通俗小説領域的各文體類型進入發展的鼎盛時期，話本體、章回體都有大批作品問世，呈現出繁榮興盛的創作局面。然而，到了雍正之後，話本小説一蹶不振，迅速走向衰亡，而章回小説則繼續保持了興盛的創作局面。那爲什麼同爲通俗小説，章回小説却有完全不同的命運？其實，話本小説的衰亡原因主要在文體自身。清中後期話本小説文體的變異，實質上屬於話本小説傳統文體規範的消解，從某種意義上説，它是話本小説創作走向衰亡的産物。在清代，話本小説的文體變異主要有兩個方面：一是充滿説教色彩的筆記化，這既不符合市井細民的審美口味，也難以贏得文人的喜愛；這種類似白話筆記小説的文體並無多少生命力可言，其速生速滅也是必然的。二是體制的章回化，這是清代話本小説體制變異最突出的表現形式，走的是一條增大篇幅，以情節的豐富曲折、描述的具體生動取勝的演變之路，但在章回小説面前，話本小説文體努力發展的審美特性顯然無任何優勢可言，在篇幅和情節的豐富性上，它依然無法與章回小説抗衡。

第一節　清前期的話本體小説

　　順治、康熙兩朝近七十年間，話本小説創作並未因明清易代而衰退，基本保持了明末興盛的創作局面，流傳至今的話本小説創作集共有二十多部，

且相當一部分具有較高的思想藝術價值。這一時期，話本小説文體的演變主
要表現爲整合的態勢：文體適俗化進一步擴展，話本小説整體趨於俗化，而
話本小説的文人性則表現爲雅俗交融基礎上的多樣化。

一、文體適俗化的擴展

　　許多學者論及清前期的話本小説時，多關注《無聲戲合集》《十二樓》
《豆棚閑話》《西湖佳話》《照世杯》等文人性突出之作，且通過它們來概括
清前期話本小説的特徵。其實，整體看來，在清前期話本小説中，這些文人
性突出的作品數量並不多，並未占據主導地位。相反，以娱樂消遣爲主，具
有鮮明商業傳播和讀者接受意味的作品在數量上完全占據了主導地位，且絶
大多數作品普遍出現入話退化、叙事韻文由繁趨簡、篇幅大幅加長、情節結
構曲折化等文體形態的“適俗化”現象。也就是説，明末適俗性文體在清前
期得到進一步的擴展和發展。

　　篇首詩詞加引言成爲清前期話本小説入話的主導形式，極少使用頭回，
如《一片情》《都是幻》《筆梨園》《錦繡衣》《照世杯》《珍珠舶》《云仙嘯》
《警寤鐘》《西湖佳話》《五色石》《八洞天》等均無頭回，《十二笑》六篇中
有二篇含頭回、《十二樓》十二篇中有一篇含頭回、《風流悟》八篇中有二篇
含頭回。① 而且，除《錦繡衣》《警寤鐘》《珍珠舶》《十二樓》《五色石》《八
洞天》外，大部分作品的議論性引言比較短小，多爲泛泛之言。如《筆梨
園》：“世間惟有青樓座上，不知磨煉了多少薄命紅顏，生爲萬人妻，死作無
夫鬼。紅粉叢中，不知斷送了多少才人俠客，馬死黄金盡，如同陌路人。那
女子入於火坑，諒都是遭難遭貧，受逼受勒，到此田地，是無可奈何的局

---

　　① 個別作品甚至無入話或議論性引言，如《五更風》無入話，《人中畫》無議論性引言。

面，可嘆那堂堂男子，戀在迷魂陣中，竟至破家喪命，也還不悔，這却爲何？"[1]話本小説入話體制的簡化雖大大削弱了其議論、引導功能，却有利於讀者對正話故事本身的閱讀欣賞。

明末文人性文體冗繁的叙事韻文在清前期話本小説集中已很難見到，一些文人性突出的作品如《無聲戲合集》《十二樓》等也都非常簡約。無論單卷或單回演一故事，還是章回化體制，其叙事韻文都趨於簡約。

清前期話本小説叙事韻文普遍大幅减縮是對明末文體冗繁叙事韻文的有力反撥，使話本小説文體重新回到了散文化發展軌道。叙事韻文，特別是議論性叙事韻文，常常造成閱讀的中斷，對於欣賞故事來説，實際上是一種累贅。相對而言，散文化更有利於普通市民讀者的閱讀。

清前期，章回化體制在話本小説創作中所占比重進一步擴大，有《都是幻》《筆梨園》《錦繡衣》《人中畫》《十二樓》《跨天虹》《珍珠舶》《警寤鐘》等話本小説集采用了章回化體制，約占當時整個創作集的百分之四十。而絕大部分單卷或單回演一故事者的篇幅也明顯大幅加長，見下表：

字數	十二笑	五更風	無聲戲合集	照世杯	云仙嘯	風流悟	飛英聲	五色石	八洞天	醒夢駢言
6 000 以下			2 （11.1）				1 （16.7）			
6 000— 8 000	1 （16.7）		5 （27.8）		2 （40）		4 （66.6）			1 （8.3）
8 000— 10 000	5 （83.3）			1 （25）	3 （60）	6 （75）	1 （16.7）	1 （12.5）	1 （12.5）	10 （83.4）
10 000		4 （100）	11 （61.1）	3 （75）		2 （25）		7 （87.5）	7 （87.5）	1 （8.3）
平均 字數	8 300	15 500	11 100	12 500	8 600	9 900	6 900	12 200	12 800	9 200

（注：括弧内數字爲某一長度篇目所占全集的比例）

[1]　苗深等標點：《明清稀見小説叢刊》，濟南：齊魯書社 1996 年版，第 793 頁。

　　許多單卷作品在篇幅上已接近章回化體制，只是未劃分章回而已，如《五更風》之《鸚鵡媒》《雌雄環》《聖丐編》《劍引編》，《無聲戲合集》之《譚楚玉戲裏傳情　劉藐姑曲終死節》《乞兒行好事　皇帝做媒人》《妒妻守有夫之寡　懦夫還不死之魂》《寡婦設計贅新郎　衆美齊心奪才子》，《照世杯》之《走安南玉馬換猩絨》《掘新坑慳鬼成財主》，《風流悟》之《莫拿我慣遭國法　賊都頭屢建奇功》，《五色石》之《二橋春》《選琴瑟》《鳳鸞飛》，《八洞天》之《培連理》《正交情》《勸匪躬》《醒敗類》，篇幅大多在一萬二千字以上。

　　清前期話本小說創作中，只有《西湖佳話》採用了史傳的結構形態和敘事方式，其他作品則基本保持了重故事性和場景化描繪的敘事模式並有所發展，且一些文人性突出的作品也大多如此。一方面，隨著篇幅的進一步增長，其情節更趨豐富曲折，有相當一部分作品採用了主副綫相結合的結構形態，常常以某一矛盾衝突爲主綫融入人物的曲折經歷，可看作紀事體融入紀傳成分，故事性較強。如《五更風》之《雌雄環　贈玉環訛上訛以訛傳訛　拾詩扇錯中錯將錯就錯》以才子佳人戀愛婚姻故事爲主綫，融入了兩人歷盡磨難的個人經歷；《照世杯》之《走安南玉馬換猩絨》以商人杜景山受酷吏胡安撫迫害，到異國購買猩猩絨的故事爲主綫，融入了其歷盡坎坷的種種經歷；《五色石》之《二橋春　假相如巧騙老王孫　活雲華終配真才士》寫才子黃琮與佳人陶含玉相愛，小人木一元撥弄其間，兩人歷盡坎坷終成眷屬。另一方面，比較注重情節發展過程的鋪叙，場景化描繪成分較多，敘事生動具體，《十二笑》《五更風》《無聲戲合集》《照世杯》《雲仙嘯》《風流悟》《五色石》《八洞天》中的大部分作品大多含有大量場景化描繪，有些還相當細膩生動。如《照世杯》之《百和坊將無作有》描寫歐滁山初見騙子三太爺時的場面：“歐滁山分賓主坐下，拱了兩拱，說幾句初見面的套話。三太爺並不答應，只把耳朵側着，呆睁了兩隻銅鈴的眼睛，歐滁山老大詫異。旁邊早走上一個後生管家，悄悄説道：'家太爺耳背，不曉得攀談，相公莫要見怪。'歐滁山道：'説那裏話。你家老爺在生時，與我極相好，他的令叔，便是我的叔執了，怎麽講個怪字？'只問那管家的姓名。"①這實際上表明，清前期話本小説創作中，明末流行一時的史傳化叙事模式基本被摒棄，而適俗性文體的叙事結構和方式成爲最爲普遍的叙事模式。

清前期話本小説中，無論是娛樂消遣性主旨的作品，還是文人性較强的作品，大多采用了適俗性的篇章體制和叙事模式，使話本體的文體形態整體上普遍趨於圓熟。顯然，適俗性的文體形態更易於商業傳播和讀者接受。這實質上表明，清前期話本小説創作中，作者普遍注意到了話本體的商業傳播和讀者接受性，一些文人作者再不會因自己主體意識的突出而忽視讀者的接受。話本小説文體整體走向了圓熟，形成了一種易於讀者閲讀接受的、較完善的話本小説文體，有力地推動了話本小説的傳播，促進了話本小説創作繁榮興盛局面的形成。然而，在繁榮的景象背後，圓熟的話本小説文體也危機四伏。從文體發展趨勢看，話本小説走的是一條增大篇幅，以情節的豐富曲折、描述的具體生動取勝的演變之路，體制章回化就是其最突出的表現形式。但是，在中長篇章回小説面前，話本小説文體努力發展的審美特性顯然無任何優勢，在篇幅和情節的豐富性上，它無法與章回小説相比。因此，在清前期各小説文體類型一番較量之後，話本小説創作很快走向了衰落。

整體看來，清前期話本小説中文人性突出的作品數量並不多，而以娛樂消遣爲主，具有鮮明商業傳播和讀者接受意味的作品占據了主導地位。這實質上表明，話本體在叙事文化精神上也整體趨於俗化了。《一片情》《十二笑》《都是幻》《筆梨園》《五更風》《錦繡衣》《人中畫》《跨天虹》《珍珠舶》《雲仙嘯》《風流悟》《飛英聲》《生綃剪》《醒夢駢言》等作品在題材、主旨

---

①　（清）墨浪子等編撰，袁世碩等校點：《西湖佳話　等三種》，南京：江蘇古籍出版社1993年版，第26頁。

類型上普遍以娛樂消遣爲主。總體上看，此類作品的人物故事類型大體可劃分爲以下幾種類型：（一）青年男女戀愛婚姻故事。有《都是幻》之《梅魂幻》寫文武雙全之士夢中做駙馬，出將入相並娶十二梅仙，醒後娶與梅仙相類之十二女；《筆梨園》之《媚嬋娟》寫戰亂中一男與二女的遇合、戀愛、婚姻；《跨天虹》之《卷四》寫人化虎的奇特婚姻故事；《生綃剪》之《竹節心嫩時便突　楊花性老去才幹》寫水性楊花的妓女與士子的戀愛婚姻；還有相當一部分爲才子佳人的戀愛婚姻故事，有《五更風》之《雌雄環》《劍引編》，《人中畫》之《風流配》《終有報》《寒徹骨》，《生綃剪》之《麗鳥兒是個頭敵　彈弓兒做了媒人》《梨花亭詩訂鴛鴦　西子湖萍蹤邂逅》，《風流悟》之《花社女春官三推鼎甲　客籍男西子屢掇巍科》《買媒説合蓋爲樓前羨慕　疑鬼驚途那知死後還魂》，《珍珠舶》卷二、卷四、卷五，《醒夢駢言》之《假必正紅絲凤系空門　僞妙常白首永隨學士》《呆秀才志誠求偶　俏佳人感激許身》《違父命孽由己作　代姊嫁福自天來》《倩明媒但求一美　央冥判竟得雙姝》；這應爲受到當時流行的才子佳人小説影響的結果。（二）奸淫、詐騙類故事。《十二笑》之《昧心人賺昧心朋》寫兩朋友互相看中對方妻子而互換，結果其中一位的妻子爲石女，另一位遭騙；《快活翁偏惹憂愁》寫癡情男被騙；《錦繡衣》之《換嫁衣》寫奸弟賣嫂反賣己妻；《人中畫》之《狹路逢》寫商人遭難、被騙，與負心者相逢；《珍珠舶》卷一寫惡棍迫害他人家庭、奸騙他人妻子，卷六寫和尚拐走他人妻子；《風流悟》之《圖佳偶不識假女是真男　悟幼囚失却美人存醜婦》寫士子貪色被詐；《以妻易妻暗中交易　矢節失節死後重逢》寫淫人妻子，己妻淫人；《跨天虹》之《卷五》寫淫婦偷情殺夫、謀寶故事；《雲仙嘯》之《平子芳》寫淫婦、奸夫偷情害人遭報；《醒夢駢言》之《施鬼蜮隨地生波　仗神靈轉災爲福》寫奸徒屢次陷害他人而終被殺；《一片情》專寫男女通奸、偷情等題材，如《鑽雲眼暗藏箱底》《邵瞎子近聽淫聲》《待詔死戀路旁花》《小鬼頭苦死風流》《醜奴兒到底得便宜》寫有夫之婦不滿自己婚姻，與他人通奸；《多情子漸得佳境》寫寡婦偷情；《憨和尚調情甘系頸》《缸神巧誘良家婦》寫和尚偷情；《奇彦生誤入蓬萊》寫男子偷情等。以上兩類都是傳統的俗文學題材，具有濃厚的娛樂消遣性。（三）逆子、負義者、報恩者、義賊、義丐等倫理故事。如《十二笑》之《溺愛子新喪邀串戲》寫溺愛子不孝、敗家；《風流悟》之《活花報活人變畜　現因果現世償妻》寫惡媳奸淫不孝變狗故事；《生綃剪》之《一篇霹靂引　半字不虛誣》寫不孝子遭雷劈；《人中畫》之《自作孽》寫士子忘恩負義；《云仙嘯》之《勝千金》《厚德報》，《生綃剪》之《嚴子常再造奇迹　成壽叔重施巧報》寫知恩圖報，《沙爾澄憑空孤憤　霜三八仗義疏身》寫義士代人受過；《五更風》之《聖丐編》寫義丐行義故事；《風流悟》之《莫拿我慣遭國法　賊都頭屢建奇功》寫義賊義事；逆子、負義者遭天報以及義賊、義丐的種種義事一直是市井津津樂道的話題，雖倫理色彩濃厚，但與文人的教化意識却關係不大，而主要屬於市井趣味。（四）其他如《十二笑》之《賭身奴翻局替燒湯》寫賭漢敗家賣身，《癡愚女遇癡愚漢》寫進士花樞娶一妓女爲妾，花樞無子，其妾以泥娃當公子，以假爲真；《珍珠舶》卷三寫鬼附活人船、家中鬧鬼故事。這些人物故事也都充滿了喜劇色彩和娛樂消遣意味。

二、雅俗交融與文人化的多樣發展

清前期話本小説創作中，也有少部分作品在題材主旨取向上表現出鮮明的文人性，有《無聲戲合集》《十二樓》《豆棚閑話》《照世杯》《五色石》《八洞天》《警寤鐘》《西湖佳話》。這些作品雖然數量不多，却在審美旨趣、人物故事類型，題材處理方式上呈現出不同的文人化風格，而且，這些文人化風格常常與適俗性文體特徵相互融合，使整部作品普遍表現爲雅俗交融的文體特色。

　　李漁《無聲戲合集》《十二樓》依然保持了明末文人性文體的部分體態特徵，並沿著突出叙事者個性的方向進一步有所發展。表現爲：（一）入話含有較長的議論性引言，且相當一部分作品還引證了頭回小故事加以論證。這些議論性引言昭示了李漁自己的人生哲學以及他對人情世態的獨特見解，個性色彩鮮明，"出現了一種新的，有作者個性的聲音"。① 如《合影樓》議論"男女之情不可防"，《夏宜樓》議論"荷花之可愛"，《拂雲樓》議論"小姐之失貞多因丫鬟之禍"，《十卺樓》議論"富貴婚姻得之易便作等閑看"，《鶴歸樓》議論"知足守分之人生哲學"，《生我樓》議論"亂世不可以常情論失節"，《醜郎君怕嬌偏得艷》議論"美妻常嫁醜夫"，《移妻換妾鬼神奇》議論"吃醋之妙與弊"。（二）叙事語調主觀色彩濃厚，讓人感受到一位個性化的、代表創作主體聲音的叙事者形象。一方面，大量見解獨特的議論解釋性話語滲透於叙述之中，如《十二樓》之《合影樓》："他們這番念頭還是一片相忌之心，並不曾有相憐之意。只説九分相合，畢竟有一分相歧，好不到這般地步，畢竟我獨擅其美。那裏知道相忌之中就埋伏了相憐之意，想到後面做出一本風流戲來。""却説珍生倚欄而坐，忽然看見對岸的影子，不覺驚喜欲狂。凝眸細認一番，才知道人言不謬。風流才子的公郎比不得道學先生的令愛，意氣多而涵養少，那些童而習之學問等不到第二次就要試驗出來。對着影子輕輕的喚道：……"顯然，"相忌之中就埋伏了相憐之意"、"風流才子的公郎比不得道學先生的令愛"等解釋議論話語，蘊涵叙事者對男女主人公之情感心理獨到的理解，讓讀者深深感受到一位富有個性魅力的叙事者存在。另一方面，叙事者語言幽默風趣，充滿了喜劇色彩，也充分彰顯出其個性，如《無聲戲合集》之《醜郎君怕嬌偏得艷》："那裏曉得里侯身上，又有三種異香，不消燒沉檀、

---

　　① 〔美〕韓南著，尹慧珉譯：《中國白話小説史》，杭州：浙江古籍出版社1989年版，第176頁。另外，李漁自己也有此説，如《無聲戲合集》之《乞兒行好事　皇帝做媒人》："這兩種議論都出自己裁，不是稗官野史上面襲取將來的套話，看小説者，不得竟以小説目之。"

點安息，自然會從皮裏透出來的。那三種？口氣、體氣、脚氣。"①

　　在創作主旨、題材與人物故事類型上，《無聲戲合集》和《十二樓》則突出表現爲雅俗交融、俗中見雅、追求個性的風格。（一）娛樂與勸誡並重的創作主旨。與傳奇創作一樣，李漁的話本小説創作具有射利謀生的鮮明商業色彩。因此，對作品娛樂性的追求自然成爲其創作主旨中非常重要的一個方面。在李漁的小説作品中，讀者可深深感受到"一夫不笑是吾憂"（《風箏誤·尾聲》）的喜劇色彩和趣味性。同時，李漁又非常重視作品的勸誡功能，如杜濬《十二樓序》："推而廣之，於勸懲不無助。""今是編以通俗語言鼓吹經傳，以人情啼笑接引頑癡，殆老泉所謂'蘇張無其心，而龍比無其術'者歟？"《連城璧序》："能使好善之心蘇蘇而動，惡惡之念油油而生。""吾友洵當世有心人哉！經史之學，僅可悟儒流，何如此爲大衆慈航也。"在作品中，李漁也對此再三强調，如《拂雲樓》："這回小説原爲垂戒而作，非示勸也。"《歸正樓》："這回野史，説一個拐子回頭，後來登了道岸。與世間不肖的人做個樣子，省得他錯了主意，只説罪孽深重，懺悔不來，索性往錯處走也。"然而，李漁此處標榜的"勸戒"與話本小説傳統的教化意識却有著很大的區別，而更多表現爲一種人生的經驗和個人獨特的價值觀念。（二）部分作品在傳統人物故事類型中翻新出奇，寄寓了作者獨特的思想觀念。李漁的各體文學創作都非常重視創新，話本小説創作更是講究"脱俗套"，也就是對傳統人物故事類型的翻新。通過翻新，李漁不但化老套爲新奇，而且借此寄寓了其個人獨特的思想認識。如《移妻換妾鬼神奇》："從來婦人喫醋的事，戲文、小説上都已做盡，那裏還有一椿剩下來的？只是戲文、小説上的婦人，都是喫的陳醋，新醋還不曾開壇，就從我這一回喫起。"寫婦人之妒已是一個熟爛的小説題材，但別人都寫"妻妒妾"，李漁却寫"妾妒妻"，

---

　　① （清）李漁原著，崔子恩、胡小偉校點：《覺世名言十二樓　等兩種》，南京：江蘇古籍出版社1991年版，第41、6、5頁。

借此寄寓了作者對婦人嫉妒心理的獨特理解；《醜郎君怕嬌偏得艷》："只要曉得美妻配醜夫，倒是理之常；才子配佳人，反是理之變。"變才子配佳人爲醜夫娶美婦，借此寄寓了作者在婚姻問題上隨遇而安、惜福守分的思想；《合影樓》回末總評："影兒裹情郎，畫兒中愛寵。此傳奇野史中兩個絶好題目。作畫中愛寵者，不止十部傳奇，百回野史，邇來遂成惡套，觀者厭之。獨有影兒裹情郎，自關漢卿出題之後，幾五百年並無一人交卷。"① 寫才子佳人借影兒傳情而終成眷屬，寄寓了男女愛情不可遏制的人性觀以及對風流和道學的獨特理解；《鶴歸樓》翻新傳統夫妻離散、團圓故事，傳達李漁知足守分之人生哲學。（三）部分作品抒寫自我與娛樂消遣並重。《十二樓》《無聲戲合集》中的作品都比較注重娛樂性、趣味性，喜劇色彩濃厚，其中，有相當一部分作品同時寄寓了李漁的"自我形象"，文人氣息也非常濃郁。"但李漁的小説却有一部分是在講自己的故事。把個人經歷和經驗編成故事，把個人靈魂寫進小説，是文人小説的一個重要特徵。"② 這樣，就形成了一部分作品抒寫自我與娛樂消遣並重的特色，如《三與樓》《聞過樓》《譚楚玉戲裹傳情　劉藐姑曲終死節》《乞兒行好事　皇帝做媒人》等。③

《五色石》《八洞天》《警寤鐘》也承襲了文人性文體的部分體態特徵，但未像李漁那樣進行"個性化"改造。（一）保持了較長的議論性引言，且多談倫理綱常，教化意識濃厚，如《雙雕慶》議論"妻妾不得和順之缺憾"，《白鉤仙》議論"賢人受禍、嬌娃蒙難之憾"，《續箕裘》議論"不能父慈子孝之憾"，《補南陔》議論"父母養育之恩及不能行孝之缺憾"，《培連理》議論"朱買臣妻"，《續在原》勸"兄弟相讓"，《正交情》議論"交財見朋友真情"，《骨肉欺心宜無始》議論"兄弟關係"，《杭逆子泥刀遺臭》議論"孝"，

---

① （清）李漁原著，崔子恩、胡偉校點：《覺世名言十二樓　等兩種》，南京：江蘇古籍出版社1991年版，第269、426、135、85、179、26、22頁。
② 石昌渝著：《中國小説源流論》，北京：三聯書店1994年版，第281頁。
③ 具體論證參見石昌渝《中國小説源流論》第五章《話本小説》第六節《話本小説的雅化》和沈新林《李漁新論·論李漁小説中的自我形象》（蘇州大學出版社1997年版）中的有關論述。

《海烈婦米櫚流芳》議論"娶妻以德爲先"。（二）叙事韻文使用頻繁，且以品評文中人物或故事的詩或詩贊爲主體，體現出鮮明的文人化文體特徵。

在創作主旨、題材與主題上，《五色石》《八洞天》《警寤鐘》雅俗交融的風格則主要表現爲勸善懲惡之教化意識與娛樂消遣意識並重。《五色石序》："《五色石》何爲而作也？學女媧氏之補天也。……吾今日所補之天，無形之天也。有形之天曰天象，無形之天曰天道。天象之缺不必補，天道之缺則深有待於補。……天道非他，不離人事者近是。如爲善未蒙福，爲惡未蒙禍……更有孝而召尤，忠而被謗。"[1]作者的創作主旨是彌補現實的種種缺憾和不平，而其推崇的理想境界又主要以儒家之倫理綱常爲標準。所以，《五色石》《八洞天》實際上是要鼓吹傳統倫理綱常。從具體作品來看，以父子、母子、兄弟、朋友、主僕等倫常爲題旨的作品占了很大比重，如《續箕裘》《補南陔》《培連理》《正交情》《勸匪躬》《明家訓》《反蘆花》。然而，這一部分作品雖然勸誡意味濃厚，體現了作者鮮明的教化意識，但亦較注重故事本身的曲折跌宕、新奇動人，如勸懲意味最濃的《勸匪躬》寫義僕王保男扮女裝攜小主人外逃、顏太監收留一被罪諫官之女在外避禍，情節緊張曲折、扣人心弦。另外，還有一部分作品則主要以才子佳人戀愛婚姻故事爲題材，娛樂性較强，有《二橋春》《白鉤仙》《選琴瑟》《鳳鸞飛》。《警寤鐘》與《五色石》《八洞天》的題旨、題材取向大體相似，如《骨肉欺心宜無始》講弟弟被哥嫂遺棄，歷盡曲折而中舉發達後，以德報怨，《陌路施恩反有終》寫義賊故事，《杭逆子泥刀遺臭》講不孝子遭雷報，《海烈婦米櫚流芳》寫奸徒設計奸淫他人妻，烈婦不從殉節。

《豆棚閑話》在話本小説文體發展史上屬於空前絶後的特例，可看作話本小説傳統文體規範的一種突破。這種"異化"實質上反映了文人的結構觀

---

[1] （清）筆煉閣主人等原著，陳翔華、蕭欣橋校點：《五色石　等兩種》，南京：江蘇古籍出版社1993年版，第212頁。

念、創新意識和記述式書面叙事傳統。（一）它以豆棚下講故事的整體框架把相對獨立的十二個故事串連在一起，創造了一種新型的結構形態。這種巧妙的構思應源于文人匠心獨運的結構觀念和創新意識。（二）基本上摒棄了說書人的叙事口吻和語調，没有指示性套語和叙事韻語，而以書面記述者的叙事口吻來講述一群人在豆棚下講故事的故事，且多傳神的白描手法。同時，“書中描述式的文字是書面化的白話，不是口語化的白話，接近現今普通話的書面語言”。① 顯然，這可看作對文言小説記述式書面叙事傳統的回歸。《豆棚閑話》最突出的題材主旨取向是“莽將二十一史掀翻”的翻案之作，如《介子推火封妒婦》《范少伯水葬西施》《首陽山叔齊變節》。通過對這些歷史人物的重塑、重新闡釋，表現了作者對社會現實的憤激、諷刺、感慨和思考，如《首陽山叔齊變節》對明末官員中變節降清者的諷刺，《范少伯水葬西施》對人心險惡的感慨。此外，其他作品也大多具有較鮮明的文人主體精神。或借神話諷刺現實，如《空青石蔚子開盲》；或鼓吹孝義、張揚儒道，如《小乞兒真心孝義》《陳齋長論地談天》；或諷刺奸偽，如《大和尚假意超升》《虎丘山賈清客聯盟》；或推崇英雄義舉，如《朝奉朗揮金倡霸》《藩伯子破産興家》《党都司死梟生首》。

《照世杯》基本采用了適俗性的文體形態，其文體之文人性主要體現在叙事文化精神中。一方面，卷一、卷二以士林之世態、世相爲主要表現對象，在題材和人物故事類型上表現出鮮明的文人性，如《七松園弄假成真》寫士子阮江蘭尋訪佳人的曲折故事；《百和坊將無作有》寫假名士歐滁山招搖撞騙，後來騙人不成反被騙。而卷三《走安南玉馬換猩絨》寫商人杜景山被胡安撫陷害，到異國購物，揭露了官吏的貪酷，也體現了文人強烈的批判意識。另一方面，作者非常善於設置喜劇性諷刺的情境，將諷刺對象置身其

---

① 石昌渝著：《中國小説源流論》，北京：三聯書店 1994 年版，第 286 頁。

中，從而取得諷刺嘲弄的喜劇效果。整部作品對人物故事普遍采取了喜劇性諷刺的處理方式。如《七松園弄假成真》不斷將阮江蘭置身於一系列喜劇性諷刺的情境中，對其"才子配佳人"的心理進行了嘲弄。阮江蘭來到山陰尋訪佳人，正遇到女子詩會，於是便想方設法加入其中，結果被詩會女子灌得大醉，畫花了臉，扔在大街上，被小孩子們當作瘋子追打；之後，又到揚州尋佳麗，看上了一個有夫之婦。女子的丈夫發現他圖謀不軌，就假借女子的名義寫信邀其約會，阮江蘭興沖沖赴約時被痛打一頓。……可以説，類似的喜劇性情境接連不斷。在《百和坊將無作有》《走安南玉馬換猩絨》《掘新坑慳鬼成財主》中，同樣存在大量的接連不斷的喜劇諷刺性情境。通過這種獨特的題材處理方式，作者對假名士、貪酷官吏、吝嗇財主等給予了無情的諷刺嘲弄。無疑，這種風格在清前期話本小説中是獨樹一幟的。當然，這些人物故事本身也充滿了趣味性，且喜劇性風格也易受到下層庶民的喜愛。因此，整體看來，其叙事文化精神也屬雅俗共賞型。

《西湖佳話》專寫與西湖有關的名人之風流韻事，有才子白居易、蘇軾、駱賓王，才女馮小青，賢臣忠將于謙、岳飛，名僧濟顛、辯才、蓮池，隱士林和靖，名妓蘇小小，仙人葛洪等，在取材上主要反映了文人的雅趣。同時，這些作品也表現出鮮明的文人性文體特徵。一些作品叙事韻文使用頻繁，且以品評人物故事的詩或詩贊爲主要形式，完全屬於文人化文體，如《六橋才迹》《岳墳忠迹》《錢塘霸迹》《三生石迹》。從藝術構造方式上看，《西湖佳話》普遍采用史傳文學叙事模式，各篇作品基本可看作通俗化人物傳記，與明末文人化文體非常相似，如《葛嶺仙迹》爲葛洪傳，《白堤政迹》爲白居易傳，《孤山隱迹》爲林逋傳，《岳墳忠迹》爲岳飛傳等。

由此可見，清前期話本小説中的文人性追求已很難概括出一種相對一致的演化趨向，而是"八仙過海，各顯神通"，呈現出不同的文人化風格。不過，綜合起來看，這一批文人性突出的作品還是在功用宗旨、題材取向、表現旨趣上表現出一定程度的共同傾向性，將話本體的文人化整體推向了一個新的發展階段。與"三言""二拍"和明末之文人化文體不同，清前期話本小説中的文人之作開始借助話本小説創作來傳達自己對社會人生的獨特思考認識、經驗感受，並以之爲主要寫作宗旨之一。這實質上是將話本體的功用宗旨向抒情言志、載道論世的詩文靠攏，是對話本體文體定位的一種文人化提升。在此文體功用觀念指導下，這些作品的題材取向也自然會突破原有規範，而出現新的發展演化。《無聲戲合集》《十二樓》中的人物故事已非簡單的"世態人情"之"非常奇特之事"，而更富有"寓言"色彩。《豆棚閑話》則基本示人以"歷史翻案"的面目，也與話本體的傳統取材範圍迥異。《照世杯》以嘲諷士林人物爲旨趣的人物故事設置也無疑算得上話本體的一種新題材。在這些不同的人物故事類型中，作者往往寄寓了其富有個性和文人色彩的思想旨歸和審美情趣，超越了話本體傳統的表現旨趣類型。隨著功用宗旨、題材取向、表現旨趣的文人化演進，此類作品的叙事模式也都相應有了新的發展。總之，清前期話本小説中的文人之作可看作話本體文人化的巔峰，整體上代表了話本體文人化的最高程度。

第二節　清中後期的話本體小説

話本小説創作在康熙後期已顯示出衰落迹象，雍正、乾隆朝近七十年間，僅出現《二刻醒世恒言》《雨花香》《通天樂》《娛目醒心編》等話本小説創作集四種，數量少，思想藝術水準亦低下。其後，直到光緒年間，又陸續有《陰陽顯報鬼神傳》《俗話傾談》《躋春臺》等很少的幾部作品問世。因此，這裏把雍正朝至光緒年間稱之爲清中後期，作爲話本小説創作的衰落消亡時期。這一時期，話本小説文體在許多方面偏離了傳統規範，出現篇章體制與叙事模式筆記化、叙事文化精神説教化等文體變異。

一、篇章體制與叙事模式的筆記化

　　話本小説傳統卷目（或回目）多爲七字或八字單句或偶句，以概括作品人物情節的方式命名，整嚴雅致。清前期，一些話本小説開始在七字或八字單句或偶句前另加三字題目，如《五更風》之《鸚鵡媒　報主恩婢烈奴義　酬師誼子孝臣忠》、《雲仙嘯》之《拙書生　拙書生禮鬥登高第》等。這一時期，話本小説的回目則完全背離了傳統的命名形式。《雨花香》《通天樂》《陰陽顯報鬼神傳》《俗話傾談》《躋春臺》則主要以三字、四字爲主，且命題方式多樣，或以人名綽號爲題，如《鐵菱角》《洲老虎》（《雨花香》）、《橫紋柴》《砒霜缽》（《俗話傾談》）、《東瓜女》（《躋春臺》），或以人物故事的主題意蘊爲題，如《自害自》《刻剥窮》（《雨花香》）、《鬼怕孝心人》（《俗話傾談》）、《巧報應》《孝還魂》（《躋春臺》），或以情節爲題，如《斬刑廳》《埋積賊》（《雨花香》）、《第一回　鬼有三德　後升城隍　巡江查案　受封河道》《第二回　地藏賜符　城隍接劄　判斷陰陽　收除六害》（《陰陽顯報鬼神傳》）、《生魂遊地獄》《茅寮訓子》（《俗話傾談》）、《失新郎》《審豺狼》（《躋春臺》），或以故事中的地點、道具爲題，如《今覺樓》《魂靈帶》（《雨花香》）、《七畝肥田》（《俗話傾談》）、《雙金釧》《白玉扇》《萬花村》《棲鳳山》（《躋春臺》）。顯然，這種簡化的篇目形式應源於清前期話本小説的三字標題。篇目的簡化實際上不僅僅是命名形式的問題，而與篇章内容的變異也有著很大關係。某種意義上説，這種篇目簡化不妨看作篇章簡縮、筆記化的産物。

　　《雨花香》《通天樂》[①]《陰陽顯報鬼神傳》《俗話傾談》在篇章體制上基本

---

　　① 《雨花香》《通天樂》每篇作品篇首有一段相對獨立的議論文字，或議論題旨，或評論人物故事，與《型世言》的"小引"非常相似。這種成分只能算作評點文字，而與入話無關。

可看作白話筆記小説。首先，它們不再使用入話，而直接進入主體故事。入
話一直是話本體最主要的篇章體制特徵之一，從某種意義上説，它的完全退
化標誌著話本小説文體規範的消解，屬於徹底擺脱口頭文學程式規範而向書
面敘事傳統的回歸。其次，已基本不再使用敘事韻文，絕大多數篇章已完全
散文化。無疑，這也是對話本小説文體規範的消解，對書面敘事傳統的回
歸。此外，大部分單篇作品的篇幅只有一二千字左右，甚至有的僅有幾百
字，完全突破了傳統話本小説篇幅的規定性。篇幅的極度減縮顯然已超出一
般意義上的文體演化，應屬於文體的變異。一般説來，幾百字、一二千字的
篇幅只能簡單地講述一兩個事件，與"一則一事"的筆記小説最接近，基本
相當於白話筆記小説。

　　《娱目醒心編》《躋春臺》《二刻醒世恒言》的篇章體制雖未完全筆記化，
却也在一些方面表現出與之相類的演化特徵。如《躋春臺》雖還在使用入
話，但已僅剩開篇詩詞；《娱目醒心編》《躋春臺》也已不在使用敘事韻文，
《二刻醒世恒言》雖還在使用敘事韻文，但頻率已大大減縮；《二刻醒世恒
言》《娱目醒心編》中單篇作品的正話部分大多爲四千字左右，也非常短小。
具體情況，參見下表：

敘事韻文使用情況一覽表

	二刻醒世恒言	雨花香	通天樂	娱目醒心編	陰陽顯報鬼神傳	俗話傾談	躋春臺
無叙事韻文篇數	2	40	12	16	10	13	40
含叙事韻文篇數	22				2	4	
含叙事韻文作品千字韻文使用頻率	0.475				1.15	1.386	

單篇作品篇幅統計表

字數	二刻醒世恒言	雨花香	通天樂	娛目醒心編	陰陽顯報鬼神傳	俗話傾談	躋春臺
1 000 以下		18	5			2	
1 000—2 000		13	6		5	3	
2 000—4 000	9	8	1	1	4	6	2
4 000—6 000	12	1		4	2	3	11
6 000—8 000	3			8		1	18
8 000—10 000				2	1		7
10 000 以上				1		2	2
單篇平均字數	4 500	1 400	1 200	6 600	3 100	4 200	6 600

　　此外，也有個別作品出現了其他變異特徵，如《娛目醒心編》的入話很長，常常獨自占用作品的第一回，有卷一《走天涯克全子孝　感異夢始獲親骸》、卷三《解己囊惠周合邑　受人托信著遠方》、卷四《活全家願甘降辱徇大節始顯清貞》、卷九《賠遺金暗中獲雋　拒美色眼下登科》、卷十三《爭嗣議力折群言　冒貪名陰行厚德》、卷十四《遇賞音窮途吐氣　酬知己獄底抒忠》、卷十五《墮奸謀險遭屠割　感夢兆巧脱羅網》、卷十六《方正士活判幽魂　惡孽人死遭冥責》，其中，卷三、卷四、卷九、卷十四、卷十五、卷十六入話與正話旗鼓相當，各占一回。在這些作品中，頭回似乎不再是導入正話的附加成分，而成爲與正話並列平行、具有同樣價值和意義的内容。

　　與外在篇章體制的筆記化相應，《雨花香》《通天樂》《陰陽顯報鬼神傳》《俗話傾談》中的大部分作品在藝術構造方式上出現了叙事模式的筆記化。① 一般説來，這些作品的篇幅大多在二千五百字以内，相當一部分在一千字左右，多采用實録見聞的手法，記述一、二則事件、場面或人物的一種生活方式、心態，筆法簡潔，很少場景化鋪叙。如《雨花香》之《今覺樓》主要概述隱士陳正的隱居生活和超逸心態；《牛丞相》寫某地雷擊死一牛，背書“唐朝李林甫”一則事件。因爲是“實録見聞”，所以多以旁觀者視角或人物視角講述，如《飛蝴蝶》以旁觀者視角講述一賣藥道士將錢化蝴蝶的場面：

　　　　賣藥一時内，道士忽有向來人説：“你爲人極孝，奈少奉養，我當贈送。”即用手在錢堆上，或抓一把，三、五十文不等，或兩手捧一捧，一、二百文不等。忽有向來人説：“你家有婚姻喜事，缺少銀錢，我當贈送。”任意取錢與之。或説饑寒急迫贈送的，或説病欠調養贈送的，錢數多少不一，人人都説着。道士贈送人的錢雖多，來買藥的錢更多。未曾半日，面前即堆積錢約有數千，看的人越多。②

《通天樂》之《投胎哭》，以第一人稱視角記述自己親身經歷的兩則逸事：鬼投胎變鴨和變狗而哭泣，其中第二則記載説：

　　　　前年春天曾有一夜，我睡到四更時，似夢非夢，忽聽得悲嚎啼哭，

_____

① 孫楷第《戲曲小説書録解題》稱《雨花香》：“其體近乎雜書小説，雖記事用俚語，與生心作意爲小説者殊異其趣。”見《戲曲小説書録解題》，北京：人民文學出版社1990年版，第152頁。“雜書小説”，實際上即指筆記小説。另外，此類作品多强調自己實録見聞的真實性，與筆記小説相同，如《雨花香序》：“是將揚州近事，取其切實而明驗者，彙集四十種。”《雨花香自叙》：“乃將吾揚近時之實事，漫以通俗俚言，記録若干。”《雨花香》第一種《今覺樓》篇末稱：“予曾親見此老，强壯不衰，乃當代之高人，誠可敬、可法也。”第二十種《少知非》：“我有一個朋友，姓鄭，名君召。……”第十四種《飛蝴蝶》：“聞傳揚州府學前，有一道士賣藥甚奇。予隨衆往看，果見數百人圍聚。予擠進觀看，見有一道士……”
② （明）熊龍峰等刊行，石昌渝等校點：《熊龍峰刑行小説四種　等四種》，南京：江蘇古籍出版社1990年版，第70頁。

我夢中起來，往街上觀看。只見幾個惡鬼，鎖押兩個大漢。一個婦人哭到鄰居喬家門前，因不肯進去，被鬼打趕。我驚醒切記，次早着价問喬鄰："夜來因何嘈嚷？"回説："今夜我家母狗生有三個小狗。"我又去問："幾雄幾雌？"回説："二雄一雌。"纔知夢中却是實事。①

《陰陽顯報鬼神傳》也與《雨花香》《通天樂》基本相似，如第四回講述一個"路逢白骨，脱衣遮蓋，因功上奏，以顯後裔"的故事，第五回講述"急難相周，謝恩脱苦，喜舍棺木，加壽四紀"的故事，僅兩個主要事件；第六回、第九回、第十回、第十一回、第十五回也基本相同；《俗話傾談》之《七畝肥田》《邱瓊山》《九魔托世》《瓜棚遇鬼》《鬼怕孝心人》《張閻王》《借火食煙》《茅寮訓子》等也多爲一、兩則主要事件，且記述簡略，爲筆記小説筆法，如《瓜棚遇鬼》記述一人瓜棚遇鬼一事："滄州河間縣，土名上河涯。有一人姓陳名四，年方二十二歲，家貧未有娶妻，以賣瓜菜度活，一晚往瓜園看守，時值五月初三四。月色微明，望見園邊樹底似有四五人來往遊行，相聚而語。陳四思疑此等脚色，唔通想來偷瓜。雙手執住一條青藤棍，藏身密葉之内，試觀其動静，忽聞得一人曰：'我等且去瓜園一遊……'"②《二刻醒世恒言》《娛目醒心編》雖未像上述作品那樣叙事模式完全筆記化，但也受到了此類作品較大影響，表現出一定程度的筆記化傾向。這些作品的篇幅大多爲四千字左右，一般只講述兩三個事件構成的簡單故事，且記述簡略。

不過，也有個別作品與上述演化趨向迥異，出現了人物對白説唱化。《躋春臺序》稱："列案四十，明其端委，出以俗語，有韻語可歌，集成四

① （明）熊龍峰等刊行，石昌渝等校點：《熊龍峰刑行小説四種　等四種》，南京：江蘇古籍出版社1990年版，第52頁。

② （清）邵彬儒著：《俗話傾談》，北京：中央民族大學出版社2000年版，第54—55頁。

册。”“有韻語可歌”實際上指《躋春臺》以大段韻語作爲人物語言，使人物對白説唱化。如卷一《雙金釧》；

　　無可如何，只得守着母屍傷心痛哭：“我的媽呀，我的娘，爲何死得這們忙。丟下你兒全不想，孤孤單單怎下場。去年兒把十歲上，出林筍子未成行。年小要人來撫養……”

　　淑英聽得，慌忙出閨勸解道：“奴在閨中正清净，忽聽堂前鬧昏昏。耳貼壁間仔細聽，原來爲的奴婚姻。不顧羞耻升堂問，爹媽爲何怒生嗔。”“就爲我兒姻親，與你媽鬧嘴，不怕忪死人喲。”“聞言雙膝來跪定，爹爹聽兒説分明。”“我兒有話只管説來，何必跪倒。”“從前對親多喜幸，兩家説來都甘心。……”①

　　此類韻文常大段出現，在作品中占有相當比重，形成了整部作品散文、韻文相互交替的風格。這些韻文主要以七字詩贊爲主，在形式上類似當時的彈詞。很可能是作者借鑒了彈詞的體裁形式來改造話本小説文體。

二、叙事文化精神的説教化

　　這一時期，絶大部分話本小説題材主旨取向表現出强烈突出的勸善懲惡、因果報應意識。《二刻醒世恒言》之《高宗朝大選群英》《世德堂連枝並秀》《張一素惡根果報》《龍員外善積遇仙》等主要寫積善有善報、作惡得惡果，完全是勸善懲惡之作。《雨花香自叙》：“乃將吾揚州近時之實事，漫以

――――――――

①　（清）劉省三著，張慶善整理：《躋春臺》，天津：百花文藝出版社 1988 年版，第 5、12 頁。

通俗俚言，紀錄若干，悉眼前報應，須知警醒，明通要法，印傳環宇。凡暗昧人聽之而可光明，奸貪刻毒人聽之而頓改仁慈敦厚，若有憂愁苦惱之徒，聽講而即得大快樂。……是爲善有如此善報，爲惡有如此惡報，皆現在榜式，前車可鑒。"①《雨花香》《通天樂》主要講奸惡被懲、行善受報的人物故事，且多因果報應之説和鬼神之談，如《倒肥黿》寫地方惡棍被懲辦，《自害自》寫殺人者被殺、賣嫂者賣己妻，《官業債》寫今生受責還前生業債，《牛丞相》寫雷擊死一牛，爲奸相李林甫，《村中俏》寫淫婦謀殺丈夫，其夫鬼魂報仇，《假都天》寫扮活都天行騙、敗露被懲，《真菩薩》寫行善濟人得善報，《刻剥窮》寫富人刻薄，被騙餓死，《寬厚福》寫救難濟貧而家財日盛，《枉貪贓》寫貪酷縣官受報，《三錠窟》寫性孝而免禍得銀，《魂靈帶》寫謀財害命，爲冤魂所阻而被捕，《剮淫婦》寫淫婦謀殺丈夫被剮，《出死期》寫行善延壽，《晦氣船》寫命案得鬼神之助昭雪，《空爲惡》寫狠毒惡吏得報，《埋積賊》寫慣賊被活埋，《斬刑廳》寫貪酷官吏被斬，《狗狀元》寫轉世輪回報應。《通天樂》之《追命鬼》寫虐婢而被其魂索命，《麻小江》寫奸徒訛詐他人被懲，《討債兒》寫托生討債，《投胎哭》寫惡人投胎變鴨，《打縣官》寫惡徒行兇被懲。《陰陽顯報鬼神傳》專寫鬼神獎善懲惡、受惠報恩故事，如第一回至第三回寫因積德而成城隍，懲處奸惡之徒；第四回脱衣遮蓋白骨，受惠之鬼報恩；第五回寫急難相周而加壽四紀；第六回寫收殮屍骨，後賊人謀害時，水鬼救護；……全書幾乎全爲此類故事，實爲借鬼神而設教，勸善懲惡、教化百姓。《俗話傾談》也含有大量善惡報應之談，且多鬼神之説，如《種福兒郎》寫行善而家道昌盛；《閃山風》寫行惡遭報被殺；《九魔托世》寫行善而換子；《鬼怕孝心人》寫因行孝而得免瘟疫；《生魂遊地獄》寫魂遊地獄，見其嫂行惡受報；《砒霜缽》寫兒媳忤逆受陰報；此外，

---

① 丁錫根編著：《中國歷代小説序跋集》，北京：人民文學出版社 1996 年版，第 845—846 頁。

還有《修整爛命》專論修善之有益。《娛目醒心編序》稱其創作主旨："而無不處處引人于忠孝節義之路。既可娛目，即以醒心。而因果報應之理，隱寓於驚魂眩魄之内，俾閱者漸入于聖賢之域而不自知，于人心風俗，不無有補焉。"① 它的人物故事類型也基本劃分爲兩類：一是孝子、賢媳、義士、節婦、貞女等人物實踐倫理綱常的故事，如卷一寫孝子歷盡艱辛尋父，卷二寫爲生子嗣，"賢姐"嫁妹與公公，卷三寫輕財仗義之士替他人經商發財，卷四寫節婦賣己救夫後自縊，卷八寫節烈女子不願與婆婆同流合污而被殺，後得昭雪，卷十三寫賢媳暗用積資助侄，卷十四寫戲子報知己之恩；二是奸徒、貪吏、負義者行惡得報的故事，如卷十寫借娶媳謀葬地而受天報，卷十一寫貪酷官吏作害良民，罷官後開設妓院，後得惡報，卷十二寫忘恩負義者托生爲犬。

　　勸善懲惡的教化意識一直是文人主體意識的重要組成部分，在話本小説創作中也屬不絶如縷的創作傳統。但是，像清中後期這樣與因果報應、鬼神之説糅合在一起，如此强烈突出却是空前的。可以説，清中後期，話本小説創作所持之文體觀已趨於極端的片面化，基本被一些文人作者完全當成了面對下層庶民的低劣説教工具。在這種文體意識支配下，一些文人自然將目光僅僅集中於事件本身的教化意義。於是，僅記述事件梗概的筆記體不可避免地成爲首選。一般地説，筆記體主要表現爲"據見聞實録"的寫作原則，語言質樸，不求藻繪，筆法簡潔凝煉，且多爲雜記體，僅記述一兩個情節片段，叙事簡括，不以情節取勝。也就是説，筆記體的叙事焦點主要集中於人物言行或事件本身所藴涵的意義、風韻等，而並不關注人物、情節的加工改造。顯然，話本體的筆記小説化就是在極端片面化的文體觀念支配下，以筆記體的文體宗旨和叙事精神改造的結果。這種文體變異傾向實際上表明，話本小説創作主體再一次走向了文人化。不過，此次文人化片面地講求單一的教化意識，而完全忽略了其他文人主體意識和文本的傳播和接受。

---

① 丁錫根編著：《中國歷代小説序跋集》，北京：人民文學出版社1996年版，第827頁。

結　語
傳統小説文體的終結與轉化

中國古代小説文體發展至民初出現了短暫的"繁榮",用筆記體、傳奇體、話本體、章回體創作的小説作品仍然蔚爲大觀,且由於糅入了時新的"興味"而具有獨特的現代品性,頗受廣大讀者歡迎,有力地推動著中國小説文體的古今演變。不過,在遭到堅決與傳統決裂的"五四"新文學家徹底批判之後,特別是20世紀20年代初,北洋政府推行"廢文言興白話"的教育政策,這一釜底抽薪的做法使得民初傳統小説文體或黯然退場,或寂然獨守。此後,學界普遍將民初的傳統文體小説稱爲"舊文學",作爲落後腐朽的代表,視之爲"新文學"打倒的"文壇逆流"。我們擬通過對民初傳統文體小説的系統考察來揭示中國傳統小説文體在現代轉型語境中的終結與轉化過程,認識民初文人從事傳統文體小説創作"不在存古而在辟新"[1]的現代性追求,以作本書之收束。

第一節　傳統小説文體的繁榮及其成因

民初小説家普遍注意到清末"新小説"因過分工具化而出現寡味少趣的弊病,他們力倡"興味"以藥之,主張"無論文言俗語,一以興味爲主"。[2]

---

[1]　冥飛、海鳴等:《古今小説評林》,上海:民權出版社1919年版,第144頁。
[2]　《〈小説大觀〉例言》,《小説大觀》1915年第1集。

究其實質是意圖賡續中國古代小說的傳統，並在此基礎上借鑒西方小說資源形成小說文體的現代性。這樣一來就爲傳統文體小說贏得了新的發展空間，也促使傳統文體小說發生了或大或小的文體變異。通過民初小說家的創作實踐，民初諸種傳統文體小說均呈繁榮之勢，與同時期的新體小說和"五四小說"相比，無論數量、品質，還是受讀者歡迎的程度都略勝一籌。

在中國古代小說諸體中，筆記體是唯一能入正史"藝文志""經籍志"的一種小說文體，這實際上形成一個雅小說的書寫傳統。緣於這一傳統，加之清末"小說界革命"後小說地位的空前提高，民初文人著述筆記體小說倍加熱情。據初步統計，民初筆記體小說的作者多達兩百人以上，這些作者有前清官吏，如朝廷重臣陳夔龍、翰林學士胡思敬、蘇州知府何剛德等；有宿儒學者，如精於音韻訓詁學的劉體智、精於文獻檔案學的金梁、精於版本目錄學的李詳等；有小說名家，如林紓、李涵秋、許指嚴，等等。民初著述的筆記小說集有 120 餘部，[①] 發表於報刊的筆記體小說有 350 餘篇（實際數量應超此數），被收入各類文集、小說選集的作品亦爲數不少。這些作品的傳播方式新舊兼用，有的按傳統方式匯輯成書，以稿本、刻本和排印本等文本形態傳播，如張祖翼的《清代野記》、徐珂的《清稗類鈔》、許指嚴的《新華秘記》等；有的在報刊上登載，如錢基博的《〈技擊餘聞〉補》刊於《小說月報》，汪辟疆的《小奢摩館脞録》刊於《小說海》，袁克文的《辛丙秘苑》刊於《晶報》等；有的先後或同時通過報刊發表和結集單行，如沈宗畸的《東華瑣録》、李涵秋的《涵秋筆記》、王伯恭的《蜷廬隨筆》等；有的收入各類文章雜集，如徐枕亞的《枕亞浪墨續集》、周瘦鵑的《紫蘭花片》等。特別要指出的是報載方式有其他傳播方式無法比擬的優勢，報刊是民初讀者獲取信息和消遣娛樂的主渠道，筆記體小說一經其刊發，傳播速度之快、效果之

① 據《民國時期總書目（1911—1949）文學理論·世界文學·中國文學》（北京圖書館出版社 1992年版）、《民國小說目録（1912—1920）》（上海古籍出版社 2011 年版）、"民國圖書資料庫"等統計。

佳真是前所未有。筆記體一事一記、篇幅短小的形式符合報刊的版式要求，可連載可補白；其五花八門的内容、隨便談談的態度，也符合民初主流報刊追求"興味"的辦刊宗旨。正因如此，民初報刊設置了很多專欄來發表筆記類作品，或曰"筆記""劄記"，或曰"雜俎""雜録""譚叢"，名目繁多，成爲筆記體小説繁榮的重要園地。

　　民初筆記體小説繁榮有其特殊的成因，是當時復古思潮、亂世傷懷、歷史書寫及市場行銷等諸多時勢因素與文化思潮相激蕩的結果。民初文人面對域外小説被過分推崇，試圖通過全面繼承和轉化傳統小説資源來走出中國小説現代轉型之路，故而促成了傳統文體小説最後的輝煌。晚清以來的國學倡導，文言所處的官方地位，政府鼓吹的保存國粹，使民初文人普遍認爲復古式"進化"是"循自然之趨勢"。[①]"林譯小説"的風行則進一步促使文言空前強勢地進入小説創作領域。用文言寫小説在民初成爲一種時尚，許指嚴曾以自己之經歷對此加以説明："不才弄翰三十餘年，爲制藝、經説、史考、詩古文辭十之四，爲小説、筆記十之六。而小説中又爲短篇文言者十之八，長篇章回白話者十之二……乃亦試爲章回白話體，而每一稿出，則爲前輩所訶……其欲以白話小説啓迪社會而爲文學界樹一新幟之厦，竟成虛語矣。"[②]從中可見民初文人對小説雅化的普遍追求令文言短篇（包括筆記體、傳奇體）的創作成爲主流，而白話小説相對受到冷落。民初袁世凱的獨裁統治和軍閥混戰使亂世傷懷成爲一種普遍存在的文人心態。錢基博説當時"民不見德，唯亂是聞"，[③]徐枕亞深感"局天蹐地一身多"，[④]孫璞則"痛哭對蒼天，蕭疏還自憐"。[⑤]不少文人自認爲"我輩生當今日，除飲酒外不復有事業，除作稗官書外不復

① 樹鈺：《本社函件最録》，《小説月報》1916 年第 7 卷第 1 號。
② 許指嚴：《説林揚觶》，《小説新報》1919 年第 5 卷第 4 期。
③ 錢基博：《現代中國文學史》四版增訂識語，《現代中國文學史》，長沙：岳麓書社 1986 年版，第 510 頁。
④ 枕亞：《鷓鴣天》，《民權素》1915 年第 5 期。
⑤ 孫璞：《除夕》，柳亞子編：《南社叢刻》，揚州：江蘇廣陵古籍刻印社 1996 年版，第 16 集。

有文章"，[①] 他們重回舊日文場、大作傳統文體小説，其中尤重筆記體。《〈小説旬報〉宣言》可作注脚："時當大陸風雲，千變萬化，神州妖霧，慘澹彌漫。……整頓乾坤，且讓賢者……編集稗乘，步武蘇公，妄談鬼籍，聊遣齋房寂寞，免教歲月蹉跎"，[②] 這裏用蘇軾談鬼"姑妄言之"[③] 申明他們以編集筆記體小説消遣難熬歲月的用心。這種自娛的内在需要有力地促進了民初筆記體小説創作的繁榮。另外，民初强大的復古思潮和亂世境况共同推助各路文人或追尋前朝舊夢、或保存革命陳迹。這種爲歷史寫真的時代需要自然使得長期被視爲"史餘"的野史筆記類小説被民初文人所推重。在復古思潮的影響下，民初小説觀念正在經歷古今中外的激烈碰撞，混亂的時局則導致民初國人思想愈發多元。題材豐富、内容廣駁，可以供消遣、廣見聞、存史料、寓勸懲，又具有傳統氣息的筆記體小説恰恰滿足了當時不少讀者的閲讀需要，在文化市場上成爲暢銷品。這種市場行銷的成功，也大大刺激了民初文人著述筆記體小説的熱情，有力地推動了該體小説的繁榮。

　　上述時代語境也使民初傳奇體小説創作持續繁榮，由於傳奇體特有的幻設性、文辭性、情趣性吻合了當時小説爲文學之一種、應具備審美特質的現代性要求，故而受到職業小説家的青睞。據初步統計，民初傳奇體小説的作者至少在百人以上，其中有名的職業小説家就有數十位。如以古文翻譯外國小説聞名於世的林紓，被譽爲民國第一小説名家的李涵秋，民初上海報人小説界執牛耳的包天笑，在新舊文學界均享盛譽的蘇曼殊，被視爲"鴛鴦蝴蝶派"代表人物的徐枕亞，在民國文化宣傳領域有舉足輕重地位的葉楚傖，以"掌故小説"聞名的許指嚴，從京師大學堂走出的小説名家姚鵷雛，民初小説界的明星人物周瘦鵑，以"江湖會黨小説"當紅的姚民哀，等等。他們

---

①　胡韞玉：《與柳亞子書》，柳亞子編：《南社叢刻》，北京：社會科學文獻出版社 1994 年版，第 12 集。
②　羽白：《〈小説旬報〉宣言》，《小説旬報》1914 年第 1 期。
③　語出《東坡事類》。

的傳奇體作品大多隨作隨刊,《小説月報》《禮拜六》《小説時報》《民權素》《中華小説界》《小説大觀》《小説畫報》《民國日報》等十數家主流報刊爲其提供發表園地,其數量當在 200 篇以上。另外收錄民初傳奇體小説的各類集子也有不少,其中較有代表性的有:文言小説別集《畏廬漫録》《指嚴小説精華》《定夷小説精華》《反聊齋》《鐵冷叢談》《民哀説集》等,文言小説選集《黛痕劍影録》《客中消遣録》《愛國英雄小史》等,文白小説合集《楚傖文存》《瞻廬小説集》《何海鳴説集》等,各類文章雜集《鐵冷碎墨》《枕亞浪墨》《紫蘭花片》,等等。與之前的同體作品相較,民初的傳奇體小説題材更趨多樣,尤其著意於傳都市生活之奇;在藝術上賡續傳統,也注意借鑒一些外國小説的寫作技巧。這正符合處在新舊過渡時期的民初讀者口味,故而受到他們熱烈的歡迎。

今人一般將話本體小説消亡的時間斷定在清代,最遲推至刊於 1899 年的《躋春臺》。實際上,清末"新小説家"仍然繼續著話本體小説創作,一些雜誌也刊有話本體作品。例如吳趼人在《月月小説》上就發表了多篇話本體小説,這些作品是在"新小説"觀念影響下產生的話本小説變體,大多打破了從入話、頭回到正話、篇尾的傳統話本小説體制,在敘事模式、創作旨趣、思想内容上也發生了一定變異。其數量雖不算多,但引領著該體小説演變的方向。民初小説家接續這一變異趨勢,在復古思潮與現代性追求的矛盾交織中,希望更充分地運用好這一傳統文體,一度使話本體小説創作呈現出復振之象。據考察,民初從事話本體小説創作的多爲小説名家,如包天笑、程瞻廬、徐卓呆、吳雙熱、胡寄塵、姚鵷雛、周瘦鵑、何海鳴、張冥飛、江紅蕉等。他們的話本體小説作品主要通過《小説月報》《禮拜六》《民國日報》等主流報刊發表,就目前所知大概有 50 餘篇,還有部分作品被收入各類小説集中。民初話本體小説總體上以演述社會萬象與滑稽故事爲主,充滿了民間性、世俗性和娛樂性,亦曾得到了民初部分讀者的歡迎。

　　章回體小説創作在民初極其繁榮，以至范煙橋所撰《民國舊派小説史略》曾明確地説："這裏説的民國小説，是指的舊派小説，主要又是章回體的小説。"[1] 實際上，歷來凡是涉及所謂 "民國舊派小説" 的研究，無論立場如何，均將章回體作品作爲主要對象。據初步統計，民初十年間産生的章回體小説至少在 130 部以上，[2] 這些作品往往先在報刊上連載，之後出版單行本。民初從事章回體小説創作的作家衆多，如以白話章回聞名者有李涵秋、程瞻廬、葉小鳳、向愷然、畢倚虹、楊塵因、張春帆、朱壽菊、蔡東藩等數十位，以文言章回著稱的則有徐枕亞、李定夷、吳雙熱、張冥飛、林紓、姚鵷雛、章士釗等十餘位。民初白話章回體小説是在明清繁榮基礎上的再發展，它面向都市民間寫作，其叙事寫人既脈承傳統又尋求新變，既能滿足一般讀者的閱讀習慣又令人耳目常新，因此始終占領著廣大的讀者市場。文言章回體在古代只有零星出現，而民初一度形成文言章回小説的創作熱潮，這是由當時的復古思潮、亂世傷懷、市場行銷，以及中西觀念衝突等諸多因素交互作用形成的。具體而言，復古思潮帶來的雅化要求使文言侵入了過去幾乎被白話一統的章回體，亂世傷懷的民初文人受到西方婚戀觀的影響，面對不自由的婚姻制度，集中摹寫男女婚戀的不幸，這讓當時的讀者爲之驚艷、沉迷並在心底産生出强烈的共鳴，因而使得該體作品在市場行銷上也獲得了極大成功。

第二節　傳統小説文體的守正與創變

　　對於中西文學差異，民初小説家有比較明確的共識：因地理、歷史、人

---

　　① 范煙橋：《民國舊派小説史略》，魏紹昌編：《鴛鴦蝴蝶派研究資料》，上海：上海文藝出版社 1984 年版，第 268 頁。
　　② 據《民國通俗小説書目資料彙編》（上海書店出版社 2014 年版）、《民國章回小説大觀（1）（2）》（中國文聯出版公司 1997、2003 年版）、《民國小説目録（1912—1920）》（上海古籍出版社 2011 年版）、"民國圖書資料庫" 等統計。

民習尚的種種關係，中國文學走了一條與西洋文學不同的路，因此，中西小說亦不能相提並論。① 基於這一認識，他們認爲中國小説的現代轉型必須以固有的文學遺産爲基礎，所謂“然不有基焉，牆何以立？演進之理，固如是爾”。② 因此，他們運用各種傳統小説文體創作了大量作品，有的立本守正，有的趨時創變，深受正從傳統走向現代的民初讀者喜愛。

一. 沿固有書寫雙軌前行的筆記體小説

中國古人撰寫筆記常常是隨意雜録，故筆記近於“合殘叢小語”、集“街談巷語，道聽塗説”的小説家言而漸與“小説”聯言；③ 又因古人視筆記爲“史餘”“野史”“雜史”，故撰寫筆記講求實録。因此，采用筆記撰述方式、具備筆記體式特徵的筆記體小説自産生之日起即形成了隨意雜録與講求實録的書寫雙軌。

清末梁啓超曾舉《聊齋志異》《閱微草堂筆記》爲代表，著意强調筆記體小説隨意雜録的撰述特點。④ 民初的筆記體小説也大多遵從此例。例如，何剛德在《〈平齋家言〉序》中說：“夜窗默坐，影事上心，偶得一鱗半爪，輒瑣瑣記之，留示家人。自丁巳迄去秋，裒然成帙。”⑤ 王揖唐序《梵天廬叢録》曰：“此書乃其平日搜討所得，隨時掇述者。”⑥ 徐珂自序其《清稗類鈔》云：“輒筆之於册，以備遺忘，積久盈篋，乃參仿《宋稗類鈔》之例，輯爲是編。”⑦ 陳瀛一在《〈睇向齋秘録〉弁言》中透露：“比來常叩長老先生與聞達之士、

---

① 胡寄塵：《序一》，范煙橋：《中國小説史》，蘇州：秋葉社1927年版。
② 趙眠雲：《序三》，同上。
③ 黄霖、韓同文選注：《中國歷代小説論著選》（修訂本）上，南昌：江西人民出版社2000年版，第1、3頁。
④ 《新小説》報社：《中國唯一之文學報〈新小説〉》，《新民叢報》1902年第14號。
⑤ 何剛德：《春明夢録》，北京：北京古籍出版社1995年版，第57頁。
⑥ 王揖唐：《王序》，柴小梵著：《梵天廬叢録》，太原：山西古籍出版社1999年版，第1頁。
⑦ 徐珂編撰：《清稗類鈔》，北京：中華書局1984年版，第485頁。

博雅之友，以故所得益多。性好弄翰，輒筆之於紙，日久積稿盈寸。"① 從 "偶得" "隨時" "輒筆" 一類字眼可辯這些作品的撰述方式一如傳統的隨意雜録，從 "一鱗半爪" "瑣瑣記之" 到 "哀然成帙" "積久盈篋" "積稿盈寸" 等表述足見其由斷縑零璧之短章而積成包羅萬有之巨編的彙集方式。對於筆記體小説一事一記的特點，管達如在《説小説》中説得明確："此體之特質，在於據事直書，各事自爲起訖。"② 對於包羅萬有之特徵當時也認識一致，蔡東藩稱其《客中消遣録》"立説無方，不拘一格。舉所謂社會、時事、歷史、人情、偵探、寓言、哀感頑艷諸説體備見一斑"；③ 胡文璐稱譽《梵天廬叢録》"上而朝廷之掌故，下而里巷之隱微，縱而經史之異同，橫而華夷之利病，無不能説，説之無不能詳"。④ 對於全面繼承古代筆記小説的體式特徵，民初文人常常表而彰之，如馮煦在《〈夢蕉亭雜記〉序》中説 "其體與歐陽公《歸田録》、蘇穎濱《龍川略志》、邵伯温《聞見前録》爲近"，⑤ 王揖唐《〈梵天廬叢録〉序》云 "衡其體例，蓋與潘永因之《宋稗類鈔》、郎瑛之《七修類稿》等書相近"，⑥ 易宗夔在《〈新世説〉自序》中直承 "仿臨川王《世説新語》體例"，⑦ 吳綺緣認爲許指嚴的《新華秘記》"體仿《秘辛》《説苑》"，⑧ 等等。研閱民初各家筆記小説集，便知以上序説乃是據實而論。這些小説大多搖筆成文，每條（則、篇）往往不設題目，一事一記，所記之事往往相對獨立，單記一事而成篇者自不必説，就是那些合集衆事而成編者，事與事之間往往既無意義上的關聯，也無結構上的聯繫。因此，從單條（則、篇）來

①　陳瀟一：《睇向齋秘録》，上海：文明書局 1922 年版，第 1 頁。
②　管達如：《説小説》，《小説月報》1912 年第 3 卷第 7 期。
③　蔡東藩：《客中消遣録》，上海：會文堂新記書局 1934 年版，第 1 頁。
④　胡文璐：《胡序》，柴小梵著：《梵天廬叢録》，太原：山西古籍出版社 1999 年版，第 1 頁。
⑤　馮煦：《夢蕉亭雜記·序》，陳夔龍著：《夢蕉亭雜記》，太原：山西古籍出版社 1996 年版，第 1 頁。
⑥　王揖唐：《王序》，柴小梵著：《梵天廬叢録》，太原：山西古籍出版社 1999 年版，第 1 頁。
⑦　易宗夔：《新世説》，上海：上海古籍書店 1982 年版，第 1 頁。
⑧　吳綺緣：《吳序》，許指嚴著：《新華秘記（前編）》，上海：清華書局 1918 年版，第 6 頁。

看，其篇幅短小；整體觀之，又卷帙浩繁。相較而言，民初發表在報刊上的筆記體小説體式稍有變異，減少了對以書爲載體的"筆記（集）"之依賴，單篇作品爲數甚夥，一般每篇都有標題。

在古代長期的演變過程中，筆記體小説的實録原則始終保持不變，這規定了它追求史著般的品格：不重修飾，崇尚簡約，這也使其與有意幻設、追求辭采的傳奇體區別開來。紀昀所謂"小説既述見聞，即屬叙事，不比戲場關目，隨意裝點"，[①]强調的就是筆記體小説的實録原則及其樸質風格，"在紀昀看來，所謂筆記體小説之'叙事'即爲'不作點染的記録見聞'"。[②]民初筆記體小説與此一脈相承，理論與實踐皆沿實録舊軌而行。管達如曾用準現代的小説觀念重新闡釋説："此體之所長，在其文字甚自由，不必構思組織，搜集多數之材料，意有所得，縱筆疾書，即可成篇。"[③]這就重申了筆記體小説應"據見聞實録"，指出其優點是叙事自由，没有固定結構，甚至無需細緻的環境、人物、情節描寫，只需收集材料，興之所至，摇筆書寫即可。該體小説的作者對實録原則亦普遍重視。例如，蔡東藩於《〈客中消遣録〉序》中聲明"於目所睹者擇而輯之，于耳所聞者又酌而記之"；[④]孫家振在其《〈退醒廬筆記〉自序》中説"吾猶將萃吾之才之學之識仿史家傳記體裁將平生所聞見著筆記若干萬字"；[⑤]蔣箸超認爲許指嚴"久客春明，搜羅以富"，據之所撰《新華秘記》"事事得諸實在，不涉荒誕"，[⑥]吴綺緣稱譽它"雖屬野史，而即以當洪憲一代之信史觀亦無不可也"；[⑦]易宗夔在《新世説》的例言與自序中聲明"紀載之事，雖不能一一標明其來歷，要皆具有本末之言，其

---

① （清）紀昀撰：《閲微草堂筆記》，上海：上海古籍出版社 1980 年版，第 472 頁。
② 譚帆：《叙事語義源流考——兼論中國古代小説的叙事傳統》，《文學遺産》2018 年第 3 期。
③ 管達如：《説小説》，《小説月報》1912 年第 3 卷第 7 期。
④ 蔡東藩：《客中消遣録》，上海：會文堂新記書局 1934 年版，第 2 頁。
⑤ 潁川秋水著：《退醒廬筆記》，民國十四年石印綫裝本，第 2 頁。
⑥ 蔣箸超：《蔣序》，許指嚴著：《新華秘記（前編）》，上海：清華書局 1918 年版，第 1 頁。
⑦ 吴綺緣：《吴序》，同上，第 6 頁。

言之繁冗而蕪雜者，悉剪裁而修飾之，以歸於簡雅"，^①所記爲前清"政俗之
嬗變，朝野之得失，軼事遺聞，更僕難數……迨鼎革以後，當代執政，革命
偉人……"，著述目的是希圖成"野史一家之言"，能像《世説新語》那樣傳
世。^②這種創作旨趣普遍存在于民初野史類筆記小説之中，當時作者都企望
能爲歷史留下一鱗半爪的"真迹"。民初筆記體小説無論是以筆記集行世，
還是單篇登載於報端，大多遵循著實録原則、追求朴質自然、簡潔雅致的風
格。也有一些作品由於受到《聊齋志異》和西方小説觀念的影響，開始喜裝
點、重修辭，呈現出與傳奇體合流的趨向。

　　民初筆記體小説既然仍沿著隨意雜録與講求實録的書寫軌轍前行，勢必
保持古代筆記小説內容廣博、功能多樣的文體特點。從作品創作實際看，既
有野史筆記類小説、稗官故事類小説，又有雜家筆記類小説。由於受到民初
小説界"興味"主潮的影響，以消遣娛情爲主的稗官故事類小説最爲流行，
其次是意在補史存真的野史筆記類小説。

　　民初稗官故事類小説題材廣泛，思想駁雜，富有供人消遣的興味。這些
作品有的記雜事以志人，有的録異聞以志怪，一部筆記中往往還兼收兩者。
其中具有代表性的有《鐵笛亭瑣記》《林琴南筆記》《〈技擊餘聞〉補》《退醒
廬筆記》《黛痕劍影録》《民國趣史》《涵秋筆記（下册）》《變色談》等。民
元以後林紓所作筆記小説更重興味，其友臧蔭松評《鐵笛亭瑣記》云："今
先生所記多趣語，又多徵引故實，可資談助者。"^③該書雜記朝野逸聞軼事，
如寫泉州海盗因酣睡而喪命，某茂才戲耍某僧之滑稽，巴黎食客之狡獪，左
宗棠強食糯米丸之偏執，趙亮熙行事之狂愚可笑等。每則篇幅短小，筆墨
超妙，足供消遣。《林琴南筆記》（又名《畏廬筆記》）所記多奇人異事，事

----

① 易宗夔：《〈新世説〉例言》，上海：上海古籍書店 1982 年版，第 2 頁。
② 易宗夔：《〈新世説〉自序》，同上，第 1 頁。
③ 臧蔭松：《〈鐵笛亭瑣記〉序》，林紓著：《鐵笛亭瑣記》，北京：都門印書局 1916 年版，卷首。

涉中外，也以娛情暢意爲旨趣。如寫德國大英雄紅髯大王、臺灣巾幗草莽元帥娘、番禺故家女李雲西、神行俠士李明甫、辛亥革命奇女子崔影及古宅靈異、青幫劇盜，等等。篇幅均較一般筆記長些，叙述婉轉有致，初步呈現出筆記體與傳奇體合流的趨勢。錢基博所作《〈技擊餘聞〉補》所記多爲實有人物，除列名於《清史稿》的竇榮光、甘鳳池等大俠外，多數是活躍在江南的俠客。作者在每則文末一一言明故事之由來，足見其謹守筆記的實録原則。同時，由小説所述行俠仗義、抵抗外侮及各種技擊格鬥之術等，也可窺見作者以俠氣尚武來鼓舞民族士氣之用心。該作雖爲林紓清末《技擊餘聞》補作，但毫不遜色，叙述簡潔有味，寫人白描傳神，令人讀之不厭，無怪錢氏亦"私自謂佳者絶不讓侯官出人頭地也"。[1]二者前後輝映，成爲現代武俠小説之前驅。孫家振《退醒廬筆記》除了寫王韜、吳趼人等文人及市井細民的軼事外，還有《咒蛇》《笆斗仙》《狐祟二》等志怪，尤其注意記録日常瑣屑（如雪茄煙、食譜、自製新酒令等），非常適宜市民閲讀消遣。胡寄塵的《黛痕劍影録》[2]以記録異聞瑣事爲主，如《冷光先生》《猿二則》寫鬼怪，《我佛山人遺事》《蜕老遺事》記名人，《余小霞》《甄素瓊》寫各類女子。其語言雅潔有味，頗有六朝志人志怪之風。李定夷的《民國趣史》記録"官場瑣細""試院現形""裙釵韻語"以及"社會雜談"等，所寫奇聞逸事，總是凸顯一個"趣"字，正如倪承燦所説："一編供捧腹諧譚。"[3]李涵秋的《涵秋筆記（下册）》既寫可驚可怖的奇聞，如《庸醫殺人》《肉飛行》《屍媾》等；又寫增廣見聞的軼事，如《袁子才先生軼事》《陳邵平》《陳若木先生軼事》等。這些奇聞軼事能在一定程度上滿足民初讀者的好奇心、使其獲得消遣。向愷然《變色談》收録的五則小説皆以虎命名，題爲《争虎》《閉虎》《驅

① 錢基博：《〈技擊餘聞〉補·自序》，《小説月報》1914 年第 5 卷第 1 號。
② 胡寄塵：《黛痕劍影録》，上海：廣益書局 1914 年版。
③ 李定夷：《民國趣史》，上海：國華書局 1915 年版。

虎》《狎虎》《死虎》。它抓住一般人“談虎色變”的心理，記録江湖異士鬥虎殺虎的奇聞，有的還雜以神異色彩。例如《狎虎》一則寫三歲小兒視虎爲狗而全然無畏的民間傳聞：

> 陽明先生謫居龍場時，嘗有詩曰：“東鄰老翁防虎患，虎夜入室銜其頭。西鄰小兒不識虎，持竿驅虎如驅牛。”豈《列子》所謂“得全於天”者耶？新寧一農家，曝紗十餘竿，方食，天忽欲雨，家人盡出收紗，三歲小兒獨留。比返，一虎立小兒旁，俯首食小兒所遺飯，家人不敢入，亦不敢聲。虎忽仰首欲食小兒碗中飯，小兒以箸擊其頭有聲，則仍俯其首。小兒食如故，家人駭極。有黠者，故擊猪令叫，虎即奔去。問小兒，謂爲狗也。①

這樣就用寥寥筆墨讓讀者爲之色變，爲之轉换心情。

民初稗官故事類小説普遍以奇聞趣事來滿足讀者的消遣需要，同時也注意增强作品的文學審美性。周瘦鵑在《〈香艷叢話〉弁言》中稱著、閲筆記小説是“茶熟香温之侯乃於無可消遣中尋一消遣法”，②考察書中作品記述的多是充滿情趣的香艷故事，在藝術上則於雅潔中蘊著美感。試觀第二卷第一則：

> 裘麗亞者，法蘭西芳名籍甚之美人也。富於愛情。爾時瑞典王迦達鋭司稱雄於日爾曼。雄才大略，蜚聲全歐。裘麗亞企慕之，頗有買絲繡平原之概。特懸此驍勇英主之小影於香閨中玉鏡臺前。朝夕相對，用表其欽佩之誠。未幾，遂爲瑞典王所聞。王固亦一多情之英雄也，心殊戀戀于裘麗亞，弗能自已。時欲一睹芳姿，以慰相思，願好事多磨。不

---

①　愷然：《變色談》，《民權素》1916 年第 16 期。
②　周瘦鵑編：《香艷叢話》，上海：中華圖書館 1914 年版，第 1 頁。

久，便撒手人天。裘麗亞聞之，芳心如割。每對此影裏情郎，偷彈紅淚。久之，哀思乃少殺。時有孟德耶亞公爵者即乘隙而入，專心致志，沽裘麗亞歡心。會新歲，特製華箋十幅，圖以愛神之像並手録所作艷詩於其上。舉以贈諸裘麗亞。裘麗亞得箋大歡忻，對於孟德耶亞公爵頗垂青眼。乃紅絲未締，芳魂旋化，埋香有冢，續命無湯。公爵悲痛至不欲生。然而殘脂剩粉之價值益珍重矣。一千七百八十四年維利愛公爵之圖書宰拍賣忽撿得孟德耶亞贈裘麗亞詩箋之一《詠菫花》一首。惜上下已缺，僅剩數句云："燦爛其色，爾戀愛之花兮。吾其乞戀愛之土而護爾，滴戀愛之水而灌爾。花愁月病，獨賴爾以增光兮。倩君鬢雲堆裏以發幽馨。"爾時拍賣之價值僅三百元。後陳列于博物院，索價至五千八百餘元。及大革命時，國中鼎沸，此詩箋忽發現于英倫一古董肆中。一日，來一少年，贈主人五千金，强索去。嗟夫，美人一顰一笑足以傾國傾城，而身後遺物僅值五千金，亦云廉矣。①

這則小説貫徹了作者認爲"小説爲美文之一"②的現代文學觀念，其隨筆摘録、連綴成篇采用的則是傳統筆記成法，整體可謂"情文兼茂"，是周氏所希望的"有實事而含小説的意味者"。③這便堅守了筆記體小説講求實録的創作原則，而有別於以幻設爲能的傳奇體小説，但其講述情感故事的效果、對純情至情的歌詠則與其所作傳奇體愛情小説有異曲同工之妙。對於該書的這種風貌，"有人喻之爲：如'十七妙年華之女郎，偶于綺羅屏障間，吐露一二情致語，令人銷魂無已。'"④《香艷叢話》作爲筆記集，其體式古色古香，一則一則隨意地排著，仿佛是積多成編，其意趣也顯得很傳統，但其筆觸已

---

① 周瘦鵑編：《香艷叢話》第二卷，上海：中華圖書館 1914 年版，第 1—2 頁。
② 鵑：《自由談之自由談》，《申報》1921 年 2 月 13 日。
③ 周瘦鵑：《說瓿》，周瘦鵑、駱無涯：《小説叢談》，上海：大東書局 1926 年版，第 73 頁。
④ 鄭逸梅：《民國筆記概觀》，上海：上海書店 1991 年版，第 101 頁。

伸向了現代和域外，實際已被現代印刷文化與現代文學觀念共同改造過了。它在當時受到了不少讀者喜歡，開闢了筆記體小説現代轉型的一條路徑。周瘦鵑在"五四"以後還一直堅持走這條路，他編輯的《紫蘭花片》《半月》《紫羅蘭》等雜誌上還刊有這類作品。徐枕亞、朱鴛雛創作的稗官故事類小説也意圖創變，在突出強調消遣功能的同時揉進傳奇體因素，明顯增強了文學性。收在《枕亞浪墨續集》中的此類作品所記皆道聽塗説，偏於搜奇述異，多屬遊戲筆墨。陳惜誓《序》稱"枕亞願以消遣自托"，其撰述《浪墨》即爲一種"消遣"。①整體觀之，這些作品文筆流暢，叙事生動，講究塑造人物。如《錢蘇》《記王節婦錢錫之獄事》《柳夫人金聖歎傳》諸篇所記事核，所叙婉轉，以歌詠人物正氣爲旨歸。而搜奇述異的作品如《吳越兩異人》《陳葉二道士事》《蛇丐》等叙述恍惚迷離，辭藻趨於華美，已有明顯的傳奇化傾向。《紅蠶繭集》收錄朱鴛雛筆記體小説 23 篇，均短小精緻，饒富趣味，且多文學的描寫和虛構，亦是傳奇化的稗官故事類小説。統觀之，筆記體小説的傳奇化在民初各類作品中比較普遍，是創變的主要方向。

民初野史筆記類小説最突出的特徵是補史存真。其作者不少是清末民初重大歷史事件的親歷親聞者，他們力圖將某段史事實錄以存真相。其中《王湘綺先生録祺祥故事》《德宗遺事》《辛亥宮駝記》《辛丙秘苑》《夢蕉亭雜記》《春明夢録》《清代野記》《國聞備乘》等都是當時的名著。我們略舉數例，以觀一斑。《王湘綺先生録祺祥故事》講述咸豐駕崩前後的清宮秘史甚詳，特別是對帝后親王及王公大臣之間的錯綜複雜關係梳理叙述得十分清楚，具有較高的史料價值，故而廣爲引用。故事中的人物，如咸豐、奕訢、蕭順等形象比較鮮明，語言也較爲生動，亦具有一定的文學價值。《德宗遺

---

① 徐枕亞：《枕亞浪墨初集》卷七，上海：清華書局 1915 年版，第 7 頁。

事》的作者王照是翰林學士、戊戌變法的積極支持者。他晚年以親身經歷爲素材創作的這部筆記主要記述戊戌變法和庚子事變前後史事，筆墨集中於光緒帝（廟號德宗）與慈禧太后之間的矛盾鬥爭，頌揚光緒，針砭慈禧擅權誤國。由於該筆記"皆實録所不敢言者"，[①] 故有較高的史料價值。其叙説清末宮廷軼聞歷歷在目，人物對話口吻畢肖，多具小説風味。如記慈禧親伐醇賢親王墓道白果樹一則：

　　醇賢親王墓道前有白果樹一株，其樹八九合抱，高數十丈，蓋萬年之物。英年詔事太后，謂皇家風水全被此支占去，請伐之以利本支。太后大喜，然未敢輕動，因奏聞于德宗。德宗大怒，並嚴敕曰："爾等誰敢伐此樹者，請先砍我頭。"乃又求太后，太后堅執益烈，相持月餘。

　　一日上退朝，聞内侍言，太后于黎明帶内務府人往賢王園寢矣。上亟命駕出城，至紅山口，於輿中號咷大哭，因往時到此，即遥見亭亭如蓋之白果樹，今已無之也。連哭二十里，至園，太后已去，樹身倒卧，數百人方砍其根，周環十餘丈，挖成大池，以千餘袋石灰沃水灌其根，慮其復生芽蘖也。諸臣奏云："太后親執斧先砍三下，始令諸人伐之，故不敢違也。"上無語，步行繞墓三匝，頓足拭淚而歸。此光緒二十二年事也。二十六年，英年因庇拳匪斬于西安。二十八年壬寅春，余潛伏湯山，詭稱趙舉人，每日出遊各村，皆以趙先生爲佳客。一日，短衣草笠，漫遊而西，過醇賢親王墓道山下，與村夫野老負曝，談及白果樹事，各道見聞，相與欷歔。村人並言，挖根時出大小蛇數百千條，蛇身大者徑尺餘，長數丈，僉曰："義和團即蛇之轉世報仇者。"小航謂當日之狠戾伐樹，用心實同巫蠱，長舌之毒，乃最大之蛇也。

---

　　①　語出王樹枏。王小航述、王樹枏記：《德宗遺事》，無出版地、出版時間，北京師範大學藏本，第 1 頁。

樹楠案：醇親王之後相繼爲皇帝者，已傳兩代，皆太后所親立，不知如此之忌害，果何意也。[1]

慈禧妒婦之潑毒，光緒受辱之無奈，從中清晰可見。對讀陳灝一所著《睇向齋秘録》中的《德宗軼事（三則）》，光緒這位憂國憂心、可憐可悲的傀儡皇帝就真實地呈現在讀者面前。難怪歷史學者葉曉青在《〈光緒帝最後的閱讀書目〉後記》一文裏動情地説："光緒直到最後還没放棄他的政治抱負，這是歷史學家所不知道也不關心的"，"我當時想我一定要告訴世人，光緒皇帝是死不瞑目的"。[2]實際上，像《德宗遺事》這類筆記小説的確起到了補史作用，能爲歷史留下雖一鱗半爪但較之鴻篇正史更加可感可信的"真迹"。《辛丙秘苑》是袁世凱次子袁克文爲《晶報》撰寫的筆記小説，記録辛亥（1911）至丙辰（1916）六年間袁世凱及其周圍人物的掌故軼聞。雖然有人批評該書因"既以存先公之苦心，且以矯外間之浮議"，[3]故子爲父諱之處甚多，但作者的特殊身份決定了其所記多爲難得的第一手史料，彌足珍貴。如寫"武漢首義者"張振武之死，北京兵變、袁克定之受惑謀帝制、籌安會中之楊度、段芝貴兵圍蔡松坡寓，等等，皆從兒子的角度來寫袁世凱，爲讀者提供了不同於一般史家稗官的視角。加之叙述饒有趣味，故受到當時讀者熱捧。《夢蕉亭雜記》由清末重臣陳夔龍撰述，主要記録他親歷的戊戌變法、義和團運動、《辛丑合約》簽訂、辛亥革命等衆多重大歷史事件。該書史料價值頗高，同時由於作者有意識要把故事講得精彩，精心結撰之下，文筆自然生動有趣。如《端邸倚勢欺凌大臣》寫端王載漪剛愎自用、盛氣凌人，在義和團入京時決策失當却又殺戮持異議的漢大臣許景澄、袁昶的史事，小説

---

① 王小航述，王樹柟記：《德宗遺事·其一》，北京師範大學藏本，第1—5頁。

② 葉曉青著：《西學輸入與近代城市》，北京：北京大學出版社2012年版，第167頁。

③ 寒雲：《〈辛丙秘苑〉序》，上海：上海書店出版社2000年版，第1頁。

通過人物對話、舉止等寫出了許、袁二人通時務且盡忠心，也塑造了載漪等滿清權貴閉目塞聽且忌刻狠毒的形象。

另外，《新世說》《新語林》《清稗類鈔》等幾部仿作也很有名，是"世說""類鈔"類筆記的最後代表。易宗夔所著《新世說》，仿劉義慶《世說新語》體例而欲"成野史一家之言"。[①]該書不僅有較高的史料價值，其文風典雅，辭句清麗，富有文學性，讀來雋永有味。陳灝一所作《新語林》多獨得之秘，文筆極佳，叙事生動自然，有人將其與《新世說》並稱爲民國"世說"類小說的"雙璧"。徐珂編著的《清稗類鈔》是關於清代掌故遺聞的筆記彙編。由於編者態度認真，其中保存了不少珍貴史料，不少篇目文字簡約流暢，是典型的筆記體小說。綜觀之，上述野史筆記類小說雖講求實錄，以存史料爲主，但叙事寫人足以興味起情，讓讀者獲得讀"史"之真趣、賞"文"之雅趣，情感也偶爾被蕩起漣漪。

民初野史筆記類小說除了上述立本守正的作品外，也涌現出了一些趨時創變的作品，其中許指嚴的作品最爲典型。許指嚴素以創作"掌故小說"聞名，范煙橋稱"歷史小說允推指嚴"，[②]論者一般都很重視其小說的史料價值。不過，許指嚴有很強的文學加工意識，其所謂"采摭已征夫傳信，演述奚病其窮形"，[③]希望在實錄傳信的基礎上演述得窮形盡相。因此，他的筆記體小說揉入了傳奇筆法，明顯增強了興味娛情功能。《南巡秘記》是其掌故筆記的定型之作，專記乾隆巡幸江浙秘極奇極之事，隨意裝點，趨近傳奇體。從此書開始他形成了"述歷史國情，本極助興趣之事"的看法，從而確定了將聞見與稗乘相發明的創作方法。[④]鄭逸梅曾回憶說："所記《幻桃》及《一夜喇嘛塔》，光怪陸離，不可方物，給我印象很深，迄今數十年，猶縈

①　易宗夔：《〈新世說〉自序》，《新世說》，北京：北京兵馬司中街易宅1918年版，第2頁。
②　范煙橋：《小說話》，《商旅友報》1925年第20期。
③　許指嚴：《〈泣路記〉自叙》，上海：《小說叢報》社1915年版，第1頁。
④　許指嚴：《〈南巡秘記〉自序》，上海：國華書局1915年版，卷首。

腦幕。"①《十葉野聞》是其筆記掌故的代表作，就清代十世雜史進行文學加工，特點是從宮廷日常生活入手揭開清史一角，富有傳奇性。筆觸所及以渲染清室趣事秘聞來勾勒歷史脈絡，明顯有別於遺民學士旨在爲歷史寫真的作品。當然，許指嚴筆記掌故也想爲歷史"存真"，但又追求寫人繪景"窮形盡相"、叙事"必竟其委"，因此更接近現代意義上的小説創作。整體觀之，許指嚴的野史筆記類小説融筆記和傳奇於一體，"因文生情，極能鋪張"，②增強了文學魅力，"有羚羊掛角之妙"，③吸引了大量讀者。但同時也引來質疑，有人認爲這種隨意渲染會導致所寫"奇詭過常情"，④而與史實不符。事實是，就連那部許氏宣稱"求真"的《新華秘記》也塗抹了不少虛飾的文學色彩。除了許指嚴外，李定夷、葉楚傖、姚民哀等也創作了一些傳奇化的野史筆記類小説。《定夷小説精華》中收録的《兩杯茶》記叙兩杯茶教揭竿起義以回應太平軍抗清的故事，所記事核，所叙婉轉；《縹緲鄉》則記滿清宮闈穢聞艷史，叙述生動，人物如活。葉楚傖所作《金昌三月記》記述作者在蘇州的逸樂冶遊生活，筆法頑艷奇絶，以辭章勝。姚民哀所撰《銀妃》《白鴿峰》，前者記乾隆朝銀妃由民女入宮得寵到失寵事，後者記翁同龢隱居常熟白鴿峰時的一次奇異會客，兩篇作品均富有文采，在撲朔迷離中偶露清史一鱗半爪。

二、尊體與破體並存的傳奇體小説

部分民初小説家創作傳奇體小説具有明確的尊體意識。林紓在《〈畏廬

① 鄭逸梅：《民國筆記概觀》，上海：上海書店 1991 年版，第 100 頁。
② 鳳兮：《海上小説家漫評》，《申報·自由談·小説特刊》1921 年 1 月 23 日。
③ 范煙橋：《小説話》，《商旅友報》1925 年第 20 期。
④ 同上。

漫錄〉自序》中聲明其"著意爲小説","特重段柯古",①顯然意欲承續唐傳奇。葉小鳳在當時也旗幟鮮明地提倡師宗唐人小説,有的作品直接標明"效唐人體"。他在《小説雜論》中説:"唐人自有唐人之小説,文不可假於父兄,而小鳳獨可假諸唐人乎?小鳳曰:是有説也。暢發好惡,鉤稽性情,乃天地造化之功;如我陋劣,何敢以此自期。然俯視斯世,凡作文言小説者,或斜陽畫圖,秋風庭院,爲辭勝於意,臃腫拳曲之文;或碧璃紅瓦,苗歌蠻婦,稗販自西之語;其最高者,則亦拾《聊齋》之唾餘,奉《板橋》爲圭臬。……蒲留仙、餘澹心等不過如小家碧玉,一花一鈿,偶然得態耳。在彼猶在摹撫官樣之中,何足爲吾之師?……此小鳳摹撫唐人之所由來。"②由此可知,葉小鳳認爲唐傳奇在"暢發好惡,鉤稽性情"方面取得了極高成就,是文言小説創作的最佳範本。姚鵷雛贊同葉氏看法,曾在《〈焚芝記〉跋語》中説:"丁巳除夕,偶與友論説部,友謂近人撰述,每病凡下。能師法蒲留仙,已爲僅見,下者,乃並王紫銓殘墨,而亦摹仿之。若唐人小説之格高韻古,真成廣陵散矣。余心然之。"③在上述名家的號召與示範下,民初傳奇體小説宗唐之風興起,而自清末流行的"聊齋體"勢頭稍稍減弱。不過,站在民初那個中西文化激烈交鋒的時間點上看,無論是以唐人小説爲師,還是以《聊齋志異》爲範,都是賡續固有傳奇體小説的尊體表現。

在尊體意識影響下,民初傳奇體小説在題材上依然是婚戀、俠義和神怪三足鼎立;在筆法上多采用紀事本末體和傳記體的形式,講求辭章和結構;在創作旨趣上作意好奇,注意暢發性情和發揮想像,追求一種詩意美。

民初婚戀題材的傳奇體小説脈承了唐傳奇以來的傳奇筆法和傳奇性,旨在傳播愛情奇聞和禮贊真愛精神,有的作品還意圖抨擊舊的婚姻觀念,引導

①　林紓:《畏廬漫録·自序》,林薇選編:《畏廬小品》,北京:北京出版社1998年版,第231頁。
②　葉小鳳:《小説雜論》,《小鳳雜著》,上海:新民圖書館1919年版,第40—41頁。
③　鵷雛:《焚芝記》,《小説大觀》1917年第11集。

時代新風。雖然由於作者自身思想新舊雜糅，未能像“五四”新文學家那樣發出個體解放、婚姻自由的明確呼聲，但其對美好婚戀的歌詠，對舊婚制的不滿，使這類作品在當時仍吸引著不少讀者。我們以林紓、葉小鳳、姚鵷雛、徐枕亞、吳綺緣、許指嚴的作品爲例略加分析。林紓的作品采用人物傳記形式，文辭典雅、偶爾插入詩詞韻語，追求情節的離奇，文末有“畏廬曰”的議論，是典型的傳奇體。如《纖瓊》《柳亭亭》《玉纖》《醒雲》《蟬翼彩絲》等均傳男女婚戀之奇，具有“虛實皆具”的文體特性。葉小鳳的作品主要分爲純情和奇情兩類。純情類有《石女》《塔溪歌》《阿琴妹》等，歌頌男女間純潔美好的情感，是唐傳奇“真愛精神”的迴響。如《石女》講述張生信奉愛情主義，不因其妻李氏爲石女而嫌棄，並且“每語人曰：‘夫婦之愛在性情，彼事肉欲者，禽獸也’”。① 這種重情感而輕色欲的愛情主義具有一定的進步性。奇情類有《忘憂》《嫂嫂》《男尼姑》等，這些作品敘奇人、奇事、奇情，如幻似夢。如《忘憂》寫馮生在杭州的一次艷遇，明顯繼承了唐人小説“仙凡遇合”的主題，是男性欲望的想像性滿足，但嚴守情淫之辯，旨趣仍在一“情”字。姚鵷雛的作品與葉氏風格相似，代表作是《焚芝記》和《夢棠小傳》。《焚芝記》② 寫明末戰亂中余生與名妓李芝仙的苦難愛情故事。這篇小説不僅揉入了唐傳奇《柳氏傳》《昆侖奴》等的情節要素，其風格、神韻、意境也十分相似。在人物設置上，他將當時的名士侯朝宗、冒巢民、方密之等輔翼其間，並將歷史上著名事件左良玉起兵“清君側”作爲情節突轉的背景，從而使得小説詩意中鑲嵌著史實，產生出亦假亦真的藝術效果。《夢棠小傳》③ 講述吳振盦與多情才妓夢棠間一段纏綿悱惻、哀婉淒絕的情事。其開頭有小序，文末引用夢棠日記、中間闌入多篇詩詞，在尊體基

---

① 《石女》，收入《小鳳雜著》，上海：新民圖書館 1919 年版。
② 鵷雛：《焚芝記》，《小説大觀》1917 年第 11 集。
③ 鵷雛：《夢棠小傳》，《小説大觀》1917 年第 10 集。

礎上有一定創新。其中，小序的作用是揭示小説主旨；日記和詩詞則起到連續情節、加強抒情的作用，使用日記還明顯增强了小説的真實性。徐枕亞也師法唐傳奇創作了不少言情佳作。例如《簫史》①寫落魄文人蕭嘯秋與客舍主人的侄女小娥之間因簫聲相知、相戀，最終亦因簫而雙雙殉情的故事。從文體上看，這篇小説顯然刻意規摹唐傳奇。傳示奇異之外，追求濃烈的詩意氛圍，叙事婉轉，抒情纏綿。形式上夾雜詩詞，使用麗詞藻句，兼有“文備衆體”之妙。更明顯的模仿痕迹是將故事發生地設置在長安，並借小説人物之口明示以嘯秋、小娥、客舍主人來比擬《虬髯客傳》中的李靖、紅拂、虬髯客。這篇小説展現的理想愛情、感傷筆調和詩般意境都能激發民初讀者心底自唐傳奇積澱的集體無意識。另外，徐枕亞的《碎畫》《芙蓉扇》《孽債》寫了三種不同關係和不同結局的男女哀情故事，皆情節曲折，詞采華美，將受制於傳統婚姻種種約束而釀成的時代悲劇搬演到讀者面前。吴綺緣的《反聊齋》主要仿擬《聊齋志異》，是當時“聊齋體”的代表。其中不乏寫婚戀的作品，如《棠仙》寫晋陵李生與少女棠姑的熱戀故事。往來廢園的棠姑初爲棠仙，寫得神異迷人，正與蒲松齡筆下的花妖狐媚一般；而到後半部則披露棠姑乃一孤女，不僅寄人籬下，還被迫婚嫁。最後，棠姑因不能與李生結成眷屬而自戕，李生瞭解真相後，悲痛欲絶，竟不知所終。這就將現實中孤女的慘况以特殊的表現形式呈現在了讀者面前。許指嚴的婚戀傳奇擅於描畫與悲慘命運相抗争的女子，尤以批判“童養媳”這種舊婚制的作品最具特色。如《齊婦冤獄》②寫貧家女二姑被迫嫁入郭家爲童養媳，因不願與好淫狠毒的婆婆同流合污，故多次遭受虐待、陷害，甚至差一點被婆婆及其情人設計害死，而二姑始終堅貞不屈，終獲好報。又如《瓊兒曲本事》③寫漁家女瓊兒嫁

---

①　徐枕亞:《簫史》,《小説月報》1913 年第 4 卷第 6 號。
②　蘇庵:《齊婦冤獄》,《小説月報》1912 年第 3 卷第 5 號。
③　指嚴:《瓊兒曲本事》,《小説月報》1915 第 6 卷第 3 號。

給某媪作童養媳。某媪逼迫她從事北裏生涯，她堅決不從。在種種抗爭失敗後，瓊兒與某媪之子爲情自殺。這類作品對不良舊婚制的批判雖然還比較表面化，但在當時具有一定進步意義。

民初俠義題材的傳奇體小說主要以唐傳奇爲範本。特別是那些寫救厄濟困、復仇報恩故事的作品模仿唐傳奇的痕迹很重，如姚鵷雛所作《觚稜夢影》和《犢鼻俠》明顯模仿《昆侖奴》；李定夷《女兒劍》、張冥飛《雪衣女》則不脱《謝小娥傳》窠臼。這些小說快意恩仇、伸張正義，其傳奇體小說特有的詩意、理想特質仍爲生活在民初亂世中的讀者所喜愛。有些作品則在沿襲唐傳奇文體風格的基礎上，呈現出一些新的時代氣息，如林紓所作《程拳師》《莊豫》《裘稚蘭》等精于描寫高超的武技，以尚武精神鼓動國民鬥志；李定夷的《鴒原雙義記》所寫徐瑨、徐琨兄弟並不擁有高超武藝，但其言行正如朱家、郭解一流俠義中人，救人於困急，意在展現理想的俠義人格，以俠義精神砥礪民族士氣；許指嚴所撰《于湖尼俠》《虎兒復仇記》《魚殼外傳》[①]等將外史秘聞與武俠技擊結合起來，大大豐富了傳統復仇類俠義小說的内涵。還有一些作品將英雄與兒女合爲一體，以俠風奇情娱目快心。葉小鳳所作《雲迴夫人》可爲代表。它以《虬髯客傳》爲範本，寫一位類似"紅拂妓"的女俠。雲迴與情郎白虹，一位是絶世美人，一位是無雙名俊，情趣相投，且均擅武藝。小說將他們的愛情故事放置在明末李闖王農民起義的歷史背景中，使這個充滿"奇味"的故事呈現爲介於現實與超現實之間的審美狀態，這顯然是繼承了唐傳奇的藝術表現手法。趙彦衛在《雲麓漫鈔》卷八中概括"傳奇體"曰："蓋此等文備衆體，可見史才、詩筆、議論。"[②]葉小鳳本人精通歷史，具備"史才"，無論長篇短制，他筆下的小說多涵歷

---

① 《于湖尼俠》，《繁華雜誌》1914 年第 3 期。《虎兒復仇記》，《小說月報》1914 年第 5 卷第 5 號。《魚殼外傳》，《禮拜六》1915 年第 31 期。
② 黄霖編，羅書華撰：《中國歷代小說批評史資料彙編校釋》，南昌：百花洲文藝出版社 2009 年版，第 87 頁。

史意味。當然，在短篇中，最突出的是其抒情特質，呈現出一種詩意美。在
《雲迴夫人》中，無論是雲迴、白虹這對情侶在花影中比劍，還是雲迴女扮
男裝以計謀擊敗闖王軍隊拜爲將軍的奇事；無論是俠侶夜入衙門顯露可操生
殺之權的神功，還是雲迴向縣令宣講愛國大義，令其放歸老母的情節，無不
充滿詩意色彩，令閱者禁不住心馳神往。另外也有少量作品仿擬《聊齋志
異》，如李涵秋所作《俠女》明顯就是對其名篇《俠女》復仇故事的戲仿，
以辛辣筆墨諷刺了一位吝嗇且覵做白日夢的書生。

　　民初神怪題材的傳奇體小說在體制上雖沿襲傳統，但因受西方科學文明
的衝擊在創作旨趣上發生了較大變化。大致可分爲三類：一是借寫神怪來譏
刺現實中的醜惡；一是借寫神怪與人相戀歌詠愛情的美好；一是借寫神怪使
讀者從中得到消遣。第一類作品首推許指嚴的《喇嘛革命》和《九日龍旗》。
這兩篇小說以大膽的想像，恍惚迷離的情節曲折地反映清末民初的歷史和世
相。《喇嘛革命》叙川邊某地一世佛推翻活佛宗教統治，創建了“平權”政
府。然而，一世佛無政治才能，其權不久即爲二世佛所奪。此後，眾神怪擁
護著各自主子你爭我奪，使川邊某地陷入混亂。這篇小說標爲“寓言”，乃
是滿清覆滅後民國初年共和革命、帝制復辟等前後相繼之亂局的變相，其中
活躍著的佛仙神怪乃是爭鬥各方的象徵。《九日龍旗》與之相得益彰，寫京
師前門一擅制龍旗的店肆主人如何在狐仙的幫助下秘制黃龍旗萬幅以助龍王
復辟，如何特製一幅九日龍旗先後得到護龍軍和屠龍軍獎賞，如何被店夥誆
騙而破産的故事。這篇小說標爲“滑稽”，充分發揮了神怪小說“姑妄言之”
的趣味，欲使聞者“絕倒”“盡歡”，但它並非純粹的消遣之作，而同樣是一
篇寓言。它一面通過恍惚迷離的叙述揭示出民初“國變無常，朝更夕改”的
世相，一面又對亂世中投機取巧之人進行了辛辣的諷刺。兩篇小說語言優
美，描寫細膩，人物形象躍然紙上，富有文學性和浪漫色彩。葉小鳳與姚鵷
雛的神怪傳奇則在嬉笑怒罵中揭露醜惡社會中的人性弱點。葉小鳳《誨淫小

説家》①描寫了色情小説家紫陽生的一場夢境,夢中他遭到自己筆下女性人物的辱罵、唾棄,甚至擬將其喂虎狼,就此驚醒,而不敢再操淫筆。小説極盡諷刺之能事,對紫陽生一類下流文人予以痛快地針砭,希望他們覺醒,有很強的現實針對性。姚鵷雛《帕語》②以一方絲帕的口吻叙述"余"跟隨主人赴宴,回家後主婦因帕而疑心主人有外遇,對"余"與主人皆施以酷刑。後來,"余"被主人作爲信物贈予女郎。女郎作爲"余"之新主人,對"余"百般呵護。不料,女郎旋即被"余"之舊主人抛棄,抑鬱而亡。"余"則作爲罪魁被女郎母親擲于腐草之中。此篇小説滑稽中寓有深意,從李香君、林黛玉等薄命紅顔與"冰綃"之"帕史"寫起,以女郎被情所困、憒憒而終爲故事高潮,以絲帕"文理破碎、彩繡浪藉"告終,闡釋的是"色衰愛弛,今古之常例"的道理。這篇小説對當時那些身當妙齡的女郎在戀愛擇偶問題上有一定的警示作用。第二類作品具有代表性的有林紓《吳生》《薛五小姐》《釧聲》,③吳綺緣《棠仙》《林下美人》《笑姻緣》,④程瞻廬《嬰寧第二》⑤等,這些小説亦可劃入婚戀題材,已如前述。第三類作品單純講述鬼怪故事,如徐枕亞《黄山遇仙記》、阿蒙《冢中人》、⑥聊攝《甘后墓》⑦等,這類小説主要滿足了當時讀者獵奇、消遣的需要。

民初小説家在創作傳奇體小説時亦具自覺的破體意識。他們受域外小説影響,在寫人、叙事及環境、心理描寫等方面積極進行創作試驗,拓展了傳奇體小説的創作内涵,形成了新的叙事模式和創作旨趣。

民初傳奇體小説在創作内涵上有較大拓展,數量較多且有影響的有都市

---

① 《誨淫小説家》,《楚傖文存》,上海:正中書局1946年版。

② 《帕語》,《雙星雜誌》1915年第2期。

③ 《釧聲》《吳生》收入《畏廬漫録(一)》,《薛五小姐》收入《畏廬漫録(二)》,上海:商務印書館1926年版。

④ 吳綺緣:《反聊齋》,上海:清華書局1918年版。

⑤ 程瞻廬:《嬰寧第二》,《中華小説界》1915年第2卷第2期。

⑥ 阿蒙:《冢中人》,《禮拜六》1914年第26期。

⑦ 聊攝:《甘后墓》,《雙星雜誌》1915年第3期。

情感傳奇、家庭傳奇和社會傳奇等。

都市情感傳奇在民初流行一時，這種小説源出正體婚戀傳奇，是其富有現代性的變體。民初趨新求變的小説家如蘇曼殊、包天笑、周瘦鵑等活躍在繁華都市上海，對西方文化一直持開放心態，積極譯介傳播歐美小説並借鑒吸收，這使他們有條件突破傳奇體固有傳統，采用新的叙事技巧來呈現"現代"都市男女的情感世界。蘇曼殊所作《焚劍記》《絳紗記》《碎簪記》和《非夢記》，揭露封建禮教和金錢勢力對都市青年愛情的破壞，具有明顯的進步意義。例如，《絳紗記》中兩個華僑資本家出於互相利用而爲兒女訂姻，當一方破産則婚約立即被另一方解除，足見金錢在婚姻中的決定力量。《碎簪記》中的封建家長則反對子女婚姻自主，認爲"自由戀愛是蠻夷之風，不可學也"，從而導致三個男女青年都殉情而死。《非夢記》叙述一個因長輩嫌貧愛富釀成的婚戀慘劇，小説的男主角迫於嬸母的威逼不得不與貧窮畫師的女兒分手，另娶了一位"家累千金"的小姐，結果女主角投水自殺，男主角入了佛門出家。這些作品均在積極回應民初婚制變革這一社會熱點問題，雖叙之以傳奇體，但又確如錢玄同所説其"描寫人生真處""足爲新文學之始基"。[①] 包天笑所作都市情感傳奇更具當下性和真實感，如《電話》[②]、《牛棚絮語》[③] 等小説寫當時妓女的情海沉浮，試圖引發讀者對妓女歸宿問題的思考。《淚點》叙"飄渺生"與其表妹的一段情緣，其純潔真摯中的淡淡哀傷讓讀者不禁扼腕興嘆。這些小説多有"影事"，並非"向壁虛造"，如《電話》篇，不僅周瘦鵑説"微聞《電話》之作，實有影事雲"，[④] 包氏本人也在《牛棚絮語》中給予證實。關於《淚點》，包天笑在回憶録中亦點明是一段真實的情感經歷。這些作品表現出對於過度提倡"戀愛自由"的警惕，同時又

① 錢玄同：《致陳獨秀信》，《新青年》1917 年第 3 卷第 3 期。
② 包天笑：《電話》，《中華小説界》1914 年第 1 卷第 1 期。
③ 包天笑：《牛棚絮語》，《小説大觀》1915 年第 3 集。
④ 周瘦鵑、駱無涯：《小説叢談》，上海：大東書局 1926 年版，第 60 頁。

反對阻礙婚戀自由的"盲婚啞嫁"，呈現出一種徘徊在新舊之間的過渡性特徵。周瘦鵑創作的都市情感傳奇有三類。一類是作者本人戀愛生活的藝術化呈現，代表作是《恨不相逢未嫁時》《午夜鵑聲》等；一類是在言情中貫注愛國觀念，如《此恨綿綿無絕期》《一諾》等；一類是富有現代意味的至情、畸戀，代表作有《畫裏真真》《西子湖底》等。我們各舉一例以觀之。《午夜鵑聲》[①]以恨恨生的心靈獨白爲主體，講述了恨恨生與意中人純潔美好的精神之戀，描畫了恨恨生得知意中人自小即由父母之命訂婚，明年八月就要出嫁的情況後，似癡欲狂、肝腸寸斷、嘔心吐血、悲觀厭世的極度絕望狀態，將一個"哀"字寫到了極點，是以"唯情主義"控訴封建禮教的典範之作。《一諾》[②]叙述秦一志承諾戀人林映華一定率軍攻上貧士山、征服東島國，然在現實中他卻因不能實現此一諾而發瘋死去，這是一篇將愛國情融入男女哀情的佳作。《畫裏真真》[③]講述的是一段離奇之戀，中學生秦雲在美術館櫥窗中偶然看到一幅美人圖，內心戀戀不捨，終因相思成疾而死去，當"畫中人"林宛若聽説此一段癡情事後，到秦雲家中大哭哀悼，還"矢志不嫁"。這些小説所寫"奇情""癡情""至情"明顯繼承了唐傳奇以來禮贊真愛精神的傳統，同時也自覺汲取了西方自由戀愛的思想資源。若從反映民初青年男女的婚戀苦悶狀況、宣揚戀愛的純潔性與自由性的新風氣講，這類小説有一定價值，但將一個"情"字推到個人主體性的峰巔而玩味畸形的戀愛，則容易讓青年男女沉迷其中、不能自拔，這種弊端後來遭到"新文學家"的强烈批評。

　　家庭傳奇主要展現過渡時代新舊家庭觀念的激烈碰撞及家庭生活的新氣象。代表作品有周瘦鵑所作《冷與熱》、程瞻廬的《但求化作女兒身》《七夕之家庭特刊》等。《冷與熱》[④]在形式、思想上都富有現代性。小説由三個片

①　瘦鵑：《午夜鵑聲》，《禮拜六》1915 年第 38 期。
②　周瘦鵑：《一諾》，《禮拜六》1921 年第 101 期。
③　周瘦鵑：《畫裏真真》，《禮拜六》1914 年第 29 期。
④　周瘦鵑：《冷與熱》，《禮拜六》1914 年第 13 期。

斷組成，分別題爲“冷”“熱”“冷與熱”。在第一個片段“冷”中，寫少婦胡靜珠垂暮時分精心裝扮後靜待丈夫王仲平歸來，共度結婚紀念日，但没想到迎來的卻是丈夫惡言譏諷之冷遇，面對丈夫的百般挑剔，靜珠委順之，希圖能與丈夫共進晚餐，而丈夫坦言已約好爲情人湘雲慶祝生日，不顧而去。在第二個片段“熱”中，寫王仲平熱火火去赴湘雲之約，没想到兜頭迎來的卻是湘雲將赴別人之約且將嫁別人的“冷水”。在湘雲的一連串冷語中，王仲平的心也冷卻下來。在第三個片段“冷與熱”中，寫王仲平回到家中對其妻靜珠百般體貼，充滿熱情，但得來的卻是靜珠心灰意冷的表示。文末王仲平仰天言曰：“其希馬拉亞山頭不消之積雪耶？其維蘇維亞火山中噴出之餘燼耶？一刹那間，冷與熱乃立變。”三個片斷連袂讀來，在冷熱對比中、小説本身即已回答了王仲平的疑問，正是他自己忽冷忽熱的態度導致靜珠的忽冷忽熱。一個移情別戀，以及在人格上對自己妻子毫不尊重的男子怎能希圖獲得妻子真正的愛情呢？《七夕之家庭特刊》[1]寫報界文豪章警庸的子女以辦“家庭特刊”的獨特方式度過七夕，主要内容是連綴他們的文學作品，文筆優美，富有生活趣味，展現出了新式家庭的新生活、新趣味。《但求化作女兒身》[2]寫作者好友劉廷玉初號“雄飛”，有大男子主義傾向。婚後卻改號“雌伏”，且“但求化作女兒身”的奇事。初，他支援其妻在“女權萌芽時代”“擴張女權”。後，其妻因性別優勢留學日本，歸國後受到各界熱捧，很快被選爲省議員。劉廷玉看到“群雌飛天，諸雄掃地；女權膨脹，男閥推翻”的社會現狀，不禁衷心希望自己能化作女兒身，改變被壓抑的狀態。這篇小説成功地表現出特殊時代女子的特別成名史及男子内心的隱痛，揭示的是過渡時代新舊家庭觀念、性別觀念的激烈矛盾衝突。

　　社會傳奇展示民初光怪陸離的社會現象。比較有代表性的作品有楊塵因

---

① 程瞻廬：《瞻廬小説集》，上海：世界書局 1924 年版。
② 同上。

的《鍛蠱機》《女彗星》、許指嚴的《秘密外交》《女蘇秦》《武員醜史》、何海鳴的《大滄二滄》、劍癡的《茉莉根》和包柚斧的《毒藥案》等。《鍛蠱機》①寫創作者東抄西湊、剿襲古籍的文壇亂象，語言詼諧中富蘊譏刺，有力地抨擊了社會時弊。《女彗星》②是以張人虎遭遇後母陷害爲中心情節的公案傳奇，結構曲折，人物鮮活，重申了善惡終有報的民間信條。《秘密外交》《女蘇秦》《武員醜史》等揭露政府内政外交的種種黑幕，以辛辣諷刺之筆掊擊政府的腐敗統治。《大滄二滄》③叙大滄二滄兄弟以戲班爲掩護組織盜匪團夥打劫行盗的惡行。《茉莉根》④標爲"偵探小説"，叙作者伯祖醒夷公偵破的新建縣僧人净根盗屍冤案。小説一開頭就申明歐西盛行偵探術，我國亦有，不過不爲世人所重，作者特作此"人將咋舌，驚爲神奇"的傳奇故事以揭示之。小説以破案爲中心情節，雖未盡脱舊小説窠臼，但已呈現出人物塑造、叙事技巧上的一些新意。無獨有偶，《毒藥案》⑤叙述三件毒藥案，雖采用古代傳奇體制筆法，但亦明顯受到《福爾摩斯探案集》等西方偵探小説影響，有一定的推理性。小説又標爲"折獄小説"，正體現出作者雜糅新舊中西之意圖。另外，惲鐵樵所作《工人小史》《村老嫗》等則將目光投注到工農社會，形成了更富現代性的創作面向。

在破體意識影響下，一些傳奇體小説作品借鑒外國小説藝術技巧在叙事結構、叙事時間、叙事角度和非情節化叙事等方面進行了自覺變革，呈現出迥異於傳統的現代性特徵。整體來看，這些作品多截取一個生活"斷片"，而非紀事本末體和傳記體。例如，包天笑的《電話》寫憶英生與舊情人蕊雲的一次電話通話，除開頭與結尾外，通篇皆是對話；周瘦鵑的《午夜鵑聲》

① 楊塵因：《鍛蠱機》，《禮拜六》1915 年第 38 期。
② 楊塵因：《女彗星》，《民權素》1915 年第 8 集。
③ 求幸福齋主：《大滄二滄》，《星期》1923 年第 50 期。
④ 劍癡：《茉莉根》，《小説新報》1917 年第 5 期。
⑤ 包柚斧：《毒藥案》，《禮拜六》1914 年第 7 期。

采用自述體反復渲染失戀時的悲傷情緒；許指嚴的《女蘇秦》以旅途中談話起首寫一個獨立的事件。這些作品普遍使用第一稱敘事，增强真實效果，還有意打破傳統敘事時序來形成陌生化效果來吸引讀者。如包天笑《牛棚絮語》寫"余"回蘇州掃墓過程中與昔日相熟妓女碧梧的三次巧遇。其敘事時序不是傳統慣用的正敘，而是先作回憶式倒敘，然後轉向主要情節的正敘。在敘述巧遇過程中，又以"牛棚絮語"這一對話方式讓文本的正敘暫停，變爲追敘往事、談時下處境，最後才將敘事拉回現實，把故事講完。這一突破傳統的敘事方式很顯然受到西方小説影響，但這一變創仍以固有傳奇體爲基礎。它仍然以傳示奇異的情節取勝，重視營造情景交融的詩般意境。周瘦鵑《西子湖底》可與之對讀，它首先以一段恍惚迷離的月下殉情開篇，此實爲這一畸戀悲劇的結局。接著以傳統的第三人稱全知敘事介紹老槳的神秘身世和怪異行爲。然後又采用第一稱敘述"予"與老槳的相識及交情日厚。小説的主體部分則又回到傳統的敘事人聽故事的模式，老槳自述其三十年來作爲秘密保守的詭異畸戀。小説末尾又返回"予"的視角，寫"予"眼中的老槳沉湖，以呼應小説的開頭。整個文本的敘事視角多次轉換，大段的敘事時間停滯在老槳的自敘中，仿佛文藝片中的鏡頭切換和長鏡頭，使敘事更加婉轉曲折，使老槳這一"畸異怪特之人"得到更加精細的刻畫。單純從藝術技巧上來看，這已經是一篇很"現代"的小説了。有些作品還注重非情節敘事，在傳統基礎上加强了場景及心理描寫。周瘦鵑的不少小説就常以景色描寫開篇，包天笑的作品則常常穿插大段的環境描寫，這大大改變了古代傳奇體以情節爲中心的敘事模式，且增添了更多詩意。請看《牛棚絮語》[①]中的環境描寫：

①　天笑生：《牛棚絮語》，《小説大觀》1915年第3集。

　　春三月，天氣初晴，晨寒猶惻惻中人，可禦輕棉。余乘早行火車赴
吳門。車廂中士女喧譁，甚濟濟也。余以貪觀野景，就車窗坐。近攬洲
渚，遠矚村落。以宿雨初霽，覺林墅參差似曉妝初竟，都呈媚態。而汽
笛嗚嗚，曳此殘聲于綠楊風裏，似鳴其迅捷者。……

　　車抵吳門，城垛在望。宏碩巍峨之保恩寺塔掩映於車窗，似故鄉一老
友專迎送人於此者。……晨起。雖曉日當窗而雲幕重重、漸積漸厚。……
船山闔關，心目爲之一爽。蕩舟中流，和風拂面。別故鄉未及三月，而
草長鶯飛，又是一番天氣。兩岸時見柳陰，柳陰中則有稚子弄波爲戲。
而一株兩株之桃花則掩映於頹垣斷壁之次。此所謂：古屋貯穠春者，非
耶？……舟過楓橋，遙望寒山寺，想見月落烏啼、江楓漁火之勝景……

　　舟抵環龍橋已有雨意……祭畢，白雨跳珠已亂落吾襟……斜風急
雨，雖持蓋無用也。前行一小溪，與夫言有一水車棚，可稍憩暫避
風雨。

　　……時則雲破天晴，斜陽罨畫於遠山，向人欲笑。林鳥弄晴，似有
求友之樂。而溪邊流水淙淙。聞遠遠作歌聲者，一漁婦正撒網鼓棹來也。

上引環境描寫貫穿全篇，和小説的主體內容所傳達的情感配合巧妙，表現出
明顯的抒情散文傾向。包天笑、周瘦鵑、劉鐵冷的有些作品還直接描寫人物
隱秘的内心世界，甚至完全以人物抒情和心理剖白爲主體内容，這種"心理
化"叙事更接近現代小説，而與古代小説漸行漸遠。例如，在周瘦鵑的《午
夜鵑聲》中已出現了類似當代意識流小説的心理描寫：

　　這一天晚上，吾輾轉難寧，不能入睡，竟眼睁睁的捱到天明。心裏
有一種說不出的苦味，又似乎夾著一種說不出的甜味，攪在一塊兒也不
知道到底是甜，是苦。眼中只見那雪白的帳頂上寫著"八月"兩個黑黑

的擘窠大字，筆劃煞是清明。吾瞧得十分難堪，即忙揭開了帳兒，把眼兒移到那沙發上去。却見沙發上也寫著"八月"兩個黑黑的擘窠大字，吾即忙把眼兒移到別處去。説也奇怪，那寫字桌上咧、安樂椅上咧、書櫥上咧，畫架上咧，都有這"八月"兩字。一會兒，却散了開來，化做千千萬萬無數的"八"字"月"字，滿地裏亂跳亂舞，兀是不休。吾恨極，便把眼兒緊緊的閉了攏來，不去瞧他。誰也知道那許多的"八"字"月"字插了翼似的，一個個飛進吾兩眼，漸漸兒下去，直到胸中。不道到了胸中，又似化做了無數的小針，刺得吾滿腔子都作痛。怎麼一痛，那兩包子的淚珠兒就不約而同的斬關奪門而去，把枕函濕透了一半。①

　　民初傳奇體小説的内涵拓展和叙事新變與作者的創作旨趣發生現代轉型關係密切。近代以來，隨著西方以個人主義爲内核的現代民主逐漸深入人心，個人在空間上、經濟上、精神上開始越出原有所屬關係的界限，打破群治倫理，強調個性自由成爲一種普遍的現代性追求。個體的生成被視爲現代性的標誌，②民初小説家十分重視對個人情感體驗的抒寫與對個體價值的張揚，進而形成強調創作從個體"興味"出發，追求小説"娛情"的小説觀。因此，都市情感生活、家庭與社會百態就自然被納入傳奇體小説的創作視野。相較於古代作品，民初的不少傳奇體小説大膽吸收西方個人主義思想，以滿足個體興味爲旨歸，淡化了教化功能。如包天笑的《電話》寫的就是違背一般家庭道德的不倫戀，其著力點只在男女情感本身而不及其餘；周瘦鵑的《西子湖底》完全抛棄了群治倫理的社會規則，將個人情感及個體價值推向了極端，甚至在玩味一種畸形的變態性心理。在今天看來這類小説的精神趣味並不健康，但它們對個體價值的凸顯却合於民初的時代風尚，滿足了當

---

① 瘦鵑：《午夜鵑聲》，《禮拜六》1915 年第 38 期。
② 參見劉小楓著：《現代性社會理論·緒論》，上海：三聯書店 1998 年版，第 22 頁。

時讀者的個人化閱讀興味。同時，創作旨趣的現代轉型要求運用新的叙事方式來表現新的主題題材，傳奇體的叙事成規自然被打破，進而形成新的審美風格。詩化、心理化成爲民初傳奇體小説創變的重要方向，這與"五四小説"追求的現代性殊途同歸。

三、保留"説話人"聲口的話本體小説

在民初諸種傳統文體小説中，話本體的文體變異最大。在體式上，該體作品多數不再使用入話，而直接進入故事主體；基本不再使用叙事韻文，叙事完全散文化；一般篇幅不大。當然，還有少量作品保留了入話和韻文套語，但一般入話較短，韻文套語也較簡單。如半儂的《奴才》，[①] 開頭引述梁啓超的曲詞《皂羅袍》入話，接著有一番簡短議論，但正話中已無韻文套語。在文體功能上，源於"説話"的話本體小説主要是娛樂和教化；創作旨趣則追求貼近現實生活，表達市民思想。民初話本體小説將其繼承發揚，不少作品標爲"滑稽小説"或"社會小説"，寫的是家庭、社會、情感、倫理、滑稽等内容，總體上以市民生活爲主，充滿了娛樂性、民間性和世俗性。

作爲傳統話本小説的變體，民初話本體小説已呈現出不少"現代性"特徵：更普遍地使用第一人稱叙事，采用插叙、倒叙、補叙，進行橫截面式描寫，出現大段的心理、景物刻畫，談論最時新的對象，關注最熱點的話題，等等。例如包天笑的《友人之妻》演述"我"的友人之妻，談論對象是受到西學薰染的留學生和新派人物，關注的是現代小家庭建設這一社會熱門話題。他的《富家之車》一經刊出便被讀者視爲創新之作，鳳兮指出："描寫一個問題或一段事實者，如天笑之《富翁之車》《鄰家之哭聲》等，均確爲

---

① 刊於《小説畫報》1917 年第 4 期。

自出心裁而有目的（指其小説之感痛力所及）者，均無所依傍或脱胎于陳法者也。"這篇小説就其問題意識和橫截面式描寫而言確有難得的創新。這種半新半舊的小説體式也如鳳兮所説"尤能曲寫半開化社會狀態，讀之無不發生感想者"。^①再如徐卓呆的《微笑》《死後》則以心理刻畫見長。它們不像傳統話本小説那樣單純通過外部言行來展現人物心理，而是加入了對心理活動的直接描摹。《微笑》中男青年的心理活動是貫穿全篇的叙述主綫，情節推進與其心理活動相輔而行。故事結尾，當他誤會了美人已爲人婦時，"把一切希望都消滅得蹤影全無。……宛如掘得了寶玉被人奪去了一般，又怒又悲。身體仿佛成了一個荷蘭水瓶，血液只管向上涌起來"。^②那位美人的心理雖未寫出，從情節的推演來看當與男青年相同，正因其一往情深，才會由誤會而致絶望自殺。《死後》則將一個不安於做家庭主婦却一度屈從於命運的知識女性如何追求人格獨立、如何成就文學夢的心理過程真實地描摹出來，其中對碧雲遇到小説家孤帆前後的心理變化刻畫得尤爲細膩。又如周瘦鵑的《良心》開頭是一段景物細描："話説上海城内有一個小小兒的禮拜堂。這禮拜堂在一條很寂寞的小街上，是一座四五十年的建築物。簷牙黑黑的，好似塗著墨，兩邊粉牆，白堊都已剥落，露著觀木，長滿了緑苔，仿佛一個脱皮露骨的老頭兒，巍顫顫立在那裏的一般。兩面有兩扇百葉窗，本是紅漆的，這時却變了色，白白的甚是難看。……"^③這種種創變是其作者主動學習域外小説的結果，其突出的"現代性"幾乎讓人忘記它們由中國古代話本小説演變而來。

不過，從上述作品中的"看官""讀者諸君""在下""你道""話説""如今且説""閑話休絮""看官聽著"之類的"説話人"口吻中，我們

---

① 鳳兮：《我國現在之創作小説》，《申報·自由談·小説特刊》1921 年 2 月 27 日。
② 卓呆：《微笑》，《小説月報》1913 年第 3 卷第 11 期。
③ 瘦鵑：《良心》，《小説月報》1918 年第 9 卷第 5 期。

仍能確認其話本體小説特有的説話虛擬情境——"作者始終站在故事與讀者之間，扮演著説故事的角色"。[①] 這種具有虛擬的在場感和參與性的小説曾經讓數百年的中國讀者娛目醒心，成爲他們重要的精神食糧。雖然在民初讀者那裏話本體已遠没有過去的魔力，但這種熟悉的"説—聽"虛擬情境仍能吸引一部分讀者。我國古代話本小説設置説話虛擬情境追求把人物、事件講活講真，民初話本體小説賡續這一傳統，運用白話俗語、通過塑造言行畢肖的人物來形成"似真"效果。比如包天笑《友人之妻》中閨蜜間的對話：

　　錢玉美嘆口氣道："妹妹，我現在覺悟世界上終没有美滿的事兒，回想我初嫁的時候，哪一樣不如人意。就是他……"説到那裏，不覺得眼圈兒一紅，又便往下説道："待我可也算到了十二分了。到如今我過來有兩年多，從來也不曾面紅頸赤，有一句半句話争論。我從前性格還好，如今有了病，免不得心中有些焦躁。瞎生氣！言語之間無端挺撞他也是有的。他却可憐我是個病人，從來不和我争執。皺皺眉頭，便是走開了。我滿意成一個最有幸福的家庭，只是我自己身體不争氣，偏偏累了一身病。這又怪誰呢？"孫玉輝道："姐姐別説這樣悲觀的話。年災月晦，誰没個病兒、痛兒的。哪裏就説起這些話來呢？從來病是要養的。古語説得好，病來似箭，病去似綫。你別只管胡思亂想，心上把喜歡的事兒想想，能夠一天一天的硬朗起來。我們依舊出去遊玩。豈不好呢？"[②]

上述竊竊私語讓民初讀者覺得人物很真實，就是身邊受過新式教育又情同姊妹的閨蜜間的語言。"看官"仿佛看著她們，聽她們絮談，這正是話本體的長處。再看胡寄塵《愛兒》中的一段：

---

① 石昌渝：《中國小説源流論》，北京：生活·讀書·新知三聯書店 1994 年版，第 259 頁。
② 天笑：《友人之妻》，《小説畫報》1917 年第 1 期。

　　這時瓶居夫婦二人飯都吃完，只有琪兒還没吃完，忽聽得瓶居説要出外遊玩，便丟下勺箸，連聲説道："爹爹！我也要去。"琪兒方在學著吃飯，凡是用勺箸不能送入嘴裏的，都用五指相助，大塊肥肉又往往誤送在兩腮上。這時正吃得油膩滿面，聽他父親要出外遊玩，連忙走過去，一把拖住他的衣角。瓶居新的洋裝燕尾衣，竟做了琪兒抹油臉的毛巾，雖然連忙讓避，却已弄膩了一大塊。幸松雪忙將琪兒拖過去，拿毛巾將他揩抹，琪兒還抵死的不肯，因此又哭了一回，待松雪替他揩完，他才止哭。瓶居道："要同我出去也不妨，只不許見了物件，便嚷著要買。你剛才一個皮球，去三角洋錢買的，不知可能玩得三天。"松雪插言道："這是你愛惜兒子太過，教我便不買給他，看他怎樣。他一個皮球，便要耗你一點鐘教書的薪水，你還供給得他起麼？"瓶居道："他要别的東西，我都不給他，這球雖然是玩意兒，却也是有益的遊戲，我怎能愛惜區區小費。"松雪將琪兒往瓶居身邊一推，説道："琪兒，你爹爹歡喜你，你只管跟他出去，要什麼東西，只管向他要。"①

讀這樣的小説，仿佛觀賞一幕名爲"成長煩惱"的家庭劇，更有趣的，因了文中的那聲"看官"，讀者仿佛也可走入劇中來。

　　對比古代話本小説，民初話本體小説雖還能借助説話虛擬情境來"建立起真實客觀的幻影"，但已不能通過"説話人"之口講出"一種集體的社會意識"。②原因在於我國古代相對穩定的道德倫理及善惡觀念可以推出"説話人"作代言，而民初思想混亂、道德重構的現實使"説話人"失掉了集體代言的資格。民初凡是堅持集體代言的話本體作品其思想力量都很微弱，只有

---

　　①　胡寄塵：《愛兒》，《婦女雜誌》1916年第12期。
　　②　王德威著：《想象中國的方法：歷史·小説·叙事》，天津：百花文藝出版社2016年版，第84、86頁。

那些帶著集體假面的個性化演述才擁有一定的動人力量。因此，我們看到包天笑、徐卓呆、周瘦鵑、姚鵷雛、胡寄塵等人的話本體作品在説話虚擬情境裏大膽革新，不再通過“説話人”的評議進行跳出情節以外的勸懲教化、抒情言志，而是借助情節自身的推動力量，自然流露出作者個人對於演述事件的態度。如姚鵷雛《紀念畫》的結尾是兩首詩，同傳統話本體的下場詩一樣，可不同的是詩是順著小説情節自然生發的，是“我”爲外祖母掃墓之後和在遠赴外洋的輪船之上兩次萬感如潮而作的。它比例合宜地塗抹在“紀念畫”上，言説的是非常個人化的情感。再如包天笑的《富家之車》，結尾是順著情節發展自然講述祖孫三代不同的出行方式，不露聲色地傳達作者的褒貶態度。又如周瘦鵑的《良心》雖仍以“話説”設置説話虚擬情境，但已是一種類西方短篇小説的結構，故事也在情節敘述中自然收束，並借梅神父的態度傳達作者對沈阿青因追求真愛而殺人的贊賞。上述帶著個人色彩的評判采用話本體顯然是内設了理想讀者，但同樣顯著的事實是在民初混亂的思想狀態中，贊同的讀者會與反對的讀者一樣多，大概還有些讀者會不置可否。總之，在民初不會再出現古代話本小説那樣虚擬聽衆紛紛頷首稱是的情形。這樣一來，保留“説話人”口吻設置説話虚擬情境變得越來越没有必要，隨著現代白話短篇小説的興起，“説話人”完全隱形成爲小説發展之必然。正如王德威所説：“在作家强調抒發個人欲望及企圖的衝動下，説話傳統無可避免地被貶抑甚至消失。”①

四、文言與白話作品共同繁盛的章回體小説

中國古代章回小説與話本小説一樣源於口頭文學，長期以來主要使用

① 王德威：《想象中國的方法：歷史·小説·叙事》，天津：百花文藝出版社 2016 年版，第 93 頁。

白話創作。民初文言章回體小說的大量出現打破了白話一統的局面，使章回體有了正宗與特創之別。從小說文體發展史來看，章回體具有與時流變的特點。作爲正宗的白話章回體發展至民初，在保持基本體制風格不變的基礎上積極回應時代需求，產生了種種新變。而作爲特創的民初文言章回體更是時風激蕩的產物。

民初白話章回體小說並非如"新文學家"所説全是"舊思想，舊形式"，[①]而是繼續保持白話章回體與時流變的特點，面向廣大市民讀者寫作，與世俗、時俗相通，呈現出很強的通俗性。因此，該體作品在語言、題材、適應報刊及類型化等方面都呈現出創變特徵。

從宋元話本時代起，"話須通俗方傳遠"[②]就已成爲主流小說界的共識。明代馮夢龍作爲古代通俗小說的提倡者，曾經明確指出通俗小說用俗語、白話來創作的語言特徵。[③]明清通俗小說無論是章回體還是話本體，所用白話均努力去逼近生活中"活"的語言，因而隨著時代變化而變化。民初白話章回體賡續這一傳統，所用白話也與時變遷，大致形成三種情況：一是以《廣陵潮》爲代表的向俗傾向，一是以《古戍寒笳記》爲代表的尚雅傾向，一是以《人間地獄》爲代表的趨新傾向。這體現了民初小說家對白話語言的多元追求，意圖滿足各階層讀者的不同需要。這些白話均由傳統白話化出，以當時社會流行的白話爲根本，同時吸收民間俗語和域外小說的某些語法及詞彙，形成了有別于新文學"歐式白話"的"中式白話"。對民初讀者而言，過於高古的文言和過於歐化的白話都只能局限於某些特定的讀者群，而"中式白話"倒是能夠雅俗共賞。這一點，從此後"新文學家"內部對語言問題

----

① 周作人：《日本近三十年小説之發達》，《新青年》1918 年第 5 卷第 1 號。
② 語出《清平山堂話本·馮玉梅團圓》。
③ （明）馮夢龍《古今小説叙》云："大抵唐人選言，入于文心；宋人通俗，諧於里耳。天下之文心少而里耳多，則小説之資於選言者少，而資於通俗者多。……茂苑野史氏，家藏古今通俗小説甚富，因賈人之請，抽其可以嘉惠里耳者，凡四十種，畀爲一刻。"其刊刻的"通俗小説"均是有別於傳奇體文言小説的話本體白話小説。

的論争和調整，從"五四"前後章回小説讀者數量之大、層次之廣都可得到確證。

　　民初白話章回體小説在題材內容上有突出的"寫當下"傾向。中國古代章回小説由於受到"講史"傳統影響多寫"過去"事。就拿明清六大部小説來説，《三國志演義》是歷史小説，《水滸傳》是前朝英雄傳奇，《西遊記》依托唐朝玄奘西遊史事，《金瓶梅》托宋寫明，《紅樓夢》設置了一個屬於過去的神話寓言架構，《儒林外史》借明代時空因文生事。清末"小説界革命"後，由於引入西方綫性時間觀，這一叙事慣例遂被打破，"四大譴責小説"的出現標誌著"寫當下"時代的到來。至民初，白話章回體"寫當下"的選材傾向更爲明顯，不少作品聚焦都市百態，捕捉熱門話題，迎合社會一般心理，滿足市民大衆興味。這些小説廣泛細緻地進行都市叙事，繪出了新舊過渡時代以上海爲代表的都市風俗畫卷。這批力求逼真而又充滿興味的都市小説可算是中國現代"都市文學"精彩的開場，只可惜因時勢與政治的影響没能被很好地繼承發展，以至於直到今天"都市文學"仍處於不夠發達的境地，遠遠跟不上中國當下快速發展的城市化進程。民初，都市相對於鄉村來説代表著變化、繁華、現代和神秘，是文明之淵、罪惡之藪，可以進入，但不能像鄉村那樣扎根其中。"都市是一種奇特的秩序，也是一個衆生喧嘩的生活空間和混雜多元的文化空間。"[①]民初白話章回體小説正是這種秩序和空間的藝術顯現。我們至今還可以從貢少芹《傻兒游滬記》、海上説夢人《歇浦潮》、江紅蕉《交易所現形記》等小説中直觀感受到民初上海光怪陸離的都市萬象。這些小説或寫"鄉愚"進城的鬧劇、慘劇，以展現城鄉差距和文明衝突；或寫上海新興的保險業、金融業、律師業、租界的"縫隙效應"、日趨墮落的文明戲等。這些內容呈現出新鮮的"現代性"，其旨趣與當

_____

① 楊劍龍著：《都市上海的發展與上海文化的嬗變》，上海：上海文化出版社 2012 年版，第 281 頁。

時的世情相通——"喝了黃浦江內的水，人人要渾淘淘了"。[①] 上海周邊正由傳統向現代過渡的揚州、蘇州也被寫入筆端，最著名的莫過於李涵秋的《廣陵潮》和程瞻廬的《茶寮小史》。由於李涵秋善於將街談巷語、道聽塗説、遺聞掌故、閭里風俗等穿插於《廣陵潮》中，故而寫活了揚州的都市日常和奇特秩序。無怪民國後期擅寫天津風情的劉雲若要説："洎余涉世日深，閱人日多，所遇之奇形怪狀，滔滔者皆《廣陵潮》中人也。"[②] 張恨水也高度肯定它説："我們若肯研究三十年前的社會，在這裏一定可以獲得許多材料。"[③] 程瞻廬撰寫《茶寮小史》有一個明確的創作意識，所謂"小小一個茶寮，倒是人海的照妖鏡，社會的寫真箱"。[④] 茶寮是蘇州日常生活的典型場所，人們於此聚散，消息由此流通，茶寮小史實際上正是蘇州城市生活的小史。另外，民初小説家的筆觸還伸向了急遽變化中的首都生活，比如葉小鳳的《如此京華》寫袁世凱統治時期的京城歡場、官場醜態，繪製出一卷京官名士現形圖。婚戀作爲民初社會熱點被白話章回體小説集中表現，且出現了明顯有別於古代作品的創變。例如，李涵秋《戰地鶯花録》較早使用了"革命"加"戀愛"模式，以三對男女青年的婚戀故事爲主綫，再現當時新舊婚戀觀的衝突，同時敘述熱血青年在國難當頭之際投身革命的愛國行動。這部小説在思想性和文學性上都有較高追求，展演戰地逸聞、情場韻事，緊扣時代脈搏，闡揚愛國宏旨，巧爲布局，曲折敘事，受到了當時讀者的廣泛歡迎。尤其值得一提的是，這部小説中塑造的愛國青年形象已初具時代新人的典型特徵，它不僅直接影響了張恨水爲代表的民國中後期言情小説的創作，對"新文學"革命愛情小説的創作也不無啓示意義。

　　民初小説的首發載體是報刊，白話章回體小説作爲通俗文學適於在此

---

① 海上説夢人：《歇浦潮（1）》第三回，上海：世界書局 1928 年版，第 9 頁。
② 劉雲若：《廣陵潮·序》，上海：百新書局 1946 年版。
③ 張恨水：《廣陵潮·序》，上海：百新書局 1946 年版。
④ 程瞻廬：《茶寮小史》第一回，上海：商務印書館 1920 年版，第 1 頁。

大衆傳媒上發表，但同時也易於被其改造而發生文體變化。其中最顯著的變化有兩點，一是小説中有强烈的新聞意識，一是創作呈現出明顯的類型化特徵。民初白話章回體小説受新聞意識影響，大多跳脱講史、神魔、傳奇等傳統題材，更傾向於寫當下，甚至將新聞融入小説，如《山東響馬傳》《人間地獄》《茶寮小史》《新舊家庭》《交易所現形記》等皆是富有新聞性的名著。其中《山東響馬傳》據當時剛剛發生的社會爆炸性新聞"孫美瑶臨城劫車案"創作。作者姚民哀其時正在上海主編《世界小報》，他以記者靈敏的社會嗅覺和超强的"綫人"團隊很快就收集到了與此案相關的種種素材，快速寫出了這一新聞化的作品，時差僅有三個月。江紅蕉所作《交易所現形記》所據也是剛剛發生不久的上海"信交風潮"。另外，江紅蕉既是報人，又是熟悉商界情况的當事人，瞭解這場金融災難的來龍去脈，故而像一位成熟的記者迅速且忠實地將其記録下來。這種新聞意識還直接影響了該體小説的語言及結構形態。受新聞大衆性、時效性影響，該體小説要用大衆最快接受的通俗語言，其結構也普遍采用《儒林外史》式短篇連綴的結構。這種結構便於高效完成獨立故事講述，並可時時調整叙事視角、叙事内容和叙事節奏等，適應輿論或形成新的輿論。民初章回體小説無論白話還是文言都呈現出明顯的類型化特徵，這固然與特定的時代需求相關，也與報刊進行小説的分類標注密不可分。比如民初開端文言章回"言情小説潮"與民初末端白話章回"武俠小説熱"的形成，就是上海衆多報刊前後相繼、不斷推動促成的。因爲作者要想投稿成功必然要看所投刊物的分類標注，讀者閱讀也必然受其引導，從而形成某種類型化的閱讀品味。

民初白話章回體小説大致形成了社會小説、社會言情小説、歷史小説、武俠小説四種類型，它們在近現代通俗小説類型史上具有奠基地位。

該體社會小説佳作很多，諸如《如此京華》《留東外史》《儒林新史》《傻兒游滬記》《愛克司光録》《怪家庭》《茶寮小史》《新舊家庭》《最近二十

年目睹之社會怪現狀》《交易所現形記》,等等。這些作品不同於清末同類型
作品專注於"新民救國"一元化的現代政治啓蒙,其叙事旨趣趨於多元,側
重於進行現代生活啓蒙。早期作品主要展現北洋軍閥統治下的亂世情態,表
達一種激憤又無奈的愛國情緒和社會批判。20 世紀 20 年代初的作品將筆觸
伸向"家庭"這一社會的基本組織,描摹家庭日常生活,由家庭連接個人與
社會,呈現獨特視角下的社會觀察。整體來看,該體社會小説的叙事場景遍
布社會各個角落;叙事結構一般采用《儒林外史》式的"短篇連綴"或《孽
海花》式的"串珠花";叙事焦點與時流變,從北京到上海,從總統府到小
家庭;叙事關節則是其中的"怪現狀""活現形"。該類型小説的叙事模式對
之後的張恨水、劉雲若們有直接影響。另外,民初小説家撰寫社會小説很注
重收集材料,很注意運用寫實筆法。例如,嚴芙孫説程瞻廬"見村婦罵街,
輒駐足而聽,借取小説材料。……聞茶博士之野談,輒筆之於簿",[①] 貢少芹
曾談到李涵秋所作"《怪家庭》一書,完全實事"。[②] 這就爲後世留下一筆寶
貴的歷史文化遺産。整體而言,該體社會小説所取得的成就是多方面的,直
到 20 世紀三四十年代,論者談及此類小説依舊以李涵秋作品爲典範。

　　該體社會言情小説以社會現狀爲經,以男女婚戀爲緯,其叙述重心即使
偏於言情,其主旨仍在於反映社會。《廣陵潮》是此類型小説的典範之作,
其源出於晚清譴責小説,同時吸收了狹邪小説的一些營養。《廣陵潮》初名
"過渡鏡",意圖以稗官體例采録民俗風情來再現過渡時代之中國社會,作者
所謂把那社會的形狀拉拉雜雜寫來,"叫諸君仿佛將這書當一面鏡子,沒有
要緊事的時辰,走過去照一照,或者改悔得一二,大家齊心竭力,另造成一
個簇新世界"。[③] 可見其主旨是反映社會、改造社會。書中濃墨重彩的男女

---

　　① 嚴芙孫:《民國舊派小説名家小史·程瞻廬》,魏紹昌編:《鴛鴦蝴蝶派研究資料》上卷,上海:
上海文藝出版社 1984 年版,第 550 頁。
　　② 貢少芹:《〈怪家庭〉序》,趙苕狂編:《怪家庭》,上海:世界書局 1924 年版,第 1 頁。
　　③ 李涵秋:《廣陵潮(六集)》第五十一回,上海:震亞書局 1929 年版,第 1 頁。

情愛雖構成整體叙事不可分割的有機部分，但言情之於社會畢竟還是次一級的，換句話説言情乃是爲了更好地言社會。該書讓言情與社會緊緊捆綁是成功要訣所在，它在民初言情小説潮中另辟出了一條社會言情的新路。在《廣陵潮》巨大成功的示範效應下，社會言情小説迅速發展定型，在民國時期僅以“潮”命名的同類型作品就出版不下幾十部。到 20 世紀 20 年代中期以後，社會言情小説已成爲現代通俗小説中最爲重要的類型之一。

該體歷史小説賡續傳統“演義體”，又借域外“歷史小説”之名，遵循清末吳趼人提出的編寫原則：以正史爲材料，而沃以意味。① 該類型小説在蔡東藩手中走向成熟定型。蔡東藩所作歷史小説以朝代更迭爲序，將中國兩千多年的正史一一加以演義，形成了獨特的類型特徵。他有更爲嚴格的正史小説觀，認爲寫歷史小説不必“憑空架飾”，只需“就事叙事”，這樣就會“褒不虛褒，貶不妄貶，足與良史同傳不朽”。② 同時他又嚴判小説與正史之別，指出：“夫正史尚直筆，小説尚曲筆，體裁原是不同，而世人之厭閲正史，樂觀小説，亦即於此分之。”③ 蔡東藩還認識到了小説的文學審美性，因而强調小説應曲折叙事，指出“能令閲者興味不窮，是即歷史小説之特長也”。④ 不過，由於蔡東藩過於拘守演義體叙事成規，使作品在結構技巧上明顯缺乏創新。另外，許慕羲、許嘯天、胡憨珠等創作的歷史小説在民初也較流行，與蔡東藩作品一道成爲現代通俗歷史小説的前驅。

該體武俠小説没有沿著晚清俠義小説開啓的“馴化英雄”道路前行，而是回到《水滸傳》影響下的仗義行俠、聚義犯禁的英雄傳奇傳統。葉小鳳的《古戍寒笳記》是發生這一轉變的關鍵作品，其叙事立場明顯從官家轉到民

---

① 參見我佛山人：《兩晉演義自序》，轉引自黄霖、韓同文選注：《中國歷代小説論著選》（修訂本）下，南昌：江西人民出版社 2000 年版，第 237—238 頁。
② 蔡東藩：《繪圖宋史通俗演義》（卷三）第二十四回回評，上海：會文堂書局 1923 年版。
③ 蔡東藩：《前漢通俗演義》（第 1 册）第二十五回回評，上海：會文堂新記書局 1935 年版，第160 頁。
④ 同上。

間，完全擺脱了清末俠義＋公案的叙事成規，突出强調打鬥場面的“武”與義薄雲天的“俠”。此後，顧明道《俠骨恩仇記》、徐公籲《雙城女子》、陸士諤《八大劍俠傳》、李蝶莊《雍正劍俠奇觀》等小説主要在個體快意恩仇上下功夫。這些小説所涉武技更高妙，情感更纏綿，思想更奇特，且進一步世俗化，以滿足文化市場的消費需求。1923 年《紅雜誌》和《偵探世界》先後連載向愷然的《江湖奇俠傳》與《近代俠義英雄傳》，這兩部小説以掀起閲讀狂潮的方式開啓了現代武俠的兩大基本叙事模式，標誌著現代武俠小説類型的形成。前者的叙事場景是富有民俗性的“江湖”，這是一個亦真亦幻、極其複雜的藝術空間，這個空間裏充斥著種種秘密社會的亞文化，又活躍著作者馳騁想像力的産物——仙、俠、道術、法術、巫術與武功。這樣的場景設置爲此後的現代武俠有選擇性地繼承，比如鄭證因武俠裏的江湖恩怨，姚民哀武俠裏的江湖幫會。後者的叙事場景是真實歷史性的“近代”，作者意圖抒展的是家國情懷和豪俠氣概。這樣的場景設置上承葉小鳳《古戍寒笳記》，下啓顧明道《草莽奇人傳》、金庸《射雕英雄傳》等。《江湖奇俠傳》的叙事焦點是“奇俠”，所寫人物包括劍仙、俠客、乞丐、僧尼、巫師、鹽梟、獵户、法師、道士等等，三教九流，無所不包，總的特點是“奇”，甚至“怪異”。《近代俠義英雄傳》的叙事焦點則是“英雄”，從王五到霍元甲、農勁蓀等，他們都是屬於民族脊梁式的人物。“奇俠”和“英雄”始終是現代武俠中的主角。兩部小説的叙事結構各自匹配亦真亦幻之虛構性的“江湖”和某段特定的“歷史”，這種只求自圓其説的叙事邏輯帶有某種“童話”色彩，成爲現代武俠小説的重要類型特徵。兩部小説都以“尚武”和“俠義”爲叙事關節，影響到現代武俠小説繪聲繪色地描寫俠客神奇高妙的武術和義薄雲天的俠氣。另外，在寫“武”寫“俠”的同時也寫“情”，奇俠奇武奇情、英雄武功美人正是現代武俠鼎足而立的三個支柱。

我們稱民初文言章回體爲特創，並非無視此前已有零星文言章回作品出現的事實，而是基於它處在中國小說古今轉型期所發生的變化之劇，數量之多，影響之大，認爲它是化古生新的創造。民初文言章回體不是筆記體或傳奇體的拉長版。它保留了章回體的基本特徵，篇幅漫長、分章列回、回有回目、注意謀篇布局、關切世俗民風，等等。在章回體基礎上，它又兼采傳奇小說、駢散文及詩詞等的藝術技巧和審美旨趣，從而形成了一種嶄新面目。

今人一般將民初文言章回體小說分稱爲"古文小説"與"駢文小説"，或曰"史漢支派"與"駢文支派"，①這在總體上抓住了該體小說受古文與駢文影響形成的體制分野。但真正如《燕山外史》那樣的駢文小說或純粹用古文寫的長篇小說在民初是找不到的，絕大多數作品都是詩駢化或古文化的章回體。

在民初小説界創作詩駢化章回體小説影響最大的是《民權報》小説家群，他們以這種特創別體掀起了一股强勁的"哀情小説潮"。徐枕亞著有《玉梨魂》《雙鬟記》《余之妻》《燕雁離魂記》等；李定夷著有《賈玉怨》《鴛湖潮》《湘娥淚》《美人福》《同命鳥》《曇花影》等；吳雙熱著有《孽冤鏡》《蘭娘哀史》《斷腸花》等。這些小説引駢入稗，大量穿插詩詞，在文體上形成典雅的陌生化，在題材上呈現通俗的焦點化，故能化古生新。

從小説文體的演進過程看，民初詩駢化章回體明顯賡續傳統而來。中國古代由唐傳奇《遊仙窟》引詩駢入小說到《紅樓夢》雅化白話章回呈現詩意美，再由《燕山外史》用駢文寫章回到《花月痕》在白話章回中大量鑲嵌詩詞，逐漸形成了一種以典雅修辭浪漫言情的書寫範式。該體小説正是沿此範式在中西古今的交匯點上再次嬗變。在嬗變過程中，該體小説還從整個古代言情傳統中吸取養分，夏志清曾以《玉梨魂》爲個案分析説："徐枕亞充分

---

① "古文小説"與"駢文小説"是陳平原在《二十世紀中國小說史》（第一卷）中對借鑒文言散文和駢文的藝術技巧和審美旨趣創作的長短篇文言小説的命名；"史漢支派"與"駢文支派"是楊義在《中國現代小説史》中對大致相同對象的命名。實際上，兩人的觀察點有很大不同。

利用並發揮中國文學史上的'言情傳統'（the sentimental erotic tradition），這個光輝的傳統囊括了李商隱、杜牧、李後主的詩詞之作，並《西廂記》《牡丹亭》《桃花扇》《長生殿》《紅樓夢》等戲曲説部名著。我以爲《玉梨魂》正代表了這個傳統的最終發展，少了那部《玉梨魂》，我們會感到這個傳統有所欠缺。"① 除此之外，因要滿足當時讀者興味娛情及確立小説審美獨立性的需要，該體小説還借鑒了一些時新的西洋思想和小説技巧。例如《玉梨魂》中梨娘送別夢霞時唱了《羅密歐與茱麗葉》裏的詩句；《霣玉怨》中史霞卿大談西方激進的"不自由毋寧死"言論；《孽冤鏡》中王可青引歐西自由婚戀思想來控訴舊式婚制的罪惡。在敘事方式上，該體作品學習西方小説使用第一人稱限知敘事，由此形成濃郁抒情的自敘傳風格；運用倒敘法，形成強烈的懸念以吸引讀者；著意於描寫場景，形成了開頭一長段景物描摹的敘述模式；效仿《巴黎茶花女遺事》《魚雁抉微》在敘事中穿插日記和書信，等等。這樣一來，該體作品就呈現出有別於白話章回體的體式風格：詩駢化體式使敘事節奏舒緩，抒情性增強，變情節中心爲寫人中心，形成了哀婉凄迷的風格。另外，該體小説中敘事與抒情的文本衝突，落後和先進的思想矛盾藝術地象徵著如麻如猬的民初文人心態。這却不期然地適應了民初那個新舊雜糅的過渡時代，因而風行一時——有人玩味其綺麗香艷的辭章，有人嘆賞其中西合璧的浪漫，有人沉迷其傷心傷逝的氛圍，有人在其中覓得堅守舊道德的偶像，有人却恰恰由此產生反抗禮教的願望。

　　民初詩駢化章回體小説主要言男女哀情，其體式風格與主題表現相得益彰，極大地滿足了當時讀者審美、娛情的雙重需要。我們以名著《玉梨魂》爲例略窺一斑。這部小説寫家庭教師何夢霞與寡婦白梨影的相知相愛却又不該戀愛的情感悲劇，悲劇的根源是當時普遍奉行的禮教不允許寡婦戀愛，最

---

　　① 〔美〕夏志清：《爲鴛鴦蝴蝶派請命——〈玉梨魂〉新論》，《中國時報（臺灣）》副刊，1981年3月17日—19日。

終結局是抑鬱的梨娘傷心而逝，李代桃僵的小姑筠倩因不滿無愛婚姻亦傷心離世，傷心的夢霞奔赴革命前綫陣亡。與此哀情題材相匹配的是整部小說哀婉淒迷的審美風格，這種風格首先是由小說中的駢文形成的，正如劉納所說：“‘四六調’在作品中主要起著渲染情緒、烘托氛圍的作用。這種調子特別適合鋪陳傷慘情境。”① 例如第十九章“秋心”這樣開頭：

　　黃葉聲多，蒼苔色死。海棠開後，鴻雁來時。雨雨風風，催遍幾番秋信；淒淒切切，送來一片秋聲。秋館空空，秋燕已爲秋客；秋窗寂寂，秋蟲偏惱秋魂。秋色荒涼，秋容慘澹，秋情綿邈，秋興闌珊。此日秋閨，獨尋秋夢，何時秋月，雙照秋人。秋愁迭迭，並爲秋恨綿綿；秋景匆匆，惱煞秋期負負。盡無限風光到眼，阿儂總覺魂銷；最難堪節序催人，客子能無感集？②

這番對蕭瑟秋景的描寫正渲染出何、白戀情爲小人撥亂、心驚對泣後的淒涼心境。其中“秋聲”“秋蟲”“秋閨”“秋月”等傳統意象所蘊含的“秋恨”“秋愁”等典型化情感以排比對偶的韻文形式傳達給民初讀者的是既熟悉又陌生的藝術效果——讀者熟悉駢文體式和悲秋意象，但在小説中見到它却又非常新鮮。這一恰當的審美距離讓讀者在小説中體驗到詩意的哀婉，從而爲作品裏不幸的男女感傷。另外，《玉梨魂》的詩駢化體式形成了舒緩的敘事節奏，使抒情性增強，這有利於塑造愁腸百結的多情人形象，形成哀婉淒迷的風格。這部小說的情節十分簡單，若按白話章回體叙事的節奏，其内容大概不過數回。可詩駢化體式放緩了叙事節奏，插入的大段詩詞有時甚至使叙事停頓，由此打破了章回體以情節爲中心的叙事成規，而一變爲著意寫

① 劉納著：《嬗變》，北京：中國人民大學出版社 2010 年版，第 163 頁。
② 徐枕亞著：《玉梨魂》第十九章，上海：民權出版部 1913 年版，第 101 頁。

人。這就使一位"痛哭唐衢心迹晦，更拋血淚爲卿卿"，[①]有"難言之隱"的"情種"形象從詩境走向了讀者。徐枕亞一貫認爲："歡娛之詞難工，愁苦之音易好。詩文如是，小説亦然"，他一直把小説當詩文寫，常常發其"愁苦之音"。[②]讀者很容易被這種反復渲染的情感氛圍所籠罩，一詠三嘆，竟至幾乎辨識不清是在讀詩詞、讀文章、讀小説，只覺得情移意動，心中傷感。

　　林紓自清末用古文翻譯了大量外國小説，大大拓展了古文的疆域。民國二年（1913）開始他陸續推出多部用古文創作的章回體小説，不期又引出一股章回古文化的潮流。除林紓《金陵秋》《劍腥錄》《冤海靈光》諸作外，姚鵷雛《燕蹴箏弦錄》、葉小鳳《蒙邊鳴築記》、章士釗《雙枰記》等也是民初流行的古文化章回體作品。這些小説總體上是言情與歷史題材的融合，正如林紓所謂"桃花描扇，雲亭自寫風懷；桂林隕霜，藏園兼貽史料"。[③]在運用古文的基礎上，該體作品也借鑒了外國小説的一些敘事技巧，從而改變了古代章回體單一的全知敘事模式，注意敘事視角轉換；場景、心理描寫增多，敘事節奏放緩，增强了主觀抒情性，不再以情節敘事爲中心，而是側重於塑造人物；注意敘事時間的變化，倒敘、插敘、預敘與順序相交織，使文本結構也出現一些新變。

　　下面我們以林紓、姚鵷雛師徒的代表作品爲例略加分析。林紓曾夫子自道："余，傷心人也，毫末無益於社會，但能於筆中時時爲匡正之言；且小説一道，不述男女之情，人亦棄置不觀，今亦僅能於叙情處，得情之正，稍稍涉于自由，狗時尚也。"[④]這透露出林氏古文化章回體小説意欲"以國事爲經，而以愛情爲緯"，拼合一段史事與一段情史的"作者之意"。[⑤]在林氏的該

①　徐枕亞：《雪鴻淚史》，上海：清華書局 1922 年版，第 39 頁。
②　徐枕亞：《茜窗淚影序》，李定夷：《茜窗淚影》，上海：國華書局 1914 年版，第 1 頁。
③　林紓：《〈劍腥錄〉序》，《劍腥錄》，上海：商務印書館 1923 年版，第 1 頁。
④　林紓：《譽雲》，《畏廬漫錄（三）》，上海：商務印書館 1926 年版，第 189 頁。
⑤　林紓：《〈劍腥錄〉序》，《劍腥錄》，上海：商務印書館 1923 年版，第 1 頁。

體作品中，有濃烈的末世悲情、亂世離喪，鑲嵌在文本中的男女婚戀故事雖是大團圓結局，但並不能給讀者明亮的喜悅。如《劍腥録》一面要通過再現戊戌變法、庚子事變的社會亂象來憑弔亡掉的清朝，一面還要歌詠邴仲光、劉麗瓊因恪守禮儀而最終美滿的婚戀；《金陵秋》既想通過再現辛亥革命南京戰事之慘烈、將領一心締造共和國而最終英雄失路的史事來抒發不平、無奈的情緒，又想指明英雄美人獲得甜蜜婚姻的正確道路。這種作者之意形成兩個地位相當的作品主題，從而使任何一個都未能深入，加之在文體上更加恪守古文“義法”，使得形式本身似乎也在“退步”。鄭振鐸曾批評這一“退步”說：“他的自作小説實不能算是成功。我們或者可以稱這一類的小説爲‘長篇的筆記’，因爲他們極類他的筆記，而絕無所譯的狄更司諸人的小説的氣氛。”[1] 鄭振鐸稱林紓這類自作小説爲長篇的筆記並不準確，這不僅無視林氏用古文筆法作章回的良苦用心，也遮蔽了這些小説對西方小説倒叙筆法、注意場景和心理描寫等的借鑒。不過，由於林紓的古文觀在該體小説創作上更加保守，自縛手脚後的幾部作品較之林譯明顯退步，且不符合後來文學發展的趨勢。姚鵷雛創作的古文化章回體小説既師宗林紓又受《玉梨魂》等小説影響，體現出二者的合流。其代表作是《燕蹴箏弦録》，該小説應徐枕亞之邀而作，初版時標爲“哀情小説”，與《玉梨魂》風格類似。它以清代文學家朱彝尊《風懷二百韻》本事爲素材，寫江南才子駕機與其妻妹壽姑之間刻骨銘心的精神戀愛。它繼承了林紓將歷史與言情融合一起的寫法，但更側重言情。這部小説整體構思奇特，回目精緻，語言華美，講究用典，叙述愛情千迴百轉、細膩入微，但始終“靳靳於發情止禮之義”，[2] 這都和當時詩騈化章回體小説相似。不過，由於演繹的是前朝情事，其情感力量遠不及寫當代

---

① 鄭振鐸：《林琴南先生》，薛綏之、張俊才編：《林紓研究資料》，福州：福建人民出版社 1983年版，第 152 頁。

② 姚鵷雛：《記作説部》，楊紀璋編：《姚鵷雛剩墨》，北京：社會科學文獻出版社 1994 年版，第27 頁。

的《玉梨魂》爲大；又因其思想過於保守，而缺乏《玉梨魂》那種呼喚自由
戀愛、個性解放的聲音。因此，這種小説也没有開拓出文體演進的新方向。

第三節　傳統小説文體的衰亡及其影響

經民初小説家一番守正出新的努力，諸種傳統小説文體都曾一度繁榮或
復振，它們積極回應時代要求，努力去滿足各階層讀者的多元閱讀興味。不
過，隨著"五四"新文學革命興起，在堅决與傳統决裂、全面向西轉的時代
語境中，力圖化古生新的傳統小説文體便遭到激烈批判，其創作開始走向衰
落。在 20 世紀 20 年代初"國語運動"取得勝利後，用文言創作的筆記體、
傳奇體、章回體就開始走向終結，話本體和白話章回體也在新文體的擠壓下
或完全消亡或繼續與時流變。

"五四"新文學家對用文言寫的傳統小説批判最烈，認爲"《玉梨魂》派
的鴛鴦蝴蝶體，《聊齋》派的某生者體，那可更古舊得厲害，好像跳出在現
代的空氣之外，且可不必論也"。[①]"新文學家"提倡"新文化"，主張"廢文
言興白話"，自然徹底否定賡續傳統的文言章回體、筆記體和傳奇體。

民初以言情爲主的文言章回體小説最先遭到"新文學家"攻擊，劉半
農宣告："不認今日流行之紅男緑女之小説爲文學。"[②]胡適提出的"不用
典""不講對仗""不摹仿古人"等"八不主義"[③]也直刺詩駢化和古文化章
回小説的要害。徐枕亞、林紓等小説家原以爲趟出了化古生新的古今轉型之
路，本自許著作堪能與古之作家相頡頏，堪與世界文豪競短長，没料到竟成
陳腐典型、革命對象。在"新文學家"的大力推動下，政府教育主管部門順

---

① 周作人：《日本近三十年小説之發達》，《新青年》1918 年第 5 卷第 1 號。
② 劉半農：《我之文學改良觀》，《新青年》1917 年第 3 卷第 3 號。
③ 胡適：《寄陳獨秀》，《胡適全集》第 1 卷，合肥：安徽教育出版社 2003 年版，第 3 頁。

應時勢行政性地支持"廢文言興白話"：公布"注音字母"，開辦"國語講習所"，推行新式標點符號，通令全國小學改文言爲白話文（國語）教學。[①]由於學校教育排斥了文言，文言文學創作自然後繼無人，作爲文言章回體小說主要閱讀群體的青年和學生自然也與白話親近，以至於讀不懂文言文學。如果說 20 世紀 20 年代後白話興而文言廢是導致文言小說創作總體衰亡的關鍵因素，那麼文言章回體在"國語運動"成功後即告消亡，則還與該體作品主題題材過於單一、後期模式化嚴重大有關係。"五四"以後婚姻自主已成社會普遍思想，"五四小說"甚至追求徹底的個性和肉體解放，民初文言章回小說裏那種搖擺於自由婚戀與遵奉禮教之間的言情故事已失去現實基礎，因而被當時讀者厭棄。民初文言章回體初興時的開山之作富有創新性，開闢了章回體的新疆域。正如織孫所說"四六小說肇自徐枕亞之《玉梨魂》，駢散兼行，自成創格，後之作者靡然宗之"；林紓之《劍腥録》諸作"謀篇布局，超越群流，非獨以文勝也"。[②]然而，由於小說在民初已成爲主要文學商品，作品一旦風行，作家立刻走紅，接踵而至的是市場化的必然命運。市場化要求小說家多出快出作品，但小說創作往往不能一蹴而就。於是，當紅的小說家無奈中只能自我重復，宗之者更是刻意模仿，最終形成創作的模式化。徐枕亞的小說作品每況愈下就是一個顯例，在經濟利益刺激下，他創作日繁，後期作品大多只剩香艷文字，其思想內容已乏善可陳。至於詩駢化言情作品整體的墮落，不僅"新文學家"大加鞭撻，就連曾與徐枕亞同爲《民權報》編輯的何海鳴也痛批曰："學之者才且不及枕亞，偏欲以其拙筆寫一對無雙之才子佳人，甚至以歪詩劣句污之，使天下人疑才子佳人乃專作此等歪詩者，寧非至可痛心之事耶。"[③]讀者對於動輒"嗟乎，傷心人也"、"我生不辰"

　　① 詳見朱文華：《中國近代教育、文學的聯動與互動》，上海：復旦大學出版社 2015 年版，第 344—347 頁。

　　② 織孫：《（碎玉）小說話》，《十日》1922 年第 2 期。

　　③ 冥飛、海鳴等：《古今小說評林》，上海：民權出版部 1919 年版，第 106 頁。

一類的哀傷調子感到厭棄，對於"筆頭已深浸於花露水中，惟求其無句無字不芬芳"[①]的詞章點染也不再欣賞。正如落華所説："致以駢四儷六，濃詞艷語，一如圬工之築牆，紅黑之磚，間隔以砌之，千篇一律。行見其淘汰而無人顧問，移風易俗則瞠乎後矣。"[②]古文化章回體小説也犯了同樣毛病，題材單一且模式化嚴重，林紓甚至成爲"新文學家"打擊所謂"舊文學"的"活靶子"，而那些"效顰者都畫虎成了狗"，[③]遭到淘汰成爲必然。不過，我們也應該看到在古今轉型的近現代，民初以文言寫章回的文體試驗及其試圖以中化西的寫作實踐對於章回體小説的雅化及對"新文學"的孕育曾做出過一定貢獻。它進一步提高了小説的地位，試探出了小説文體革新的限度，同時也爲繼續向外國文學學習提供了"另類"依據。詩駢化與古文化合力推動了章回體小説的"雅化"，形成了范煙橋所謂維新以來小説文體演變中重詞采華美與詞章點染的時期。[④]它們在題材選擇和主題表現上還啓示了"新文學"。如《玉梨魂》，早在"五四"時期，周作人就不得不承認它所記的婚戀悲劇"可算是一個問題"，[⑤]當代學者章培恒認爲《玉梨魂》這一類的小説是"新文學"以個人爲本位的人性解放要求的濫觴。[⑥]除此之外，我們還發現這部小説首創的"戀愛＋革命"模式影響深廣，不僅被其他章回體作品所用，還啓發了"新文學"中"革命＋戀愛"小説的産生。

民初筆記體小説與傳統文化捆綁得最緊，"五四"前後一系列文化、文學、語言的激烈變革都以徹底反傳統爲鵠的，傳統語境的消失使該體小説迅速喪失現代轉型活力，但源遠流長的書寫慣性使其一直到 20 世紀中葉以後

---

① 煙橋：《小説話》，《益世報》1916 年 9 月 24 日。
② 落華：《小説小説》，《禮拜六》1921 年第 102 期。
③ 朱天石：《小説正宗》，《良晨》1922 年第 3 期。
④ 范煙橋：《小説話》，《半月》1923 年第 3 卷第 7 號。
⑤ 周作人：《中國小説裏的男女問題》，《每週評論》1919 年第 7 號。
⑥ 詳見章培恒：《關於中國現代文學的開端——兼及"近代文學"問題》，《不京不海集》，上海：復旦大學出版社 2012 年版，第 598—600 頁。

才徹底消亡。需要特別注意的是，筆記體小説的隨筆雜録與講求實録及由此生發的文體特點似乎都與講究結構技巧、虛構的、情感的、審美的西方小説大異其趣。那麽，民初筆記體小説堅守的傳統書寫範式及有限的現代性探索——周瘦鵑式的或與傳奇體合流的——是否在中國現當代小説中得到了延續呢？據實來説，其文言筆記體的形式雖被淘汰，但其隨意雜録與講求實録的書寫雙軌一直延伸到當代"新筆記小説"之中。孫犁、汪曾祺、林斤瀾等創作的"新筆記小説"有意識地繼承傳統筆記體小説隨意雜録的撰述方式，講求實録的創作原則，追求朴質自然、簡潔雅致、含蓄有味的藝術風格。"新筆記小説"以單篇爲主，一般篇幅短小，有的篇尾還有一段"某某曰"的議論，這種體式顯然承襲民初筆記體小説而來。由於依賴報刊傳播，筆記體小説發展至民初已初步打破古代以若干則匯爲一帙的"筆叢""叢語"形式，而出現了大量獨立的單篇。另外，有些"新筆記小説"作品還體現出筆記體與傳奇體合流的特色，追求意象、意境之營造，時而也流露出《聊齋志異》般隨意裝點的興趣。"新筆記小説"的體式風格迥然不同於同時代的其他小説，曾一度讓人驚異，殊不知它是汲取了傳統文學遺産養分開出的説苑奇葩。

　　傳奇體小説因其特有的幻設性、辭章化和詩意風格契合了民初小説家對小説文學審美獨立性的現代追求，故而很自然地發生著現代轉型。民初傳奇體作品"用美麗的理想去代替那不足的真實"，[①]亦契合了民初亂世中讀者的精神需要。在藝術上，該體小説布局精嚴，情節曲折；人物形象塑造不重精描細刻，而重傳神得態；整體營構出詩般意境空間，召喚讀者流連其中；可以起到"娱情"作用，是作者"暢發好惡"的抒情載體，亦是閱者"鈎稽性情"的移情媒介。加之有的作品還融入場景、心理等西方小説技巧，更進一

---

　　① 〔德〕席勒：《致威廉·封·韓保爾特的信》（1790 年 3 月 21 日），〔德〕弗理德倫代爾編：《席勒評傳》，北京：作家出版社 1955 年版，第 56 頁。

步強化了該體小說的詩意浪漫特徵。可以說，傳奇體小說在民初已初步完成了現代轉型。不過，與其他文言小說一樣，在"五四"時期"白話文運動"取得勝利之後，便一蹶不振了。雖然傳奇體小說在 20 世紀中葉以後難覓蹤影，但由民初傳奇體小說傳承下來的傳奇性——"作意好奇"的書寫本質及浪漫品格——並未隨之徹底消失，而是以新的樣態和意蘊轉化到了現當代諸體小說之中，這已被相關研究所揭示。①

話本體小說在民初之所以還能留下最後一抹餘暉，一是因"攤平話短篇，尤能曲寫半開化社會狀態"，②一是復古、試驗、轉型的時代語境使然。"五四"後，在"新文學家"一片反傳統的呼聲中，話本體小說存在的空間變得更加逼仄，不僅"五四"短篇小說勢不可擋地要將其淘汰，白話章回體和新體白話短篇這兩種同源的小說也在有限的閱讀市場上完全遮住了它。隨著民初話本體小說偏重於技巧方面的某些文體變革成果被新體白話短篇小說吸收，20 世紀 20 年代中期以後，我國短篇白話小說完成了由"說—聽"虛擬情境到"寫—讀"創閱模式的現代轉型。至此，話本小說的文體體制徹底走向消亡。

白話章回體小說在"五四"前後已基本完成現代轉型，該體作品以切近大眾生活的"中式白話"在富有現代性的報刊上敘寫市民喜聞樂見的主題題材，在大量創作實踐的基礎上形成了現代章回小說的四種基本類型，整體呈現出滿足廣大讀者多元興味、與時流變的通俗性。不過，因其爲傳統小說文體，亦被"新文學家"猛烈批判。例如周作人說《廣陵潮》《留東外史》等在"形式結構上，多是冗長散漫，思想上又沒有一定的人生觀，只是'隨意

---

① 可參看吳福輝：《新市民傳奇：海派小說文體與大衆文化姿態》，《東方論壇》1994 年第 4 期；逄增玉：《志怪、傳奇傳統與中國現代文學》，《齊魯學刊》2002 年第 5 期；閆立飛：《中國現代歷史小說中的"傳奇體"》，《南京社會科學》2009 年第 8 期；李遇春：《"傳奇"與中國當代小說文體演變趨勢》，《文學評論》2016 年第 2 期等論文。

② 鳳兮：《我國現在之創作小說》，《申報·自由談·小說特刊》1921 年 2 月 27 日。

言之'。……他總是舊思想，舊形式"，"章回要限定篇幅，題目須對偶一樣的配合，抒寫就不能自然滿足。即使寫得極好如《紅樓夢》也只可承認她是舊小説的佳作，不是我們現在所需要的新文學"。[①] 在這類成見支配下，"新文學家"不斷地否定章回小説的價值，以致 1947 年張恨水在《章回小説在中國》一文中感慨説："自五四運動以後，章回小説有了兩種身份。一種是古人名著，由不登大雅之堂的角落裏，升上文壇，占了一個相當的地位。一種是現代的章回小説，更由不登大雅之堂的角落裏，再下去一步，成爲不屑及的一種文字。"[②] 但實際上，白話章回體非但不像其他傳統小説文體那樣在 20 世紀 20 年代後漸趨消亡，還以另類"白話""通俗"征服了文化市場和市民大衆，甚至影響到解放區文學的創作，出現了《洋鐵桶的故事》《吕梁英雄傳》那樣的作品。在當代，各類型的章回小説仍在持續創作，如金庸、梁羽生等的武俠小説，高陽、二月河等的歷史小説都曾掀起閱讀熱潮，進而成爲被研討的文化熱點。現在方興未艾的網絡小説用章回體創作的各類型作品更是層出不窮。這都證明根植於傳統的白話章回體具有與時流變的文體活力，它在當代小説創作中仍發揮著不可替代的作用。

　　以上，我們對傳統文體小説在民初的盛衰、正變作了比較系統的考察，從中可見傳統小説文體走向終結與轉化的真實過程。清末"小説界革命"以來求新求變的現代性要求加速了傳統小説文體的演化，而民初小説家創作傳統文體小説"不在存古而在辟新"的追求也意欲開闢中國小説發展的新路。民初傳統文體小説創作積極轉化古代文學遺產，化用域外文學資源，汲取民間文學營養，曾取得了不少實績。當五四時期傳統文體小説作品被斥爲"舊小説"而遭全盤否定時，其作者堅持認爲"中國之舊小説固然有壞處，但須

---

① 周作人：《日本近三十年小説之發達》，《新青年》1918 年第 5 卷第 1 號。
② 張恨水：《章回小説在中國》，《文藝》1947 年第 1 期。

以中國之法補救之，不可以完全外國之法補救之"。[①]中國古代小説諸體原是在中華文化背景中孕育、成長的，它在古代的神話、傳説及後來的史傳、説話等基礎上形成了獨特的民族風貌，在寫人、叙事、語言等方面都有鮮明的東方特色。對此，民初小説家有自覺認識，故希圖推動傳統小説文體完成現代轉型。歷史已經證明，他們的觀點與實踐，爲中國小説在古今巨變中避免與阻擋"全盤西化"起到過十分重要的作用。

---

① 胡寄塵：《小説管見》，原載 1919 年 2 月《民國日報》，見黄霖編著：《歷代小説話》（第 9 册），江蘇：鳳凰出版社 2018 年版，第 3439 頁。

參考書目

本書目包括三部分：一、中國古代文獻（含今人編選）；二、中國現當代論著；三、外國論著。

書目排列以著者、編者等姓氏之中文拼音字母爲序。同時有著者和整理者，則以著者爲序；有一個以上著者則以第一著者爲序。

一、中國古代文獻

（漢）班固撰：《漢書》，北京：中華書局，1962

（清）陳其泰評，劉操南輯：《桐花鳳閣評紅樓夢輯錄》，天津：天津人民出版社，1981

（晉）陳壽撰，陳乃乾校點：《三國志》，北京：中華書局，1959

陳曦鍾、侯忠義、魯玉川輯校：《水滸傳會評本》，北京：北京大學出版社，1981

（宋）陳振孫撰，徐小蠻、顧美華點校：《直齋書錄解題》，上海：上海古籍出版社，1987

（宋）晁公武撰，孫猛校證：《郡齋讀書志校證》，上海：上海古籍出版社，2011

程毅中：《古小説簡目》，北京：中華書局，1981

丁錫根：《中國歷代小説序跋集》，北京：人民文學出版社，1996

（南朝宋）范曄撰，（唐）李賢等注：《後漢書》，北京：中華書局，1965

（唐）房玄齡等：《晉書》，北京：中華書局，1974

馮其庸纂校訂定：《八家評批紅樓夢》，北京：文化藝術出版社，1991

（晉）干寶撰，汪紹楹校注：《搜神記》，北京：中華書局，1979

《古本小説集成》編委會編：《古本小説集成》，上海：上海古籍出版社，1994

廣陵書社編：《筆記小説大觀》，揚州：廣陵書社，1983—1984

（清）郭慶藩撰，王孝魚點校：《莊子集釋》，北京：中華書局，2012

侯忠義編：《中國文言小説參考資料》，北京：北京大學出版社，1985

（清）何文焕輯：《歷代詩話》，北京：中華書局，1981

（漢）桓譚著，吳則虞輯校：《新論》，北京：社會科學文獻出版社，2014

黃霖、韓同文選注：《中國歷代小説論著選》（修訂本），南昌：江西人民出版社，2000

黃霖編著：《歷代小説話》，南京：鳳凰出版社，2018

黃霖校點：《脂硯齋評批紅樓夢》，濟南：齊魯書社，1994

（宋）洪邁撰，孔凡禮點校：《容齋隨筆》，北京：中華書局，2005

（明）胡應麟撰：《少室山房筆叢》，上海：上海書店出版社，2009

（明）蘭陵笑笑生：《金瓶梅詞話》，北京：人民文學出版社，1992

（宋）李昉等：《太平廣記》，北京：中華書局，1962

李劍國：《唐前志怪小説輯釋》，上海：上海古籍出版社，1986

李劍國：《唐五代志怪傳奇叙録》（增訂本），北京：中華書局，2017

李劍國：《宋代志怪傳奇叙録》（增訂本），北京：中華書局，2018

（唐）李延壽撰：《北史》，北京：中華書局，1974

李時人、蔡鏡浩校注：《大唐三藏取經詩話校注》，北京：中華書局，1997

（清）劉廷璣撰，張守謙點校：《在園雜志》，北京：中華書局，2005

劉世德、陳慶浩、石昌渝主編:《古本小説叢刊》,北京:中華書局,1987—1990

劉世德:《中國古代小説百科全書》,北京:中國大百科全書出版社,2006

(漢)劉向撰,向宗魯校證:《説苑校證》,北京:中華書局,1987

(南朝梁)劉勰著,范文瀾注:《文心雕龍注》,北京:人民文學出版社,1958

(南朝宋)劉義慶著,(南朝梁)劉孝標注,余嘉錫箋疏:《世説新語箋疏》,北京:中華書局,2007

(後晉)劉昫等撰:《舊唐書》,北京:中華書局,1975

(唐)劉知幾著,(清)浦起龍通釋,王煦華整理:《史通通釋》,上海:上海古籍出版社,2009

(清)劉熙載著,袁津琥校注:《藝概注稿》,北京:中華書局,2009

柳存仁:《倫敦所見中國小説書目提要》,北京:書目文獻出版社,1982

(戰國)呂不韋編,許維遹集釋:《呂氏春秋集釋》,北京:中華書局,2009

魯迅校録:《古小説鉤沉》,濟南:齊魯書社,1997

(晉)陸機著,張少康集釋:《文賦集釋》,北京:人民文學出版社,2002

(元)馬端臨:《文獻通考》,北京:中華書局,1986

甯稼雨:《中國文言小説書目提要》,濟南:齊魯書社,1996

歐陽健、蕭相愷:《中國通俗小説總目提要》,北京:中國文聯出版公司,1990

(宋)歐陽修等:《新唐書》,北京:中華書局,1975

(宋)歐陽修著,李逸安校點:《歐陽修全集》,北京:中華書局,2001

(清)蒲松齡著,張友鶴輯校:《聊齋志異》(會校會注會評本),上海:上海古籍出版社,1986

秦修容整理:《金瓶梅》(會評會校本),北京:中華書局,1998

石昌渝：《中國古代小説總目》，太原：山西教育出版社，2004

（漢）司馬遷：《史記》，北京：中華書局，1959

（宋）司馬光著，（元）胡三省音注：《資治通鑑》，北京：中華書局，1956

（南朝梁）沈约：《宋書》，北京：中華書局，1974

孫楷第：《日本東京所見小説書目》，北京：人民文學出版社，1958

孫楷第：《中國通俗小説書目》，北京：人民文學出版社，1982

譚正璧：《三言二拍資料》，上海：上海古籍出版社，1980

（明）桃源居士：《唐人小説》，上海：上海文藝出版社影印掃葉山房本，1992

陶敏主編：《全唐五代筆記》，西安：三秦出版社，2008

汪辟疆：《唐人小説》，上海：上海古籍出版社，1978

（漢）王充著，黃暉校釋：《論衡校釋》，北京：中華書局，1990

（晉）王嘉撰，（梁）蕭綺録，齊治平校注：《拾遺記》，北京：中華書局，1981

（明）王圻：《稗史彙編》，北京：北京出版社，1993

王水照編：《歷代文話》，上海：復旦大學出版社，2007

（清）王先謙、劉武撰，沈嘯寰點校：《莊子集解　莊子集解内篇補正》，北京：中華書局，1987

魏同賢、安平秋主編：《凌濛初全集》，南京：鳳凰出版社，2010

魏同賢主編：《馮夢龍全集》，南京：鳳凰出版社，2007

（唐）魏徵等：《隋書》，北京：中華書局，1973

（清）吳敬梓著，李漢秋輯校：《儒林外史》（會校會評本），上海：上海古籍出版社，1984

（漢）許慎撰，（清）段玉裁注：《説文解字注》，上海：上海古籍出版社，1981

（唐）姚思廉：《陳書》，北京：中華書局，1972

（清）姚振宗：《隋書經籍志考證》，北京：中華書局，1955

楊伯峻編著：《春秋左傳注》，北京：中華書局，1990

（南朝梁）殷芸編撰，周楞伽輯注：《殷芸小說》，上海：上海古籍出版社，1984

（清）永瑢等：《四庫全書總目》，北京：中華書局，1965

（明）袁宏道參評，（明）屠隆點閱：《虞初志》，北京：中國書店，1986

（漢）揚雄撰，汪榮寶注疏，陳仲夫點校：《法言義疏》，北京：中華書局，1987

（清）章學誠著，葉瑛校注：《文史通義校注》，北京：中華書局，2014

（晉）張華撰，范寧校證：《博物志校證》，北京：中華書局，1980

（漢）鄭玄注，（唐）賈公彥疏：《周禮注疏》，上海：上海古籍出版社，2010

周勛初主編，葛渭君、周子來、王華寶編：《宋人軼事彙編》，上海：上海古籍出版社，2014

周勛初主編，嚴傑、武秀成、姚松編：《唐人軼事彙編》，上海：上海古籍出版社，2016

朱一玄、劉毓忱：《三國演義資料彙編》，天津：南開大學出版社，2003

朱一玄、劉毓忱：《水滸傳資料彙編》，天津：南開大學出版社，2002

朱一玄、劉毓忱：《西遊記資料彙編》，天津：南開大學出版社，2002

朱一玄：《聊齋志異資料彙編》，天津：南開大學出版社，2002

朱一玄：《紅樓夢資料彙編》，天津：南開大學出版社，2001

朱一玄：《金瓶梅資料彙編》，天津：南開大學出版社，2002

朱易安、傅璇琮等主編：《全宋筆記》（第一至三編），鄭州：大象出版社，2003—2008；上海師範大學古籍整理研究所編：《全宋筆記》（第四至十編），鄭州：大象出版社，2008—2018

二、中國現當代論著

卞孝萱:《唐人小説與政治》,廈門:鷺江出版社,2003

蔡静波:《唐五代筆記小説研究》,西安:陝西人民出版社,2007

蔡鎮楚:《中國詩話史》,長沙:湖南文藝出版社,2001

陳大康:《明代小説史》,上海:上海文藝出版社,2000

陳洪:《中國小説理論史》(修訂本),天津:天津教育出版社,2005

陳美林、馮保善、李忠明:《章回小説史》,杭州:浙江古籍出版社,1998

陳平原、夏曉虹:《20世紀中國小説理論資料》(第一卷),北京:北京大學出版社,1997

陳平原:《小説史:理論與實踐》,北京:北京大學出版社,1993

陳平原:《中國小説敘事模式的轉變》,北京:北京大學出版社,2003

陳汝衡:《説書史話》,北京:作家出版社,1958

陳文新:《文言小説審美發展史》,武漢:武漢大學出版社,2007

陳寅恪:《元白詩箋證稿》,上海:上海古籍出版社,1978

程國賦:《明代小説與書坊研究》,北京:中華書局,2007

程千帆:《唐代進士行卷與文學》,上海:上海古籍出版社,1980

程毅中:《宋元話本》,北京:中華書局,1980

程毅中:《宋元小説研究》,南京:江蘇古籍出版社,1999

程毅中:《唐代小説史》,北京:人民文學出版社,2003

褚斌傑:《中國古代文體概論》,北京:北京大學出版社,1998

戴偉華:《唐代幕府與文學》,北京:現代出版社,1990

董乃斌:《中國文學敘事傳統研究》,北京:中華書局,2012

董乃斌:《中國古典小説的文體獨立》,北京:中國社會科學出版社,1994

范子燁:《魏晉風度的傳神寫照——〈世説新語〉研究》,西安:世界圖書出版西安有限公司,2014

郭英德：《中國古代文體學論稿》，北京：北京大學出版社，2005

郭豫適：《中國古代小説論集》，上海：華東師範大學出版社，1992

韓兆琦主編：《中國傳記文學史》，石家莊：河北教育出版社，1992

韓云波：《唐代小説觀念與小説興起研究》，成都：四川民族出版社，2002

何亮：《漢唐小説文體研究》，北京：中華書局，2019

胡從經：《中國小説史學史長編》，上海：上海文藝出版社，1998

胡懷琛：《中國小説的起源及其演變》，南京：正中書局，1934

胡懷琛：《中國小説研究》，上海：商務印書館，1929

胡士瑩：《話本小説概論》，北京：中華書局，1980

胡適：《胡適論中國古典小説》，武漢：長江文藝出版社，1987

胡適：《中國章回小説考證》，合肥：安徽教育出版社，1999

許鈺：《口承故事論》，北京：北京師範大學出版社，1999

黃霖：《古小説論概觀》，上海：上海文藝出版社，1986

黃勇：《道教筆記小説研究》，成都：四川大學出版社，2007

黃霖主編：《20世紀中國古代文學研究史》（小説卷），上海：東方出版中心，2006

紀德君：《明清歷史演義小説藝術論》，北京：北京師範大學出版社，2000

蔣祖怡：《小説纂要》，南京：正中書局，1948

李劍國：《唐前志怪小説史》（修訂本），天津：天津教育出版社，2005

李小龍：《中國古典小説回目研究》，北京：北京大學出版社，2012

李玉安、陳傳藝：《中國藏書家辭典》，武漢：湖北教育出版社，1989

李宗侗：《中國史學史》，北京：中華書局，2010

李宗爲：《唐人傳奇》，北京：中華書局，1985

林崗：《口述與案頭》，北京：北京大學出版社，2011

凌郁之：《走向世俗——宋代文言小説的變遷》，北京：中華書局，2007

劉開榮：《唐代小説研究》，北京：商務印書館，1956

劉上生：《中國古代小説藝術史》，長沙：湖南師範大學出版社，1993

劉世德：《中國古代小説研究——臺灣香港論文選輯》，上海：上海古籍出版社，1983

劉天振：《明代類書體小説集研究》，北京：中國社會科學出版社，2014

劉葉秋：《歷代筆記概述》，北京：中華書局，1980

劉勇强：《中國古代小説史叙論》，北京：北京大學出版社，2007

劉正平：《宗教文化與唐五代筆記小説》，北京：中國社會科學出版社，2014

魯迅：《魯迅全集》，北京：人民文學出版社，1973、1981、2005

魯迅：《中國小説史略》，上海：上海古籍出版社，1998

劉運峰編：《魯迅全集補遺》，天津：天津人民出版社，2006

羅綱：《叙事學導論》，昆明：雲南人民出版社，1994

羅根澤：《中國文學批評史》，上海：上海書店，2003

羅寧：《漢唐小説觀念論稿》，成都：巴蜀書社，2009

羅書華：《中國小説學主流》，上海：上海書店出版社，2007

羅爭鳴：《杜光庭道教小説研究》，成都：巴蜀書社，2005

馬振方：《中國早期小説考辨》，北京：北京大學出版社，2014

苗懷明：《二十世紀中國小説文獻學述略》，北京：中華書局，2009

苗壯：《筆記小説史》，杭州：浙江古籍出版社，1998

倪豪士：《傳記與小説——唐代文學比較論集》，北京：中華書局，2007

寧宗一：《中國小説學通論》，合肥：安徽教育出版社，1995

甯稼雨：《魏晉士人人格精神：〈世説新語〉的士人精神史研究》，天津：南開大學出版社，2003

歐陽代發：《話本小説史》，武漢：武漢出版社，1994

潘建國：《中國古代小説書目研究》，上海：上海古籍出版社，2005

潘美月：《宋代藏書家考》，臺北：學海出版社，1980

浦江清：《浦江清文録》，北京：人民文學出版社，1989

浦江清著，浦漢明、彭書麟編選：《無涯集》，南昌：百花文藝出版社，2005

齊裕焜：《中國歷史小説通史》，南京：江蘇教育出版社，2000

錢鍾書：《管錐編》，北京：中華書局，1986

邱昌員：《詩與唐代文言小説研究》，北京：中國社會科學出版社，2008

邱淵：《"言""語""論""説"與先秦論説文體》，昆明：雲南人民出版社，2009

申丹：《叙述學與小説文體學研究》（第二版），北京：北京大學出版社，2001

石昌渝：《中國小説源流論》，北京：生活・讀書・新知三聯書店，1994

石麟：《話本小説通論》，武漢：華中理工大學出版社，1998

孫鴻亮：《佛經叙事文學與唐代小説研究》，北京：人民出版社，2008

孫楷第：《滄州集》，北京：中華書局，1965

孫遜：《明清小説論稿》，上海：上海古籍出版社，1986

譚帆：《中國小説評點研究》，上海：華東師範大學出版社，2001

譚帆等：《中國古代小説文體文法術語考釋》，上海：上海古籍出版社，2013

陶東風：《文體演變及其文化意味》，昆明：雲南人民出版社，1994

童慶炳：《文體與文體的創造》，昆明：雲南人民出版社，1994

萬晴川：《宗教信仰與中國古代小説叙事》，杭州：浙江大學出版社，2013

汪涌豪：《範疇論》，復旦大學出版社，1999

王國良：《魏晉南北朝志怪小説研究》，臺灣：文史哲出版社，1984

王恒展:《中國文言小説發展研究》,濟南:山東教育出版社,2016

王能憲:《世説新語研究》,南京:江蘇古籍出版社,1992

王齊洲:《稗官與才人——中國古代小説考論》,長沙:岳麓書社,2010

王青原等:《小説書坊録》,北京:北京圖書館出版社,2002

王先霈、周偉民:《明清小説理論批評史》,廣州:花城出版社,1988

王瑶:《中古文學史論》,北京:北京大學出版社,2014

吳承學:《中國古代文體形態研究》(增訂本),廣州:中山大學出版社,2002

吳承學:《中國古代文體學研究》,北京:人民出版社,2011

吳禮權:《筆記小説史》,北京:商務印書館,1993

吳志達:《中國文言小説史》,濟南:齊魯書社,1994

熊明:《雜傳與小説:漢魏六朝雜傳研究》,瀋陽:遼海出版社,2004

徐岱:《小説叙事學》,北京:中國社會科學出版社,1992

徐復觀:《兩漢思想史》,上海:華東師範大學出版社,2001

徐建委:《〈説苑〉研究——以戰國秦漢之間的文獻累積與學術史爲中心》,北京:北京大學出版社,2011

薛洪勣:《傳奇小説史》,杭州:浙江古籍出版社,1998

嚴傑:《唐五代筆記考論》,北京:中華書局,2009

楊義:《中國古典小説史論》,北京:人民出版社,1998

楊勇編著:《〈世説新語校箋〉論文集》,臺灣:正文書局有限公司,2003

姚名達:《中國目録學史》,上海:上海古籍出版社,2005

葉朗:《中國小説美學》,北京:北京大學出版社,1982

余嘉錫:《余嘉錫論學雜著》,北京:中華書局,1963

章培恒:《獻疑集》,長沙:岳麓書社,1993

張暉:《宋代筆記研究》,武漢:華中師範大學出版社,1993

張舜徽：《中國文獻學》，武漢：華中師範大學出版社，2004

張鄉里：《唐前博物類小説研究》，上海：上海古籍出版社，2016

張新科：《唐前史傳文學研究》，西安：西北大學出版社，2000

張寅德：《叙述學研究》，北京：中國社會科學出版社，1989

趙炎秋等：《中國古代叙事思想研究》，長沙：湖南師範大學出版社，2011

趙景深：《中國小説叢考》，濟南：齊魯書社，1980

鄭憲春：《中國筆記文史》，長沙：湖南大學出版社，2004

鄭振鐸：《插圖本中國文學史》，上海：上海人民出版社，2005

鄭振鐸：《中國俗文學史》，北京：東方出版中心，1996

周心慧：《古本小説版畫圖録》（修訂增補本），北京：學苑出版社，2000

周勛初：《唐人筆記小説考索》，《周勛初文集》第五卷，南京：江蘇古籍出版社，2000

鄒福清：《唐五代筆記研究》，北京：中國社會科學出版社，2013

曾禮軍：《宗教文化視閾下的〈太平廣記〉研究》，北京：中國社會科學出版社，2013

曾棗莊：《中國古代文體學》，上海：上海人民出版社，2012

三、外國論著

〔美〕韓南著，尹慧珉譯：《中國白話小説史》，杭州：浙江古籍出版社，1989

〔美〕韓南著，徐俠譯：《中國近代小説的興起》（增訂本），上海：上海教育出版社，2004

〔美〕華萊士·馬丁：《當代叙事學》，北京：北京大學出版社，1990

〔日〕内山知也：《隋唐小説研究》，上海：復旦大學出版社，2010

〔美〕浦安迪：《中國叙事學》，北京：北京大學出版社，1996

〔美〕浦安迪著，沈漢壽譯：《明代小説四大奇書》，北京：生活・讀書・新知三聯書店，2006

〔日〕青木正兒著，隋樹森譯：《中國文學概説》，上海：開明書店，1938

〔美〕王德威著，宋偉傑譯：《被壓抑的現代性——晚清小説新論》，北京：北京大學出版社，2005

〔美〕韋恩・布斯著，付禮軍譯：《小説修辭學》，南寧：廣西人民出版社，1987

〔美〕韋勒克、沃倫著，劉象愚等譯：《文學理論》（修訂版），南京：江蘇教育出版社，2005

〔美〕夏志清著，胡益民等譯：《中國古典小説史論》，南昌：江西人民出版社，2003

〔日〕鹽谷温著，孫俍工譯：《中國文學概論講話》，上海：開明書店，1930

〔英〕伊格爾頓著，伍曉明譯：《20世紀西方文學理論》，北京：北京大學出版社，2007

〔美〕伊恩・P・瓦特著，高原等譯：《小説的興起》，北京：生活・讀書・新知三聯書店，1992

附録一
中國小説史研究的獨特路徑與體系構建
——譚帆教授訪談録

孫 超

一、如何建構"本土化"的中國小説學

孫超 譚老師，近年來，您的小説研究進入了一個"豐收"的季節，第一個國家社科基金重大項目"中國小説文體發展史"結項成果剛剛交付出版社，第二個國家社科基金重大項目"中國小説評點史及相關文獻整理與研究"又順利獲批。同時，繼《中國古代小説文體文法術語考釋》入選《國家哲學社會科學成果文庫》（2012）之後，《中國古代小説文體史》又入選《成果文庫》（2022）。在中國古代小説史研究領域，能兩次獲批重大項目兩次入選《成果文庫》還是比較少見的，這説明您的研究成果及其特色已獲得學界的認可，可喜可賀。據我所知，您是從 20 世紀 90 年代中期開始研究中國古代小説的，能否先談談您從事小説研究的一些基本情況。因爲這是一次專題性的訪談，專門談論您在小説研究方面的特色和貢獻。

譚帆 "特色和貢獻"還談不上。我就簡單清理一下從事古代小説研究的脈絡吧。我最早從事的小説史研究專題是"評點研究"，1994 年，師從郭豫適教授在職攻讀博士學位，研究方向是中國小説史。因爲此前一直在從事

中國文學批評史和中國戲劇理論史的研究，也做過金聖歎評點《西厢記》的專題研究，所以 "小說評點" 自然成了我博士論文的選題。1998 年通過博士論文答辯，以後不斷增補修改，於 2001 年出版《中國小說評點研究》（華東師範大學出版社）。2000 年，受聘復旦大學中國古代文學研究中心，參與黄霖教授主持的《中國文學學史》研究項目，負責 "小說學" 部分，《中國文學學史（小說學卷）》於 2013 年由山西教育出版社出版（與王冉冉、李軍均合作）。2001 年，我撰寫了《"演義" 考》一文，《文學遺產》2002 年第 2 期刊出；論文發表後，獲得了一些同行謬贊，由此萌生了對小說文體術語作系統考察的想法，於 2005 年申報上海市哲學社會科學基金，獲得通過。2012 年，由我及以學生爲主體的團隊合作完成的論著《中國古代小說文體文法術語考釋》入選《國家哲學社會科學成果文庫》，於 2013 年由上海古籍出版社出版。與此相關，大約在 2011 年，我主持申報了國家社科基金重大項目 "中國小說文體發展史"，順利獲批，這一研究專題已經完成，即將以《中國古代小說文體研究書系》的形式由上海古籍出版社出版。2021 年，我又申報了國家社科基金重大項目 "中國小說評點史及相關史料整理與研究"，也順利獲批。此項研究工作雖然已有不少積累，但難度仍然很高。要在理論、歷史和史料三方面都有所突破，的確還需花大力氣認真從事。所以簡單地說，我二十多年來所從事的小說研究大致可以分爲四個部分，依次爲："小說評點研究""小說學研究""小說術語研究" 和 "小說文體研究"，而其中貫穿始終的是對 "中國小說史研究" 的省思和檢討。

孫超　您在 21 世紀一開頭就提出了中國小說史研究需要建構 "本土化" 的中國小說學，先是在您的代表作《中國小說評點研究》的後記中簡單談及，後又在《中國社會科學》上刊發《"小說學" 論綱——兼談 20 世紀中國古代小說理論批評研究》詳加論述。二十多年來，您在這一領域深耕細作，不斷取得高水平研究成果，在學界產生了很大影響。是什麽促使您開始這方面思考的？

譚帆　"小説學"研究本來是應黄霖先生之邀而做的"命題作文"，但我有個習慣，做一個研究專題，首先要對該專題的主要術語作一番考述和解讀，同時進行研究史的梳理和反省。通過術語考述和研究史梳理，我們發現，對中國古代小説理論批評的研究雖然已有近百年的歷史，所取得的研究成果也相當豐厚，尤其是 20 世紀 80 年代以來，這一學科逐步走向了成熟。但回顧這一段歷史，我們也不難看到，中國古代小説理論批評研究還有許多亟待開拓的課題和須調整的格局。從宏觀角度言之，20 世紀的小説理論批評研究經歷了一條從附麗於文學批評史學科到獨立發展的過程，這一進程決定了小説理論批評研究的基本格局和思路。即：在整體上它是中國文學批評史研究在小説領域的延伸，而研究格局和思路也是文學批評史研究的"翻版"，以批評家爲經、以理論著作及其觀念爲緯成了小説理論批評研究的常規格局。這一研究格局有一定的合理性，但忽略了理論批評在"小説"領域的特殊性。實際上，中國古代小説理論的内涵相對來説比較貧乏，這種理論思想對小説創作的實際影響更是甚微。因而單純從理論思想的角度來研究小説理論批評，常會感到它與小説發展的實際頗多"間隔"，更與那種重感悟、重單一文本的"評點"方式不相一致。因此，中國小説理論批評研究的新格局或許應該是：以文學批評史爲背景，以小説史爲依托，探尋小説理論批評在小説史的發展中所作的實際工作及其貢獻，從而將小説理論批評研究融入小説史研究的整體構架之中。

孫超　您拈出"小説學"一詞來取代"小説理論批評"，擬以"小説學"的"寬泛"調整以往小説理論批評研究的"偏仄"，力圖打破以"西"律"中"的價值標準，以建構"本然狀態"的中國小説學體系。這其中藴含的觀念、方法、視角確實具有根本性的學術反思，有利於中國小説傳統的繼承與創新，令人十分欽佩。請您不妨先以小説觀念的古今變遷爲切入點，談談您的學術立場。

譚帆　"以小説觀念的古今變遷爲切入點"，的確抓到了問題的本質。因爲從先秦兩漢到明清時期，"小説"一詞的内涵經歷了明顯的演化過程，其中指稱對象錯綜複雜。大致包括："小説"是"小道"；"小説"是指有別於正史的野史傳説；"小説"是一種由民間發展起來的"説話"藝術；"小説"是指虛構的有關人物故事的特殊文體。需要特別指出的是："小説"既是一個"歷時性"的概念，即其自身有一個明顯的演化軌迹；但同時，"小説"又是一個"共時性"的概念，"小説"觀念的演化主要是指"小説"指稱對象的變化，然這種變化並不意味著對象之間的不斷"更替"，而常常表現爲"共存"。譬如班固《漢書‧藝文志》的"小説"觀一直影響到清代，《四庫全書總目》對"小説"的看法即與《漢志》一脈相承，《總目》所框範的小説"叙述雜事""記録異聞""綴輯瑣語"和明清以來的通俗小説在清人的觀念中被同置於"小説"名下，此一特性或即爲"小説"在中國古代歷史語境中的"本然狀態"。而長期以來，我們所接納的小説觀念和小説研究觀念則是近代以來被改造的"小説"術語。這種改造有兩個方面：一是在與"novel"的對譯中强化了"虛構的叙事散文"這一傳統"小説"内涵中本來就具有的文體屬性，並將這一屬性升格爲"小説"術語的核心内涵，使"小説"成爲了一個融合中西、貫通古今的重要術語，在小説史的學科建構中起到了統領作用。另一方面，又將"志怪""傳奇""筆記""話本"和"章回"等原本比較單一的文體術語作爲"小説"一詞的前綴，構造了"志怪小説""筆記小説""傳奇小説""話本小説"和"章回小説"等屬於二級層面的小説文體術語。經過這兩個方面的"改造"，"小説"終於成爲了一個具有統領意義的核心術語而"一枝獨秀"，並與其他術語一起共同建構了現代學科範疇的中國古代小説文體的術語體系，影響深遠。但也應該看到，"小説"正是在這種改造中與中國古代小説之傳統"漸行漸遠"，這或許是 20 世紀以來中國古代小説研究中最具時代特性的内涵，但同樣也是 20 世紀以來中國古代小説研究的最大不足。

　　孫超　中國小説史研究的觀念、方法與視角一旦跳脱近代以來"以西例律我國小説"的歷史慣性，中國小説史長期遭遇的種種遮蔽必然被打破。請問中國小説學的主要内涵有哪些？

　　譚帆　中國小説學研究主要由三個層面所構成，即：小説文體研究、小説存在方式研究和小説的文本批評，這三個層面構成了小説學研究的整體内涵。而以這三個層面作爲小説學的研究對象，其目的一方面是爲了突破以往的研究格局，同時更重要的是爲了使小説學研究更貼近中國小説史的發展實際，將中國小説學研究與中國小説史研究融爲一體，從而勾勒出一部更實在、更真切的古人對"小説"這一文學現象的研究歷史。譬如，由於受中國文學批評史研究格局的影響，長久以來我們的小説理論批評研究一直以"理論思想"爲主要對象，於是對各種"學説"的闡釋及其史的鋪叙成了小説理論批評研究的首務；原本豐富多樣的古人對於小説的批評和研究被主觀分割成一個個理性的"學説"，於是一部中國小説理論批評史也就成了一個個理論學説的演化史。而在這種研究格局中，中國小説批評史上最富色彩、對小説傳播最具影響的"文本批評"却被忽略了，這無疑是 20 世紀中國小説理論批評研究中的一大缺憾。我這裏所説的"文本批評"是指在中國小説批評史上對單個作品的品評和分析，它著重闡釋的是單個作品的情感内涵和藝術形式，這在中國小説批評尤其是明清通俗小説批評中是占主流地位的批評方式，也是批評内涵最爲豐富的研究領域，值得我們深切關注。

孫超　在您剛才提到的三個層面中，最爲特別的恐怕是小説存在方式研究。我感到您從著録、禁毀、選輯和改訂四個方面觀照古人對小説存在方式的研究是富有識見的，這不僅使得過去難以進入小説理論批評研究視野的大量史料被開掘運用，還啓示我們：返回歷史現場、還原歷史真相才是拓寬中國小説史研究領域的正確路徑。您能具體談談這方面的研究情況嗎？

譚帆　"存在方式"是我杜撰的一個名詞，因爲實在想不出能夠有效安頓"著録""禁毀""選輯"和"改訂"這四個方面的術語。小説存在方式研究長期以來一直被排除在小説理論批評史的研究範圍之外，道理很簡單，所謂小説存在方式研究並不以"理論形態"的面貌出現，故素來重視"理論形態"的小説批評史研究就把小説存在方式研究排除在外。但其實，古人對於小説的認識、把握和研究歷來是雙管齊下的：訴諸於理論形態與在理論觀念指導下的具體操作。兩者之間相輔相成，後者還體現爲對前者的檢驗和實踐，故缺其一都不能構成完整的中國小説學史。我們姑且舉白話小説的"改訂"爲例對此作一説明，評點者對小説的"改訂"是白話小説和文言小説的通例，但相對而言，白話小説"改訂"的成就和影響更大，這是古代小説評點家直接參與小説文本和小説傳播並影響了中國小説發展進程的一個重要現象。小説評點家之所以能對小説文本作出修訂，源於三方面的因素：一是白話小説地位的低下和小説作家的湮没無聞，使評點者對小説文本的修訂有了一種現實可能。二是古代白話小説世代累積型的編創方式使得小説文本處於"流動"之中。因其是在"流動"中逐步成書的，所以成書也非最終定型，仍爲後代的修訂留有較多餘地；同時，因其本身處於流動狀態，故評點者對其作出新的改訂就較少觀念上的障礙。三是古代小説評點家認爲小説評點也是一次文學再創造活動。對白話小説的改訂最集中且成就最高的是在明末清初，而此時期正是白話小説逐步定型並走向繁盛的時期。尤其是"四大奇書"，這在中國白話小説的發展中具有典範意義。明末清初的小説評點家對"四大奇書"的修訂並使之成爲後世流傳的小説定本，這在白話小説的發展史上有重要價值，同時也是小説批評參與小説發展實際的一個重要舉措。但歷來治小説史者，常常把小説創作和小説評點分而論之，叙述小説史者又一般不涉及評點對小説文本的影響（有時更從反面批評），而研究小説評點者又每每過多局限於小説評點之理論批評内涵。於是，小説評點家對於小説文本的改訂就成了一個兩不關涉的“空白地帶”，這實在是一個研究的“誤區”。如果我們在小説史的叙述中適當注目評點對小説發展的影響，並對其有一個恰當的評價，那我們所叙述的小説史也許會更貼近中國古代小説發展的“原生狀態”。

二、中國小説文體研究的多維視角

孫超　我瞭解到您主持的國家社會科學基金重大項目“中國小説文體發展史”已“免檢”結項，其系列成果即將以“研究書系”的形式出版，您能簡單介紹一下相關情況嗎？

譚帆　“中國小説文體發展史”是我主持的國家社會科學基金重大項目。此項目 2011 年獲批，2019 年通過結項審核，再經近兩年的修訂，於 2021 年陸續交付上海古籍出版社。從立項到定稿，前後相續恰好十年。項目成果主要涉及“三個維度”，即小説文體研究的“術語”維度、“歷史”維度和“史料”維度。完成了系列成果《中國古代小説文體研究書系》，分“術語篇”“歷史篇”和“資料篇”三個部分，包括：《中國古代小説文體文法術語考釋》（增訂本）、《中國古代小説文體史》、《中國古代小説文體資料繫年輯録》，三書合計兩百餘萬字。以這樣的格局和篇幅全面系統地研究和梳理中國古代小説文體，在海内外尚屬首次，有一定的學術價值和創新意義。以課題的核心成果《中國古代小説文體史》爲例，本書以小説文體爲研究對象，涉及的文體内涵主要有“文體觀念”“文體形態”“叙述模式”和“語體特性”等方面。全書對中國古代小説文體的整體狀況及各種文體類型的起源、發展和演變進行了全面系統的梳理，深化了對古代小説文體發展演變及其規律的認識。全書共分六編，“總論”以下五編按照時間先後排列。第一編“總論”從宏觀角度論述了中國古代小説文體研究的若干核心問題，如“小説”術語的演化、小説文體觀念的古今差異、古代小説的叙事傳統和“圖文評”結合的文本形態等。第二編至第六編以小説文體的歷史流變綫索爲經，以流變過程中重要的文體現象爲緯，采用點面結合的方式，探索了從先秦兩漢到晚清民初中國小説文體的發展歷程。

孫超　以這樣系統的格局和宏大的篇幅全面呈現中國小説文體發展史，在海内外學界確屬首創，具有集成與新變的意義。能否再就其中的某個有新意的問題談談您的想法？比如您主張中國古代小説文體史的著述要建立一個“大文體”的格局，願聞其詳。

譚帆　中國古代小説文體史的著述要建立一個“大文體”的格局，目的是用於揭示古代小説“正文—評點—插圖”三位一體的文本形態。在中國古代，小説文本的一個重要特徵就是正文之外大多有評點與圖像，“圖文評”結合是古代小説特有的文本形態，包括白話小説和文言小説兩個門類。對這一現象，學界尚未引起足夠的重視，雖然小説評點研究、小説圖像研究都非常熱鬧，但研究思路還是以文學批評史視角和美術史視角爲主體，對古代小説“圖文評”結合的價值認知尚不充分。表現爲：研究者一方面對圖像與評點的價值功能給予較高評價，另一方面却又在整體上割裂小説評點、小説圖像與小説正文的統一性。這一做法實則遮蔽了評點和插圖在小説文體建構過程中具備“能動性”這樣一個重要的歷史事實。有鑒於此，我們應該從小説文體建構的視角重建關於小説評點和小説插圖的認知。我們認爲，對小説“文體”的理解不應局限於小説正文之“體”，而是應該突破傳統的研究方式，從文本的多重性角度來觀照小説之“整體”。即：既要關注小説之體裁、體制、風格、語體等內涵，更要建立一個以小説整體文本形態爲觀照對象的文體學研究新維度，將小説的文體研究範圍拓展到小説文本之全部，包含正文、插圖、評點（甚至注釋也可納入其中）。同時，還要充分肯定評點與插圖對小説文體建構的價值和意義，考察小説評點“評改一體”的具體實踐和小説插圖對小説文本建構的實際參與。盡可能還原小説評點、小説插圖參與小説文體建構的客觀事實，從而揭示“圖文評”三者在小説文體建構中的合力效果和整體意義。

孫超　在您提到的三個維度中，您認爲“術語”的解讀是小説史研究的一種特殊理路。我注意到您早年就很關注古代文論的術語範疇，20 世紀以來對古代小説各類術語的研究更趨系統深入。我想知道您爲何如此鍾情於術語研究，它的與衆不同之處體現在哪些方面？

譚帆　對術語的考釋的確是我個人的學術興趣，已有較多的成果，涉及古代文論術語、古代戲劇術語和古代小説術語，而以小説術語的解讀爲主體。近來正著手編一本有關術語考釋的個人專題論集，起名《術語的解讀》。術語考釋關涉兩個問題：一是爲何要考釋？二是怎樣來考釋？

先談第一個問題，爲何要考釋術語？

就研究意義來看，這是小説研究迫切需要的。從 20 世紀初開始，小説研究漸成爲中國古代文學研究之“顯學”，而自魯迅先生《中國小説史略》問世後，“小説史”研究也越來越受到研究界的關注。近一個世紀以來，小説史之著述層出不窮，“通史”的、“分體”的、“斷代”的、“類型”的，名目繁多，蔚爲壯觀。但就理論角度言之，一個不容忽視的現實是：“小説史”之梳理大多以西方小説觀爲參照，或折衷於東西方小説觀之差異而仍以西方小説觀爲圭臬。然而中國小説實有其自身之“譜系”，與西方小説及小説觀有頗多差異，强爲曲説，難免會成爲西人小説視野下之"小説史"，而喪失了中國小説之本性。近年來，對中國小説研究的反思不絶於耳，出路何在？梳理中國小説之"譜系"或爲有益之津梁，而術語正是中國小説"譜系"之外在呈現，對其作出綜合研究，在某種程度上可以考知中國小説之特性，進而揭示中國小説的獨特"譜系"，所以這是小説史研究的一種特殊理路。

　　就研究方法而言，術語考釋是中國文學批評史研究領域由來已久且行之有效的方法。正如陳平原先生在爲拙著《中國古代小説文體文法術語考釋》所作的序言中所指出的：朱自清先生的《詩言志辨》即從小處下手，"像漢學家考辨經史子書"那樣，"尋出各個批評的意念如何發生，如何演變"，在朱先生看來，這是研究中國文學批評史的正途，更切實可靠，也更有學術價值。在《評郭紹虞〈中國文學批評史〉上卷》中，朱自清先生稱："郭君還有一個基本的方法，就是分析意義，他的書的成功，至少有一半是在這裏。例如'文學''神''氣''文筆''道''貫道''載情'這些個重要術語，最是纏夾不清；書中都按著它們在各個時代或各家學説裏的關係，仔細辨析它們的意義。懂得這些個術語的意義，才懂得一時代或一家的學説。"所以借考證特定術語的生成與演變，來"辨章學術，考鏡源流"，這對於中國學者來説，實在是"老樹新花"。我們所做的考釋即在繼承前輩學者的基礎上，講求扎實周密的考據和追求系統的理論歸納和提煉。

　　孫超　原來"術語"解讀是回到中國本土立場去研究中國古代小説文體的關鍵一環。目前，您對中國古代小説文體文法術語的相關考釋成果已在學界產生了深刻的影響，形成了富有活力的學術增長點。例如您近年發表在《文學遺産》上的《"叙事"語義源流考》，不僅被廣泛徵引、轉載，還獲評上海市社聯"2018年度十大推介論文"、上海市第十五屆哲學社會科學優秀成果獎。您能以此文爲例具體談談小説術語解讀需要注意的問題嗎？

譚帆　對於小説術語的解讀大致要注意兩個問題：一是要有問題意識。對術語的選擇既要有學術性，又要具備學術研究的現實需求。比如"叙事"，何謂"叙事"？浦安迪謂："'叙事'又稱'叙述'，是中國文論裏早就有的術語，近年來用來翻譯英文'narrative'一詞。""當我們涉及'叙事文學'這一概念時，所遇到的第一個問題就是：什麽是叙事？簡而言之，叙事就是'講故事'。"然則這一符合"narrative"的解釋是否完全適合傳統中國語境中的"叙事"？或者説，"叙事"在傳統中國語境中是否真的僅是"講故事"？更爲值得注意的是，在"叙事"與"narrative"的語詞對譯中，起支配地位和作用的明顯是後者，如浦安迪所云："我們在這裏所研究的'叙事'，與其説是指它在《康熙字典》裏的古文，毋寧説是探索西方的'narrative'觀念在中國古典文學中的運用。"（浦安迪著：《中國叙事學》，北京大學出版社 1996 年）這種語詞對譯中的"霸權"無疑會損害語詞各自的準確性，進而影響研究的深入開展和合理把握。故解讀"叙事"是爲了探尋古代小説的特性。二是要充分占有史料，並在對史料作出詳細梳理的基礎上揭示其在中國古代的實際內涵。還以"叙事"爲例，通過考辯，我們認爲，"叙事"內涵在中國古代絶非單一的"講故事"可以涵蓋，這種豐富性既得自"事"的多義性，也來自"叙"的多樣化。就"事"而言，有"事物""事件""事情""事由""事類""故事"等多種內涵；而"叙"也包含"記録""叙述""羅列""説明"等多重理解。對"叙事"的狹隘理解是 20 世紀以來形成的，並不符合"叙事"的傳統內涵，與"叙事"背後蘊含的文本和思想更是相差甚遠。尤其在對中國古代小説的認識上，"叙事"理解的狹隘直接導致了認識的偏差，這在筆記體小説的研究中表現尤爲明顯。"叙事"語義的古今差異非常之大，所以"叙事"與"narrative"的對譯實際"遮蔽"了"叙事"的豐富內涵，而釐清"叙事"的古今差異正是爲了更好地把握中國古代文學尤其是古代小説的自身特性。

孫超 近年來，中國文體學研究日趨興盛，尤其是詩文文體相關研究的高水平成果不斷涌現。相比之下，中國古代小説文體研究的成果整體偏弱。針對這一現狀，您和您的團隊推出了包括《中國古代小説文體研究書系》在內的一系列成果，從"術語""歷史""史料"三個維度立體呈現出小説文體在中國悠久歷史語境中的"本然狀態"，這對重新認識中國小説史將産生重要影響。我想進一步請教的是，能否簡單評價一下中國古代小説文體研究的現狀和未來發展之路徑？

譚帆 中國古代小説文體研究在學術界已延續多年，成果也比較豐富，但如石昌渝先生《中國小説源流論》（生活·讀書·新知三聯書店 1994 年）、林崗先生《口述與案頭》（北京大學出版社 2011 年）這樣有影響的論著還不多，突破性的成果更爲罕見。個中原因很多，其中最爲重要的或許還是兩個老生常談的問題——小説觀念的偏狹，及由此引發的對小説文本的遮蔽。對於"小説"，對於"叙事"，我們持有的仍然是 20 世紀以來經西學改造的觀念，由此，大量的小説文本尤其是筆記體小説文本迄今没有進入研究視野。故小説文體研究要得到發展，觀念的開放、文本的完善和史料的輯録仍然是居於前列的重要問題。

三、中國小説評點研究再出發

孫超 2021 年年底，您第二個國家社科基金重大項目"中國小説評點史及相關文獻整理與研究"立項。衆所周知，您從事古代小説研究的第一個陣地就是評點，由您的博士論文修訂而成的《中國小説評點研究》早已成爲該領域的名著。如今，您再次將目光聚焦於中國小説評點是基於怎樣的考慮？能否把小説評點研究推向一個新的境界？

譚帆 小説評點研究約始於 19 世紀末，至今歷一百二十餘年，可分爲四個時期，分別以 1950 年、1980 年和 2000 年爲節點，其中近二十年是小説評點研究成果最豐碩的時期。近二十年來，小説評點研究可概括爲“批評史背景下的理論研究”“文章學觀照下的文法研究”和“文化史視野下的綜合研究”三種思路。但檢討小説評點研究史，包括我本人的研究，尚有諸多缺憾，也有許多“誤判”。如小説評點史的缺失、文言小説評點研究的冷落、對小説傳播最具影響力的“文本批評”被忽略等。未來的小説評點研究應該關注這些問題，並在基礎研究、理論研究和歷史研究等方面不斷開拓新域。所以重新研究小説評點確實如你所説，是希望能把小説評點研究推向一個新的境界。

比如對文言小説評點的認識，我以往曾作過這樣的評判：“中國古代小説由文言小説和白話小説兩大門類所構成，小説評點則主要就白話小説而言。雖然小説評點之肇始——署爲劉辰翁評點的《世説新語》是文言小説，清代《聊齋志異》亦有數家評點。但一方面，明清兩代的文言小説在整體上已無力與白話小説相抗衡，其數量和品質都遠遜於白話小説。同時，小説評點在明萬曆年間的萌興從一開始就帶有明顯的商業意味，在某種程度上可看作是白話小説在其流傳過程中的一種‘促銷’手段。因此，哪一種小説門類能夠擁有最多的讀者，在一定程度上也便成了小説評點的存在依據。”（《中國小説評點研究》，華東師範大學出版社 2001 年，第 13—14 頁）現在看來，這一段評述對文言小説及其評點的認識有明顯誤差。文言小説評點同樣源遠流長，同樣作品繁多，也同樣有優秀的評點作品。再如以往的小説評點研究對晚清民初的小説評點也有評價不高、重視不夠的缺陷；實際上，晚清民初的報刊小説評點還是非常興旺的，不僅數量龐大，據初步統計，短短十餘年的報刊小説評點竟達近兩百種；而且由於媒介的變化（報刊）和評點者身份的變化（報人），此時期的小説評點與傳統小説評點無論是形式還是内涵都有很大的不同，值得加以發掘和評判。

孫超　您一向以觀念、方法和視角的新穎蜚聲古代文學研究界，如今中國小説評點研究再出發，您將在前期研究的基礎上尋求哪些方面的突破？有哪些獨特的思路可以和大家分享？

譚帆　"再出發"，這個語詞很好，也很切合我們的研究計畫和研究目的。小説評點研究的確看似熱鬧，但提升的空間還很大，且絕大部分還是基礎性的缺失。如至今還没有一部完整的中國小説評點史，也没有一部系統的中國小説評點總目提要，致使小説評點的歷史和"家底"至今未明。爲此，我們擬在三個方面有所突破：

第一，加强小説評點的理論研究。在現有研究的基礎上，從三個方面推進小説評點的理論研究：其一，拓寬思路，跳出小説評點研究的自身格局和狹隘範圍，在更高更寬的理論視野中評價和闡釋小説評點之内涵，尤其要加强叙事理論的本土化研究。其二，加强對小説評點的形式研究，探討小説評點的形式之源。釐清小説評點與傳統經典注疏、章句之關係，小説評點與經義、八股之關係，小説評點與詩文、戲劇評點之關係，以及白話小説評點與文言小説評點之關係等，從而揭示小説評點獨特的批評内涵及形成機制。其三，加强作爲一種"文化現象"的小説評點研究。廣泛探討小説評點與社會文化之間的關係，同時加强作爲思想載體的小説評點研究，挖掘小説評點的思想意義，展現小説評點的思想文化屬性。

第二，强化小説評點的歷史研究。小説評點的歷史研究首要的是要夯實基礎，對小説評點史采用多視角、多類型的研究。如小説評點的編年史、小説評點的斷代史、小説評點的形態史、經典小説的評點史、"評改一體"的編創史等。在此基礎上，結合以往小説評點研究中成果比較豐富的理論史和文法史，撰寫系統、完整的中國小説評點史。

第三，完善小説評點的基礎研究。小説評點的基礎研究仍然是一個薄弱環節，所以小説評點研究要得到發展，一些基礎性的工作需要完善。

（一）全面清理小説評點總目，編纂小説評點總目提要。（二）全面梳理小説評點者的生平經歷，編纂系統的小説評點者小傳。（三）系統梳理小説評點研究史，包括整理研究總目，梳理從古至今有關小説評點的評論和研究文獻；展示小説評點研究的脈絡、特色和成就。（四）稀見小説評點本的整理。搜集"稀見"小説評點本，包括稿本、抄本、刻本等。

　　孫超　從您的介紹來看，研究思路非常清晰，您的總體研究思路和意圖也一以貫之，即構建體系完備、真正"中國的"小説評點研究格局。您能具體談談項目的工作重點嗎？

　　譚帆　本項目力求在回顧總結前人研究的基礎上，補足 20 世紀以來小説評點研究的缺憾和突破現有小説評點研究的格局。對此，我們將圍繞如何系統完整地呈現中國小説評點的歷史進程，如何創新中國小説評點研究的學術視域和理論方法，如何還原小説評點原有的本體存在和文化語境，最終建構中國小説評點史。我們希望通過深入細緻的研究，能在歷史研究和文獻整理兩個方面整體提升中國小説評點研究的學術水準。項目的最終成果擬定爲：《中國小説評點史》（上下卷）、《歷代小説評點總目提要》、《稀見中國小説評點本叢刊》和《中國小説評點研究史述論》等，以上諸書構成一個系列："小説評點研究書系"。

　　孫超　譚老師，通過研讀您二十餘年小説研究的主要論著，我發現綜合融通的學術視野、擅長理論思辨和體系建構是您突出的研究特色；而該特色的形成又是以大量的文獻勾稽、細緻的術語考釋爲基礎。對於您的研究個性，我感到陳平原先生在《中國古代小説文體文法術語考釋》的序中的評價比較到位，他認爲該書的最大特色是將批評史、文體史、學術史三種視野合而爲一。在我看來，這個評價雖然是針對《考釋》一書，實際上也可視爲您小說研究的一個總體特性。這種綜合融通的學術視野使您踏上了治中國小說史的通衢大道,經過二十餘年的不懈努力,您在小說研究方面已經形成了自己的研究風格,凸顯了自身的研究價值。今天的訪談,我也收穫良多。謝謝您!

（原載《明清小說研究》2023 年第 1 期,略有刪節）

附録二
中國古代小説文體研究論著簡目

1. 別士:《小説原理》,《繡像小説》1903 年第 3 期

2. 章炳麟:《洪秀全演義序》,《洪秀全演義》, 香港中國日報社 1908 年

3. 管達如:《説小説》,《小説月刊》1912 年第 5—11 期

4. 周作人:《古小説鉤沉序》,《越社叢刊》第一集 1912 年

5. 成之:《小説叢話》,《中華小説界》1914 年第 1—8 期

6. 顛公:《小説平話起于宋代》,《文藝雜誌》1915 年 1 期

7. 張静廬:《小説的定義與性質》,《中國小説史大綱》卷一, 泰東圖書局 1920 年

8. 魯迅:《唐傳奇體傳記》(上、下),《小説史大略》八、九, 北京大學國文系教授會油印本, 1920 年

9. 郭希汾:《譚詞小説》,《中國小説史略》第四章, 中國書局 1921 年

10. 魯迅:《史家對於小説之著録及論述》《宋之話本》,《中國小説史略》第一篇、第十二篇, 北京大學新潮社 1923 年

11. 魯迅:《唐之傳奇文》(上、下),《唐之傳奇集及雜俎》,《宋之志怪及傳奇文》,《中國小説史略》第八篇、第九篇、第十篇、第十一篇, 北京大學新潮社 1923 年 12 月至 1924 年 6 月

12. 魯迅:《宋民間之所謂小説及其後來》, 1924 年《晨報五周年紀念特刊》

13. 舒嘯:《小説的略史與歷代史家的觀念》,《小説世界》1924 年 6 期

14. 劉永濟：《説部流別》，《學衡》1925 年第 40 期

15. 周樹人：《唐宋傳奇集序例》，《北新半月刊》第一卷第 51、52 號，1927 年 10 月

16. 范煙橋：《小説演進時期》，《中國小説史》第四章，（蘇州）秋葉社 1927 年

17. 魯迅：《稗邊小綴》，《唐宋傳奇集》（下册），（上海）北新書局 1928 年 2 月

18. 姚恨石：《〈漢書·藝文志〉以小説爲一家》，《北京益世報》1928 年 9 月 2 日

19. 楊鴻烈：《什麽是小説》，《中國文學雜論》，上海亞東圖書館 1928 年

20. 胡懷琛：《中國小説實質上之分類及研究》《中國小説形式上之分類及研究》，《中國小説研究》第一章、第二章，商務印書館 1929 年

21. 汪辟疆：《唐人小説·序·叙例》，《〈傳奇〉叙録》，神州國光社 1929 年

22. 鄭振鐸：《中國文學的分類及其演化的趨勢》，《學生雜誌》第 17 卷第 1 號，1930 年 1 月

23. 孫楷第：《宋朝説話人的家數問題》，《學文》1930 年 1 期

24. 陳汝衡：《評話研究》，《史學雜誌》1931 年第 5、6 期合刊

25. 鄭振鐸：《明清二代的平話集》，《小説月報》1931 年 7、8 期

26. 汪辟疆：《唐人小説在文學上之地位》，《讀書雜誌》1931 年 6 月第一卷第 3 期

27. 陳子展：《章回小説》，《中國文學史講話》，（上海）光華書局 1932 年

28. 征農：《論章回體小説》，《文學問答集》（2 版），（上海）生活書店 1932 年

29. 姜亮夫：《唐代傳奇小説》，《青年界》1933 年 9 月第四卷第 4 期

30. 孫楷第：《"詞話"考》，《師大月刊》1933 年 10 期

31. 方世琨：《小説在唐代的傾向》,《文藝戰綫》1934 年第三卷第 1 、2 期

32. 煙橋：《宋人筆記與白話》,《珊瑚》1934 年第 6 期

33. 霍世休：《唐代傳奇文與印度故事》,《文學》（上海）1934 年 6 月第二卷第 6 期

34. 孫楷第：《小説專名考譯》,《師大月刊》1934 年 10 期

35. 胡懷琛：《唐人的傳奇》,《中國小説概論》第四章,（上海）世界書局 1934 年

36. 向達：《唐代俗講考》,《燕京學報》1934 年第 16 號

37. 胡懷琛：《中國小説的起源及其演變》, 正中書局 1934 年

38. 姜亮夫：《筆記淺説》,《筆記選》, 北新書局 1934 年

39. 胡懷琛：《中國古代對於小説二字的解釋》《古代所謂小説》《宋人的平話》,《中國小説概論》第一章、第二章、第四章, 世界書局 1934 年

40. 譚正璧：《唐代傳奇》,《中國小説發達史》第四章,（上海）光明書局 1935 年

41. 譚正璧：《宋元話本》,《中國小説發達史》第五章,（上海）光明書局 1935 年

42. 胡倫清：《傳奇小説選·序言》,（北京）正中書局 1936 年

43. 周潛：《論唐代傳奇》,《民鐘季刊》（廣州）1937 年 12 月第二卷第 4 期

44. 余嘉錫：《小説家出於稗官説》,《輔仁學志》1937 年 1、2 期

45. 周作人：《談筆記》,《文學雜誌》1937 年 5 月

46. 青木正兒：《文學諸體的發達》,《中國文學概論》第二章（二）, 開明書店 1938 年

47. 郭箴一：《中國小説之演變》,《中國小説史》第一章第三節, 商務

印書館 1939 年

48. 郭箴一：《唐始有意爲小説》，《中國小説史》第四章第一節，商務
印書館 1939 年

49. 王季思：《中國筆記小説略述》，《戰時中學生》1940 年 2 期

50. 趙景深：《南宋説話人四家》，《宇宙風乙刊》1940 年 9 月 16 日第
29 期

51. 葉君雲：《關於筆記》，《古今》1943 年第 29、30 期

52. 浦江清：《論小説》，《當代評論》1944 年 8、9 期合刊

53. 傅芸子：《俗講新考》，《新思潮》1946 年 1 卷 2 期

54. 關德棟：《談 "變文"》，《覺群週報》1946 年 1 卷 12 期

55. 周一良：《讀〈唐代俗講考〉》，《大公報》1947 年 2 月 8 日 "圖書週
報" 6 期

56. 關德棟：《略説 "變" 字來源》，《大晚報》1947 年 4 月 14 日 "通俗
文學" 25 期

57. 葉德均：《説 "詞話"》，《東方雜誌》1947 年第四十三卷四號

58. 盧冀野：《唐宋傳奇選·導言》，（上海）商務印書館 1947 年

59. 劉開榮：《傳奇小説勃興與古文運動、進士科舉及佛教的關係》，
《唐代小説研究》第二章，（上海）商務印書館 1947 年

60. 王鐘麟：《南宋説話人四家的分法》，《中國文化研究叢刊》1948 年
第 8 卷

61. 張政烺：《問答録與 "説參請"》，《中央研究院歷史語言研究所集
刊》1948 年 17 期

62. 蔣祖怡：《小説纂要》，正中書局 1948 年

63. 孫楷第：《讀變文·變文 "變" 字之解》，《現代佛學》1951 年第 10 期

64. 李嘯倉：《説話名稱解》《談宋人説話的四家》《釋銀字兒》，《宋元

伎藝雜考》，上海雜誌公司 1953 年

65. 白不初：《章回小説・八股文章》，《建設》1954 年第 11 期

66. 馬國藩：《批判胡適“文法的研究法”》，《文史哲》1955 年第 12 期

67. 吳小如：《古小説和唐人傳奇——中國小説講話之一》，《文藝學習》1955 年第 4 期

68. 吳小如：《古小説和唐人傳奇》，《中國小説講話及其他》，古典文學出版社 1956 年

69. 孫楷第：《俗講、説話與白話小説》，作家出版社 1956 年

70. 劉文典：《宋元人筆記》，《人文科學雜誌》1957 年第 1 期

71. 陸樹侖：《從“説話”談起》，《青島日報》1957 年 1 月 26 日

72. 程千帆：《宋代的説話》，《語文教學》1957 年第 6 期

73. 宋松筠：《傳奇小説與傳奇戲曲》，《語文教學通訊》1957 年第 7 期

74. 張恨水：《章回小説的變遷》，《北京文藝》1957 年第 10 期

75. 陳汝衡：《唐代説書》《北宋説書》《南宋説書》，《説書史話》第二章、第三章、第四章，作家出版社 1958 年

76. 李騫：《唐“話本”初探》，《遼寧大學學報》1959 年第 2 期

77. 北京大學中文系一九五五級中國小説史稿編輯委員會：《唐宋傳奇》，《中國小説史稿》第四章，人民文學出版社 1960 年

78. 陳幹：《什麼叫章回小説》，《中國青年報》1961 年 12 月 23 日

79. 胡士瑩：《南宋“説話”四家數》，《杭州大學學報》（哲學社會科學版）1962 年第 2 期

80. 路工：《唐代的説話與變文》，《民間文學》1962 年第 6 期

81. 程弘：《話説“平話”》，《光明日報》1962 年 9 月 6 日

82. 傅懋勉：《金聖歎論“那輾”》，《邊疆文藝》1962 年第 11 期

83. 王沂：《漫話“話本”》，《民主評論》1963 年 19 期

84. 劉大杰、章培恒：《金聖歎的文學批評》，《中華文史論叢》1963 年第 3 輯

85. 程毅中：《關於變文的幾點探索》，《文學遺産》1963 年增刊第 10 輯

86. 陸澹安：《小説詞語匯釋》，中華書局 1964 年

87. 孫楷第：《唐代俗講軌範與其本之體裁》《宋朝説話人的家數問題》《説話考》《詞話考》，《滄州集》卷一，中華書局 1965 年

88. 孟瑤：《中國小説史》，（臺北）文星書店 1966 年

89. 駒田信二：《中國小説概念》，《國文學》1966 年第 4 期

90. 羅錦堂：《中國小説概念的轉變》，《大陸雜誌》1966 年第 4 期

91. 雷威安：《“話本”定義問題簡論》，《東方》1968 年 “中國小説戲曲研究專號”

92. 富永一登：《六朝 “小説” 考：論殷芸 “小説”》，《中國中世文學研究》1976 年第 11 期

93. 〔日〕内山知也：《中國小説概念的産生和變遷》，《文學概念的變化》，日本遷國書刊行會 1977 年

94. 虞懷周：《釋 “平話”》，《語言文學》1978 年第 3 期

95. 魯德才：《中國古典小説藝術技巧瑣談》，《南開大學學報》1978 年第 3 期

96. 葉德均：《宋元明講唱文學》，《戲曲小説叢考》卷下，中華書局 1979 年

97. 胡士瑩：《“説話” 的起源和演變》《説話的家數》《話本的名稱》，《話本小説概論》第一章、第四章、第六章，中華書局 1980 年

98. 趙景深：《從話本到章回小説》，《教學通訊》（文科）1980 年第 2 期

99. 周楞枷：《裴鉶傳奇》，上海古籍出版社 1980 年

100. 馬幼垣、劉紹銘：《筆記、傳奇、話本、公案——綜論中國傳統短

篇小説的形式》，臺灣净宜文理學院編《中國古典小説研究專集》第二册，（臺北）聯經出版事業公司 1980 年

101. 吳志達：《史傳・志怪・傳奇——唐人傳奇溯源》，《武漢大學學報》（哲學社會科學版）1980 年第 1 期

102. 程毅中：《唐代小説瑣記》，《文學遺産》1980 年第 2 期

103. 譚正璧、譚尋：《明成化刊本説唱詞話述考》，《文獻》1980 年第 3、4 期

104. 吳德鐸：《雜話“話本”》，《讀書》1980 年第 4 期

105. 談鳳梁：《試論中國古代小説概念的演變》，《文藝論叢》1980 年第 10 期

106. 增田涉：《論“話本”的定義》，《中國古典小説研究專集》第三集，臺灣聯經出版事業公司 1981 年

107. 張鴻勳：《敦煌講唱文學的體制及類型初探——兼論幾種〈中國文學史〉有關提法的問題》，《天水師範學院學報》1981 年第 1 期

108. 馬幼垣、劉紹銘：《筆記、傳奇、變文、話本、公案：綜論中國傳統短篇小説的形式》，《中國古典小説研究專集》（1），臺灣：聯經出版事業公司 1981 年

109. 劉兆雲：《小説、筆記小説與〈世説〉》，《新疆大學學報》（哲社版）1981 年第 2 期

110. 黄進德：《“説話”史料辨證（二則）》，《揚州大學學報》（社科版）1981 年第 4 期

111. 胡士瑩：《“詞話”考釋》，《宛春雜著》，浙江人民出版社 1981 年

112. 談鳳梁：《試論唐傳奇小説的幾個特點》，《文藝論叢》1981 年 4 月第 13 輯

113. 吳志達：《唐人傳奇》，上海古籍出版社 1981 年

114. 吳小如：《釋“平話”》,《古典小説漫稿》,上海古籍出版社1982 年

115. 王慶菽：《宋代“話本”和唐代“説話”“俗講”“變文”“傳奇小説”的關係》,《甘肅社會科學》1982 年第 1 期

116. 黄進德：《“説話”探源》,《揚州大學學報》（社科版）1982 年第 1 期

117. 遲子：《我國小説概念的變遷及其源流》,《吉林大學社會科學學報》1982 年第 2 期

118. 周啓付：《談明成化刊本“説唱詞話”》,《文學遺産》1982 年第 2 期

119. 牛龍菲：《中國散韻相間、兼説兼唱之文體的來源——且談變文之“變”》,《敦煌學輯刊》1983 年創刊號

120. 王運熙、楊明：《唐代詩歌與小説的關係》,《文學遺産》1983 年第1 期

121. 張國光《金聖歎小説理論的綱領——〈讀“第五才子書”法〉評述》,《湖北大學學報》（哲社版）1983 年第 1 期

122. 姜耕玉：《草蛇灰綫　空谷傳聲——〈紅樓夢〉情節的藝術特色兼論情節主體》,《紅樓夢學刊》（154）1983 年第 3 期

123. 宋洪志：《敦煌變文三議》,《齊魯學刊》1983 年第 4 期

124. 陳年希：《試論明清小説評點派對我國古典小説美學的貢獻》,《上海師範學院學報》1983 年第 3 期

125. 辛蘭香：《欲避故犯、犯中求避——〈水滸傳〉塑造人物形象方法之一》,《水滸爭鳴》特輯,1983 年 6 月

126. 葛楚英：《目注彼處、手寫此處——金聖歎之藝術神經論》,《水滸爭鳴》特輯,1983 年 6 月

127. 王延才：《有法無法之間——古代關於藝術創作有無成法的認識》,《學術月刊》1983 年第 10 期

128. 蔡國梁:《從清人的評點看〈儒林外史〉的用筆》,《上海師範大學學報》(哲社版)1984 年第 1 期

129. 余三定:《犯之而後避之:古代小説理論劄記》,《語文園地》1984 年第 1 期

130. 梁歸智:《草蛇灰綫,在千里之外:談〈紅樓夢〉的一個創作特色》,《名作欣賞》1984 年第 2 期

131. 葛楚英:《"拽之通體俱動":金聖歎評〈水滸傳〉的細節描寫》,《孝感師範專科學校學報》1984 年第 2 期

132. 季步勝:《犯中求避　各呈異彩——〈紅樓夢〉重複手法試探》,《江蘇大學學報》(高教研究版)1984 年第 3 期

133. 吕揚:《試論"避"與"犯"》,《柳泉》1984 年第 6 期

134. 劉葉秋:《略談古小説》,《光明日報》1984 年 7 月 3 日

135. 羅德榮:《爲金聖歎"草蛇灰綫"法一辯》,《天津師大學報》1985 年第 2 期

136. 魯德才:《中國古代小説處理空間的藝術》,《明清小説研究》1985 年第 2 輯

137. 沈繼常、錢模祥:《但明倫論作文之要在於"立胎"——〈聊齋志異〉"但評"研究之一》,《明清小説研究》1985 年第 2 期

138. 馬成生:《我國古典作家論小説技巧》,《文史哲》1985 年第 4 期

139. 胡大雷:《論唐人對小説本質的全面把握》,《廣西師大學報》1985 年第 4 期

140. 李時人:《"説唱詞話"和〈金瓶梅詞話〉》,《復旦學報》(社科版)1985 年第 5 期

141. 吴新生:《漢代小説概念辨析》,《天津師範大學學報》(社科版)1985 年第 6 期

142. 王枝忠：《説唐人“始有意爲小説”》，《社會科學研究》1985 年第 6 期

143. 羅德榮：《“傳奇”一辭的含義與衍變》，《文史知識》1985 年第 6 期

144. 郭邦明：《草蛇灰綫　拽之俱動：談古典優秀長篇小説的一個創作特點》，《寫作》1985 年第 12 期

145. 王永健：《明清小説“讀法”芻論》，《明清小説研究》1985 年第二輯

146. 魯德才：《〈水滸傳〉的叙事藝術》，《水滸爭鳴》1985 年第四輯

147. 陳文申：《關於“説話”四家和合生》，《中國古典小説戲曲論集》，上海古籍出版 1985 年

148. 李宗爲：《唐人傳奇》，中華書局 1985 年

149. 劉葉秋：《歷代筆記摭談》，《古典小説筆記論叢》，南開大學出版社 1985 年

150. 黄霖：《萌芽狀態的小説論》，《古小説論概觀》“縱觀篇”，上海文藝出版社 1986 年

151. 李時人：《“詞話”新證》，《文學遺産》1986 年第 1 期

152. 馬成生：《著文章之美，傳要妙之情——略説唐代小説家的小説觀》，《北方論叢》1986 年第 1 期

153. 王枝忠：《志怪·傳奇·志異——文言小説流變述略》，《寧夏教育學院學報》1986 年第 1 期

154. 趙景瑜：《關於“奇書”與“才子書”》，《山西大學學報》（哲社版）1986 年第 2 期

155. 曲金良：《“變文”名實新辨》，《敦煌研究》1986 年第 2 期

156. 孫遜：《中國小説批評的獨特方式——古典小説評點略述》，《文史知識》1986 年第 2 期

157. 張載軒：《談金聖歎的“〈水滸〉文法”》，《淮陰師範專科學校學

報》1986 年第 3 期

158. 林文山:《白描手法在〈金瓶梅〉〈紅樓夢〉中的運用》,《河北學刊》1986 年第 4 期

159. 李燃青:《論毛宗崗的小説美學》,《寧波師院學報》(社科版) 1986 年第 4 期

160. 翟建波:《略論金聖歎對於〈水滸傳〉文法的評點》,《人文雜誌》1986 年第 5 期

161. 陳果安:《小説懸念常見類型及特點——讀書劄記之二》,《中山大學研究生學刊》(社科版) 1986 年

162. 熊發恕:《中國古代小説概念初探》,《康定民族師範高等專科學校學報》1987 年

163. 皮述民:《宋人"説話"分類的商榷》,《北方論叢》1987 年第 1 期

164. 張志合:《談先秦兩漢時期人們對小説的認識》,《許昌師專學報》(社科版) 1987 年第 2 期

165. 羅憲敏:《〈紅樓夢〉的"特犯不犯"藝術》,《紅樓夢學刊》1987 年第 4 期

166. 郭邦明:《犯而能避　無一人一樣　無一事合掌:談優秀古典長篇小説的一個創作特色》,《寫作》1987 年第 6 期

167. 李慶榮:《"無數小文字都有一丘一壑之妙"——〈水滸〉(七十一回本) 布局結構與藝術構思瑣談》,《水滸爭鳴》第五輯, 武漢大學出版社 1987 年

168. 吳柏森:《"染葉襯花"及其他——析金聖歎關於〈水滸〉次要人物描寫的評論》,《水滸爭鳴》第五輯, 武漢大學出版社 1987 年

169. 劉葉秋:《略談歷代筆記》,《天津社會科學》1987 年第 5 期

170. 楊志明:《宋人"説話四家"再審議》,《藝譚》1987 年第 6 期

171. 程毅中：《論唐代小説的演進之迹》，《文學遺産》1987 年第 5 期

172. 王枝忠：《關於唐代傳奇和話本的比較研究》，《社會科學》1987 年第 5 期

173. 饒宗頤：《秦簡中“稗官”及如淳稱魏時謂“偶語爲稗”説——論小説與稗官》，《饒宗頤 20 世紀學術文集》卷三，（臺北）新文豐出版股份有限公司 1988 年

174. 大中：《宋人“説話”究爲幾家》，《上海師範大學學報》（哲社版）1988 年第 1 期

175. 王先霈、周偉明：《小説觀念的突進》，《明清小説理論批評史》第一章，花城出版 1988 年

176. 談鳳梁：《小説的概念》，《中國古代小説簡史》第一章第一節，江蘇教育出版社 1988 年

177. 吳新生：《由“輔教”到“示人”——唐人小説觀念的一個根本性轉變》，《吕梁教育學院學報》1988 年第 1 期

178. 蔡景康：《論“傳神”》，《明清小説研究》1988 年第 3 期

179. 方勝：《論“以文爲戲”——明清小説理論研究劄記》，《明清小説研究》1988 年第 1 期

180. 翠麗：《小説的概念》，《江西圖書館學刊》1988 年第 3 期

181. 劉葉秋：《稗官小説與野史雜記》，《文史知識》1988 年第 3 期

182. 施蟄存：《説“話本”》，《文史知識》1988 年第 10 期

183. 陳桂聲：《張竹坡〈金瓶梅〉批評三則淺析》，劉輝、杜維沫編《金瓶梅研究集》，齊魯書社 1988 年

184. 朱迎平：《什麽是唐傳奇？——唐傳奇的體制特徵及其淵源》，《文史知識》1988 年第 3 期

185. 曲金良：《變文的講唱藝術——轉變考略》，《敦煌學輯刊》1989 年

第 2 期

186. 王齊洲：《中國古小説概念的發生與演變》,《長江大學學報》（社會科學版）1989 年第 3 期

187. 張錦池：《〈大唐三藏取經詩話〉“説話”家數考論——兼談宋人“説話”分類問題》,《學術交流》1989 年第 3 期

188. 段國超：《論子部小説》,《信陽師範學院學報》（哲社版）1989 年第 3 期

189. 侯忠義：《唐五代小説（上）》,《中國文言小説史稿》, 北京大學出版社 1990 年

190. 程毅中：《唐代傳奇的興起》,《唐代小説史話》第二章, 文化藝術出版社 1990 年

191. 陳文新：《論唐人傳奇的文體規範》,《中州學刊》1990 年第 4 期

192. 方正耀：《朦朧的小説觀念》,《中國小説批評史略》, 中國社會科學出版社 1990 年

193. 蕭欣橋：《關於“話本”定義的思考——評增田涉〈論“話本”的定義〉》,《明清小説研究》1990 年第 1 期

194. 季稚躍：《金聖歎與紅樓夢脂批》,《紅樓夢學刊》1990 年第 1 期

195. 褚斌傑：《略述中國古代的筆記文》,《煙臺大學學報》（哲社版）1990 年第 2 期

196. 張兵：《話本的定義及其他》,《蘇州大學學報》（哲社版）1990 年第 4 期

197. 董乃斌：《從史的政事紀要式到小説細節化——論唐傳奇與小説文體的獨立》,《文學評論》1990 年第 5 期

198. 張兵：《擬話本三題》,《復旦學報》（社科版）1990 年第 5 期

199. 蔡鐵鷹：《宋話本“小説”家數釋名》,《杭州師範學院學報》（社

科版）1990 年第 5 期

　　200. 陳文新：《論唐人傳奇之"奇"》,《江漢論壇》1990 年第 11 期

　　201. 薛振東：《歷史、歷史演義、歷史小説》,《歷史教學問題》1990 年第 5 期

　　202. 王驤：《也談"變相""變文"的"變"》,《江蘇大學學報》（高教研究版）1991 年第 1 期

　　203. 羅憲敏：《〈水滸傳〉的"犯之之法"與"避之之法"》,《中國文學研究》1991 年第 1 期

　　204. 孟祥榮：《唐代小説二題》,《文學遺産》1991 年第 1 期

　　205. 程毅中：《略談筆記小説的含義和範圍》,《古籍整理研究學刊》1991 年第 2 期

　　206. 閻增山：《班固"小説觀"之我見》,《貴州文史叢刊》1991 年第 3 期

　　207. 嚴雲受：《金聖歎的小説創作論》,《安慶師範學院學報》1991 年第 3 期

　　208. 陳炳熙：《論古代文言小説的筆記性》,《齊魯學刊》1991 年第 5 期

　　209. 徐安懷：《論演義與小説之關係》,《四川師範大學學報》（社科版）1991 年第 6 期

　　210. 徐君慧：《小説一辭的歷史變更》,《中國小説史》第一章第一節,廣西教育出版 1991 年

　　211. 俞爲民：《張竹坡的〈金瓶梅〉結構論》,《金瓶梅研究》第二輯,江蘇古籍出版社 1991 年

　　212. 姜東賦：《中國小説觀的歷史演進》,《天津師範大學學報》（社科版）1992 年第 1 期

　　213. 錢倉水：《小説類名考釋》（三則）,《淮陰師範學院學報》（哲社版）1992 年第 1 期

214. 李學文:《凝情輔墨　精巧設技——〈新譯紅樓夢〉回批對寫作技法的研究》,《陰山學刊》1992 年第 1 期

215. 李太林:《"因麒麟伏白首雙星"和"間色法"》,《晉中師範高等專科學校學報》1992 年第 2 期

216. 黃元:《"衆賓拱主"法》,《長沙理工大學學報》(哲社版) 1992 年第 3 期

217. 董國炎:《對中國叙事文學理論的重新認識——金聖歎文法論綱》,《山西大學學報》(哲社版) 1992 年第 3 期

218. 吳新生:《由"輔教"到"示人"——唐人小説觀念的一個轉變》,《復旦學報》1992 年第 5 期

219. 陳洪:《走出渾沌——"小説"概念之源流變遷》,《中國小説理論史》第一章, 安徽文藝出版社 1992 年

220. 張兵:《説"話本"》,《話本小説史話》, 遼寧教育出版社 1992 年

221. 陳果安:《金聖歎的小説技法論》,《湖南師範大學學報》1993 年第 1 期

222. 歐陽健:《脂批"文法"辨析》,《海南師範學院學報》(社科版) 1993 年第 2 期

223. 段啓明:《試説古代小説的概念與實績》,《明清小説研究》1993 年第 4 期

224. 蔣凡:《韓愈、柳宗元的古文"小説"觀》,《學術月刊》1993 年第 12 期

225. 吳禮權:《中國筆記小説史·導論》商務印書館 1993 年

226. 李劍國:《唐稗思考録》,《唐五代志怪傳奇叙録》, 南開大學出版社 1993 年;《唐五代志怪傳奇叙録》(增訂本), 北京: 中華書局, 2017 年

227. 石昌渝:《"小説"界説》,《文學遺產》1994 年第 1 期

228. 石麟：《章回小説通論》，中州古籍出版社 1994 年

229.〔法〕雷威安：《唐人“小説”》，《文學遺産》1994 年第 1 期

230. 朱鐵年：《中國古代文學批評中的“法”》，《河南電大學報》1994 年第 4 期

231. 于華：《無限風光在險峰——明清小説“步步登高式”正襯技法談》，《閲讀與寫作》1994 年第 8 期

232. 崔宜明：《論莊子的言説方式——重釋“卮言、寓言、重言”》，《江蘇社會科學》1994 年第 3 期

233. 王小盾：《敦煌文學與唐代講唱藝術》，《中國社會科學》1994 年第 3 期

234. 黃烈芬：《〈莊子〉“寓言”辨》，《孔子研究》1994 年第 4 期

235. 陳午樓：《舊事重提説“話本”》，《讀書》1994 年第 10 期

236. 吳志達：《唐人小説發展概貌》，《中國文言小説史》第二編第一章，齊魯書社 1994 年

237. 石昌渝：《小説概念》《小説家與傳統目録學家的分歧》《“説”與“俗講”》《傳奇小説》，《中國小説源流論》第一章第一節、第四章、第五章第一節，三聯書店 1994 年

238. 董乃斌：《唐傳奇與小説文體的獨立》（上、下），《中國古典小説的文體獨立》第五章、第六章，中國社會科學出版社 1994 年

239. 吳志達：《對“小説”名稱的界説》，《中國文言小説史》第一章，齊魯書社 1994 年

240. 歐陽代發：《話本小説釋名》，《話本小説史》第一章第二節，武漢出版社 1994 年

241. 董乃斌：《中國古典小説的文體獨立》，中國社會科學出版社 1994 年

242. 施蟄存：《説“話本”》,《文藝百話》，華東師範大學出版社1994年

243. 朱鐵年：《再論中國古代文學批評中的“法”》,《河南電大學報》1995年第1期

244. 梅慶吉：《“正筆”與“閑筆”——金聖歎美學思想研究之七》,《黑龍江社會科學》1995年第2期

245. 寧宗一：《小説觀念學》,《中國小説學通論》第一編，安徽教育出版社1995年

246. 袁惠聰：《“小説”概念的歷史演進與分化凝結》,《内蒙古師範大學學報》（教科版）1995年第1期

247. 張兵：《“説話”溯源》,《復旦學報》（社科版）1995年第3期

248. 李忠明：《漢代“小説家”考》,《南京師大學報》（社科版）1996年第1期

249. 卜松山：《中國文學藝術中的“法”與“無法”》,《東南文化》1996年第1期

250. 慶志遠：《簡論〈三國演義〉中法的觀念》,《開封教育學院學報》1996年第2期

251. 王國健：《論金聖歎小説“文法”論的文學意義》,《華南師大學報》1996年第2期

252. 高思嘉：《唐宋“説話”的演變》,《四川師範大學學報》（哲社版）1996年第2期

253. 魏家駿：《小説爲什麽被叫做“小説”？——小説概念的詞源學和語義學考察》,《淮陰師範學院學報》（哲社版）1996年第3期

254. 劉興漢：《對“話本”理論的再審視——兼評增田涉〈論“話本”的定義〉》,《社會科學戰綫》1996年第4期

255. 張興璠:《中國古代的小説概念以及歷代古文家的"小説氣"之爭》,《蘇州科技學院學報》(社科版)1996 年第 5 期

256. 劉興漢:《南宋説話四家的再探討》,《文學遺産》1996 年第 6 期

257. 王恒展:《中國小説概念的由來與發展》,《中國小説發展史概論》第一章第一節, 山東教育出版社 1996 年

258. 王恒展:《傳奇小説》,《中國小説發展史概論》第五章第二節, 山東教育出版社 1996 年

259. 王志民:《"石五六鷁"和"畫家三染"——古典小説技法筆談》,《寫作》1997 年第 1 期

260. 林申清:《歷代目録中的"小説家"和小説目録》,《圖書與情報》1997 年第 2 期

261. 寧恢:《南宋説話四家研究評析》,《社科縱横》1997 年第 2 期

262. 胡繼瓊:《筆記與小説源流初探》,《貴州大學學報》(社科版)1997 年第 2 期

263. 張開焱:《中國古代小説概念流變與定位再思考》,《廣東職業技術師範學院學報》1997 年第 3 期

264. 劉春生:《金聖歎小説叙事技法論評述》,《國際關係學院學報》1997 年第 3 期

265. 海河:《一擊空谷　八方皆應——從脂評看〈紅樓夢〉的"補"法》,《安徽教育學院學報》1997 年第 4 期

266. 徐志嘯:《敦煌文學之"變文"辨》,《中國文學研究》1997 年第 4 期

267. 伏俊璉:《論"俗講"與"轉變"的關係》,《國家圖書館學刊》1997 年第 4 期

268. 王晶波:《從地理博物雜記到志怪傳奇——〈異物志〉的生成演變過程及其與古小説的關係》,《西北師大學報》1997 年第 4 期

269. 侯忠義：《隋唐五代小説史·緒論》，浙江古籍出版社 1997 年版

270. 張進德：《"傳奇"辨》，《古典文學知識》1998 年第 1 期

271. 徐漪平：《烘托法在諸葛亮形象塑造中的運用》，《集甯師專學報》1998 年第 1 期

272. 孫時彬：《"草蛇灰綫""伏脈千里"——試論張竹坡長篇小説藝術結構理論》，《函授教育》1998 年第 2 期

273. 張兵：《北宋的"説話"和話本》，《復旦學報》（社科版）1998 年第 2 期

274. 王齊洲：《論歐陽修的小説觀念》，《齊魯學刊》1998 年第 2 期

275. 童慶松：《〈漢書·藝文志〉的小説觀及其影響》，《圖書館學研究》1998 年第 3 期

276. 吳光正：《説話家數考辨補正》，《海南大學學報》（人文社科版）1998 年第 3 期

277. 吳懷東：《試論〈莊子〉"寓言"》，《學術界》1998 年第 3 期

278. 李天喜：《〈紅樓夢〉文法舉隅》，《孝感學院學報》1998 年第 3 期

279. 羅德榮：《小説敘事視角理論再思考——"叙法變換"與雙重描寫論辯》，《明清小説研究》1998 年第 4 期

280. 陳果安：《金聖歎論敘事節奏》，《中國文學研究》1998 年第 4 期

281. 王振良：《説話伎藝淵源考論》，《明清小説研究》1998 年第 4 期

282. 甯稼雨：《文言小説界限與分類之我見》，《明清小説研究》1998 年第 4 期

283. 童慶松：《明清史家對"小説"的分類及其相關問題》，《浙江學刊》1998 年第 4 期

284. 程毅中：《筆記與軼事小説》，《傳統文化與現代化》1998 年第 6 期

285. 陳果安：《金聖歎的閑筆論——中國敘事理論對非情節因素的系統

關注》,《湖南師範大學學報》（社科版）1998 年第 5 期

　　286. 周先慎:《古典小説的概念、範圍及早期形態》,《文史知識》1998
年第 10 期

　　287. 劉世德:《中國古代小説百科全書·前言》, 中國大百科全書出版
社 1998 年

　　288. 苗壯:《筆記小説史·緒論》, 浙江古籍出版社 1998 年

　　289. 薛洪勣:《什麽是傳奇小説》,《傳奇小説史》第一章第一節, 浙江
古籍出版社 1998 年

　　290. 劉世德:《中國古代小説百科全書》"傳奇" 條, 中國大百科出版
社 1998 年

　　291. 石麟:《話本小説通論》, 華中理工大學出版社 1998 年

　　292. 陳美林等:《章回小説史》, 浙江古籍出版社 1998 年

　　293. 羅書華:《章回小説的命名和前稱》,《明清小説研究》1999 年第 2 期

　　294. 潘建國:《"稗官" 説》,《文學評論》1999 年第 2 期

　　295. 孟昭連:《水滸傳評點中的小説技巧論》,《南開學報》1999 年第 2 期

　　296. 遲寶東:《金批〈水滸傳〉叙事技巧三題》,《海南師院學報》1999
年第 2 期

　　297. 林崗:《叙事文結構的美學觀念——明清小説評點考論》,《文學評
論》1999 年第 2 期

　　298. 王鐵:《獨具慧眼解真味——脂硯齋對〈紅樓夢〉創作秘法的揭
示》,《貴陽師專學報》（社科版）1999 年第 4 期

　　299. 張惠玲:《宋代 "説話" 家數平議》,《社科縱橫》1999 年第 4 期

　　300. 張曰凱:《畫神鬼易 畫人物難——〈紅樓夢〉脂評探秘一得》,《名
作欣賞》1999 年第 5 期

　　301. 羅寧:《小説與稗官》,《四川大學學報》（哲社版）1999 年第 6 期

302. 孫遜、潘建國：《唐傳奇文體考辨》，《文學遺産》1999 年第 6 期

303. 羅書華：《章回小説之“章回”考察》，《齊魯學刊》1999 年第 6 期

304. 潘建國：《佛教俗講、轉變伎藝與宋元説話》，《上海師範大學學報》（哲社版）1999 年第 9 期

305. 程毅中：《説話與話本》，《宋元小説研究》第八章，江蘇古籍出版社 1999 年

306. 梅維恒：《“變文”的含義》，《唐代變文》第三章，中國佛教文化出版有限公司 1999 年

307. 上海古籍出版社：《歷代筆記小説大觀·出版説明》，上海古籍出版社 1999 年

308. 侯忠義：《唐人傳奇》，春風文藝出版社 1999 年

309. 李劍平：《話本二題》，《欽州師範高等專科學校學報》2000 年第 1 期

310. 羅書華：《中國古代小説觀的對立與同一》，《社會科學研究》2000 年第 1 期

311. 王念選：《文學欣賞和創作中的“草蛇灰綫”法》，《殷都學刊》2000 年第 2 期

312. 潘國英：《説“變文”》，《湖州師範學院學報》2000 年第 2 期

313. 任遠：《“變文”辨》，《浙江師範大學報》（社科版）2000 年第 2 期

314. 張毅：《關於宋人“説話”的幾個問題》，《南開學報》（哲社版）2000 年第 3 期

315. 肖芃：《〈史通〉的散文觀與小説觀述評》，《湘潭師範學院學報》（社科版）2000 年第 4 期

316. 劉鳳泉：《先秦兩漢“小説”概念辨證》，《山西大學師範學院學報》2000 年第 4 期

317. 蕭欣橋：《話本研究二題》，《浙江學刊》2000 年第 5 期

318. 張智華:《筆記的類型和特點》,《江海學刊》2000 年第 5 期

319. 汪祚民:《〈漢書·藝文志〉之"小説"與中國小説文體確立》,《安慶師範學院學報》(社科版) 2000 年第 6 期

320. 劉立雲:《唐傳奇的文本特徵》,《四川師範大學學報》(社科版) 2000 年第 6 期

321. 紀德君:《20 世紀宋元平話的發現與研究》,《廣州師院學報》2000 年第 10 期

322. 周紹良:《唐傳奇簡説》,《唐傳奇箋證》, 人民文學出版社 2000 年

323. 程毅中:《宋元小説家話本集·前言》, 齊魯書社 2000 年

324. 陸永峰:《變文的内涵》,《敦煌變文研究》第一章, 巴蜀書社 2000 年

325. 潘承玉:《古代通俗小説之源: 佛家"論議""説話"考》,《復旦學報》(社科版) 2001 年第 1 期

326. 陳文新:《紀昀何以將筆記小説劃歸子部》,《山西師大學報》(社科版) 2001 年第 1 期

327. 梁歸智:《草蛇灰綫之演繹——由清代人兩段點評窺探〈紅樓夢〉之境界》,《紅樓夢學刊》2001 年第 1 輯

328. 孫遜、趙維國:《"傳奇"體小説衍變之辨析》,《上海師範大學學報》(哲社版) 2001 年第 1 期

329. 韓雲波:《劉知幾〈史通〉與"小説"觀念的系統化——兼論唐傳奇文體發生過程中小説與歷史的關係》,《西南師範大學學報》(人文社科版) 2001 年第 2 期

330. 劉登閣:《中國小説觀的文化坐標系》,《中國人民大學學報》2001 年第 3 期

331. 范勝田:《古代小説藝術技法三題》,《閲讀與寫作》2001 年第 3 期

332. 江海鷹:《史傳理論:"白描"的另一種淵源》,《華南師範大學學報》(社科版)2001 年第 3 期

333. 周虹:《"極微"觀和"那碾"法——金聖歎評點小説戲曲的修辭方法論》,《上海財經大學學報》2001 年第 4 期

334. 閔虹:《白描與中國古典小説的人物塑造》,《山東教育學院學報》2001 年第 4 期

335. 張世君:《明清小説評點的書法入思方式》,《暨南學報》2001 年第 5 期

336. 李劍國:《早期小説觀與小説概念的科學界定》,《武漢大學學報》(人文科學版)2001 年第 5 期

337. 熊明:《六朝雜傳與傳奇體制》,《武漢大學學報》(人文科學版)2001 年第 5 期

338. 王慶華:《論〈漢書・藝文志〉小説家》,《内蒙古社會科學》(漢文版)2001 年第 6 期

339. 張世君:《中國古代小説評點空間叙事理論探微》,《廣州大學學報》2001 年第 7 期

340. 袁閭琨、薛洪勣:《唐宋傳奇總集・唐五代前言》,河南人民出版社 2001 年

341. 蔡鍾翔:《金聖歎的小説結構理論》,《水滸争鳴》第六輯,光明日報出版社 2001 年

342. 陳文新:《金聖歎論小説"文法"》,《水滸争鳴》第六輯,光明日報出版社 2001 年

343. 石麟:《金批〈水滸〉的人物塑造理論》,《水滸争鳴》第六輯,光明日報出版社 2001 年

344. 羅德榮:《金聖歎小説美學的成就與貢獻》,《水滸争鳴》第六輯,

光明日報出版社 2001 年

345. 孫望：《論小説之義界》,《南京師範大學文學院學報》2002 年第 1 期

346. 張世君：《明清小説評點山水畫概念析》,《學術研究》2002 年第 1 期

347. 張世君：《明清小説評點的空間連叙概念一綫穿》,《廣州大學學報》2002 年第 1 期

348. 吳華：《金聖歎論創作》(上),《保定師範專科學校學報》2002 年第 1 期

349. 羅德榮：《古代小説技法學成因及淵源探迹》,《明清小説研究》2002 年第 1 期

350. 石麟：《張竹坡批評〈金瓶梅〉寫作技巧探勝》,《湖北師範學院學報》(哲社版) 2002 年第 1 期

351. 趙元領：《金聖歎叙事理論的歷史淵源及其歷史地位》,《濟寧師範專科學校學報》2002 年第 2 期

352. 譚帆：《"演義"考》,《文學遺産》2002 年第 2 期

353. 李劍國：《先唐古小説的分類》,《古典文學知識》2002 年第 2 期

354. 劉立雲：《唐傳奇得名考》,《宜賓學院學報》2002 年第 3 期

355. 吳華：《金聖歎論創作》(下),《保定師範專科學校學報》2002 年第 3 期

356. 馮保善：《宋人説話家數考辨》,《明清小説研究》2002 年第 4 期

357. 劉宣如、劉飛：《莊子三言新論》,《南昌航空工業學院學報》(社科版) 2002 年第 4 期

358. 周承芳：《"班固小説觀"辨正》,《錦州師範學院學報》(哲社版) 2002 年第 4 期

359. 饒道慶：《〈紅樓夢〉脂評中的畫論術語探源》,《紅樓夢學刊》2002 年第 4 輯

360. 張世君：《一綫穿——一個本土的叙事概念》,《暨南學報》2002 年第 5 期

361. 景凱旋：《唐代小説類型考論》,《南京大學學報》(哲社版) 2002 年第 5 期

362. 孟昭連：《"小説"考辯》,《南開學報》2002 年第 5 期

363. 張世君：《明清小説評點的空間轉換概念——脱卸》,《西南師範大學學報》2002 年第 6 期

364. 張世君：《間架——一個本土的理論概念》,《學術研究》2002 年第 10 期

365. 王昕：《關於〈新編紅白蜘蛛小説〉和話本》,《話本小説的歷史與叙事》第一章第二節, 中華書局 2002 年

366. 羅小東：《話本的内涵》《"小説"概念的演化與話本小説的形成》,《話本小説叙事研究》第一章第一節、第二節, 學苑出版社 2002 年

367. 何華珍：《"小説"一辭的變遷》, 香港中國語文學會《語文建設通訊》第 70 期 (2002 年 5 月)

368. 饒道慶：《明清小説評點中畫論術語一覽：頰上三毛》,《明清小説研究》2003 年第 1 期

369. 羅寧：《論〈殷芸小説〉反映的六朝小説觀念》,《明清小説研究》2003 年第 1 期

370. 饒道慶：《點睛——明清小説評點中畫論術語一探》,《温州師範學院學報》2003 年第 2 期

371. 盧世華：《古代通俗小説觀念的起源：宋代説話之小説觀念》,《江漢大學學報》(人文科學版) 2003 年第 2 期

372. 陶敏、劉再華：《"筆記小説"與筆記研究》,《文學遺産》2003 年第 2 期

373. 羅寧：《中國古代的兩種小說概念》，《社會科學研究》2003 年第 2 期

374. 劉勇強：《一種小說觀及小說史觀的形成與影響——20 世紀 "以西例律我國小說" 現象分析》，《文學遺產》2003 年第 3 期

375. 羅寧：《論唐代文言小說分類》，《西南師範大學學報》（人文社科版）2003 年第 3 期

376. 丁峰山：《中國古代小說概念及類型辨析》，《福州大學學報》（哲社版）2003 年第 4 期

377. 譚光輝：《"白描" 源流論》，《張家口師專學報》2003 年第 4 期

378. 胡蓮玉：《再辨 "話本" 非 "說話人之底本"》，《南京師大學報》（社科版）2003 年第 5 期

379. 紀德君：《"按鑑" 與歷史演義文體之生成》，《文學遺產》2003 年第 5 期

380. 紀德君：《明代 "通鑑" 類史書之普及與 "按鑑" 通俗演義的興起》，《揚州大學學報》2003 年第 5 期

381. 譚帆：《"奇書" 與 "才子書" ——關於明末清初小說史上一種文化現象的解讀》，《華東師範大學學報》2003 年 6 期

382. 黃霖、楊緒容：《"演義" 辨略》，《文學遺產》2003 年 6 期

383. 鍾海波：《變文之 "變"》，《光明日報》2003 年 12 月 3 日

384. 蕭欣橋、劉福元：《話本小說史·導言》，浙江古籍出版社 2003 年

385. 張虹：《〈水滸傳〉敘事策略淺論》，《水滸爭鳴》第七輯，武漢出版社 2003 年

386. 李亦輝：《宋人 "說話" 四家數管窺》，《黑龍江教育學院學報》2004 年第 1 期

387. 李舜華：《"小說" 與 "演義" 的分野——明中葉人的兩種小說觀》，《江海學刊》2004 年第 1 期

388. 賴婉琴:《徵求異説　虛益新事——試從〈夷堅志〉論筆記小説的特點及成因》,《廣東廣播電視大學學報》2004 年第 1 期

389. 夏翠軍:《〈四庫全書總目〉小説類探析》,《山東圖書館季刊》2004 年第 1 期

390. 許并生:《"話本"詞義的演變及其與白話小説關係考論》,《明清小説研究》2004 年第 2 期

391. 郝明工:《"小説"考論》,《涪陵師範學院學報》2004 年第 2 期

392. 富世平:《變文與變曲的關係考論——"變文"之"變"的淵源探討》,《文學遺産》2004 年第 2 期

393. 樊寶英:《論金聖歎的細讀批評》,《齊魯學刊》2004 年第 2 期

394. 曹辛華:《論劉辰翁的小説評點修辭思想——以〈世説新語〉評點爲例》,《山東師範大學學報》(哲社版) 2004 年第 2 期

395. 王冉冉:《以論説文文法評點小説結構——金聖歎小説評點的一個本質特徵》,《華東師範大學學報》2004 年第 3 期

396. 張世君:《中西文學叙事概念比較》,《西南師範大學學報》2004 年第 3 期

397. 張世君:《明清小説評點章法概念析》,《暨南學報》2004 年第 3 期

398. 張稔穰:《明清小説評點中的"另類"——馮鎮巒、但明倫等對〈聊齋志異〉藝術規律的發掘》,《齊魯學刊》2004 年第 3 期

399. 俞曉紅:《釋"變"與"變文"》,《上海師範大學學報》(哲社版) 2004 年第 3 期

400. 凌碩爲:《論〈四庫全書總目提要〉的小説觀》,《江淮論壇》2004 年第 4 期

401. 彭知輝:《論章學誠的小説觀》,《山西師大學報》(社科版) 2004 年第 4 期

402. 葉崗:《〈漢志〉"小説"考》,《文學評論》, 2004 年第 4 期

403. 盧世華、石昌渝:《〈漢書·藝文志〉之"小説"的由來和觀念實質》,《中國社會科學院研究生院學報》2004 年第 4 期

404. 黃慧:《淺議那輾的叙事藝術》,《語文學刊》2004 年第 5 期

405. 夏惠績:《橫雲斷山的叙事功能》,《語文學刊》2004 年第 5 期

406. 曲原:《閑閑漸寫　意趣橫生——"月度回廊"法探微》,《語文學刊》2004 年第 9 期

407. 石昌渝:《中國古代小説總目·前言》, 山西教育出版社 2004 年

408. 蕭相愷:《文化的·傳説的·民間的: 中國文言小説的本質特徵——兼論文言小説觀念的歷史演進》,《中國文言小説家評傳·前言》, 中州古籍出版社 2004 年

409. 胡蓮玉:《關於"話本小説"概念的一些思考》,《明清小説研究》2005 年第 1 期

410. 李忠明:《中國古代小説概念的演變與小説文體的形成》,《明清小説研究》2005 年第 1 期

411. 孔祥麗:《淺談"烘雲托月"法》,《語文學刊》2005 年第 1 期

412. 胡晴:《〈紅樓夢〉評點中人物塑造理論的考察與研究之一》,《紅樓夢學刊》2005 年第 2 期

413. 高小康:《重新認識中國傳統"小説"概念的演變》,《南京師大學報》(社科版) 2005 年第 2 期

414. 王麗梅:《〈莊子〉"寓言""重言"和"卮言"正解》,《綏化學院學報》2005 年第 3 期

415. 翁筱曼:《"小説"的目録學定位——以〈四庫全書總目〉的小説觀爲視點》,《華南師範大學學報》(社科版) 2005 年第 3 期

416. 孫洛中:《張竹坡之〈金瓶梅〉"寓言"觀評説》,《濰坊學院學報》

2005 年第 3 期

417. 李明：《敦煌變文的名與實》，《北京工業大學學報》（社科版）2005 年第 3 期

418. 岳筱寧：《金聖歎情節技法摭談》，《語文學刊》2005 年第 3 期

419. 石麟：《書中之秘法亦複不少——〈紅樓夢〉脂批以"美文"評"作法"談片》，《銅仁師範專科學校學報》2005 年第 3 期

420. 顧宇：《論張竹坡批點〈金瓶梅〉之"時文手眼"》，《連雲港職業技術學院學報》2005 年第 3 期

421. 張世君：《中西叙事概念比較》，《國外文學》2005 年第 4 期

422. 羅寧：《從語詞小説到文類小説——解讀〈漢書·藝文志〉小説家序》，《天津大學學報》（社科版）2005 年第 4 期

423. 尚繼武、王敏：《宋"説話四家"研究論》，《南華大學學報》（社科版）2005 年第 4 期

424. 李軍均：《唐代小説觀的演進和傳奇小説文體的獨立》，《華中科技大學學報》（社科版）2005 年第 6 期

425. 苗懷明：《20 世紀中國古代小説概念的辨析與界定》，《廣州大學學報》（社科版）2005 年第 6 期

426. 師婧昭：《我國小説目録及小説概念的發展》，《中共鄭州市委黨校學報》2005 年第 6 期

427. 葉崗：《中國小説發生期現象的理論總結——〈漢書·藝文志〉中的小説標準與小説家》，《文藝研究》2005 年第 10 期

428. 顧青：《説"平話"》，中國社會科學院文學研究所中國古代小説研究中心編《中國古代小説研究》第一輯，人民文學出版社 2005 年

429. 石麟：《傳奇小説通論》，中州古籍出版社 2005 年

430. 陳衛星：《學説之别而非文體之分——〈漢書·藝文志〉小説觀探

原》,《天府新論》2006 年第 1 期

431. 楊菲:《稗官爲史之支流論》,《福建師範大學學報》(哲社版) 2006年第 1 期

432. 劉湘蘭:《從古代目録學看中國文言小説觀念的演變》,《江淮論壇》2006 年第 1 期

433. 周贇龍:《淺談中國古典長篇小説中的"草蛇灰綫"》,《國際關係學院學報》2006 年第 1 期

434. 李金松:《技巧即文學: 金聖歎的文學本體論》,《江西師範大學學報》(哲社版) 2006 年第 2 期

435. 盧世華:《從語義看元代"平話"觀念》,《江漢大學學報》(人文科學版) 2006 年第 3 期

436. 黄霖:《辨性質　明角度　趨大流——略談古代小説的分類》,《明清小説研究》2006 年第 3 期

437. 劉曉軍:《"按鑑"考》,《明清小説研究》2006 年第 3 期

438. 劉曉軍:《"章回體"稱謂考》,《上海大學學報》(哲社版) 2006年第 4 期

439. 陳麗媛:《論胡應麟的文言小説分類觀——兼及文言小説分類之發展流變》,《明清小説研究》2006 年第 4 期

440. 吴子林:《叙事成規: 金聖歎的"文法"理論》,《河北學刊》2006年第 5 期

441. 楊志平:《張新之〈紅樓夢〉"品"評論略》,《紅樓夢學刊》2006年第 5 輯

442. 何紅梅:《試論哈斯寶的"暗中抨擊之法"》,《山東教育學院學報》2006 年第 6 期

443. 廖群:《"説""傳""語": 先秦"説體"考索》,《文學遺產》2006

年第 6 期

444. 馮仲平：《金聖歎〈水滸〉評點的理論價值》,《學術論壇》2006 年
第 9 期

445. 王冉冉：《章法——論金聖歎小説評點的叙事學》,《古代文學理論
研究》第二十四輯, 2006 年 12 月

446. 王慶華：《論 "話本" —— "話本小説" 文體概念考辨》,《話本小
説文體研究》第一章, 華東師範大學出版社 2006 年

447. 林辰：《小説的概念——何謂小説》,《古代小説概論》上編, 春風
文藝出版社 2006 年

448. 林春虹：《金聖歎小説理論溯源》,《明清小説研究》2007 年第 1 期

449. 丁利榮：《虚空出生色相——從 "極微法" 理論看金聖歎小説評點
的佛學立場》,《湖北大學學報》(哲社版) 2007 年第 1 期

450. 劉漢光：《中國古代 "寓言" 的體式特徵與文化内涵》,《中文自學
指導》2007 年第 3 期

451. 甯稼雨：《六朝小説概念的 "Y" 走勢》,《山西大學學報》(哲社
版) 2007 年第 3 期

452. 王齊洲：《劉知幾與胡應麟小説分類思想之比較》,《江海學刊》2007
年第 3 期

453. 張稔穰：《馮鎮巒〈聊齋志異〉評點的理論建樹》,《蒲松齡研究》
2007 年第 3 期

454. 阮芳：《草蛇灰綫　伏脈千里——中國古典小説一種獨特的結構技
巧》,《湖北廣播電視大學學報》2007 年第 3 期

455. 孫偉科：《〈紅樓夢〉"筆法" 例釋》,《紅樓夢學刊》2007 年第 4 期

456. 袁魁昌：《金聖歎與叙事問題》,《棗莊學院學報》2007 年第 4 期

457. 張群：《中國古代的 "寓言" 理論及文體形態》,《黄岡師範學院學

報》2007 年第 4 期

　　458. 楊東甫：《説筆記》,《閲讀與寫作》2007 年第 4 期

　　459. 龍紅：《從大足石刻藝術看中國式佛經變相——兼論“變文”與“變相”及其相互關係》,《藝術百家》, 2007 年第 5 期

　　460. 閆立飛：《在史傳與小説之間——傳奇小説的文體與觀念》,《天津社會科學》2007 年第 5 期

　　461. 閆立飛：《歷史與小説的互文——中國小説文體觀念的變遷》,《明清小説研究》2007 年第 1 期

　　462. 蕭文：《“短書”立奇造異》,《文學遺産》2007 年第 5 期

　　463. 楊志平：《釋“大落墨”——以〈紅樓夢〉張新之評本爲中心》,《紅樓夢學刊》2007 年第 5 輯

　　464. 馬將偉：《“間架經營”：金評〈水滸傳〉中的空間結構觀念之考察》,《貴州社會科學》2007 年第 5 期

　　465. 陳才訓：《“閑筆”不閑：論古典小説中“閑筆”的審美功能》,《内蒙古社會科學》2007 年第 6 期

　　466. 葉楚炎：《“時文眼”中的金聖歎小説評點》,《青海師範大學學報》（哲社版）2007 年第 6 期

　　467. 彭磊、鮮正確：《唐傳奇“始有意爲小説”辨——從“小説”之兩類概念談起》,《重慶社會科學》2007 年第 7 期

　　468. 藍哲：《從文類視角看中國古代“小説”概念的演變》,《科教文匯》（中旬刊）2007 年第 8 期

　　469. 楊志平：《釋“橫雲斷山”與“山斷雲連”——以古代小説評點爲中心》,《學術論壇》2007 年第 8 期

　　470. 楊志平：《小説“章法”辨》,《名作欣賞》2007 年第 12 期

　　471. 李軍均：《傳奇小説文體研究》, 華中科技大學出版社 2007 年

472. 李曉暉:《20 世紀以來宋元 "説話" 研究回顧》,《明清小説研究》2008 年第 1 期

473. 趙紅:《〈隋書·經籍志〉的 "小説" 觀》,《圖書館理論與實踐》2008 年第 1 期

474. 賀珍:《試析〈四庫全書總目〉小説類的分類問題——以〈博物志〉〈山海經〉爲例》,《呼倫貝爾學院學報》2008 年第 1 期

475. 憨齋:《中國古代的 "小説" 概念》,《閲讀與寫作》2008 年第 1 期

476. 楊志平:《論 "草蛇灰綫" 與中國古代小説評點》,《求是學刊》2008 年第 1 期

477. 李化來:《對偶與對稱——毛綸毛宗崗論〈三國演義〉叙事結構》,《菏澤學院學報》2008 年第 1 期

478. 譚帆:《論明代小説學的基礎觀念》,《中山大學學報》2008 年 2 期

479. 張曉麗:《論金聖歎之 "草蛇灰綫法"》,《内蒙古師範大學學報》(哲社版)2008 年第 2 期

480. 王慶華:《由 "子之末" 到 "史之餘"——論中國傳統文言小説文類觀的生成過程》,《海南大學學報》(人文社科版)2008 年第 2 期

481. 賀根民:《小説的名實錯位與學者的抉擇標準》,《東方論壇》2008 年 2 期

482. 陶敏:《論唐五代筆記——〈全唐五代筆記〉前言》,《湖南科技大學學報》(社科版)2008 年第 3 期

483. 張曙光:《談金聖歎叙事文學評點中的結構觀念》,《山東師範大學學報》(社科版)2008 年第 3 期

484. 錢成:《明清八股文法理論對張批〈金瓶梅〉影響試論》,《揚州職業大學學報》2008 年第 3 期

485. 邵毅平、周峨:《論古典目録學的 "小説" 概念的非文體性質——兼

論古今兩種 “小説” 概念的本質區別》,《復旦學報》（社科版）2008 年第 3 期

486. 劉曉軍:《“稗史” 考》,《中山大學學報》（社科版）2008 年第 4 期

487. 傅承洲:《擬話本概念的理論缺失》,《文藝研究》2008 年第 4 期

488. 吕維洪:《淺論從〈漢志〉到〈隋志〉小説的發展變化》,《保山師專學報》2008 年第 4 期

489. 杜慧敏、王慶華:《“小説” 與 “雜史” “傳記” ——以〈四庫全書總目〉爲例》,《南京社會科學》2008 年第 4 期

490. 王燕華、俞鋼:《劉知幾〈史通〉的筆記小説觀念》,《上海師範大學學報》（哲社版）2008 年第 6 期

491. 楊志平:《釋 “獅子滾球” 法》,《學術論壇》2008 年第 9 期

492. 石麟:《金批〈水滸傳〉叙事研究——〈讀第五才子書法〉“文法” 芻議》,《水滸争鳴》第十輯，崇文書局 2008 年

493. 嚴傑:《“筆記” 與 “小説” 概念的目録學探討》,《唐五代筆記考論》，中華書局 2008 年

494. 吴懷東:《小説 “文備衆體” 的文體屬性》《先唐 “小説” 傳統對於唐傳奇的哺育》《唐傳奇的世俗性》《現實性及其與史書、志怪的分野》,《唐詩與傳奇的生成》導論、第一章、第二章，安徽大學出版社 2008 年

495. 歐陽健:《中國小説史略批判·體例篇》第三章，山西人民出版社 2008 年

496. 樓含松:《從 “講史” 到演義:中國古代通俗小説的歷史叙事》,商務印書館 2008 年

497. 紀德君:《宋元 “説話” 的書面化與 “説話” 底本蠡測》,《廣東技術師範學院學報》2009 年第 1 期

498. 宋興昌:《“寓言” 概念的定義與界定——兼論 “寓言” 與 “fable” 對譯的不對稱性》,《西安歐亞學院學報》2009 年第 1 期

499. 王菊芹：《關於 "寓言" 概念定義的考證》,《新鄉學院學報》(社科版) 2009 年第 1 期

500. 孫愛玲：《千秋苦心遞金針：張竹坡之〈金瓶梅〉結構章法論》,《貴陽學院學報》(社科版) 2009 年第 1 期

501. 劉曉軍：《"説部" 考》,《學術研究》2009 年第 2 期

502. 羅明鏡：《論金聖歎評點〈水滸傳〉中的文法觀》,《湖南税務高專學報》2009 年第 2 期

503. 袁憲潑：《小説可以 "觀" ——魏晉南北朝志怪小説觀念考》,《北方論叢》2009 年第 2 期

504. 姚娟：《從諸子學説到小説文體——論〈漢志〉"小説家" 的文體演變》,《西南交通大學學報》(社科版) 2009 年第 2 期

505. 楊成忠：《再論 "變" 和 "變文"》,《連雲港職業技術學院學報》,2009 年第 2 期

506. 黄東陽：《由〈玉劍尊聞〉考察清初世説之文體特質》,《東吴中文學報》2009 年第 17 期

507. 李孟霏：《宋代説話四家研究評述》,《高等教育與學術研究》2009 年第 3 期

508. 張子開：《野史、雜史和別史的界定及其價值——兼及唐五代筆記或小説的特點》,《綿陽師範學院學報》2009 年第 3 期

509. 諸海星：《先秦史傳叙事傳統與中國古代小説之淵源和影響》,《清雲學報》2011 年第 3 期

510. 楊志平：《釋 "水窮雲起" 法》,《名作欣賞》2009 年第 3 期

511. 楊志平：《釋 "羯鼓解穢" 法》,《明清小説研究》2009 年第 4 期

512. 吴忠耘、沈曙東：《〈漢書・藝文志〉小説略論》,《四川烹飪高等專科學校學報》2009 年第 4 期

513. 劉代霞：《〈漢書・藝文志〉與〈隋書・經籍志〉小説觀念比較》，《飛天》2009 年第 6 期

514. 程麗芳：《中國古代小説概念的界定》，《理論月刊》2009 年第 12 期

515. 林崗：《論案頭小説及其文體》，《中山大學學報》2009 年 6 期

516. 楊志平：《論堪輿理論對古代小説技法論之影響》，《海南大學學報》（社科版）2009 年第 6 期

517. 富世平：《變文之 "變" 的含義與淵源》，《敦煌變文的口頭傳統研究》第一章第一節，中華書局 2009 年

518. 羅寧：《漢唐小説觀念論稿》，巴蜀書社 2009 年

519. 馮汝常：《中國神魔小説文體研究》，上海三聯書店 2009 年

520. 趙岩、張世超：《論秦漢簡牘中的 "稗官"》，《古籍整理研究學刊》2010 年第 3 期

521. 王瑩、雲運：《關於〈莊子〉"寓言""重言" 的思考》，《遼寧師範大學學報》（社科版）2010 年第 4 期

522. 王凌：《形式與細讀：古代白話小説文體研究》，人民出版社 2010 年

523. 常森：《中國寓言研究反思及傳統寓言視野》，《文學遺産》2011 年第 1 期

524. 何毅、張恩普：《中國古代小説理論中兩種 "貌離神合" 的創作觀念》，《社會科學戰綫》，2012 年第 10 期

525. 段庸生：《中國古代文言小説的流派論》，《晉陽學刊》，2012 年第 5 期

526. 孫雅淇：《唐傳奇概念與唐代的小説觀》，《山西師大學報》（社會科學版）2012 年第 3 期

527. 梁愛民：《經學與中國古代小説觀念》，《雲南社會科學》2012 年第 5 期

528. 傅承洲:《從創作主體看古代白話小説的演變》,《九江學院學報》（社會科學版）2012 年第 3 期

529. 朱潔:《論袁于令的小説創作觀——從〈隋史遺文〉總評説起》,《江西社會科學》2012 年第 8 期

530. 冀運魯、董乃斌:《中國古代小説叙事淵源論》,《上海師範大學學報》（哲學社會科學版）2012 年第 4 期

531. 吕如:《叙事角度的類同與轉換：古代白話短篇小説與戲曲的雙向滲透》,《蘭州學刊》2012 年第 6 期

532. 石鱗:《從〈水滸傳〉中的"横插詩歌"説起——關於古代小説中"特殊語言"的運用與批評》,《内江師範學院學報》2012 年第 5 期

533. 劉勇强:《中國古代小説的文體兼容性》,《北京大學學報》（哲學社會科學版）2012 年第 3 期

534. 李鵬飛:《以韻入詩：詩歌與小説的交融互動》,《北京大學學報》（哲學社會科學版）2012 年第 3 期

535. 潘建國:《古代小説中的戲曲因子及其功能》,《北京大學學報》（哲學社會科學版）2012 年第 3 期

536. 甯稼雨:《故事主體類型研究與學術視角换代——關於構建中國叙事文化學的學術設想》,《山西大學學報》（哲學社會科學版）2012 年第 3 期

537. 杜桂晨:《中國古代以"物"寫"人"傳統的形成與發展——以"緊箍兒""胡僧藥"與冷香丸》,《河北學刊》2012 年第 3 期

538. 張金梅:《史家筆法作爲中國古代小説評點話語的建構》,《集美大學學報》（哲學社會科學版）2012 年第 2 期

539. 寧宗一:《古代小説研究方法論芻議——以〈金瓶梅〉研究爲例證》,《文史哲》2012 年第 2 期

540. 楊志平、郭亮亮:《古代小説文法輪之傳播價值》,《文藝評論》

2012 年第 2 期

541. 王猛:《古代小説傳播與小説序跋關係脞論》,《文藝評論》2012 年第 2 期

542. 劉佳、樊慶彥:《古代小説中歲時節令娛樂描寫的民俗價值與文學功能》,《文化遺産》2012 年第 1 期

543. 羅寧:《古小説之名義、界限及其文類特徵——兼談中國小説研究中存在的問題》,《社會科學研究》2012 年第 1 期

544. 紀德君:《中國古代小説文體生成及其他》,商務印書館 2012 年

545. 陳文新:《中國古代小説的譜系與文體形態》,中國社會科學出版社 2012

546. 李桂奎:《中國古代小説批評中的"跨界取譬"傳統鳥瞰》,《求是學刊》2013 年第 1 期

547. 楊志平:《古代書畫理論對小説技法的批評之影響》,《學術論壇》2013 年第 2 期

548. 劉文玉、陸濤:《圖像時代下的中國古代小説插圖研究》,《廊坊師範學院學報》(社會科學版) 2013 年第 1 期

549. 董曄:《史與詩的完美結合:〈世説新語〉文體考辨》,《中國文學研究》2013 第 2 期

550. 王齊洲、王麗娟:《學術之小説與文體之小説——中國傳統小説觀念的兩種視角》,《上海大學學報》(社會科學版) 2013 年第 3 期

551. 張永葳:《古代小説評點類型的分野——金聖歎論文型小説評點芻議》,《明清小説研究》2013 年第 2 期

552. 劉勇強:《古代小説結構的多角度透視》,《北京大學學報》(哲學社會科學版) 2013 年第 3 期

553. 潘建國:《關於章回小説結構及其研究之反思》,《北京大學學報》

（哲學社會科學版）2013 年第 3 期

554. 胡亞敏、劉知萌：《史學修辭叙事與小説修辭叙事——中國小説叙事修辭目的的史學淵源》，《湖南社會科學》2013 年第 3 期

555. 紀德君：《藝人小説、書賈小説與文人小説——中國古代通俗小説的不同類型及其編創特徵》，《社會科學》2013 年第 6 期

556. 王鴻卿：《中國古代小説觀念論略》，《鞍山師範學院報》2013 年第 3 期

557. 劉勇强：《〈儒林外史〉文本特性與接受障礙》，《文藝理論研究》2013 年第 4 期

558. 劉欣：《古代歷史小説評點的倫理維度》，《文藝評論》2013 年第 8 期

559. 高日暉、師帥帥：《"把關人" 理論與古代小説評點》，《大連大學學報》2013 年第 4 期

560. 劉曉軍：《中國古代小説文體研究的回顧與反思》，《新疆大學學報》（哲學人文社會科學版）2013 年第 5 期

561. 張永葳：《文章學與明清小説的理論建構》，《西南交通大學學報》（哲學社會科學版）2013 年第 5 期

562. 寧宗一：《〈金瓶梅〉評點的新範式》，《中華讀書報》2013 年 9 月

563. 馬芳：《〈世説新語〉文體辨析——與〈晉書〉比較》，《内蒙古電大學刊》2013 年第 5 期

564. 席静：《略談〈世説新語〉的文體》，《赤峰學院學報》（漢文哲學社會科學版）2013 年第 9 期

565. 賀根民：《簡論〈金瓶梅〉評點的美學價值》，《克拉瑪依學刊》2013 年第 5 期

566. 王凌：《古代白話小説 "重複" 叙述技巧讕論》，《西安工業大學學

報》2013 年第 9 期

567. 劉俐俐：《詩書畫一體與中國古代文言小說敘事技巧——以李昌祺〈芙蓉屏記〉爲中心》2013 年第 4 期

568. 馮媛媛：《〈紅樓夢〉的小說觀——兼論古代小說的真 / 假問題》，《人文雜誌》2013 年 11 期

569. 譚帆：《論中國古代小說文體研究的四種關係》，《學術月刊》2013 年第 11 期

570. 王澍：《論中國古代小說文體的渾和性生成》，《中南民族大學學報》（人文社會科學版）2013 年第 6 期

571. 何悅玲：《中國古代小說傳"奇"的史傳淵源及内涵變遷》，《文藝理論研究》2013 年第 6 期

572. 劉正平：《筆記辨體與筆記小說研究》，《杭州師範大學學報》（社會科學版）2013 年第 6 期

573. 李軍均：《明前"小說"語義源流考論》，《中國文學研究》（輯刊）2013 年第 2 期

574. 李正學：《論古代小說批評的形態》，《吉首大學學報》（社會科學版）2013 年第 6 期

575. 楊志平：《中國古代小說文法論研究》，齊魯書社 2013 年

576. 譚帆等：《中國古代小說文體文法術語考釋》，上海古籍出版社 2013 年

577. 郭英德：《"說—聽"與"寫—讀"——中國古代白話小說的兩種生成方式及其互動關係》，《學術研究》2014 年第 12 期

578. 王立、郝哲：《韓國古代漢文小說"預敘"與中韓文化的融合——以近古時期愛情家庭類小說爲例》，《東疆學刊》2014 年第 1 期

579. 石麟：《小說概念與小說文本的混淆——小說批評與小說史研究檢

討之一》,《湖北師範學院學報》(哲學社會科學版)2014 年第 1 期

580. 姚小鷗:《清華簡〈赤鳥咎〉篇與中國早期小説的文體特徵》,《文藝研究》2014 年第 2 期

581. 馬興波:《"筆記小説"概念批判與筆記作品的重新分類》,《廣州大學學報》(社會科學版)2014 年第 2 期

582. 王凌:《互文性視域下古代小説文本研究的現狀與思考》,《雲南師範大學學報》(哲學社會科學版)2014 年第 2 期

583. 鄧大倩、林青:《中韓古代小説自我評點之比較——以〈聊齋誌異〉和〈天倪録〉爲中心》,《延邊大學學報》(社會科學版)2014 年第 2 期

584. 萬潤寶:《論古代小説中預叙的民族特色》,《文藝理論研究》2014 年第 2 期

585. 王慶華:《古代小説學中"傳奇"之内涵和指稱辨析》,《文藝理論研究》2014 年第 2 期

586. 李鵬飛:《中國古代小説懸念的類型及其設置技巧》,《雲南大學學報》(社會科學版)2014 年第 3 期

587. 潘建國:《古代小説中的時間層次及其相關問題》,《北京大學學報》(哲學社會科學版)2014 年第 3 期

588. 李鵬飛:《古代小説空間因素的表現形式及其功能》,《北京大學學報》(哲學社會科學版)2014 年第 3 期

589. 劉勇強:《古代小説的時空設置及關聯性叙事》,《北京大學學報》(哲學社會而科學版)2014 年第 3 期

590. 李鵬飛:《論中國古代小説的三類藝術形態》,《文藝理論研究》2014 年第 3 期

591. 紀德君:《試論媒介嬗遞與古代小説文體的演進》,《學術研究》2014 年第 6 期

592. 程國賦:《元明清小説命名研究的世紀考察》,《社會科學研究》2014 年第 4 期

593. 陳鵬:《論中國古代駢體小説的文體互參與叙事特徵》,《東南學術》2014 年第 4 期

594. 牛漫青:《明清小説插圖形態的演進》,《美術》2014 年第 7 期

595. 葛永海:《從觀念到叙事:古代小説中的"灶下靈異"考論》,《浙江師範大學學報》(社會而科學版)2014 年第 4 期

596. 溫慶新:《"以小説見才學者"辨證及其小説史叙述意義——兼及"才學小説"的概念使用》,《南京師大學報》(社會科學版)2014 年第 4 期

597. 王凌:《〈三國演義〉叙事結構中的"互文"美學》,《浙江學刊》2014 年第 5 期

598. 溫慶新:《中國小説起源于"神話與傳説"辨證——以魯迅〈中國小説史略〉爲中心》,《南京大學學報》(哲學人文社會科學版)2014 年第 5 期

599. 吕玉華:《中國古代多種小説概念辨析》,《中國文論》2014 年

600. 梁愛民:《傳統目録學視野中的中國古代小説觀念》,《文藝評論》2014 年第 10 期

601. 毛傑:《中國古代小説繡像的叙事功能》,《求索》2014 年第 11 期

602. 陳才訓:《古代小説家、評點家文化素養論》,中國社會科學出版社 2014 年

603. 陸濤:《中國古代小説插圖及其語—圖互文研究》,南京大學出版社 2014 年

604. 譚帆:《中國古代小説文體文法術語考釋》,《文藝研究》2015 年第 1 期

605. 紀德君:《清末報載小説叙事"新聞性"探究》,《求是學刊》2015 年第 1 期

606. 侯忠義:《古代小説的改編問題》,《明清小説研究》2015 年第 1 期

607. 毛傑:《試論中國古代小説插圖的批評功能》,《文學遺産》2015 年第 1 期

608. 劉勇强:《非現實形象構成:神怪小説的藝術傳統》,《中國社會科學報》2015 年 1 月

609. 李時人:《譯經、講經、俗講與中國早期白話小説》,《復旦學報》(社會科學版)2015 年第 1 期

610. 蒲春燕:《從小説起源看中國古代小説觀念演變》,《鷄西大學學報》2015 年第 2 期

611. 陳忠樹:《明清時期章回小説的表達方式與文言叙事傳統》,《哈爾濱師範大學社會科學學報》2015 第 3 期

612. 李桂奎、黄霖:《中國小説文體之"譜系"梳理及其學理化戰略——兼評譚帆〈中國古代小説文體文法術語考釋〉》,《求是學刊》2015 年第 4 期

613. 唐妍:《論〈兒女英雄傳〉的"叙事僭越"》,《明清小説研究》2015 年第 3 期

614. 劉勇强:《古代小説創作中的"本事"及其研究》,《北京大學學報》(哲學社會科學版)2015 年第 4 期

615. 李鵬飛:《淺議古代小説的作者與素材之關係》,《北京大學學報》(哲學社會科學版)2015 年第 4 期

616. 潘建國:《古代小説中的"當代史事"及其采擇編演》,《北京大學學報》(哲學社會科學版)2015 年第 4 期

617. 劉衛英:《"物性相克"母題叙事的生態平衡機制》,《上海師範大學學報》(哲學社會科學版)2015 年第 4 期

618. 史常力:《"大團圓"叙事模式的早期表現及倫理基礎——以〈烈

女傳〉爲例》,《貴州大學學報》(社會科學版) 2015 年第 4 期

619. 劉天振:《古代文言小説知識庫功能略論》,《中國文學研究》2015
年第 3 期

620. 王慶華:《論古代"小説"與"雜史"文類之混雜》,《華東師範大
學學報》(哲學社會科學版) 2015 年第 5 期

621. 趙毓龍、胡勝:《論"博物君子"與古代小説的生産與傳播》,《廈
門大學學報》(哲學社會科學版) 2015 年第 5 期

622. 任明華:《論中國古代小説的閲讀、傳播與文獻價值》,《古代文學
理論研究》(第四十一輯)《中國文論的詮釋學傳統專題資料彙編》, 2015 年

623. 黨月異、侯桂運:《中國古代小説史研究的反思與重構》, 中國社
會科學出版社 2015 年

624. 付善明、董國炎:《古代小説韻文成因探析》,《明清小説研究》
2016 年第 1 期

625. 苗懷明:《論〈紅樓夢〉的故事講述者與叙事層次》,《江蘇第二師
範學院學報》2016 年第 1 期

626. 劉相雨:《論中國古代章回小説的情節與風格轉換——以〈三國演
義〉〈水滸傳〉〈金瓶梅〉〈紅樓夢〉爲例》,《陝西理工學院學報》(社會科學
版) 2016 年第 1 期

627. 李遇春:《"傳奇"與中國當代小説文體演變趨勢》,《文學評論》
2016 第 2 期

628. 楊志平:《以稗官説稗官:論明清小説文本中的小説批評》,《江西
社會科學》2016 年第 3 期

629. 程國賦:《論明清小説諧音法命名》,《明清文學與文獻》2016 年
3 月

630. 潘建國:《中國文學史中小説章節的變遷及其意義》,《北京大學學

報》（哲學社會科學版）2016 年第 3 期

631. 劉勇强：《作爲小説標準的〈紅樓夢〉》，《北京大學學報》（哲學社會科學版）2016 年第 3 期

632. 張鄉里：《以今律古與文化原我——中國古代小説觀念的研究現狀》，《牡丹江大學學報》2016 年第 5 期

633. 姜復寧：《中國傳統小説中潛藏叙事的發軔與繁盛——以〈聶隱娘〉〈紅樓夢〉爲例》，《內江師範學院學報》2016 年第 5 期

634. 傅修延、陳國女：《傾斜的倫理天平：中國古代四大小説中的身份叙事》，《江西社會科學》2016 年第 6 期

635. 楊志平：《論古代小説代指性人物的叙事功能及其文學意義——以王婆描寫爲中心》，《學術論壇》2016 年第 8 期

636. 趙雅麗：《明代建陽刊〈三國演義〉的評點及其價值》，《學術交流》2016 年第 9 期

637. 俞樟華、虞芳芳：《從金批〈水滸傳〉看古代小説評點與〈史記〉評點的關係》，《解放軍藝術學院學報》2016 年第 3 期

638. 卞清波：《“有詩爲證”的佛教淵源——也談古代白話小説韻散結合文體的成因》，《江南大學學報》（人文社會科學版）2016 年第 5 期

639. 李雨露、熊愷妮：《喧賓奪主：傳播學視域下的小説評點與彈幕比較》，《新聞研究導刊》2016 年第 19 期

640. 孔慶慶：《中國古代小説中的讖語叙事》，《哈爾濱工業大學學報》（社會科學版）2016 年第 6 期

641. 毛傑：《中國古代小説插圖研究的序時維度與方法論立場》，《求索》2016 年第 11 期

642. 張鄉里：《〈史通〉“援史入子”對中國古代小説觀念的影響》，《江西社會科學》2016 年第 12 期

643. 胡小梅:《明刊"三言"插圖本的"語—圖"互文現象研究》,《福建江夏學院學報》2016 年第 6 期

644. 鄭紅翠:《游冥故事與中國古代小説叙事結構》,《學術交流》2016 年第 12 期

645. 廖群:《中國古代小説發生研究》,山東教育出版社 2016 年

646. 石麟:《中國古代小説批評史的多角度觀照》,光明日報出版社 2016 年

647. 吕玉華:《中國古代小説理論發展研究》,山東教育出版社 2016 年

648. 傅承洲:《古代小説與小説家》,中國社會科學出版社 2016 年

649. 馬瑞芳:《中國古代小説構思學》,山東教育出版社 2016 年

650. 張莉、李淑蘭:《明清小説序跋研究評論》,《天水師範學院學報》2017 年第 1 期

651. 苗懷明:《〈紅樓夢〉的叙事節奏及其調節機制》,《曹雪芹研究》2017 年第 1 期

652. 宋莉華:《理雅各的章回小説寫作及其文體學意義》,《文學評論》2017 年第 2 期

653. 林沙歐、馬會會:《論中國古代小説叙事的空間化問題——兼與浦安迪商榷》,《河北科技師範學院學報》(社會科學版)2017 年第 1 期

654. 熊明:《中國古代小説追求文體平等地位的努力與路徑》,《求索》2017 年第 3 期

655. 陳展、趙炎秋:《中國古代小説的分形叙事》,《華僑大學學報》(哲學社會科學版)2017 年第 2 期

656. 苗懷明:《論〈紅樓夢〉的叙事時序與預言叙事》,《南京大學學報》(哲學·人文科學·社會科學)2017 年第 3 期

657. 張袁月:《文學地圖視角下的中國古代小説》,《明清小説研究》

2017 年第 3 期

658. 康建强：《中國古代小説慾望書寫的方式、運演邏輯及其審美生發功能》，《明清小説研究》2017 年第 3 期

659. 張祝平、張慧敏：《古代小説戲曲插圖同框手法的運用》，《南通大學學報》（社會科學版）2017 年第 4 期

660. 程國賦：《論明清小説書名所體現的文學觀念》，《文藝理論研究》2017 年第 3 期

661. 劉勇强：《神怪小説批評中的偏見與誤解》，《河北學刊》2017 年第 5 期

662. 張泓：《古代語録體小説試論》，《江蘇科技大學學報》（社會科學科學版）2017 年第 3 期

663. 何悦玲：《中國古代小説“史補”觀念生成的史學淵源與價值指向》，《深圳大學學報》（人文社會科學版）2017 年第 5 期

664. 朱潔、王思：《中國小説評點在越南的傳播與接受》，《江西社會科學》2017 年第 9 期

665. 劉曉軍：《論古代小説圖像研究的三個層面》，《復旦學報》（社會科學版）2017 年第 5 期

666. 汪燕崗：《古代小説插圖研究的多重意義》，《中國社會科學報》2017 年 10 月

667. 王齊洲：《〈漢書·藝文志〉與〈隋書·經籍志〉小説觀念之比較》，《河北學刊》2017 年第 6 期

668. 傅承洲：《清代才學小説是否構成一個小説類型》，《河北學刊》2017 年第 6 期

669. 許虹、孫遜：《古代主客問答體小説序跋探》，《上海師範大學學報》（哲學社會科學版）2017 年第 6 期

670. 劉勇强、潘建國、李鵬飛：《古代小説研究十大問題》，北京大學出版社 2017 年

671. 李軍均：《明前小説思想與文體研究》，北京燕山出版社 2017 年

672. 温慶新：《多文化視域下中國古代小説研究反思——兼及古代小説史的研究方法》，《内蒙古社會科學》（漢文版）2018 年第 2 期

673. 王齊洲：《從〈山海經〉歸類看中國古代小説觀念的演變》，《天津社會科學》2018 年第 2 期

674. 歲涵：《述“異”傳統與中國古代的小説觀念——以同性慾望爲研究視角》，《華中科技大學學報》（社會科學版）2018 年第 3 期

675. 譚帆：《“叙事”語義源流考——兼論中國古代小説的叙事傳統》，《文學遺産》2018 年第 3 期

676. 劉勇强：《小説知識學：古代小説研究的一個維度》，《文藝研究》2018 年第 6 期

677. 林瑩：《中國古代小説“人物複述”的形態與意義》，《江西社會科學》2018 年第 7 期

678. 楊志平：《明清小説功能性叙事論略》，《雲南社會科學》2018 年第 4 期

679. 杜貴晨：《中國古代小説婚戀叙事“六一”模式述略——從〈李生六一天緣〉〈金瓶梅〉等到〈紅樓夢〉》，《學術研究》2018 年第 9 期

680. 楊志平：《明清小説中的包公身邊公人及其叙事意味谫論》，《中南大學學報》（社會科學版）2018 年第 5 期

681. 李桂奎：《尋意覓趣：中國古代小説理論的歷史演變》，《河北學刊》2018 年第 6 期

682. 段江麗：《中國古代“小説”概念的四重内涵》，《文學遺産》2018 年第 6 期

683. 朱鋭泉：《論古代小説倫理叙事中的女性因素》，《文學研究》2018年第2期

684. 熊明：《中國古代小説史論》，中國文聯出版社2018年

685. 陳才訓：《明清小説文本形態生成與演變研究》，上海古籍出版社2018年

686. 羅寧：《紀録見聞：中國文言小説寫作的原則與方法》，《文藝理論研究》2018年第5期

687. 劉洪强：《中國古代小説"談藝"的形式及内涵》，《明清小説研究》2019年第1期

688. 徐汝姍：《史與詩的結合：〈世説新語〉文體考辨》，《作家天地》2019年第1期

689. 胡小梅：《古代小説圖像"插詩"現象探析——以明刊"三言"爲中心》，《福建江夏學院學報》2019年第1期

690. 高紅豪：《畫心品稗：明清小説評點中的品第批評概觀》，《理論界》2019年第2期

691. 張玄：《晚明筆記小説插圖研究》，《中國出版史研究》2019年第1期

692. 馮曉玲：《論中國古代小説評點中的綫式思維》，《明清小説研究》2019年第2期

693. 張敏：《中國古代小説"夜化"叙事傾向研究綜述》，《湖北工程學院學報》2019年第2期

694. 江守義：《中西小説叙事倫理研究路徑之比較》，《中國文學研究》2019年第2期

695. 江守義：《史傳叙事與歷史小説的叙述可靠性》，《浙江工商大學學報》2019年第3期

696. 林翠霞:《"三言"中的因果報應叙事研究》,《泉州師範學院學報》2019 年第 3 期

697. 洪永權:《關於中韓古代小説理論的對比研究》,《北方文學》2019 年第 20 期

698. 李建軍:《中國古代小説的人物塑形與叙事倫理——以宋代小説爲考查中心》,《浙江社會科學》2019 年第 7 期

699. 高玉海、羅炅:《跨語境視野下的中國古代小説插圖叙事——以明清六大古典小説俄譯本爲中心》,《明清小説研究》2019 年第 3 期

700. 楊志平:《論情節與綫索理論於中國古代小説中的應用》,《中學語文教學》2019 年第 9 期

701. 張泓:《古代小説歸類的悖論》,《長江大學學報》(社會科學版)2019 年第 5 期

702. 公維軍、陽玉平:《意圖力與中國古代小説叙事個性化關係研究——以明清小説文本爲例》,《明清小説研究》2019 年第 4 期

703. 林香蘭:《〈嬌紅記〉與韓國古代漢文小説〈韋敬天傳〉的叙事結構比較研究》,《東疆學刊》2019 年第 4 期

704. 劉曉軍:《中國小説文體的古今之變與中西之別》,《中國文學研究》2019 年第 4 期

705. 歐陽健:《"標準"的小説與小説的"標準"——以〈天香閣隨筆〉爲例》,《内江師範學院學報》2019 年第 11 期

706. 方群:《中國古代涉海小説叙事流變》,《湖南工業大學學報》(社會科學版)2019 年第 6 期

707. 何悦玲:《中國古代白話小説史補功能略論》,《華中學術》2019 年第 6 期

708. 陳洪:《中國早期小説生成史論》,中華書局 2019 年

709. 何亮:《漢唐小説文體研究》,中華書局 2019 年

710. 劉曉軍:《中國小説文體古今演變研究》,上海古籍出版社 2019 年

711. 張玄:《筆記小説文體觀念考索——以晚明筆記小説爲中心》,《明清小説研究》2020 年第 1 期

712. 宋莉華:《中國古代“小説”概念的中西對接》,《文學評論》2020 年第 1 期

713. 王福鵬:《小説中韻文叙事功能的早期發展——兼論散韻結合的小説文體的形成》,《汕頭大學學報》(人文社會科學版)2020 年第 1 期

714. 何亮:《論唐五代小説中表文的叙事功能》,《黑河學刊》2020 年第 1 期

715. 倪思霆:《中國古代白話小説到現代通俗小説的嬗變》,《遼東學院學報》(社會科學版)2020 年第 1 期

716. 李小龍:《中國古代小説傳、記二體的源流與叙事意義》,《北京社會科學》2020 年第 2 期

717. 林瑩:《論古代小説人物叙述的“文本參與”功能》,《文藝研究》2020 年第 3 期

718. 宗立東:《史傳觀念對小説命名的影響》,《玉溪師範學院學報》2020 年第 2 期

719. 石麟:《生生不息,流光暗換——古代小説内在變遷述略》,《湖北師範大學學報》(哲學社會科學版)2020 年第 2 期

720. 王煒、丁凡:《〈搜神記〉類别歸屬的調整與古代小説觀念的嬗變》,《華中師範大學學報》(人文社會科學版)2020 年第 2 期

721. 王瑜錦、譚帆:《論中國小説文體觀念的古今演變》,《學術月刊》2020 年第 5 期

722. 黄天飛:《略論古代小説中“裝睡”的叙事藝術》,《九江學院學

報》（社會科學版）2020 年第 2 期

723. 熊明：《明清小說選本中的漢唐小說及其來源析論》，《吉林師範大學學報》（人文社會科學版）2020 年第 4 期

724. 毛傑：《論插圖對中國古代小說文體之建構》，《文藝研究》2020 年第 10 期

725. 齊笑：《中國古代小說的文化學與文體學內涵》，《哈爾濱學院學報》2020 年第 12 期

726. 譚帆：《中國小說史研究之檢討》，上海古籍出版社 2020 年

727. 何悅玲：《中國古代小說中的“史傳”傳統及其歷史變遷》，中華書局 2020 年

728. 王平、王軍明、史欣：《中國古代小說序跋研究》，齊魯書社 2020 年

729. 郝敬：《建構“小說”——中國古體小說觀念流變》，中華書局 2020 年

730. 譚帆、王瑜錦：《“小說話”辨正——兼評黃霖先生編纂的〈歷代小說話〉》，《清華大學學報》（哲學社會科學版）2021 年第 2 期

731. 楊宗紅：《“以小說爲證”與中國古代小說文體之形成》，《北京社會科學》2021 年第 2 期

732. 李春光：《古代小說參數敘事策略芻議》，《天中學刊》2021 年第 1 期

733. 李桂奎：《中國古代小說“神畫”敘事之“寓傳神于傳奇”》，《北京師範大學學報》（社會科學版）2021 年第 1 期

734. 胡穎、張俊福：《〈三言二拍〉夢象敘事及其文化學意義》，《甘肅社會科學》2021 年第 1 期

735. 宋麗娟：《西人所編中國古代小說選本與小說文體的建構》，《文藝理論研究》2021 年第 1 期

736. 羊紅、孫遜：《中國古代小說注釋源流及其價值考論》，《明清小說研究》2021 年第 1 期

後 記

《中國古代小説文體史》是我主持的國家社會科學基金重大項目"中國小説文體發展史"的主體部分。此項目2011年獲批，2019年通過結項審核，再經近兩年的修訂，於2021年陸續交付上海古籍出版社。從立項到定稿，前後相續恰好十年。經過十年之"辛苦"，我們完成了系列成果《中國古代小説文體研究書系》，分爲"術語篇""歷史篇"和"資料篇"三個部分。書系包括：《中國古代小説文體文法術語考釋》（增訂本）、《中國古代小説文體史》、《中國古代小説文體史料繫年輯録》，三書合計兩百餘萬字。以這樣的格局和篇幅全面系統地研究和梳理中國古代小説文體，在海内外尚屬首次，有較高的學術價值和創新意義。

團隊合作是當下以"課題"爲導向的學術研究的常例，這在素來強調獨立創作的人文學科也未能例外，本書的合作者即爲俗稱"子弟兵"的門下弟子。以"子弟兵"爲作者主體，的確有諸多便利，如相互熟知各自的秉性和學術專長，故而在理論觀念、論述思路和語言風格等方面能基本趨於一致；如作爲導師的主持者更便於管理和協調；如研究團隊的集體成長比較迅捷、團隊成果的特色也能較快彰顯等。本課題的實施也確實完成了上述任務。但問題也有，其中最爲明顯的是五年的任務花了將近十年的時間。這倒不是歸咎於團隊成員的懈怠，而是忽略了他們的年齡段以及這個年齡段所要擔負的人生責任。本項目的成員除個別年紀稍長外，都是三十歲左右參與項目工作，完成時絶大部分已年逾四旬。作爲高校青年教師，這十年擺在他們面前的有三大任務：生活、教學和科研。照理，在這個年齡段，這三大任務的重要性也應如此排序。但實際情況不然，科研是第一位的，因爲考核指標最爲嚴苛，容不得絲毫的閃失；教學也不可或缺，考核也很嚴格；唯一不受指標限制，能降格以求，馬虎對待的只剩下生活了。但結婚生子，買房還貸，仍然是生活的主題。如此格局對一個青年教師來説確實壓力很大，而最令人擔心的是身體的早衰和學術趣味的喪失。好在我們及時拉長了時段，相對而言還比較從容。如今十年過去了，課題也已完成，我真誠地向諸位道一聲辛苦。

感謝吳承學教授給本書撰寫序言，承學是我多年的好友，平時不常見面，但脾性非常投合；在學術上，承學是文體研究的領軍人物，由他作序最爲合適。本書有幸入選 2022 年度《國家哲學社會科學成果文庫》，感謝社科辦轉來的多位評審專家的意見，其中褒揚之辭居多，所提建議均深中肯綮，指出了本書尚存在的問題。我們據此作出了相應的修訂，在此特爲説明並致謝忱。感謝山東大學外語學院馮偉教授對書名和目録的翻譯。

這次略作修訂，收入由我主編的《中國古代小説文體研究書系》，可算是十餘年小説文體研究的完整呈現。感謝上海古籍出版社奚彤雲總編和原社長高克勤先生的大力支持，感謝責任編輯鈕君怡女史的長期合作和辛苦勞動。我們期待著學界同行的批評指正。

譚　帆

2023 年 8 月 6 日

圖書在版編目（CIP）數據

中國古代小説文體史/譚帆等著. —上海：上海
古籍出版社,2023.10
（中國古代小説文體研究書系）
ISBN 978-7-5732-0783-8

Ⅰ.①中…　Ⅱ.①譚…　Ⅲ.①古典小説－文體－小説
史－研究－中國　Ⅳ.①I207.409

中國國家版本館CIP數據核字（2023）第141913號

中國古代小説文體研究書系
中國古代小説文體史
（全三册）
譚帆　等　著
上海古籍出版社出版發行
（上海市閔行區號景路 159 弄 1-5 號 A 座 5F　郵政編碼 201101）
（1）網址：www. guji. com. cn
（2）E-mail：guji1 @ guji. com. cn
（3）易文網網址：www. ewen. co
上海中華印刷有限公司印刷
開本 710×1000　1/16　印張 80　插頁 15　字數 1,056,000
2023 年 10 月第 1 版　2023 年 10 月第 1 次印刷
印數：1—1,050
ISBN 978-7-5732-0783-8
Ⅰ·3745　定價：396.00 元
如有質量問題，請與承印公司聯繫